只剩爱你 我的孤独，

Bid Farewell to You

吴沉水 著

长江出版传媒

长江文艺出版社

目录

CONTENTS

他说，一年之中，一天之内，只有这个季节，这个时刻与众不同。

对我则是，一生之中，一辈子之内，只有这个人，这个时刻与众不同。

我知道他会死。

死在他心爱的战场上，死在异国他乡的烽火硝烟中，死在，那些遥远而不可及的断壁残垣下。

他死的时候天空灰暗，云层低矮，沙漠特有的秃鹫盘旋等待，等着他一断气，就扑下来撕咬他的血肉。

他的死，就如他拍回来的照片，色调冷硬，充斥着悲怆与无力回天，让人只看一眼，就会被内里那种挣扎求生的痛苦生生撕裂灵魂。

他靠拍这样的图片一举成名，在国际上，特别是欧美获得无数名声，西方著名的大图片社竞相购置他从战场上发回来的图片，他是战地摄影师，被誉为"来自中国的卡帕"。

这个声名显赫的男人，曾经是我的未婚夫。

我说曾经，因为我已经失去他，从灵魂到肉体，无论以何种形式，从任何角度上看，我都已经失去他了。

失去了和死去了，有时候并非一回事。

我想起卡帕拍的一张照片。

那是 1954 年，一个夏日的下午，在越南，那里大片潮湿闷热的田地已经荒芜，野草一直长到腰际。天气很不好，厚厚的云层吸纳了炙热的阳光再反照到地面上，眼前的一切只剩下白茫茫一片。太热了，汗水浸透厚厚的军服，又从头盔滴落，睫毛仿佛都粘到一块，瘴气和脚部真菌的滋生，足以要一个健壮士兵的命。

这绝对不是一个适合行军的时候，但前面和后面的士兵都端着枪，小心翼翼地保持距离，沉默而警惕地前行，在他们脚下，这片死寂的土地里，不知道什么地方就埋着大片能把一支先遣部队炸上天的地雷。

这是随军记者卡帕拍摄的最后一张照片，看起来跟电影中的场景差不多：荷枪实弹的士兵，沉默荒凉的大地。看惯了史泰龙的动作片再来端详这张照片，你甚至会有种直接的反应，对照片中的士兵远较史泰龙逊色得多的肌肉颇为不满。

然后你才恍然大悟，那是一队真实的扫雷工兵，他们入伍前可能都是美国普通小镇上的年轻人，他们在别国的土地上，随时可能死去，就在这张照片拍下来的下一刻，也许上面走着的人就会倒下，死在离家千万里的地方。

士兵们的背影在这一瞬间成为一种永恒，摄影师却在按下快门不到十分钟后触雷身亡，据说人们发现卡帕的时候他已经被炸断了左腿，胸口位置炸出一个血窟窿，他一时还没死透，苟延残喘了两天后才闭上眼睛。

多年以前我在图书馆里第一次看到这幅照片就被深深震撼，我不停地想，在卡帕生命的最后时刻，他会想什么？

想他这一生目睹的无数次战斗吗？想他拍过的那个中弹倒地的士兵吗？想他无数次置身其中的杀戮和反杀戮？还是，会想到他度过的美好时光，那里头，有无美丽的英格丽·褒曼的身影？

时间回到我所在的时代，离卡帕死后五十几年，在另一个战场上，同样也是一个下午，同样也是一个战地摄影师，他正举起自己的徕卡相机，他有两台相机，佳能的用来记录，徕卡的则用来表达。当那个时刻到来之时，他正飞快地调光圈和对焦环，然后按下快门。

一颗流弹击中了他的头部，年轻的摄影师当即倒地身亡。

他的最后一张照片已经严重失焦，但仍然可以看出拍的是一个少女，一个漂亮的中东少女，我看不出她属于哪个国家，什么族裔，我不知道。

我能看得出那个女孩原本是在笑，也是啊，对着他那张英俊的东方男性脸孔，女孩不可能不想让自己笑得更好看。

可惜女孩的微笑还来不及定格就变成惊愕、慌乱和悲恸，把她好看的脸完全扭曲了，她在那一瞬间应该目睹了摄影师的死。

我不知道该不该嫉妒她，我长久地凝视着她的脸，茫然而乏力，只为凝视而凝视，渐渐地，从我内心深处渗透出一种悲伤，我感到无比难过，我陪伴了这个男人十几年的时光，然而在他生命的最后一刻，她在场，而我不在那里。

我不在那里。

事实上，"我不在"早已成为一种常态。在他死之前好几个月，也许有一两年，我早已远离他的世界，退出他的生活，只是我们俩都没有承认这一点。我们相伴了太多年，你来我往，时间成了看不见的线，束缚着彼此，绑得久了便以为会一直前行，哪怕自欺欺人我们也会面不改色，绝不低头往脚上看一眼。

其实看一眼就知道，那层层环绕的线早已被磨得七零八落。

可我们不看，至少，我不看。

他死后，他的同仁，法新社的朋友将他的电脑、存储卡和摔烂的相机寄回国内。人们打开他的图片库就可以看到，在他生命中最后几个月，基本上都在拍一位名叫索菲亚的白人女子，各个角度，各种姿势。

人人都在瞒着我，可他们不知道，我早已清楚这回事。孟冬死之前一个礼拜亲自给我写了封电邮，他也许迟疑了很久，终究不得不动手写这封信，他在信头对我坦白他不能跟我结婚了。因为他突然领悟到，原来一直以来，他对我的感情就是亲人不是爱人。他忽然开了窍似的，迅速把我跟他十几年的感情定位为兄妹情感，然后他才坦诚在战火中遇到了心目中的女神，就如一部旧电影《战地情人》所展现的那样，男主人公从见女主人公第一眼，就跟失了魂似的爱上她。

爱啊，真是一种美好的情感。

难为他还能想得到用兄妹情感来搪塞我，可惜他忘了，他也曾信誓旦旦地说过爱我。

十几年，从幼儿园到小学中学，再一起出国回国，我明明记得我们一块计划过未来，他答应过我再干两年战地记者就回国开摄影工作室，我把当医生以来的每一笔收入存着，想凑个首付供个房子结婚用。

我舍不得买名牌衣服，舍不得下馆子，连医院里刚分来的实习医生都知道心二外的张旭冉医生是个出了名的省钱狂。

我明明记得我说过要给我们俩安一个窝，我说了我们不靠家里自力更生。我明明记得，那个时候孟冬也同意了的，他说好。

一转眼，这些全成了只有我一个人记得的往事，另一个当事人已死，往事几乎成了死无对证，无从考据的谎言。

我觉得痛彻心扉。

我连质问他的余地都没有，死者为大，他已经不在了，临死前一刻，他想着的也不过是怎么把点亮他生命的女人拍下来。

他忘了我。

他忘了，多少年前，我们还是少男少女的时候，他第一次拿起相机拍的是我。后来成长的岁月里，无数个瞬间他拍下的人是我。

没有人知道我在得知他死讯的时候失去了什么。

我失去的不仅是我的未婚夫，我盼望已久的婚礼，更是我长久以来，一直为之努力的生活。

我再次仔细地看照片中的少女。

她那一头栗色长发别在脑后，凌乱的发丝显出特殊的柔美风情，她有西方人深邃的五官，方形的脸颊在下巴处却意外收拢，形成俊俏倔强的下颌，她漂亮的瞳仁直视镜头，只是不知道眼睛是什么颜色。

我摩挲着照片，看着上面的女人，止不住地想，她多大了，她来自什么样的家庭，她性格如何，受过什么教育，她具备了什么我没有的特质。

她很美，无可否认比我美，她年轻，她具备异国情调的浪漫元素，她还跟他相遇在战场上，鲜血加爱情，这大概是很多男人所不能抵挡的东西。

而我有的只是平凡的，琐碎的，不起眼的，日常和平的生活环境中那点鸡零狗碎的细节而已。

我怎么比得过动荡危机中的生死相许？

我不是没有愤懑，我不是不恼火，但是孟冬死了，我所有的愤怒就必须压抑住，越积越厚，变成浓稠得冲不开的、一团一团的哀伤。

"这女的左右脸不对称。"旁边一人说。

我转过脸，傅一睿就在我身后，用宣告绝症般的口吻冷冰冰地说："这边，左脸比右脸大了点，所以她照相一定会侧过左脸十五至二十度左右，这样就看不出缺陷。"

我有点摸不着头脑，问："你怎么知道？"

傅一睿用无奈的眼神瞥了我一下，伸出手指迅速在照片上比画："还有她的嘴，注意到没有，这个人左脸神经发达，她笑起来一定先翘左边嘴角，因此这边的笑纹也比另一边深。"他停了停，侧头打量了一下，下结论说，"我会建议她磨腮，增厚嘴唇。"

我不无赞同地点头："不愧是专业整容医师啊，这样果然好看很多。"

"人类关于五官的审美有基本规则，"傅一睿面无表情地说，"我只是遵从。"

我忽然来了兴致，把照片放下，兴致勃勃地问："那我呢，如果我是你的病人，你打算怎么改造我这张脸。"

他微微昂起下巴看了我一会儿，随后遗憾地说："缺点太多，无从下手。"

"傅一睿，你客气点不会啊？"

他一本正经地摇头："不撒谎是医生的天职。"

我瞪了他半天，可这人心理素质超好，维持长时间的面无表情完全不在话下，大眼瞪小眼超过五分钟，我败下阵来，笑了，忽然我意识到什么，皱眉问他："傅一睿，你不会在拐弯抹角安慰我吧？"

傅一睿偏头，以思索人类生存大事那般的神情思考了一番，随即慷慨地点了点他那颗尊贵的头颅，说："要这么讲也行。"

"傅一睿，我应付其他人的关心已经很累了，咱们这么熟的朋友就甭来这套虚的。"

"但你看起来好像，"傅一睿顿了顿，谨慎地说，"很难过。"

我坐了下来，认真对他说："我没法不难过，孟冬死了。这件事对我，是很难熬的，其难过程度可能要超出你们所有人的预设，但是……"我停了下来，两只手交叠放在桌面上说，"但是，就是因为太难过了我才不愿意表演，不管是表演痛失所爱的未亡人还是惨遭背叛的痴情人，我都没有兴趣，孟冬终究是走了，我终究是，彻头彻尾地失去了他。"

我心里浮上来强烈的痛楚，令我不得不中途歇息，傅一睿一言不发抽走我手中的咖啡杯，换上一杯白开水。

我道了谢，喝了一口，这也是个下午，秋季妩媚慵懒的阳光穿透阳台的玻璃门，然后拖长脚步旖旎回旋着不愿离去。但光线已经分外柔和，我记得孟冬说过，这样的光线最适合拍照。

一年之中，一天之内，只有这个季节，这个时刻与众不同。

可说这句话的人终究不见了。

我眼眶干涩，喉咙发苦，深吸了一口气，抬起头对傅一睿说："你知道整件事最荒谬的地方在哪儿吗？"

傅一睿沉默着坐在我对面，认真地听着。

"最荒谬的地方在于，没人真正关心我失去孟冬意味着什么，人们只是按照他们的善良假设我失去了什么。我失去了什么呢？一个未婚夫，一段爱情，或者一个本来可以建立的家庭。于是就这段时间，每个知道我们俩那点事的人都试图来安慰我，甚至连网上素不相识的人也给我发邮件，写悲悲戚戚的悼念文章。知道内情的人看我的眼神又怜悯又痛心，孟冬的亲戚好友暗地里分成两派，一派要将孟冬移情别恋的事告诉我，一派坚持不说，因为怕我受打击太大，最终他们达成一致，不知道怎么办，于是给我送来这张照片。"

"葬礼那天，我出了那件事没去成，他爸妈知道了找上门，孟阿姨见了我第一件事就是抱着我号啕大哭，说冉冉对不起，对不起，你说我能怎么办？我不得不陪她哭，那感觉真是糟透了。"

傅一睿专注地凝视着我。

我忽然泄气了，不耐烦地挥手说："反正我这几天受够了，你要想说些节哀顺变之类的废话就走吧。节哀顺变？我现在，无论如何也做不到。"

傅一睿端起咖啡喝了一口，淡淡地说：“别担心，我从根本上怀疑安慰人会有用，我只是今天放假，来这消磨下午。”他微微笑了一下，举了举杯子，“咖啡很好喝，你虽然在相貌上有许多不可逆转的缺陷，可组合起来还算赏心悦目，我能忍受。”

我愣住：“你还真是受累了啊。”

“还成，我很知足。”

“让您憋屈这得多大罪过，您还是别看我了，抬起尊腿进厨房去吧，”我虚虚踹了他一脚，吩咐说，“我饿了，抽屉里有面，冰箱里有肉，给我做饭去。”

傅一睿嘴角上勾，站了起来，临走又缩回脚，迟疑着说：“那个，就脸型而言，东方人比西方人要精致柔和得多。”

“嗯？”

“所以就算你再丑，也比外国人强，明白了吗？”

我笑了。

他不笑，但眼神浮上暖意，看了我一会儿，还是迟疑着伸手，象征性地碰碰我的头顶。

傅一睿学长有洁癖，能这么伸出手摸我的头顶，已是给了我极大的面子。

我和傅一睿除了曾经做过短时间的同事外，还做过长时间的同学。当初在美国他就是我所在医学院的前辈，那个著名的医学院考进来的中国人很少，来自中国大陆的就更少了。我们两一块在成堆的很有优越感的西方未来医学精英中厮杀拼打，也算难兄难弟。

我去美国的时候他已经是颇有影响力的华人学生，我还没毕业就听说他到著名的私人医院当挂职医生。后来我回国不到一年他也回来了，进了我所在的大医院，一上来职称就比我高，成为领导整形外科最年轻的主任医师，从此给整个医院的创收重点单位带来根本性转变。

除去面部表情过于严肃外，此人也不失为一位俊朗男士，据闻本市富婆圈流传傅医生“黄金手”的传说，意思是说他做微整形能点石成金化腐朽为神奇。只可惜他长年不苟言笑，即便本人未必想拒人千里之外，周围的人也不敢随意造次。

毕竟跟一个压迫性极强的人待在一块，时时会下意识检查一下自身是不是哪做得不够或不好，这种感觉没人喜欢。

不过我们之间倒保持了一种堪称奇迹的深厚友谊。从医学院到现在，这种友谊的初始固然是我们聊得来，但也有孤独的驱使。当初求学时，医学院内虽不至于对我们虎视眈眈，但美国社会中很多地方都存在微妙的种族歧视，尤其是医学界那么竞争激烈的地方，我们两个中国人结成互助组，总好过找外国人。

这种友谊一直持续到今天，但具体能维持多久谁也不知道，人生变数这么大，我现在又离开了医院，连医生都不做了，还跟这位旧同事旧同学交集多久？

知交半零落，人生莫不如是。

所以能使唤傅一睿医生的时候赶紧使唤，省得往后没这个机会。

我靠在沙发上喝刚刚他给我倒的水，微微闭上眼，厨房里很快传来锅碗瓢盆碰撞的声音，我知道过不了多久，就能闻见食物的芬芳。

我其实并不饿，只是有点矫情，在这么一个下午，我看着孟冬所爱的女人的照片看到肝肠寸断，我需要一碗出自朋友之手的热汤面来抚慰自己。

傅一睿的手艺还不错，我领教过多次，反正是比我强，唯一的缺点是每次做菜宛如做医学实验，明明只是煮碗面，厨房台面上却要摆上十七八个装着各种调味品配料的碗碗碟碟来助阵。

就在此时传来门铃声，我迟疑了一下，想起我这段时间闲着没事在网上买了许多用不着的小零碎，这时候大概也是送货来的快递吧。我站起来，懒洋洋地走去开门。

门外果然是穿着制服的男人，见我过来便问："你是张旭冉？"

我点头。

那男人眼睛中迸射出仇恨，突然从身后亮出一把刀子冲我猛刺过来。

这一刀准确地刺中了我，在我的职业生涯中，我曾经无数次切开别人的身体，但却是第一次亲身体验利刃刺破血肉的冰冷感。

我能够清楚地感觉到刀尖刺穿表皮结构、脂肪层、纤维、血管，在抵达膈上肋骨的瞬间被阻止，由于外力拉扯损伤创口周围的皮肤组织，一阵剧烈的疼痛随之而来，我低头看着伤口涌出的鲜血。

我直往后退，一个不察摔倒在地，登时摔得脊椎生疼，我的意识骤然回归，拼命拿手按住伤口减缓流血速度。那个人还待刺第二刀，我往旁边一滚，顺手抓起茶几上的茶杯扔了过去，尖声喊了一句："傅一睿！"

那歹徒躲茶杯踉跄了一下，所幸傅一睿已经冲了出来，扑过去迎着刀掐住歹徒的手。我看得心惊胆战，一把抄起边桌上的长颈玻璃瓶发狠往桌面上一砸砸碎了，我看着手里锋利的玻璃尖浑身发抖，心里想万一傅一睿摆不平，我就跟这王八蛋拼了。

但我显然低估了傅一睿的格斗能力，就算我是外行也看得出来傅一睿练过，只见他一抓一捏，再用力一掰，那歹徒的手被他硬生生扭到一个正常人不可能达到的角度，他的刀自然捏不住了，傅一睿此时再屈膝一击，狠狠顶向他腹部，趁着那人疼得弯了腰，他再双肘下，用力击向他的背部，那人惨呼一声倒地。

傅一睿将他的刀远远踢开，又朝他后脑猛击一下，彻底将那个人打晕。他丢下那人，三步并做两步朝我奔过来。我一手捂住腹部疼得龇牙咧嘴，神经处于高度紧张状态，另一手还捏着那个碎花瓶不知道放下。傅一睿先抽走我手中的花瓶，还没检查我的伤口，我忽然脚一软，整个就往下倒。

傅一睿忙双手抱住我，离得太近，我都能感觉得到他的手臂肌腱在微微颤抖。我强笑安慰他说："没事的，我有压着伤口……"

傅一睿一言不发，用力将我往上提，我觉得眼前发黑，攀着他的胳膊弱声说："不好意思，弄脏你的衬衫了……"

洁癖傅的衬衫上一片血污，我看着都觉得难受，看来回头得赔人家衬衫了，希望他身上这件别太贵，我还没想完，就听见他哑声低吼："闭嘴吧你！"

声音中有掩饰不住的惊恐和焦灼。

"不行了，伤口太大，我这没东西处理不了，去医院……"我迟疑地说，"傅一睿，我觉得，我觉得心脏不大对劲……"

"我说了闭嘴！"

我感觉很糟，从来没有过的胸痛伴随着窒息感涌了上来，我可以感觉到自己的心脏像个突然罢工的机器，明明转轴还在转动，但皮带松垮垮，已无力带动整个工序正常运作。

作为一名心脏科医生，我非常清楚这是心肌梗死的症状，但这是怎么回事，难道我有动脉堵塞？我心中大骇，用最后的力气拼命揪住傅一睿的衣袖，断断续续地说："不对，傅一睿，心脏……"

傅一睿脸色大变。

"心脏，不对劲，像是心肌梗……"我大口大口地喘息着，捂住胸口，眼前阵阵发黑，眩晕感袭来。

"旭冉，旭冉……"

我说不出话，动不了一个手指头，迷迷糊糊中只听到傅一睿焦灼慌乱的低喊声。他在喊我的名字，老实说，这个名字被一个男人这么喊出声来，真是连半点愉悦感都没有，而且傅一睿在关键时刻也不具备外科医生的专业素养，这种时候，原本该立即实施急救才是，他居然手忙脚乱。

我如果能叹气，也许就叹气了。我想，傅一睿，你大概在整形外科的舒服日子过久了，看来得回急诊练练胆。

恍惚之中，我看到一个年轻女孩站在一群外国学生中，操着不太标准的英语，大声说："先天性肩胛骨高位症又称 Sprengel 氏畸形，系胚胎时期肩胛骨下降不全所致……"

我认出她来，那是少年求学的张旭冉，那个少女时代的我在回答教授提出的问题，她克服了说一口蹩脚英语的窘迫，在大庭广众之下，生平第一次，用英文将每一个专业词汇准确地拼读出来。

那个少女扎着马尾，穿着廉价的牛仔裤和针织衫，她永远离群索居，她不是不愿意靠近人群，她只是不知如何去靠近。

她才不到二十岁，躯干像白杨树一样挺拔，胸部虽然不大，但目光清澈，乌发黑眸。她只要愿意，也是能够笑如春花般打动人心的。

但她大多数时候都很沉默，她从不主动回答问题，表现欲和竞争欲之类在她身上更是绝迹。她过着一个人的生活，一个人背书，打工，把赚到的钱全用来支付昂贵的助学贷款。有时候实在穷了，她啃两块三明治就能过一天。她周末会给国内的亲人写信，打电话，或者手持一部佳能数码小相机走街串巷去拍照。她不是热爱摄影，只是那个时候，她所爱的男人已经是崭露头角的年轻摄影师，她下意识规定自己必须跟上他的步伐。

在少女心中，再也没有比爱着的男孩认为她俗不可耐、不思进取更令人难过的了。

但我知道她不擅长做这些，她永远不能理解为何黑白影调就比彩色的有厚重感和历史感，她后来虽然迷迷糊糊大概知晓了，但那也是恶补了摄影史的结果。她把摄影作为知识来了解，而不是作为创作来身体力行。

比起站在手术台前切开人的胸膛或修补或更换一个活人的心脏时全身血液瞬间沸腾的激情，她在艺术上的天赋乏善可陈。

可这个真相她说不出口。她爱那个男人，她以为这个爱很大，包括要爱他所爱，投他所好。

可她也骗不了自己多久。她稍微长大一点就开始显示自己智力和能力上的独立，渐渐地，她再也扮演不了那个总跟在他身后崇拜他的小姑娘；然后是不能胜任善解人意的红粉知己角色；最后，她终于成长为一名独立的女医生。她藏不住与那个男人在灵魂上截然不同的成分。

可即便如此，成人后的她还是无比怀念他们的童年时光。那是真正的两小无猜啊，男孩带着女孩逃学，他们躲在只有两人知道的秘密基地里，一同翻看男孩从父亲书柜里偷出来的布列松画册，那时候阳光照在男孩的睫毛上，犹如扑上一层金粉，闪动之间，也许有时光的烟尘簌簌而下。男孩指着那里头的照片说我以后会拍出比他更好的相片来。女孩则看着这个小小年纪就雄心壮志的同伴，心想他可真好看，他一定不知道，自己有这么好看。

真的啊，从过去到现在，我再也找不到比那个时候的孟冬更好看的人了，即使是孟冬本人也比不过。

他说，一年之中，一天之内，只有这个季节，这个时刻与众不同。

对我则是，一生之中，一辈子之内，只有这个人，这个时刻与众不同。

一种冰冷的液体注射进我的身体，仿佛一块冰凌骤然打进热乎乎的肉体，冷得我猛然打了个哆嗦，梦境被毫无预兆地击碎，我睁开了眼。

我的直系领导，全院出了名的美男子邓文杰医生正穿着白大褂双手抱臂像研究木乃伊一样地居高临下地端详我，表情很有些复杂。

我慢慢看回他，弱声开口打了声招呼："嗨，邓医生。"

"嗨，张医生，"他低头看表，轻快地说，"你比预期晚醒了十几分钟，再不醒来，我会很乐意把你推进手术室。"

"然后你就有机会切开我。"

邓文杰愉快地答道："没错，旭冉你果然最了解我。"

我想骂这个无良医生，却没那个心力，只得闭上眼不理会他。随后，我仔细回想了晕倒前发生的事，动动身体，发现腹部的伤口已经妥善缝合，手臂上也链接着该输送进身体的药液。我试探着问邓文杰："傅一睿呢？"

"他很好，在他誓要将你的病房坐穿前被警察叫走了，"邓文杰耸耸肩，"希望他没事。"

他的语气实在幸灾乐祸，我着急说："他完全是救我，警察怎么能……"

"放心，"邓文杰按住我的肩膀说，"傅一睿医生在你公寓勇斗歹徒，英雄救美的事迹现如今传遍全院，已经成功令他荣登众护士美女倾慕对象榜之第二。"

"第一是你？"

邓文杰恬不知耻地笑了："没事老说大实话干吗。"

我微弱地笑了笑，喘了口气，才问："我不在，你又祸害良家妇女了？"

邓文杰笑容一僵，似乎想到什么难堪事，皱起眉头，过了一会儿才恢复风度翩翩的模样："我想我们还是谈谈你的心脏为好。"

"嗯。"

"我给你拍片，没发现堵塞，冠状动脉没问题，心脏机能也没受损，据我所知，你也没有胆固醇过高，"邓文杰停了停，问，"你自己有答案了吗？"

我摇头。

"你最近情绪很差吧？"邓文杰换了个话题。

"那只是一种人的基本情绪反应，"我反驳他，"我现在已经感到好多了。"

"哦，"邓文杰意味深长地扬起眉毛，"那你怎么解释你的心脏问题？"

我突然想到一个可能性，不由得惊呼一声："不会是那种该死的煽情的病？"

邓文杰微笑着，用堪称愉悦的神情点头附和说："就是那种该死的煽情的病。"

我的五官并不难看，相反它有继承者母系一族的娟秀灵动，可我仍不属于那种男生一见之下就会钟情继而千方百计想搭讪的类型。读书时我参加的所有联谊活动中，我从来不属于最早被男生们注意到的那类女孩。这一方面固然是我的长相并不符合人们关于妩媚女孩的定义，另一方面，大概跟我身上散发某种"不可以跟她开玩笑"的正儿八经的信息有关，因此从某种程度上而言，我这类的女生比相貌平庸但性格活泼的女孩还不吃香。

我明了这一切，但却从不因此陷入苦恼，更加没有意愿朝着魅力女孩的方向改造自己，那种同龄女性掩饰在精致妆容下不动声色的竞争和较量，在我身上一次都没有出现过。也许是因为孟冬早早占据了我的生命，他的存在于无形中，为我筑起一道隔绝外界的高墙。

我于是愈发孤独。

但我不在乎，那时候孟冬对我而言，比整个世界男人的总和还要重要。

邓文杰正好跟我相反，他是那种到哪都会吸引绝大多数人目光的男人。他的受欢迎程度即便是傅一睿也望尘莫及。这么说的意思倒不是傅一睿本人长相比邓文杰差多少，而是邓文杰天生风度翩翩，顾盼风流，仿佛体内藏着一盏五百瓦的大灯泡，只要他一露面，你想忽略不计都不成。

一个人能如此受人瞩目，宛若荒原夜空最璀璨夺目的星辰般令人内心不能不为之触动，这真是难得。我不是一个容易受人外貌影响的人，很多时候，人在我眼中只分为健康与不健康两种，甚至连性别、年龄、种族都没有区别。但我在第一次见到邓文杰医生那张脸时，视线却停留了足足一分钟。

那一刹那我想，这个男人能吸引人的原因，一定不单单因为他的脸，也不单单因为心外科最有前途的男医生这项桂冠，他身上一定还有某些不能言传的信息素，准确无误传递出"值得爱慕的人就该长这样"诸如此类的信息。

而他本人对此颇为自得，他是一个能坦然接受别人爱慕并享受这一过程的厚脸皮的男人。

不过我一开始对他既无好感，也无恶感，他对我估计也是如此，平日里各忙各的课题和手术，倒也相安无事。真正让我们俩熟稔起来的，却是那起被我们称为"该死而煽情"的病例，而且起因还是邓医生。

事情是这样的：在我工作过的医院附近，为方便探病的人有几家花店。有些病人亲友买一束不够，会订一打，让花店按时送到病房，于是医院中时时能看到送花的男孩或女孩。

这一天，送花的女孩与穿白大褂的大帅哥邓医生美丽邂逅了。尚处在满脑子罗曼蒂克想象阶段的女孩子不意外地迷上了邓医生。邓文杰或许只是出于他与女性习惯性的暧昧，或许有其他无法探究的原因，总之他对此并不加以阻止，甚至有些鼓励，于是来花店打工的女大学生迅速对邓文杰医生情根深种不能自拔。

等我这么迟钝的人都听到风声的时候，女孩已经把好好的一场恋慕演变成骚扰，她不仅每天找各种拙劣的借口来找邓文杰，而且还常常跟踪偷窥，甚至在邓医生与别的女人约会用餐时尾随其后，继而出其不意冲出来打对方一巴掌，打完了人后她又掩面号啕大哭，比被打那个她才像受了天大的委屈。

人都有自动编别人故事的能力，看到这一幕，餐厅里其他人纷纷自我补充了前因后果，联系到邓文杰那张桃花脸，当时恐怕在场的大多数人都在暗自判断，这就是一出现代版的秦香莲。

也是我那天倒霉，约了傅一睿在同一家餐厅吃饭，不幸目睹了全过程。我看着邓文杰一张脸涨得通红，上面尽是前所未有的恼怒和难堪，我忽然意识到，或许这是他长这么大最丢脸的一次经验。我看看傅一睿，傅一睿平板无波的脸上也现出裂缝，我似乎有点想笑，但随即淡淡地低头，装作没看见。

他是君子，我知道这种时候，邓文杰不会愿意被任何一个熟人碰见。

我们都赶紧低头吃东西，过了不到五分钟，突然听见人们骚动起来，不少人发出惊呼声，甚至有人在乱糟糟地喊："打120吧，让人死在这儿就不好看了……"

我当即放下刀叉站起，此时场面失控，那女孩直挺挺地躺在地上，邓文杰沉着袖手旁观，他的女伴捂着嘴脸满脸讶然，周围不少人围观。我越过人群过去，这时也顾不上邓文杰的面子了，我蹲下来摸了摸那个女孩的脉搏，又俯身听她的心跳，这才发现她的心跳微乎其微，且脸白唇青，类似于心血管堵塞。

我立即展开急救，邓文杰在一旁凉凉地说："你别忙了，让她装，继续装！"

我抬头吼了他一句："你气昏头了吗说这种话？你自己就是医生，她装没装你看不出来?!"

就这一句，让他表情松动，且据邓文杰本人回忆，这句话令他醍醐灌顶，恍然大悟。

别误会，邓文杰没悟出什么大道理，他一向不算正常人，他在那一刻领悟到的是，原来女人除了能搞和不能搞之外，还有第三类存在。

很不幸的，我就属于这第三类存在。

在我做急救的时候，傅一睿已经打电话叫来了我们医院的救护车。因为事是邓文杰惹出来的，所以进急救室的医生合该是他。我接下来要值夜班便也留了下来，叫了外卖权充被打断的晚餐。没等我吃完，邓文杰就穿着手术服来找我了，他打开了那个女孩的胸腔，发现心脏由于供血不足，已经勒成一个花瓶状。但奇怪的是，血管并未发生堵塞，心脏机能也没有损伤，检查结果表明，她一切指标也很正常。

"有点意思啊，"邓文杰兴奋地说，"你说说这算怎么回事？"

他虽然私生活不靠谱，但专业上却很过硬，不然也不会年纪轻轻就成为心外科年轻一代的顶梁柱。我那时还是个住院医，平时确实需要他指导。

我想了想，不确定地说："Broken Heart Syndrome？"

"对，"邓文杰高高兴兴地说，"正是心碎综合征，哈哈，我们今天也碰见了。"

他这时候真算个医生，由里到外透着遇见难得病例的欣喜。但我忍不住想泼他冷水，我问："你觉得这个名称怎么样？"

"该死的很煽情，但它证明了，人的情绪能直接影响心脏功能的运作……"

我毫不客气打断他："据我所知，那女孩之所以会有这种该死的煽情的病，起因在你。"

作为医生的邓文杰愣住了，作为大众情人的邓文杰却飞快地反唇相讥："我跟她就算有什么那也是你情我愿，更何况我们根本就没什么，我连她的手指头都没碰过，哦，刚刚打开她的胸腔不算啊……"

"行了，我又不对你做道德评判，但是邓医生，"我笑了笑，拍拍手收拾桌上的餐盒，边收拾边说，"我只想说一句，都引发心碎综合征了，至少说明那女孩对你的情绪强烈又真实，我想，哪怕出于尊重女性的立场，也许你该对她同样真实一次？"

那是我第一次觉悟到，原来人们说心碎了并非夸大其词，而是确有其事，我不谴责邓文杰，也不同情那个偏执的女孩，我只是忍不住在想，无论如何，有一个人真的为你而心碎，这就不是一件可以轻描淡写的风流韵事了。

邓文杰后来怎么处理我不知道，但自女孩出院后，她再没有来闹过，从此彻底消失在我们的视线以内。我的日子也过得跟平时一样忙碌而紧张。唯一的变化就是邓文杰跟我迅速熟稔起来，熟到一定程度之后，"煽情"的心碎综合征，常常成为我调侃他的一个内容。

但我怎么也想不到，这种破事有天会轮到我头上。

那么深沉而炙热的爱恋，哪怕早已灰飞烟灭，

却仍在灰堆底下蕴有火星炙热，烫得我疼痛难忍。

医疗事故

我躺在病床上，把自己迄今为止经历过的生活粗粗估算了下，实在是平淡到不值一提。

但我若说有什么能够称之为优点的，脾气执拗大概算一种，对人也好，对事也罢，只要我觉得对，有意义，我就会跟转动的陀螺一样一直转下去，不到精疲力竭倒地不起决不罢休。哪怕所做的事情跟周围世界判断对错的价值标准相左，哪怕在别的人看来，那件事根本不具备所谓的意义，但只要我认为值得，我便会坚持下去。

比如爱上修理人的心脏这种事，一心一意要将它作为安身立命的事业；比如爱上孟冬，孤注一掷决定一辈子只要那样一个男人。

在我以往的生命中，做心脏外科大夫和嫁给孟冬，成为我体内自成一套的意义系统中两个最主要的支撑点。

为了这两件事，我投进去整个青春岁月，预支了往后几十年的热情，我全力以赴，就像一只准备过冬的鼹鼠，找食物找得太投入了，却忘记了找食物的初衷是什么。

像我这样的鼹鼠是注定要冻死在冰天雪地里的，而且到死也不明白，明明从很早以前就开始为过冬做准备，明明一直都勤勤恳恳不敢偷懒，忠诚地履行所有的义务和责任，所思所想不过想再藏多一点，再后顾无忧一点，为什么到头来还是没用？

安逸温暖的生活，为什么越朝它辛苦地奋进，它越遥远得像个谎言？

我小时候看过《拇指姑娘》，所有的注意力都放在瞎了眼的鼹鼠先生身上，我不断地想，如果我是他，如果我注定要在黝黑的地洞里度过漫无边际的寒冬，我该怎么办？

我拥有的东西那么少，视力几乎为零，既无锋利的牙齿，也无捕食的体力，更没有厚厚的皮毛，或者足以支撑长途迁徙的翅膀，我除了勤勤恳恳每天出去找遗落在田埂旁的粮食，还能怎么办？

我知道自己不是顶聪明的那种人，所以我只能自律刻苦地学习，我知道家里没钱，所以我拼命努力去申请全额奖学金，我把其他女孩用来打扮交友游玩和谈恋爱的时间，都花在打工和学习上。

我仅有的玩乐，也不过是跟孟冬头顶着头一起看一本画册而已。

活到几十岁，我终于有了躺在床上无所事事的时候，可惜这床是病床，可惜我还背着心碎综合征这么矫情的病症。

窗外树荫犹如雾气一样弥漫，我数着窗外的叶子，一片片，小时候坐家门口等着外婆回来我就经常这么做，小女孩仰头数着枝丫上的树叶，一片一片，层层叠叠。

数着数着，绿色的光晕就产生催眠的感觉，仿佛眼前的一切都软了起来，开始具备水的质地。

总是一个人，一个人看书，一个人听音乐，一个人去上学和打工，一个人想念心爱的恋人，一个人进入医院当医生，生平第一次拿起手术刀切开活人的胸膛，目睹活生生的心脏，那个时候的激动和快乐也是一个人的。

偶尔想念得不行，我会翻开多年以前孟冬给我做的相册，那是他亲手做了送给我的生日礼物之一。相册收集了些我们从小到大的照片，里面有两个小小孩童手拉着手，慢慢长大，显露出少女和少年的轮廓，他们的笑容干净璀璨，宛若天使，仿佛世上再无任何的污垢和悔恨。

如果能如照片里这般一直牵着手往前走就好了。

一直牵着手，没有放开，不经历后来的离散、疏远、背叛和死亡就好了。

如果闭上眼，往事不若恝然断裂的风筝就好了。

那一天是孟冬的葬礼，我站在手术台上没能救活另一个少年的心脏，我清晰地听见身体内部大厦倾倒的轰隆声，只一瞬，回首皆是断壁残垣。

"那个男人，是那个病人的父亲。"傅一睿坐在我对面，穿着昂贵的立领阿曼尼衬衫，扣子一直扣到喉结，只余下最顶端的不扣，外面罩着一尘不染的白大褂。我打量着他，心不在焉地想着，为什么大家都穿一样的医生袍，他就能显得分外干净？

"不知道从哪儿打听到你的住址，也许跟踪过你。"

"嗯。"

"不要自责了，没能救活他不是你的责任……"傅一睿试探着开口。

"嗯。"

"交界性心动过速，就是成年患者也容易猝死，更何况是一个未成年人，"傅一睿停了停，交叉双手，看着自己的十指，斟词酌句一般慎重地说，"不是你的责任。"

我打断他："傅一睿，你想知道那天究竟发生了什么吗？"

"不想，但你如果想说，我可以听听。"

"我不是在自责或忏悔之类，不管我说什么做什么，那孩子都已经死了，这是不用争辩、不容改变的事实。"

"我说了，不是你的责任。"傅一睿又重复了一遍。

"但我的病人死了。"

"你还活着，"傅一睿用平淡无波的声音强调，"每个医生都要面对这些，这难道不是你做医生的初始就该预料到的吗？医生的全部经验习得，本来就包括从失败的手术中来。"

我抿紧嘴唇瞪他，随后，一阵深深的悲哀涌了上来，我艰涩地说："可是那天不一样。"

"没有什么不一样，"他忽然放柔了声音，"不要这样想。"

"那天是孟冬的葬礼，孟阿姨亲自来邀请我去，她从小看着我长大，在那么伤心欲绝的情况下还能顾忌我,她真是温柔又宽厚的好人。她说,冉冉,你要去送孟冬最后一程。我也知道我该去,孟冬,孟冬背叛我虽然令人难堪,但在他的死面前,我的伤害算什么呢?"

傅一睿温和地看着我。

"我不是矫情,不是伤心过度,也不是生气。我就是像被看不见的抽水机抽干身体的全部情绪一样,是真的,感觉不到一点跟情绪沾边的东西。那天早上,我起床,我想好了就当送个老朋友,他除了是我的未婚夫,也是这么多年我唯一的一个发小。我不能不去看他,我挑好了穿的丧服,不是中式披麻戴孝那种丧服,而是黑色的洋装连衣裙,价格很贵,那是我头一回给自己买那么贵的裙子,我想象自己穿着这样的裙子来到孟冬的葬礼上,好像也不是那么难接受的事。"

"可等我真穿上那套连衣裙,我忽然很怕,就像小时候做噩梦,一个人奔跑在黑暗曲折的教堂走廊里,身后有不知名的怪物在步步紧逼,我怕得两腿发抖,不得不把自己从头到脚罩进棉被里,就那样还止不住发抖。我不想一个人待着,无论如何也不能一个人待着,一个人这种状态,骤然之间就成为一种相当可怖的情形。而就在同一个时候,就在跟我同一个城市里的那个地方,人们正在埋葬孟冬,把装着他的骨灰的坛子埋进一个地穴里头,每个人象征性地朝上面扔白色菊花,但那是孟冬啊,不是别的什么人,那是跟我从小到大都在一块的孟冬,我无法忍受这样的场面……"

傅一睿伸出手,这一次没有迟疑,直达目标地放在我的头上,来回地抚摸,用奇异的温柔的语调说:"没事,慢慢说,我听着呢。"

我缓缓呼吸了一会儿,才开口说:"总之我去不了葬礼,又无处可去,便又回医院了。邓文杰本来都要上手术台了,见我回来,就说这是我负责的病例,还是该我来。我当时情绪并不对,可我还是上了手术台。"

"那个患者是先天性的主动脉缩窄,纠正那个算常规性手术,我之前成功做过,手术过程算顺利,但推出手术室后第二天晚上他就心动过快,发生严重的并发症,尽管我做了及时抢救,可人还是没救过来。"

"所以,到今天我也不能确定那个手术过程有没有出问题,"我顿了顿,眼眶发涩,哽咽着说,"这就是那天发生的事。傅一睿,如果那天我叫邓文杰替我去做手术该多好？我明明可以开这个口的，可我太难过了，我需要转移注意力，所以我还是进了手术室，我……"

"你的叙述有遗漏，你发现了吗？"傅一睿问。

"遗漏？"

"是的，"傅一睿看着我认真地说，"你忘了讲张医生在这个过程中具备的专业素质，并不是所有的医生都能在那种痛苦中单凭习惯顺利完成一台复杂手术。"

"可我觉得，我还不如不要做。"

傅一睿默然不语，他再次把手放在我头顶，用一种完成使命一般的认真谨慎来回地抚摸我的头发，一开始他做得有点不顺手，渐渐地便掌握了窍门，准确无误地将善意的安抚传达过来。我一瞬间鼻子发酸，下意识贴近了他的掌心，微微闭上眼。

有人愿意给予温暖的时候就要全力以赴感受它。

我亲爱的外婆如是说。

"你事后写的报告，我复制并传给我在美国相熟的教授看，他是心脏外科权威。"

"嗯？"

"对方认为你在手术的程序上没有出错，"傅一睿说，"那孩子术后出现交界性心动过速及并发症是谁也不愿意看到的，你当时已采取了降低体温令心跳回缓的措施，但医生能做的事有时很有限，不是你一个人的责任。当时参与制定整个医疗方案的医生都难辞其咎，尤其是邓文杰那家伙，他经验比你丰富得多，级别也高你好几级，这些情况他该考虑周详，怎能怪罪到你头上？"

我抿紧嘴唇，摇头说："傅一睿，他是我的病人。你我都知道，术后二十四小时内病人的反应很重要，而我还沉浸在自己的私事里……"

"哪个医生能保证自己时时刻刻不受私人生活的困扰？你已经很不容易了，"傅一睿斩钉截铁地说，"反正我坚持不是你的错，说我强词夺理也无所谓。"

我抬起头看他，哑声说："谢谢，我还不知道你对朋友这么护短。但这件事让我质疑自己，是否具备成为一个优秀外科医生的资格。"

"你这个结论下得太早。"

"不是的，我过不去心里这道坎，"我想了想说，"倒不是良心谴责之类的，良心上当然不好受，但是我做这一行，一年当中可能有十好几个病例会因为医治无效死在你手上，说实话，我也不赞同把精力用来多愁善感。"

"我知道。"

"但那个孩子确实死了，对他的家庭来说，就如孟冬死了一样，他们家庭，他的父母，也一定会痛苦得不得了，我觉得，这两件事连在一起就像某种征兆，它让我觉得，我可能做得没有自己以为的那么好，无论哪一方面。"

"就因为这样决定不拿手术刀太可惜了，"傅一睿用一如既往平淡无波的表情说，"别人不知道你走到今天有多努力，我可是一直看着呢。"

我微微笑了，问："真的一直看着？"

"也不算是，就是偶尔看着，"傅一睿生硬地转换话题，"反正我记得一个黄毛丫头为了省钱买资料买书怎么拼命打工，她每个新学期开始都要抱怨为什么没人买她用过的二手书，却从来没意识到那些书早已使用过度。你知道，这么寒碜丢国人脸面的事，要让我忘记可不容易。"

我心里百感交集，转头看向傅一睿，傅一睿这时微微笑了，他并非真的不苟言笑，只是他的表情变化幅度比之寻常人要小很多，犹如树叶落到水面上激起微乎其微的细小涟漪，不留意观察或者不耐心观察都很容易错过。

所以一般人不知道，他笑起来有多温暖。

回想起来，我们已经认识了很多年，彼此的身份换了好几重，从同胞、同校、同学、同事，我们一直都在彼此身旁，那种相互理解是天长地久一点点积攒下来的，等我们有所察觉时，才赫然发现早已深深介入彼此的生活。

当初医学院的同学聊起傅一睿，都会谨慎地评价"那家伙聪明，样子也不赖，但太冷淡，多余的话从来不说，是不啰唆的人没错，但不好接近"，我还亲耳听到同院漂亮的白人姑娘们在洗手间里议论他"身材很棒，想来那方面能力也该很好，但为人未免太不解风情了些，不知道高潮时是不是也能面无表情"之类的话。

但我却知道傅一睿远不止这样。他做人做事，与其说冷淡，不如说他有自己自成一套不可变更的规则。而他那些规则又很好辨认，大多以相互尊重保持距离，不涉及个人私生活为主，因此颇合我意。

认识多年，我始终不知道傅一睿出身如何，家里有多少人，父母的情况等一次也没听他提到过，只是读书时每年圣诞节和中国农历春节，都能看到国内给他寄来的许多应节物品，对此他也只是可有可无地说了句"家里给弄来的"就没下文了。

相处久了就能发现傅一睿很有一些好处。比如说他很有耐性，他永远会在你需要倾诉的时候充当沉默可靠的听众；比如说他对己严苛，待人却无过多要求，至少我一次也没听他说过谁的不是——当然，也许他不认为有谁值得他批评。

傅一睿当然也会不喜欢一些人，比如邓文杰，但傅一睿从不对邓医生堪称混乱的男女关系做出评判，对他不负责任游戏感情的做法，傅一睿虽然不赞同，但也认为这是一个成年男人的自我选择，从本质上讲与他无关。

我跟孟冬的事他从一开始就知道，知道了很多年，我还记得是怎么跟他说起孟冬的，那是我们还在美国的某一天，大家在咖啡店遇上，一起喝了咖啡，结账的时候我坚持由我来付，因为在此之前好像已经承了傅学长不少人情。掏钱的时候他扫了一眼我的钱包，看到我跟孟冬的合影，于是他轻描淡写地问："照片不错，男朋友来着？"

"未婚夫，回国就会跟他结婚。"

他似乎愣了一下，用对他而言高出不少的声调问："你订婚了？"

"是啊，"我点头，"在一起长大，一起经历初恋，维持关系到现在，结婚也是理所当然的事啊。"

傅一睿面无表情地表示赞同，但未了他加了一句："世界充满变数，理所当然这种事嘛，还真说不好。"

我之所以记得如此清楚，就在于这句话怎么听都与傅一睿一贯不管别人私事的原则相悖。有时候我想起来会怀疑自己是不是记错了，因为傅一睿在后来的接触中继续保持着事不关己的淡漠态度，如果我愿意说我跟孟冬的事，那么他也会听，但我们从不对此话题进行交流，也从来没发生过他主动问询的状况。

可这句话又那么令人印象深刻，唯其与傅一睿向来的话语风格不相符，所以才铭刻在我脑子里，我最终判断这应该是傅一睿说过的话没错，不然我不会平白无故将一句完全不像他会说的话归入到他的名下。

只是他为什么会突然冒出这么一句话呢？是出于他对生活的洞悉和不信任感，还是出于对我的本能担忧？也许两者皆有。

在我二十九岁的今天回想自己二十岁时的言谈，当然知道那时候的自己看起来有多单纯和愚蠢，但对一个漂洋过海独自一人的女孩来说，大洋彼岸存在一个青梅竹马的知心爱人，他的意义恐怕已经超越了简单的情爱关系，他还联系着女孩心底若隐若现的孤独、恐慌和乡愁。孟冬在那种情形下必须存在，其重要程度堪比金门大桥对旧金山、自由女神像对美国。再来一次，我恐怕还是会那样深沉地热爱孟冬，因为在那个时候，孟冬独一无二，无可替代。

那么深沉而炙热的爱恋，哪怕早已灰飞烟灭，却仍在灰堆底下蕴有火星炙热，烫得我疼痛难忍。

还好此刻身边有知己良朋，他愿意伸出一只手，摩挲我的发顶，给予我温柔。

我只能闭眼，方能掩住夺眶之泪。

我们俩一个躺在病床上，一个侧坐一边，各自陷入沉思中。此时单人病房过了巡视时间，护士们大多相熟，被我三言两语赶去忙其他的事，时间静悄悄地流淌，适合彼此沉默，相安无事。也不知过了多久，我忽然想起来："傅一睿，你今天不用开门诊吗？"

他现在算我们院的专家，开的是专家门诊，一周只需到场两次。

傅一睿满不在乎地说："今天带实习生。"

"哦，那他们呢？"

"我让他们分散到各岗位自己琢磨去。"

"你有点不负责任啊。"

"我自己当年可是过了三四个月才有资格独立给人缝合伤口，"傅一睿淡淡地说，"不懂得自己找事做，那是他们的问题。"

我想起我们在美国的情形，笑了笑说："可这是国内。"

傅一睿不以为然地耸肩，就在此时，门外传来一个护士的声音："张医生，有人来看你。"

"哦。"我刚刚坐好，门口就传来一个中年妇人饱含感情的声音："冉冉，你怎么弄到住院了？你这样阿姨怎么放心？"

我一听就觉得头发涨，却不得不笑着打招呼："孟阿姨，啊，孟叔叔也来了？

我没事……"

我一句话没说完，已经被孟阿姨一把紧紧抱住。

压迫到伤口，疼得我龇牙咧嘴。

我刚想推开她，却听她抽抽搭搭地开始哭起来，她向来是我见过哭得最能打动人心的女人，即便年轻不再，但这种柔美早已深入骨髓，令她即使泪水涟涟，却仍然我见犹怜。

从来都是这样，明明是别人在痛苦，她在掬一把同情泪，但不知道为什么，到最后总是掉了个儿，变成遭遇不幸的人反过来心存愧疚，惴惴不安地开口抚慰和劝解她。

就如我现在这样，忍着疼，叹着气，却始终没办法狠下心推开她，反而莫名其妙伸手环住她的背脊，嘴里胡乱说什么我没事我很好阿姨别担心之类的话。

孟阿姨身上就有这么神奇的能力。

我从小就在孟家出入，把他家厨房当我家饭堂，把他家儿子当我的对象，但我从来有自知之明，不会把他母亲当我的母亲。因为我深深知道，像孟阿姨那样的女人，绝对生不出我这样的女儿。

我们俩除了同为女性这点一致外，恐怕从头到脚，从里到外，从做女人的审美观到做人的价值观，都没有一处相同。

我这么说并没有带褒贬的意思，世界上不同类型的人比比皆是，相异本是常态，但相异到我跟孟阿姨这种程度，却也属少见，简直足以用南辕北辙来形容。孟冬曾经说过，我跟他母亲的差距，就如物种与物种之间的差距一般。大熊猫永远无法理解缝纫机，同样的，鸭嘴兽也永远无法理解野雏菊。

但这并不妨碍我们之间真诚地关爱对方。

她是个脾气好的女人，一辈子都在无限期地重复自己的少女期，永远怀揣犹如透明水晶一般的迤逦梦幻。她不满时会嘟嘴，高兴时会撒娇，看到八点档的狗血剧情时会热泪盈眶，看到自家的男性成员时会有盲目的崇拜和敬畏，她永远没法自己拿主意，小到买哪个牌子的洗衣粉，大到穿哪件衣服出门，全由她身后的男人做主，有时候被我们这样的小孩子不留情面地反驳了也不着恼，反而会委屈地嘟嘴，然后转头撒娇一样跟老公告状。

她就如我看过的童话小说一样，幸福地生活着。

可没人知道，当孟阿姨告诉我王子和公主一定会幸福地生活在一起时，我就想为什么她总是这么说。

当所有的童话均以这句话结尾，这句话实际上便失去了真实的意义。我就会想，万一王子和公主在一起后才发现他们性格不合呢？或者王子觉得另一个公主更美丽，公主觉得另一个王子更帅气，他们都后悔年轻冲动，可他们却不能分开，必须幸福地永远在一起，那样一来，这句话岂不反成为恶毒的诅咒？

我这么跟讲故事的孟阿姨说，孟阿姨大惊失色，费了一个下午的时间，拼命想洗掉我脑子里这些可怕的念头。

用她的话说就是："公主只要每天美美的就好了，王子就会永远爱她。"

然后她的注意力就转向怎么拿绸带在我的头发上绑一个完美的蝴蝶结上，她只生了孟冬一个男孩，有个跟孟冬同龄的小女孩供她打扮成洋娃娃玩，实在是种无法抗拒的诱惑。

可惜亲爱的孟阿姨永远无法明白，持悲观主义的张旭冉头戴蝴蝶结也无法积极开朗。

她对我是真的好。我从小没有父母，在她眼里是个小可怜，哪怕我跟她解释了千百遍外公外婆给了我足够多甚至超出父母范畴的爱，但在孟阿姨的理解中，这些通通变成"冉冉好懂事，冉冉好让阿姨心疼"的表现，我再怎么说怎么做，反正都逃不开她对我的同情。

当她第一次拉起我的手牵我进他们家时，我一生难忘她蹲下身子用娇滴滴的口吻对当时比我大一点的小孟冬说的话，那原话是：

"冬冬，这是冉冉妹妹，她好可怜哦，没有爸爸妈妈疼爱哦，所以你以后要好好疼妹妹，好不好？"

她好可怜哦，这从此就成为张旭冉在孟阿姨心中风雨不动的标签。我跟着孟冬厮混玩耍时她会笑着看我们，皱着眉头叹一句我好可怜；我漂洋过海去美国求学，她到机场送我，也是抹着眼泪说我好可怜；孟冬跟她说要跟我订婚，她高兴得眼睛发亮，第一个反应就是脱口而出冉冉以后有你照顾就不可怜了；等我回国后为外婆送终，她参加葬礼哭着呜咽的也是冉冉太可怜了。

等孟冬出事后，我又递交辞职信，她上门看我也是与我抱头痛哭，边哭边说冉冉你往后可怎么办？你这么可怜阿姨怎么放心？

不可否认，她真是个好人，很少有母亲在痛失儿子的巨大悲恸中还能分神怜悯他人，但在孟冬死后，我却很怕见到她，我不能承受她对我没来由的歉疚感和怜悯感，就连孟冬本人都不能算欠了我，更何况他的母亲？

他只不过骤然醒悟什么是真爱，只不过匆匆忙忙将我跟他的感情定义为兄妹之情。

我再怎样，也不能不让人不爱。

他只不过不爱了而已。

我躲了她一个多月，终究还是因为住院被逮住，我困窘不堪，看不见的怪圈又套牢在我身上，我不想看到任何与孟冬有关的人，但我不能推开他的母亲。

就在此时，傅一睿冷冰冰地在一旁说：“女士，麻烦你放开张医生，她快被你弄成二次受创了。”

孟阿姨正哭得梨花带雨，抬起头有些茫然，傅一睿黑着脸不耐烦地说：“你压到她伤口了，放开她！”

孟阿姨这才手忙脚乱地松开我，忙不迭地伸手想摸我身上，着急地问：“真的压到伤口了吗？疼吗？对不起啊小冉……”

“别乱动，”傅一睿及时喝住她的动作，硬邦邦地丢下一句，“伤口破裂或感染谁负责？”

孟阿姨当了一辈子美人，大概从没试过被成年男性如此不留情面地呵斥，一时间呆愣在那，转头委屈地又红了眼睛，伸手向背后的孟叔叔哭诉：“老公，我不是有意的……”

孟叔叔上前半搂着她的肩膀，低声安慰说：“我知道，小冉不也没什么事吗？是吧小冉？”

我勉强笑了笑说：“是啊，阿姨，你没弄到我的伤口，别难过了好不好？”

“可是你好好地受了伤，工作听说也不顺，冬冬他又……我怎么可能不难过？”孟阿姨又哭了起来。

病房中又一阵悲戚之声，夹杂着孟叔叔的劝慰，还有我干巴巴的开解，但大概想起了失去的儿子，母亲的哭泣怎么也止不住，我安慰人的本事有限，翻来覆去就那么几句，孟阿姨正在伤心处，想来也不可能听进耳朵里，"我没事你别难过"这种话说多了自己都觉得尴尬。

而实际上怎么可能不难过？我们都丧失了重要的人，无可替代的人。

我觉得疲惫，抬起头求救一样看向傅一睿，傅一睿的脸色越发黑沉，他一言不发，大踏步走出病房。不一会儿，管这片的护士长推着车进来，她是个四十开外的干练女人，嗓门大，说话很有威严，一进门就喊："病房需要安静，请克制一下啊。"

孟阿姨的抽泣声低下去不少，护士长过来检查了我的吊瓶，换上新的，打开针盒说："张医生差不多到时间换药打针了，家属明天再来好吗？"

孟叔叔替孟阿姨擦了眼泪，柔声说："那我们先回去，让小冉好好休息吧？"

孟阿姨点点头，对我哀戚地说："冉冉，你想吃什么？阿姨明天给你带来。"

我忙摇头说："不用了，您别担心，医院伙食挺好的，再说我这个状况有些要忌口，您就别忙了。"

"但是你没人照顾……"

"我跟护士们都挺熟的，她们会关照我，我在这个医院工作多久了？"

孟阿姨微微笑了，转眼又忧伤起来："都做了这么久，说不干就不干……"

我沉默了，孟叔叔这时问："那件事，医院怎么裁定？算医疗事故吗？"

"没有这么定，"我说，"是我自己觉得没脸再待着……"

孟叔叔叹了口气："你这孩子就是想太多。"

"不是，是我做错事，"我垂下头，低声说，"就算被刺一刀也是活该。"

"啊啊，你这孩子怎么说这么可怕的话？"孟阿姨哭着骂我，"冬冬不在了，我两个孩子就剩你一个，你怎么可以说这么可怕的话？你怎么一点都不考虑我的心情、你孟叔叔的心情？"

我有点震动，抬起头看她，却见她向来美丽光滑的脸上前所未有地出现皱纹，我心里涌上一阵难受，眼圈就红了。

"你跟冬冬一样都是坏孩子，都是没良心的坏孩子，一个不声不响就走了，一个半死不活躺在医院里，你们怎么就从来不替做父母的想想，啊？你们是一个人无牵无挂吗？我打小疼你爱你，把你打扮得漂漂亮亮的你当是好玩的吗？"

我的眼泪掉了下来，砸到手背上，有水花静静绽开，我在刹那之间被一种强烈的情绪攥住心脏，我知道我又不由自主地对孟阿姨心存歉疚，她这句话分量太重，令我想起小时候无数的细节：夏天两个小孩子围在圆形木桌旁乖乖坐好，等着孟阿姨端出一人一碗又凉又甜的绿豆沙；冬天我跟孟冬俩人一人戴一顶孟阿姨做的绒线帽，我的永远是大红色围白绒线球边，他的则是蓝色围白绒线球边，后来因为样子太过幼稚，上了中学后我们俩就坚决不戴；我要给洋娃娃做衣裳，孟冬偷了她珍藏在箱底的布料，我将那些高档料子裁得七零八落，她发现后气哭了，却还是没舍得打我们；我上飞机去美国，箱子里两件旗袍，绛红提花的是外婆保留了几十年的压箱底货，粉色软缎的却是她跑了半个城市找了老裁缝特地为我做的，多亏了这两件旗袍，我在美国出席的几场聚会才算没因为衣着丢人现眼。

她诚然从来没办法理解我，但她也从来尽心尽意对我好。

我低声说："阿姨，我想吃你做的乌豆鲫鱼汤。"

孟阿姨还在哭，听了愣了愣，孟叔叔说："小冉问你呢，她想吃乌豆鲫鱼汤。"

她恍然，擦擦眼泪说："哦哦，我去做，冉冉还想吃什么？啊，不对，我去问问外头的医生你能吃什么。"

她急急忙忙地往外走，护士长笑了，说："张医生不就是医生，她自己还不知道不能吃什么？"

孟叔叔也微笑了，他看了看我，低声说："小冉，叔叔想麻烦你一件事。"

我点头："您说。"

"冬冬的事，对我们打击很大，"孟叔叔斟词酌句说，"但我毕竟外面还有自己的事业，有事情忙，你阿姨一个人在家就难免要胡思乱想，有好几个晚上，我都发现她睡不着，在冬冬的房间抱着他的衣服哭。"

他看着我继续说："我知道这件事对你的打击不亚于我们做父母的，我也能理解你不想在这种时候见我们，但是小冉，我想请你看在这么多年我们俩疼你的份上，看在孟冬好歹跟你算青梅竹马的份上，你让你阿姨照顾几天好不好？让她有件事挂心忙活起来，挨过这段时间好不好？"

誓言这种东西何其残忍，

它只让听的人铭刻在心，却不让说的人牢记不忘。

　　孟阿姨又回到我的生活中，诚然如孟叔叔所言，我几乎算是她的一个孩子，我不能不管她。

　　何况还有孟叔叔如此直白的请求，我的外祖母是民国时期女子师范大学毕业的老知识分子，她教出来的孩子，没有办法对着长辈的恳求背过身去。

　　我唯有深深叹息。

　　我成全别人的哀伤，谁来成全我呢？

　　现在，孟阿姨几乎隔一天就会出现在我的病房，不是带饭菜过来就是带水果过来，这些礼物带着悲悯和爱，所以不能推辞。

　　唯其不能推辞，才愈发无法接受。

　　我承认，我确实很难过，一直都很难过，难过得恨不得不存在于这世上才好，但我在难过之中宛若踯躅万千年，难过已成为我肉体的一部分，无法分割，也无法明言，更加不想将之归入孟阿姨那种简单化和浪漫化的悲戚当中。

　　她一生平顺，喜欢热闹，到哪都能交朋友，她频繁来看我带来的一个直接后果就是，不到一星期，外科住院部的护士们都知道张旭冉医生跟个小可怜似的：父母早逝，由年长的外祖父母抚养，未及成年外祖父逝世，好容易读完医学院外祖母又亡故，事业稍微有点起色又遇上青梅竹马的未婚夫客死他乡。

张旭冉就像一出人间伦理剧的女主角。

我一开始还不知道，等到第三拨实习医生并小护士结伴来围观我的时候，我终于觉出端倪，再等到出去晒太阳，那帮年轻人不谨慎的议论声落入我耳朵，我已经不知道做什么反应合适。

这么好的调侃话题，邓文杰自然不放过。

"我听说某人最近成为新版《雾都孤儿》的主角了？"邓文杰吃着我床头柜上的苹果，在我病床前来回晃。

"嗯，你也可以将之形容为《孤星血泪》更煽情，"我埋头看书，翻过一页，直接复制傅一睿式的腔调冷冰冰地说，"另外，如果你再拿我当借口跑这儿偷懒，顺便自取我的慰问品，我保证你下回来这儿就得上演《孤胆英雄》。"

回答我的，是邓文杰愉快地咔嚓咔嚓咬苹果的声音。

我将注意力集中在要看的书上，过了一会儿，邓文杰啃完苹果，一边擦手一边难得好心地建议："不如我给你开出院？"

我抬起头，发现他向来带着戏谑表情的脸上多了一点别的什么东西，类似于同情，我皱了眉头，沉吟了一会儿合上书道："说吧，外头都传我的身世传到什么程度了？"

邓文杰装模作样地说："我可不是喜好传小道消息的人。"

"行，你风格高尚，现在是我自己想听的，赶紧说吧。"

"你强烈要求的？"

"少废话。"我没好气地回答。

邓文杰将挽起来的袖子仔仔细细地放下来，抖着细细的褶皱，说："无非就是你多惨多倒霉，版本众多，莫衷一是，但总体而言，大多数同事都被你激发了基本的人道主义热情，就连业务水平不如你、原本瞧你不顺眼的某几位，也纷纷找到心理平衡点。"

他微微一笑，风度十足地说："你不觉得，这算一个好消息？"

我头大如斗，不由哀叹了一声，抓起一个枕头盖到脸上。

"就连李院都发话，张医生是我们院的青年骨干医生，现在是她的困难期，我们大家都该帮助她。"

"上帝啊，"我大叫一声，把枕头抓下喊，"谁要他们帮助？我他妈的已经辞职了，辞职了！"

邓文杰若无其事地说："哦，那个啊，忘了告诉你，你的辞职报告我一直没上交，我跟咱们科的头儿商量过，给的是事假，现在你又住院了，那就是病假。"

我大吃一惊，问："你说真的？"

邓文杰诧异地反问："我对女士所说的话从来都真诚啊。"

"邓文杰你玩我啊！"我怒骂一句，抓起枕头扔他。

"亲爱的张医生，你这么说别人会误会的，"邓文杰一个华丽侧身，轻松躲开枕头袭击，"我可还算你的领导，而且我有职业道德的。"

"是吗？谁那天说咱们科新来的实习生年轻新鲜，完全就像为你的喜好打造的？"

"别提了，"邓文杰不满地微微皱眉，"那女孩太没劲。"

我惊奇地问："你不是说过她最喜欢的电影是《肖申克的救赎》，由此可见是位很有思想很有深度的女孩吗？"

邓文杰犹如吃了什么恶心之物一样深吸一口气，随后飞快矢口否认："我绝对没说过。"

"我的记性媲美计算机。"我毫不留情地反驳他。

"OK，我说过，但我后来改变看法了，现在对我来说，《肖申克的救赎》是部庸俗的电影。"

我抱着手臂冷冷看他。

他被我看了一会儿，终于败下阵来，举手说："好吧好吧，我发现我上当了，原来喜欢这部电影成了一个筹码你懂吗，现在很多小女孩都知道，拿《肖申克的救赎》这类高分电影装品位钓男人再好不过。"

我来了兴趣："真的？"

邓文杰大概也憋久了，摊手说："我还以为有人说喜欢这部电影，起码等于她喜欢里面主人公不屈不挠向往自由的精神，或者还能理解电影里深层次的悲悯、对自由和监禁这些主题的反思等等，这就意味着这个女孩爱看书，爱听高雅音乐，因为电影里有普契尼的歌剧唱段，她还拥有不凡的品位，因为主人公即便身陷牢笼也还不愿因此低俗和同流合污……"

我皱眉："你为什么不能只是简单地将这部电影评价为故事好看？"

"我这不是才明白过来吗，那不过就是一个谁都能看懂的好故事，"邓文杰郁闷地说，"连那个小实习生也不例外。"

"你给这部电影加了这么多期待值，"我把手里的书放到床头柜上，"将喜不喜欢一部电影作为对异性有没有好感的标准，这是你的问题。"

邓文杰扶着额头："我只是不想再邂逅某部分只会化妆看偶像剧的女孩而已，别提了，简直是灾难。"

我笑了，问："这么说你还希望在肉体欢愉之余，跟上床的对象交谈两句？"

"这要求不过分吧？"

"如果只能二选一，年轻漂亮的肉体和能交谈的对象，你选哪个？"

"人是复杂的，"他认真思索了一会儿，说，"不可能只存在二选一的境地。"

"只是打个比方，如果现在有一个非常性感从头到脚从胸部形状到皮肤颜色都照你所爱打造的女士出现，但她的言谈举止品味爱好跟你简直南辕北辙，你还会跟她发生关系吗？"

邓文杰点点头，诚实地说："恐怕还是做了再说吧。毕竟是难得一见的性感身材。"

我哈哈大笑："邓文杰，说到底你就是这么浅薄肤浅。"

"谁不爱年轻漂亮的肉体？"邓文杰反问，"你不爱？"

"我当然也爱，"我摊手说，"但没爱到非拥有不可的地步，你看，这就是我们之间的差别。"

"那是因为咱们性别不同，"邓文杰愤愤不平地说，"还因为你只经历过少数的男人，对男人的想象力有限。"

"亲爱的邓医生，容我再重复一遍，你对女人的品位真是浅薄。"

他皱起眉，不确定地问："真的？"

"真的。"我肯定地点头。

"啊，原来这就是我一直孤独的原因。"

"孤独这个词怎么看也跟您不搭调，"我嗤之以鼻，"邓医生，装忧郁少年您明显超龄了啊。"

邓文杰厚颜无耻地昂起头，我侧身到床头柜那重新拿了一本别的书，低头翻起来。

"我说，你交过多少男朋友来着？"

"这种话题我可不想跟你讨论。"我飞快地回答。

"你不会从头到尾只有那个前未婚夫吧？"

我抬起头，狠狠瞪了他一眼。

邓文杰没心没肺的笑只持续了几秒就渐渐消散，大概他也发现自己这个话有点过分了，于是轻咳一声，说："对不起啊。"

我点点头，接受他的道歉。

"那什么，我其实就想问，你对男人的品位怎样？"

"没什么所谓的品位，"我心里微微一疼，但很快忽略不计，轻松地说，"如果要说，我想我可能会偏爱胳膊粗壮的。"

"喂，大家明明一样这么庸俗嘛。"

我笑了起来。

邓文杰瞥了我一眼，小声地问："旭冉，你那个未婚夫，他是个什么样的人？"

"你为什么想知道？"我从书上抬起眼，静静地看着他微笑。

邓文杰耸肩："我只是随便问问，你可以不答。"

我叹了口气，忽然觉得此时此刻的邓文杰就跟一个好奇的小宝宝一样问出令人烦闷的问题而不自知，我摸摸头发，心想这家伙一向说话行事非常人，也真是不能跟他一般见识。我缓缓地说："他，算一个好人吧，诚实，不造作。"

"有你喜欢的粗胳膊吗？"邓文杰认真地问。

我微笑摇头说："那倒没有，咳咳，所谓粗胳膊，等于作为一种得不到的象征物而已，就是那种偶尔在大街上看到会想，哎呀如果抱着有粗胳膊的男朋友，滋味可能不错，仅此而已。"

邓文杰一本正经地表示赞同："的确如此啊，我偶尔也会想找个平胸禁欲的三十岁以上女性做女伴，没准会很刺激呢。"

这几日住院闲来无事，我得以有机会观察身边不同的医生。

比如说，手术前十五分钟会做什么，想必一千个外科医生会有一千个不同答案。有人会选择静坐闭目，有人会干脆倒床休息，有人会重复看病历和 X 光片，有人则爱跟小护士瞎聊天，有人则喜欢召集一同进手术室的医护人员开会，唠叨一些大家都知道的细节。

医生与医生之间，哪怕面对同一件事情仍有各自不同的处理方式：比如邓文杰，这十五分钟也许他就宁愿花十分钟跟实习医或漂亮的小护士调侃逗趣；若是傅一睿，我敢肯定他会花一半以上的时间洗手，以一脸的凛然正气与看不见的细菌做斗争。为此有一年圣诞我送了他一套护手霜，成功地令面瘫先生三天不跟我说话。

外科医生这一职业，并非如外人所想那般整日沉浸在救死扶伤、仁心仁术、医德品德等充满牺牲意味的道德感中，就我个人而言，外科手术令人兴奋的地方在于它的修补功能，它直接将地球上最复杂精密的仪器——人体剖开了摊平在你面前。这个过程极其挑战智力和想象力，我能理解西方中世纪偷偷进行解剖研究的艺术大师和医学先驱为何如痴如狂地躲在墓穴里解剖尸体，因为人体实在令人惊叹，天才的外科医生能独辟蹊径，实验性地对人体进行改造，与它的基本运行规律相搏斗，并进而令这部仪器按想要的方式运作。

为了这种激情，我才当的外科医生。也即是说，治病救人是在此之后附带的东西，最初的原始的冲动，是修复这台精密仪器的欲望。

但我现在已知道，这种观念有不能承受的风险。

因为我面临的是一个没有回转余地的矛盾：我在技能层面是在修复人体，但在情感层面，我面对的，却是一个个活生生的人。

会呼吸，会行走，会微笑，会思考，会在这个世界上留下活过的痕迹的人，也许那个痕迹，还远远比张旭再留下的深刻得多。

所以我不能忘记那个死于并发症的少年，因为我没办法对自己撒谎。

我自己知道，当他躺在手术台上，当我切开他的胸腔进行例行手术时，哪怕我手上的工作程序没有出错，可当时我脑子里想到的是孟冬死了，我再也找不到他，我想的是我其实早就找不到他，他就算活着，也注定要离我远去。

我在我的病患需要我全神贯注的时候，却在暗地里为自己的那点私事肝肠寸断。

我后来发现，作为他的主刀医生，我居然连那个男孩长什么样都不记得。我依稀有他很瘦弱单薄的印象，但他的五官如何却怎么也想不起来，他的脸稀薄得就如一层雾气，跟病床上的白色被褥合二为一。

一个在记忆中没有脸的少年，他去世时悄然无声，身为他的医生我却只顾着哀悼孟冬的死，可实际上，孟冬的死未必就比这个少年的死更重。

这不是良心谴责的问题，它比良心谴责还要深刻，我还是没有对傅一睿讲真话，真话是，那天在我拿起手术刀的一刻，我是痛苦得恨不得死去的，我确确实实在琢磨死亡的事情，就像找到一个解脱苦难的绳索，我想攀缘上去，死亡的欲望在那种极端痛苦下宛若毒果，危险而诱惑。

它最终没有诱惑到我，却不知怎的，溜到我手下本该活下去、本该有无限可能的少年身上。

就好像是那个男孩接收到我关于死亡的信息，所以他离开了人世。

我怎能说我没有责任？我不该在拯救一个人生命的时候，想的却是如何剥夺我自己的生命。

我有一个隐藏的秘密没告诉任何人，那就是这么多天了，我每天一陷入深度睡眠就做同一个梦：梦里我拿着手术刀站在手术台上，一个看不到脸的男孩瘦弱的躯体在我手下僵硬变冷，他胸口破了一个大窟窿，而我身边血流成河。

这不是什么好梦，我惊醒后满身虚汗，然后就再也睡不着。

睡不着就开始胡思乱想，想孟冬跟我以前的事，想我们曾经那么好，想未来这种东西曾经也被我规划过，想梦想和幸福其实我要的也很简单，真不算多。

可为什么实现不了？哪里做错了吗？还是说，从一开始就是错的？

我会突然有种恐慌，怕明天，怕明天不知道该怎么过，怕得不得了。

天一亮情况就开始好转，好像白天的到来莫名其妙地又让我滋生了些许力气，我渴望着别人来看我，傅一睿、邓文杰甚至孟阿姨，有人来跟我说话，我就觉得好像跟世界的联系又多了一条微乎其微的纽带维系着。

但一到晚上，这些纽带通通断裂。

我害怕睡眠这种东西，更害怕失眠，权衡了一番以后，我觉得还是睡眠好点，于是在傅一睿过来看我时，我试图跟他商量，问他能不能帮我弄点安眠药。

这件事当然我也可以拜托别的同事，但是这种事一旦进入对答环节，就免不了要回答"为什么要安眠药"这样的问题，而我无论说什么都会被别人拿去放大想象，这样一来，身边能帮我开药而不被盘问的医生似乎也只剩下傅一睿一个。

但傅一睿听完后却一反常态，没有说话，只是直直看着我，深邃的目光中流露出担忧。然后他坐下来，坐的位置比以往要靠近我，我不自然地往后缩了缩，继续说服他："只是安眠药，最普通的那种即可，你就帮我开吧。"

"你自己也是医生。"

我点头，尽量轻松地说："可我不是被停职了吗？哎呀你别多心，我绝对不会过量服用，也会注意不会产生药物依赖，你知道我之前没有服药史……"

"我不会开的。"他淡淡地打断我。

"又不是让你弄大麻！"我怒了，"就这么点小忙你都不帮？"

傅一睿转过头，半晌，他哑声说："去看心理医生吧。"

我愣了，立即摇头："别开玩笑了，我没事看什么心理医生，我就是最近有点失眠而已，失眠的人多了，难道都去看心理医生？"

傅一睿没理我，自顾自地说："我想想这方面有什么熟人，找个好点的，不然我们回美国……"

"傅一睿！"我尖声说，"我说了我没事！"

他回过头，定定地看着我，我被他看得心虚，垂下头重复说："我真没事。"

傅一睿长长叹了口气，他朝我挪近了些，这个距离已经有点近得异乎寻常了，我尴尬地笑说："傅一睿，傅学长，我身上都是消毒水味，你可想好了，再靠过来待会儿想吐可别怨我啊，还有啊，拜托你别说什么煽情的话……"

他皱眉，忍耐着低声喊了句："张旭冉，安静会儿吧！"

我快快地住嘴。

不差。"

昂起下颌，加以补充："至少比那个好。"

一张狭小且满是脂粉的脸上布满泪水，指着

因为我是你的亲妹妹……"

孟阿姨大概也觉得滑稽，便也笑了，只有

扫了我们一眼。孟阿姨边笑边点头："这

淡地瞥了我一眼。

会死啊。"

响了，这么晚叫他肯定是急诊，但整形外

已经说："我先走了，你好好休息。"

出病房。我目送他离开，转头发现孟阿姨

头发不说话。

微笑着说，"我们冉冉啊，是个好看的大

开头下面就该随着大段感人泪下的说辞

您还是看电视吧，那对兄妹相认了……"

样，听我说完一句话的耐心都没有。"

"怎么会，您说您说。"

家的孩子，你不知道，那时候你才这么

玩可惹人疼了……"

他看着我，张开嘴唇，却欲言又止，伸手扶住我的肩膀，我发现他两手还是挺有劲的，他小心翼翼地捏了捏，皱眉说："都是骨头。"

我嘿嘿笑了笑，不自然地动了动。

"抱一下？"

我愣住了，睁大眼睛："啊？"

"抱一下吧。"他重复了一遍。

"这很奇怪吧我跟你又不是情侣……"

"少废话。"他不耐烦地扯过我，给了我一个紧紧的拥抱。他的手臂确实挺有劲，而且胸膛宽厚，温度合适，靠过去犹如偎依火炉，但我觉得无比怪异，记忆中傅一睿从来没这么对我，确切地说是没这么对过任何人。在美国那种地方，同学老师朋友见面动不动就拥抱，他倒好，宁愿冷漠高雅地握手，也不来这一套。以前有个想追他的白人女同学问我："张，傅那么矜持，是因为你们中国人都这样吗？"

我开玩笑说："不，是因为他有拥抱恐惧症。"

但现在算怎么回事？传说中有拥抱恐惧症的傅一睿，居然不嫌我身上的消毒水味，不嫌人体带着各种各样的细菌，像抱一个婴孩一样把我紧紧揽在胸前，我被迫贴着他的锁骨，僵着脖子一动不敢动，诡异地感觉到他的手又搭上我的头顶，顺着头发慢慢抚摸，这种爱抚的方式怎么那么熟悉，我忽然莫名其妙想起我们当实习医转到儿科时，曾经有前辈示范过如何通过正确的爱抚减缓婴儿的虚弱症状。

我登时觉得非常尴尬。

"别动，"他的声音在我头顶响起，"嘘，别动。"

我不安地挣了挣，好心提醒他："学长，我不是婴儿，这种抚摸方式不会有用的……"

"闭嘴！"他断然喝住我。

我靠在他肩头，觉得不是很舒服，又往下挪了挪，贴近他的胸膛，这里皮肉均匀，肌肉凸起，就是体温过高，而且耳测他的心跳有点过快。

就是不知道切开了是不是一颗完美的心脏。

我胡乱想着，莫名觉得有点困了，微微闭了眼，低声说："傅学长，谢谢你啊。"

他的手顿了顿，环着我后背的手臂紧了，半晌才哑声说："不客气。"

"说句好听的吧。"

"想听什么？"

"明天会更好之类。"我闭上眼说。

"明天啊，"他似乎在叹气，幽幽地回答我，"明天会更好这种话，明显违背常识。"

"你真扫兴。"

他想了一下，认真地说："一切都会过去的。"

"这句话不违背常识了？"

"勉强不违背，"他重复了一遍，"相信我，一切都会过去的。"

一阵酸涩涌了上来，我哑声问："真的？"

"真的，我保证。"

我突然就想哭了，忙拍拍他的后背说："行了啊，现在能松开我了吧？"

"我还没嫌弃你几天没洗澡，你倒敢先提要求？"

"那什么，我只是想说，你压着我的伤口了。虽然已经结痂，可这么压着也会疼。"

到吃晚饭的时候傅一睿还没有离去的意思，孟阿姨送汤来的时候我便在两人内涵迥异的目光的注视下，顶着心理压力喝完那碗汤。

喝完后我又与孟阿姨不咸不淡地扯了两句闲话，她最近在追一个伦理剧，时间一到便兴致勃勃地打开我病房的电视看起来。此故事也不知哪朝哪代，在我看来除了化妆服饰诚然精美外，从剧情到表演都充斥一种态度，那种态度就是参与制作这部电视剧的每一个人都对"原创"这件事选择了惊人一致的视而不见。我只花了不到五分钟就猜中了剧情，无非是少爷爱上丫鬟，丫鬟是少爷父亲的私生女，而少爷又是母亲的私生子，兜兜转转，只是在血缘问题上打一些似是而非的笔墨官司。

我疲倦地打了个呵欠，微微转过头，看见傅一睿居然也看得入神，只是他脸

分装扮……"

傅一睿冷淡地打断她："她长得

"啊？"孟阿姨有点愣。

傅一睿难得好心地微微朝电视那

我们顺着转过头，正看见女主角

男主角颤声哭诉："你不能这么对我

我登时没忍住，扑哧一声就笑了，

傅一睿老神在在，以颇不以为然的目光

么看来，我们冉冉确实比她强。"

我得意扬扬："那可不。"

"可惜身材不敢恭维。"傅一睿淡

我大窘，骂："傅一睿你少说一句

就在此时，傅一睿腰间的手机突然

科哪来的急诊？我正觉得奇怪，傅一睿

我点点头，对他挥手说："快去吧

他又朝孟阿姨点点头，转身快步走

目光怪异地看着我。

我被她看得心里发毛，问："怎么

孟阿姨叹了口气，凑过来摸摸我的

我讪笑了下："阿姨，您干吗呀？

"他说得对，"孟阿姨看着我，微

姑娘了。"

我被这种话差点噎到，通常这样的

了，我忙打断她说："我哪有电视好看，

她委屈地看我说："你就跟冬冬一样

这下我可不敢乱打岔，只能摇头说

"我打你从小，就琢磨着让你当我

点大，皱着眉头说大人话，那小模样可

这段话我这十来年听了不下百次，而且自从我跟孟冬的关系确定下来之后，她更是会逢人便说这个媳妇是自己从小就替儿子相好的，模样性情如何知根知底，我听得都快能背下来了。

　　有一次我曾经跟孟冬聊起过，我问他孟阿姨真的一早就相中我？他当时听了哈哈大笑说，我妈那个人你还不知道？天生爱罗曼蒂克，姻缘天定、青梅竹马是不是说起来特别浪漫？

　　我说，只怕人听的没觉得浪漫，倒觉得张旭冉从小就给你们家当童养媳多么不容易。

　　那个时候，孟冬笑嘻嘻地抱住我说，她是不是一早相中你我不知道，但我知道我是。

　　但说这句话的人早已不见了。

　　誓言这种东西何其残忍，它只让听的人铭刻在心，却不让说的人牢记不忘。

　　我心情一下黯然，看着孟阿姨，忽然产生了一种掺杂着忧伤的温情，我第一次想好好听她说完那个故事，故事里有两个小孩子，他们两小无猜，心心相印，他们一起长大，恋爱，他们觉得在一起是最天经地义的事，他们分享他们之间无可替代的亲密感。

　　他们在那个故事里，没有分开。

　　"冬冬跟我说要跟你结婚时，你不知道我有多高兴，我高兴得一宿都睡不着，一直在想你们结婚时怎么打扮你，怎么让你成为最美的新娘……"

　　"但是冬冬要当那个什么战地摄影师，我当初就说这个工作太危险，我不同意，可你那么支持他，他爸爸也支持他，他又从来不听我的，从小到大，他就没听过我的，他要是听一次该多好……"

　　她呜咽出声，我心下凄然，只能握住她的手，词不达意地安慰："别难过，阿姨别难过，你这样难过，孟冬知道了也不会好受的……"

　　她大声啜泣，我手足无措，她的难过就像从地底伸出的一只手，不断将我拽入深渊。

　　"你别怪他好不好？冉冉，我替他道歉，你别怪他好不好？"她突然抓住我的手哭着说，"冬冬不是有意的，他那么喜欢你啊，喜欢了多少年，我都看着的啊，我都看在眼里，这么多年的感情，哪里能说变就变的？他只是，他只是迷惑了，他不知道自己在做什么，如果他活着，他现在一定后悔了，原谅他好吗，冉冉，原谅他吧，阿姨求求你，别让他走得走得不安心……"

我觉得喘不过气来，心脏像被一只看不见的手狠狠掐住，全身血液都无法通过。

我想推开她，想祈求她别再继续这个话题，但我做不到，我的力气仿佛被看不见的抽水机抽干了似的，只能发出徒劳的呵呵之声。

"多少年了啊，我看着你们从一点点的小人儿一块长大，两个人那么要好，好到像一个人似的。你忘记了吗？很多话冬冬不跟我说，不跟他爸爸说，他只会跟你说，你是他最好的朋友，最亲密的爱人，他说要跟你结婚时，你不知道他的表情就像一个男子汉要去上战场一样坚毅。我那时就知道，如果我说不同意，他一定会转身带你离开。可是我怎么会不同意呢？我怎么可能不同意我的两个孩子在一起？你们这样相爱，你们根本谁也离不开谁。冬冬是个冲动的孩子，他自己没闹明白，我却看得很清楚，他不可能真的爱上那个外国女人，一个人一生中的真爱只能有一次，他已经给了你，又怎么可能给别的女人？你原谅他好不好？别怨他，你要怨他，他在天上的灵魂不会安息的……"

我用尽力气，在两眼发黑前伸出胳膊按到床头的按钮。

警报声响起，外面传来一阵嘈杂的脚步声，护士长并两名值班的实习医生冲了进来，其中一个我指导过的年轻医生焦急地冲上来，拉开了吓得呆愣住的孟阿姨，带上听诊器一边听心跳一边问："张医生，您觉得怎么样，张医生，您能听见我说话吗？"

我闭上眼，忽然觉得无比疲倦，我想说我没事，但我忽然厌烦了总是说我没事。

我明明情况很严重，从里到外的严重，仿佛霉烂的苹果，从芯那里就发黄发黑。我想起孟阿姨说的话，一个人的真爱只能有一次，这句话纯粹胡说八道，孟冬爱我的时候是真实的，他爱那个女孩的时候也是真实的，两者之间并不矛盾，因为爱根本就不具备孟阿姨所以为的约束力和神圣性。

当他说爱的时候，仅仅只是在说爱而已。

"就像计算机程序被病毒攻占，

明明按照以往万无一失的运算规则进行下去的人生，一夜之间，啪——"

她轻轻做了一个倒塌的手势，"系统崩溃了。"

后来我听说，那天晚上邓文杰飞车回医院，他本来正打算与某位女士共听音乐会，哪知道只听了个前奏手机就拼命震动，等他驱车赶回时我已没了心跳。

邓文杰医生当场大发雷霆，那晚上值班的从实习医生到护士长都被骂得狗血淋头，临时过来救场的心一外另一名大夫因做助手时动作稍微慢了点，同样也遭殃了。

邓医生平时装风度翩翩的美男子装出境界，只有心二外跟他朝夕相对的人才知道这是个"怪胎"，这回在实习医面前原形毕露，把那几个原本仰慕他的小医生都吓坏了，从此见他均顺着墙走，老老实实规规矩矩地喊一声"邓主任"。

他跟我说这叫多年清名毁于一旦，这笔账自然算我头上。

"那位约会约到一半被你抛在音乐会上的佳人呢？"

"那个啊，"邓文杰一边检查我的情况，一边随口答，"自然泡汤了。"

我有点过意不去："我仿佛有认识漂亮高贵的单身女士，改天给你介绍……"

他抬起眼皮，高傲地瞥了我一眼说："就凭你的审美？"

"喂，我好歹留过洋见过世面好吧。"

邓文杰一副不与我计较的表情说："行了，有这闲工夫，你不如想怎么赔我的音乐会门票实在点。"

我一听马上摆手："你这家伙肯定不会买打折票。"

"废话。"

"多少钱啊？"

"不贵，两千六而已，"他斜眼看我，"世界顶级爱乐乐团，难得来一次中国，当然要买好一点的座位。"

我哀号一声："您没事听什么爱乐乐团，买张黑胶碟回家自己听不行吗？"

"像我这么有品位的人，你拿黑胶碟打发我？"

我悻悻然，忽然想起一个问题："邓文杰，你真喜欢听交响乐吗？"

邓文杰似笑非笑地看着我："为什么这么问？"

"每次你进手术室，选的音乐都是爵士。"

"我想气氛轻松点不行吗？"

"行，但若是真心喜欢古典音乐的，怕是到哪儿都不能抗拒地想听吧。"

邓文杰笑了，点头说："我确实喜欢爵士乐多一点，随机性很大，明明按着一条看得到头的路走，但忽然之间岔路横生，谁也不知道走到头会碰见什么。"

"想不到自诩理性的邓医生也会说出这么感性的话。"

"那你错了，"邓文杰抽出听诊器，"外科手术就如一门手艺，靠勤奋和练习诚然能达到一定阶段，但在这之后，若还想继续往前走，就必须拥有天赋和想象力，缺一不可。"

我想了想，点头说："确实如此。"

他指节优美的手在我面前犹如魔术师那般轻轻一挥，微笑说："把自己的手想象成有魔力的，能给身体注入活力，能把破碎的生命连接缝合起来，这过程多美妙。"

我闭眼想象了一下自己的手，叹了口气。

邓文杰笑嘻嘻地说："哎你太古板了张旭冉，找个新男朋友吧，没有什么比两性关系更能唤起激情和想象力的了。"

我脸发热，骂道："滚。"

他厚脸皮地不以为意，又在我病房里磨蹭了半天，翻开我床头柜上的东西找零食，找了半天没找到，他不满地问："你这里平时不是挺多零嘴的吗？怎么都没了？"

"给我送零嘴的阿姨不来了呗，"我叹了口气，"她大概以为我这次发病是她害的，我给她打电话解释她也只是哭。"

"你不早说，"邓文杰不无遗憾地说，"早知道我就不骂她了。"

"你骂她了？"我诧异地问。

"啊，骂啦，"邓文杰不以为意地说，"谁让她在我一出手术室时就扑上来哭哭啼啼，说什么都是她不好不该在你面前提死去的儿子之类，我当时正烦着呢，心一外那家伙居然趁着我没来想偷偷给你开胸，妈的这怎么行你说，张旭冉的心脏我还没看呢这小子算老几啊，眼里还有我这个二外的主任吗……"

"停停，"我忙打断他，"说重点。"

"我说的是重点啊，"邓文杰反驳我，"重点就是，你这个情况用不着开刀，那个蠢材……"

"我的心跳都停止了，当时他电击无效，想直接开刀按摩心脏也是抢救的一个办法……"

"复苏心跳的方法多了，他以为拍电视剧啊动不动要开刀，当这是屠宰场啊……"

"你扯哪去了，什么乱七八糟的，"我无力地问，"你到底跟我阿姨说什么了？"

"说什么？"他偏头想了想，没好气地答，"我就问那位太太是不是要抢我的工作，如果她有自知之明就别给我添乱，我好不容易把你弄病床上养得人五人六的，她再拿几句话刺激刺激，这不给我们增加工作量吗？"

我"啊"了一声，苦着脸说："邓医生，你不是最怜香惜玉的吗，你怎么对一个美人说这种残忍的话？"

邓文杰愉快地答："我说你的审美有问题吧，老娘们不在美人行列。再说了，我说的也没错，说完了小赵他们还在一旁点头呢。"

小赵就是给邓文杰医生打下手的助理医生，也是个少根弦不搭调的，平日唯邓文杰马首是瞻，邓医生说东他不敢说西，我哀叹一声，伸出手说："算了，我给孟阿姨赔罪去。"

"不准去。"门口传来傅一睿硬邦邦的声音，我抬起头，正看见傅一睿大踏步走进来，脸色黑沉，好像有谁欠了他钱没还似的。

我每次看到傅学长这种脸色都会不由自主地想从自身找错误，看看哪做得不好惹了学长不高兴，我面露苦相，小声地叫了句："傅一睿。"

他没理我，转头问一旁的邓文杰："今天情况怎样？"

"比之前差，比昨天好。"

傅一睿点点头，又问："我给她找了心理医生，什么时候能开始？"

邓文杰扬了扬眉毛，瞥了我一眼问："你要心理医生？"

我忙摇头："不需要。"

"病人不同意，"邓文杰耸耸肩对傅一睿说，"不同意就没戏，不能强制治疗。"

傅一睿冷冷地看向我，压低声音问："你为什么不同意？"

我顿时觉得头大如斗，但还是硬着头皮说："学长，我没事……"

"你知道从你出事到现在，你说得最多的是什么吗？就是我没事这三个字，"傅一睿盯着我，压抑着怒气说，"我差点被你骗了，什么叫没事？心跳停止还叫没事？如果那样算没事，那么世上也不需要心脏科大夫，邓文杰主任也可以提前退休了。"

邓医生不乐意了，在一旁嚷嚷："怎么我就该提前退休，您怎么不退，我怎么也算救死扶伤队伍的一员吧，你呢傅医生，你一整形外科算哪个队伍的……"

"行了，别吵了。"我忙止住他们，挣扎着想坐起来，傅一睿一个箭步过来，扶住我的胳膊，拿了个枕头塞在我腰后。

"谢谢啊，"我冲他笑了笑，柔声哄着说，"傅一睿啊，咱们这么熟了，你关心我，我也很感动，我承认自己最近确实心绪不高，但你也得给我点时间对不对？我保证过段时间就好，啊？"

他面无表情，一声不吭。

"我不要看心理医生，好不好？傅学长，我不看心理医生好不好？"我差点想跟他求饶了。

他抬起头，目光复杂地看着我，微微呼出一口气，斩钉截铁地说："不行！"

"你多管闲事干吗啊？"我真气了。

"我不能看着你……"他想说什么，猛然打住，换了跟平时一样的冷漠口吻说，"反正我是为你好，你必须接受心理医生的治疗。放心，为了怕你紧张，我请了你认识的老朋友，你就当跟老朋友聊聊天，没你以为的那么复杂。"

"老朋友？"我立即有个不太好的预感，问，"谁啊？"

"我在美国的同窗，詹明丽女士，她刚好回国当医学院的访问学者，现在人就在外面，我叫她进来。"

我天生不活泼，性格内敛，喜欢一个人看书听音乐远甚于交朋结友逛街，我也不擅长跟同龄女孩交朋友，再怎么努力也学不会左右逢源。但这并不妨碍我艳羡其他类型的女性，尤其是知性优雅，永远目的明确，能从犹如一团乱麻的琐事中敏锐找到线头，一拎一抖，将自己的生活抖得笔直利索的女性。

比如傅一睿的同学詹明丽。

詹明丽是个天赋极高的女人，脑子的灵活度超过许多男性，她长相漂亮，打扮也得体，脸上总有恰到好处的微笑，是为数不多的懂得控制自己的智力和美貌、不至于给人造成压迫感的女人。

我很羡慕詹明丽，但我也对她敬而远之，一方面固然因为她身上集中了我再怎么努力也无法成型的优点，另一方面，则是因为她太过优秀，在我还是一个女孩的时候，面对这么优秀且比我年长的女性，我会莫名其妙产生自惭形秽的感觉。

她跟傅一睿在当年是华人学弟学妹们心目中的神仙眷侣。

有好几年，大家一直认为他们俩私下里一定是恋人，就算不公开，也一定有亲密的关系，有些人甚至开始预测他们什么时候会结婚，对此我们都深信不疑。因为目之所及，再没有比他们更合适对方的对象了，难道俊男美女不该天生一对吗？难道同样优秀聪明的两个头脑不该在一块强强联合？

然而傅一睿对我说，他跟詹明丽只是普通朋友。

我难以置信，不加掩饰地问："不会吧，难道你们俩连那种 sex partner 都不是吗？"

傅一睿登时沉下脸，冷冷地反问："你从哪个角度觉得我会跟她有关系？"

我嗫嚅地说："那，那不是你们那么合适吗？至少看起来……"

"你懂个屁！"傅一睿难得爆了句粗话，他呼吸粗重，恶狠狠盯住我，瞪了我十几秒后，大概我脸上的白痴表情令他心软了，他调开视线，深深吁出一口气，正儿八经地说："张旭冉，我再说一遍，我跟詹明丽从肉体到精神都是非常非常一般的关系，懂了吗？"

我忙点头。

他又问："你到底为什么觉得我非跟她有关系不可？"

"没有，就是大家都这么说，"我小声地辩解，"而且你确实跟她很熟嘛……"

"我跟她是，"他顿了顿，简明扼要地说，"老同学。"

"在国内就是同学？"

"没错。"

这就是我唯一一次跟傅一睿聊起这个女人，除此以外，我跟詹明丽本人有过一些接触，都是有傅一睿在场的情况下。

詹明丽对我客气亲和，我也对她好感骤升，我们也试过三个人一起去喝咖啡、吃饭一类。詹明丽那时候开玩笑说给我介绍男朋友，还掰着手指数她手头上的各种资源。我也没当真，只是笑笑，但我没想到，有一天她真的带了一个高瘦的华裔男孩过来，我从没经历过那样的场面，尴尬得不知如何是好。

坦白说那个男孩相貌清俊，谈吐风趣，很容易获得异性好感。然而我当时已与孟冬订婚，那一天气氛窘迫，詹明丽说了两句就笑嘻嘻地离场，我对着那个男孩不知说什么是好，只得借着尿遁跑洗手间给傅一睿打电话求助。傅一睿不出十分钟就出现在我面前，他低头跟那个男孩耳语了两句，男孩诧异地起身，随后跟我道歉，表情生硬地告辞离开。傅一睿黑着脸坐在我对面，半天不言语，我几次强笑着想说点什么，他都全无回应。

过后不久，詹明丽踩着高跟鞋走进来，一向优雅美丽的脸上首次现出怒气，她责问道："傅一睿，你什么意思？我给旭冉介绍男朋友跟你有关吗？就算他们俩不合适，也该旭冉自己说，有你这么随便掺和的吗？你这样令我多失礼你知道吗？旭冉早就是成年人了，你不觉得你干涉别人私事太霸道了吗？"

我承认我吓到了，我噤若寒蝉地盯着他们，傅一睿冷冷回嘴："张旭冉有未婚夫了你还给她介绍男朋友，我才要问你安的什么心？"

詹明丽吃惊，随后对我怒目而视："你真有未婚夫？"

我忙点头。

"你为什么不早说？"

"我以为你知道，"我一头雾水，"大家都知道啊。"

詹明丽气得脸上涨红，抬腿踹了傅一睿坐的凳子一下，骂："好啊你，她有未婚夫你也不提醒我一句，诚心看我出丑是不是？"

她说完一转身，怒气冲冲地走了，我慌慌不安地问傅一睿："她生气了怎么办？"

"别管她。"傅一睿疲倦地闭上眼，揉揉太阳穴。

我们俩气氛诡异地坐着，过了很久，傅一睿轻声问："也许，也许在美国发展另一段关系，会有不一样的体验，你有……有没有这么想过？"

我不明所以地看向他，反问："也许詹明丽学姐各方面与你会极为合契，你呢，有没有想过跟她发展一下？"

"詹明丽的话，那还是算了。"

我哈哈大笑，拍着他的肩膀说："可不是，明明能预见结局的事，为什么还要浪费时间？"

从那以后，我与詹明丽之间见面都有种说不出的尴尬，我们双方都不是能委屈自己的人，索性尽量避免出现在同一场合。偶尔无意中碰到了，我们也会打声招呼后尽快远离对方，这样的事发生两三次后，彼此都心领神会，也就慢慢疏远了对方的生活圈和交际圈。

后来我回了国，有一天在傅一睿办公室，我无意间瞥见他的记事本摊开着——他习惯于将需要做和已做的事一一列在纸上，其中赫然有一条：买礼物祝贺詹明丽结婚。

我微微吃了一惊，这才问他："是那个詹明丽吗？"

"是她。"傅一睿低头看手里的医学杂志，随口应我。

"她结婚了？"我惊叹一声，"我还以为她会一直单身啊。"

"她？怎么会。"

"拜托，那么优秀的女人，地球上没雄性动物能与之匹配才叫正常吧。"

"正相反，她是我见过最有计划将自己嫁掉的女人，"傅一睿翻过一页纸，眼睛盯着杂志，淡淡地说，"关于嫁谁，婚后怎么最大限度地保障自己的事业发展，怎么确保自己的人生锦上添花，这个女人有一整套方案。"

我啧啧赞叹："好厉害，也就是说，她应该能最大限度地实现幸福了？"

傅一睿抬起眼瞥了我一下："不好说，幸福这种东西，不是靠详尽的人生规划来实现。"

往事如烟。

时至今日，我跟詹明丽学姐之间那点尴尬早已荡然无存，如果换个环境，换种身份，我会真心欣喜与之重逢，但绝对不是以现在这副躺在病床上半死不活的模样。况且，她向来是个聪明到犀利的女人，这样的女人又是心理医生，我在她面前无所遁形。

问题是，我为什么要无所遁形？

我知道我在自欺欺人，我可能是有心理问题的，但那又怎么样？我碍着谁了吗？我不过不愿把伤口揭开，平摊在昔日旧友之前，我不过仍想维系一丝自尊，为何就不行呢？

我拉下脸，二话没说，用尽力气狠狠推开傅一睿，尖声问："傅一睿，我现在还算不算有选择权？如果我有，你凭什么替我决定？"

傅一睿耐心地说："小冉你别这样，看一下心理医生而已，不是什么难事，何况那是詹明丽，你认识她多年，可以信任她。别怕，她不咬人，见见她好不好……"

我心里一股长久以来压抑着的邪火骤然冒了出来，不顾一切地冲他喊："傅一睿，你简直不可理喻，现在有问题的不是我，有问题的是你你知道吗！是你在没有取得我同意的前提下，擅自替我做决定，我就告诉你了，我不乐意接受你的安排，行不行？你就回答我一句，行不行？"

傅一睿看着我没说话，邓文杰还在一旁凑热闹："就是，罔顾病人意愿，这可违背医生的职业道德。"

闹哄哄的当口，却听见一个优雅的女声带着笑说："旭冉，原来你这么不想见我啊，枉我下了飞机就赶来看你，你却这么不待见我，我可真伤心呀。"

我心里一顿，尴尬地一抬头，正看见一位窈窕淑女步伐轻巧朝我走来，她脸上带着迷人的微笑，看向我时，大眼睛里流露出戏谑之光，笑呵呵地说："都怪傅一睿乱说话，好好一件事在他嘴里非变了味，放心放心，我可没想过了八小时后还要工作，我就是来这看我的老朋友，怎么，真那么不欢迎我？"

没有人能对着美丽的詹女士说出不欢迎这样的话。

我也不能例外，不知道出于何种原因，大概是遥远的求学年代遗留下来的对詹明丽的敬畏之心，我没法在她面前发脾气。

詹明丽很美，这是所有见过她的人一致的认知。而在岁月的积淀中，这种美逐渐褪去年轻时的饱满和张扬，慢慢地退守为内敛和低调，如一颗明珠，愈发温润，颇有点以退为进的意思，带了洞察世事的明白，又多了一分不以为意的淡然。

没过多久，詹明丽便成为我病房的常客。她有时候会带点小礼物，一本消遣的历史地理读物，一包我们当年在美国都吃过的姜汁饼干，两朵开得欣欣向荣的向日葵，或者她在南亚旅行时买的一方五彩斑斓的小方巾。我对她带来的小礼物都很喜欢，只苦于没有相应有趣的小玩意回赠。

天气好的下午，我们俩会捧着茶杯坐在阳光下晒太阳聊天，话题涉及范围很广，唯独没有一句半句提到我的病情。

她确实如她自己所说的那样，不是来给我看病，只是来访友。

只要她愿意，这个女人能让任何人将她视为知己，我有生以来，与女性朋友如此亲密而持续地交谈也是第一次，我很感谢她花时间来陪我，只是有时未免狐疑，以詹明丽的知名度和本事，她该是朋友遍天下，耗费这么长时间来同我建立友谊，恐怕还是看傅一睿的面子。

傅一睿最近手术多了。前不久本市发生了一起火灾，好几个被烧伤的需要他主持整形方案，他一天站十几个小时，累得两眼尽是红丝，有一次来看我时竟然靠着椅背闭上眼就睡了过去。我看了摇头叹息，拿了毯子围在他身上，坐在他身边看着他，看着看着忽然产生一种陌生感，似乎这个闭着眼在我面前毫无防备入睡的男人，跟印象中一贯高冷到不近人情的傅学长不大能重叠。

我托着下巴支着头看他，渐渐无聊起来，正想起来走走，一转头，却看见詹明丽站在病房门口似笑非笑看着这里。我对她一笑，按着下唇对她做了个嘘声的手势，慢腾腾站起来，走到她跟前，朝她点点头说："来了？咱们别在屋子里坐了，傅一睿难得睡一觉，我们别吵他，走，去那边晒太阳。"

詹明丽扬起眉毛，不动声色地伸出胳膊让我挽着，我们俩缓慢地朝外面的庭院走去，冬日屋外阳光明媚，照在身上暖得人不由眯了眼，我拿手挡住眼睛，抬头看碧蓝如洗的天空。

"累吗？咱们去那坐。"詹明丽指着不远处的坐凳。

我表示赞同，两人朝那边走去，詹明丽在坐下之前，拿手绢仔细铺在上面，对我说："坐吧。"

我有些诧异，那是亚麻绣花的精致手绢："这怎么好意思。"

"有什么，坐吧。"

我慢慢坐下来，她却不坐，双手插进色风衣口袋中，偏着头看我，忽然笑了笑，说："旭冉，你这么看着，倒有几分病弱美人的感觉。"

我做了呕吐的姿态："学姐，在你这样的美女面前，这种话不是恭维，而是存心寒碜我。"

"我可打死都没法来一个我见犹怜的眼神。"

"学姐这么明艳的人，便是躺病床上，大概该有的光彩也一分不少。"

詹明丽愉快地笑了："我得承认，听到同性的赞美比听到异性的更讨我喜欢。"

"那是因为你听到的异性恭维太多。"

"不一样，"詹明丽笑着抬头看了一会儿天，忽然转头问，"哎，你真觉得我好看？"

我点点头："那当然啊，有段时间我还以为你该独身呢。"

"为什么？"

"太出众的女人找不到能与之匹配的男人呀。"

詹明丽笑着摇了摇头，动作优雅地扶了扶自己的鬓发，微笑着对我说："说得对，所以我离婚了。"

"啊？"我吃了一惊，"真的吗？"

"前年的事，我当时生了一个孩子，在我陷入奶瓶、尿布、保姆和妊娠斑的危机中时，我那个前夫，我亲生孩子生物学意义上的父亲，皱着眉嫌恶地抽着烟在房间里开大音响听海菲兹。哦，我忘了说，我的前夫是美国小有名气的交响乐团指挥家。"

我愣住了，从没想过她会跟我说自己的私事，一时之间不知道怎么回答。

"他明明可以用耳机听，别给我添麻烦，但他没有，他在用充斥整间屋子的音乐来跟我对抗。在那一瞬间，我明白他厌恶我，因为我将他拉入了他所痛恨的、世俗的、不堪忍受的日常琐碎和混乱的生活当中，我强迫他成为一个孩子的父亲，成为一个庸俗的、有固定生活模式的丈夫。当然我也同样厌恶他，我厌恶他将我拉入我所不擅长的母亲角色，我厌恶他在我需要帮助和支持时、在我觉得无助和烦躁时不是帮我一把，而是使劲推开我。"

她停了停，轻轻一笑，问："还想继续听吗？"

我定了定神，认真说："如果你不介意的话。"

"不介意。"她笑了起来，笑容温婉优美，她退开几步，离我稍微远了点，从口袋里掏出女士抽的长条薄荷烟，抽出一根含在唇间，右手持着小巧的银色打火机点燃，吸了一口，仔细观察呼出的白烟飘往的方向，然后走到下风处，对我说："这样烟吹不到你那儿，对不起，我说自己的事情，这种时候不知为何，特别想来一根。"

"抽吧，"我说，"若不是我还在住院，我也会管你要一根的。"

"可你看起来不像会抽烟的女孩，"她动作优雅地弹弹烟灰，语速缓慢地说，"我的意思不是说你是个循规蹈矩的乖女孩，当然，在某种程度上你是个乖女孩，毕竟就算处在反叛放纵的年龄，你也从来没逃课、抽大麻、酗酒或滥交。我说你不抽烟的真正原因是，你不像会相信香烟的功能，进一步说，你不会相信靠香烟这样的东西能放松自己。你给我的感觉，是一个自我界限很清晰的女孩，恐怕世界在你眼里黑白分明，条理清晰，视野明朗，对吗？"

我眯着眼想了想，说："我哪有你说的那么好。你说我视野明朗，大概只是因为我能看见的，不过是自己前面不超出十米的地方吧。我只能看到这么点距离，对世界也好自我也好，我的想象力都有限，我就像一个性能奇差的手电筒，只能照那么远。那么，目之所及的东西，当然必须看得条理分明。"

詹明丽笑了，又吸了一口烟说："我吗，则正好跟你相反，我是坐在直升机上往下看，我能看到崇山峻岭，高川低谷，我的人生是从上往下俯视的，因此它也是能够被总体规划的。我以前一直以为我做得很好，我的事业、爱情、婚姻，都尽可能规划圆满，实现顺利。我也不是不讲究情调风趣的人，我爱享受，会花钱，该有的情趣一样不少，听古典音乐，跟艺术家交朋友，在美国的时候，我家里总是定期举办格调不低的聚会。"

她停顿了一会儿，继续说："我那个前夫，原本是我经过千挑万选后断定最可能带给我幸福的男人，可不知怎的，我们在一块后却慢慢变得无法相处。生完孩子后，我们之间的关系糟糕到相看两厌的地步，而且那种厌恶感越来越盛，大家都掩饰不住，到了这个时候，我才突然发现我的人生出了大问题，而我在此之前竟然没有察觉。"

"你也会出问题？"

"是啊，强悍如机器人一样的我，也同样会出问题，就像计算机程序被病毒攻占，明明按照以往万无一失的运算规则进行下去的人生，一夜之间，啪——"她轻轻做了一个倒塌的手势，"系统崩溃了。"

她飞快地抽了一口烟，又徐徐吐出，轻描淡写地说："我得了严重的产后抑郁症，为此不得不中断各方面工作长达一年。经过漫长而艰难的康复期后，我做的第一件事就是离婚。"

她看了看我，拍拍我的肩膀："知道我为什么说这些？"

我点了点头："知道。"

她回头看我，认真地问："你的系统呢？崩溃了吗？"

我咬紧下唇，沉默着转过头。

"我们真的很不一样。像对待生活这种东西，我习惯从高空俯视，你则只愿意看清楚前方十米，我们从人生观到价值观都大相径庭，但你不能否认，不管以何种方式，我们都是认真生活的人。承认系统崩溃了很难，尤其是像我们这种明明投入十二分精神去用心经营生活的人，但无论如何，重建系统才是当务之急，而且你比我那时候强多了，我那时候，可没学长巴巴地到处帮我找心理医生。"

我的手微微颤抖，我强笑着说："学姐，你这可不像一个心理医生对病人会说的话。"

"你觉得一个心理医生会花这么多时间来陪一个病人？"詹明丽笑了笑，伸手摸了摸我的头说，"傻子，我一小时好几百美元，你请不起的。"

每个女孩成长中可能都伴随着一两个李少君，

她们总是性感妩媚，却又大胆张扬，

她们在你还着涩于讨论胸罩尺寸时就敢穿低胸 T 恤，

她们在你还相信风花雪月的年龄就已经知道怎么打击你那点不切实际的浪漫幻想。

久
别
重
逢

　　詹明丽的话令我恍然大悟，原来，我的系统已经崩溃了。

　　我一直就是个穷人，从小到大，金钱也好，身体精力也好，脑子活跃程度也罢，我都不是那种有条件挥霍的女孩。我很早就清楚地认识到这一点，所以勤勤恳恳，掰着手指头在花，没有超支，没有浪费，没有满脑子不切实际的绮丽幻想去编织一个不靠谱的未来。

　　我所走的每一步，都是量力而行，尽力而为。

　　我就像一个自己动手造房子的工匠，没有力气去拖石材，没有钱去订购木材，于是我靠自己的努力，一点点地垒石夯土。

　　我建了这么一间给自己的屋子，所求不过有一处遮风挡雨之地。

　　但这间辛苦筑就的屋子，却不明原因地分崩离析。

　　我长时间地坐着，想着系统崩溃这个问题。

　　我向内探索自己的躯体，确实发现没有了那股往日支撑着我兴致勃勃活下去的意愿。没有这个意愿，哪怕全世界的花在瞬间集中在我眼前绽放，看起来也与我无关。

我低头看自己的双手，我想我已经再也拿不起手术刀，不是因为信心或者心理阴影这样简单的因素，我是完全的，对拿手术刀这件事丧失了兴趣。

我丧失兴趣的，还包括医生生涯，我对救死扶伤传说的敬畏，往日里令我热血沸腾的心脏形状，我对邓文杰所说的魔力之手的向往，这些东西，突然统统都不在了。

它们抛弃了我。

就像孟冬一样，明明说好了一起过日子，最后他还是离开了我。

所有的感觉犹如退潮的大海一样缓慢离去，最终遗留下来的，只剩下孤独，彻底而明晰的孤独。

我在送走詹明丽后又独自待了好一会儿，回到病房时天色已晚，我发现傅一睿醒了，他揉着太阳穴，看见我没好气地问：“哪儿去了你？今天天气虽然好，可外面也挺冷。”

我笑了笑，把床头柜上的汤倒出，递给他说：“喝吧，牛肉炖乌豆，孟阿姨特地给我炖的。”

傅一睿摇头：“你自己喝。”

“我不喜欢这个味道，你不喝待会儿可就便宜邓文杰了，”我笑呵呵地说，“那家伙可没有你这么君子。”

傅一睿皱了眉，接过碗说：“你们熟到可以蹭吃蹭喝的地步？”

我笑了：“邓医生的脸皮厚度你又不是不知道，每回来我这堪比强盗进村，连一颗糖一粒坚果一张纸巾都不会放过，你快喝吧，趁热。”

傅一睿低头慢慢喝汤，等他喝完了，便自觉拿着碗去洗手间洗了放回原位，他是绝对不能忍受餐具用完放置着不清洗的人。我笑眯眯地看着他，等他擦完手问：“回科室吗？”

他低头看看表说：“今晚没事了，但我那两个刚做完手术的病人可能晚上会有状况，我得守着。”

“可有时间聊聊？”

傅一睿抬头看了我一眼，坐了下来，双手放在膝盖上一拍：“你想说什么，说吧。”

"我过几天就能出院了，再待着我也挺烦的，还是想回家。"

傅一睿点点头："回去也好，就是你一个人可能不行，要不这样，我让我那儿的阿姨先过去，她在我那儿做了好几年，很爱干净，做饭也不错……"

我打断他："傅一睿，我想跟你说的不是这个。我想跟你说我今后的打算。长久打算暂时没有，短期是辞职回老家，我外祖父母的房子还在，空着也是空着，我想去那儿住段时间，反正现在也有点积蓄，只要不乱花，一段时间不干活是没问题。"

他脸上肌肉绷紧，硬邦邦地问："回去干吗？"

"不干吗，就想无所事事，"我说，"我可从没试过无所事事过日子，忽然之间对那个很好奇。"

"不行。"

"为什么？"我疑惑地问。

"太远了，"他有些失神地喃喃说，随即低头撸撸头发，换上平时冷冰冰的口吻，"张旭冉，你到底知不知道自己在做什么？"

"知道啊。"我低头看自己的指尖，"我就想过过退休生活。睡到自然醒，看想看的书待一天，天气好的时候去公园晒太阳，顺便跟老头老太们唠嗑，心情来了也许换条漂亮裙子去泡吧……"

"你知道你在毁掉自己作为外科医生的前途吗？"他猛然打断我，加重语气，"怎么詹明丽跟你聊了这么多天，你还是这个态度？"

"我一直都是这个态度，而且我想詹学姐会理解我。"

"你，"他狠狠地瞪着我，最后不得不换了好点的口气说，"你别冲动，外科医生就是一个弱肉强食的食物链，你以为你是谁？你去看看那些实习医、住院医，一个个都是比你有野心有手腕的年轻人……"

"我明白你的好意，而要回报你的好意，我就不得不再次竭尽全力去好好生活，但是傅学长，我现在做不到了，你明白我的意思吗？我做不到。"

傅一睿抿紧嘴唇，目光深邃地看着我，一言不发。

"你是我最好的朋友，所以你不愿放弃我，你觉得张旭冉该哪里跌倒哪里爬起来，她该面朝大海春暖花开，她该跟你认知中的那个女孩一样努力地、百折不挠地往前走。失去孟冬算不了什么，好男人再找就是。负责的病患死了也不是不能克服的困难，哪个医生的职业生涯没有这层风险？傅一睿，你觉得我该这么看待发生在我身上的问题，对不对？如果是这样，我只能说，你对我比我对我自己还有信心……"

傅一睿试图打断我："你不要妄自菲薄，听我说……"

"不，你听我说，我这里，"我指着自己心脏的位置，"你要是拿手术刀切开，你会发现里面一团败絮，我不是打比喻，我说的是事实。在这团败絮中，我找不出能怦怦跳得欢快的心脏，而人需要有一颗律动节奏轻快明朗的心脏才能好好实现供血功能，才能给大脑，进而给全身输送新鲜热辣、充满活力的血液。我现在缺乏的是这个，你明白吗？这不是通过一个人的努力，盲目的信心能无视能忽略的。"

"我承认，我之前一直在骗你说我没事。我不能承认我有事，那是因为我也同样害怕面对，我不知道怎么处理自己这么羸弱糟糕的状况，张旭冉就如你所以为的那样，在某种程度上，她认为自己必须有干劲有冲劲，她自己都对自己被压垮到趴下这种事完全束手无策。但傅一睿，实际情况就是，我已经累趴下了，我不承认也不行。我不知道原因出在哪儿，自从孟冬的事后，维系这个系统的那根发条绷断了……"

"孟冬，"傅一睿从牙齿缝里挤出这个名字，目光炯炯地盯着我，"孟冬就这么重要？"

"嗯？"我愣了一下。

"孟冬就是你维持作为人的整个系统正常运作的屏障？那个男人就这么重要？重要到这个程度？"

不知为何，我觉得傅一睿的声音似乎透着悲怆，似乎我承认了，就会打压到他一样。我心里莫名其妙地跟着难过，下意识地，我摇头说："不仅仅是孟冬。当然孟冬很重要，可是，把我的问题归咎到他身上并不公平。"

傅一睿深呼吸了一下，胸口的起伏慢慢平复下去，隔了好一会儿，他淡淡地说："我知道了。"

"知道什么？"

"我会帮你争取停薪留职的机会，你如果愿意出国也行，我想法让美国那边给你发邀请函，但时间最多半年，"他看着我，站起来说，"就这么决定了，我给你半年时间。"

"可是我的计划……"

"别跟我争，这是我最大的让步了。"傅一睿看着我，欲言又止，终于叹息了一声，双臂展开，不由分说把我拥入怀中。

我吃了一惊，下意识想挣开，傅一睿却收紧臂膀哑声说："既然说了我是你最好的朋友，那么好朋友借胸膛让你靠一下，也没什么吧。"

我心里涌上一层温暖的酸楚，伸手也同样抱住他的，一时间百感交集，眼眶湿润，却不知说什么，把头埋在他怀里悄悄流了一会儿眼泪。

很久以后，我才哑着嗓子，由衷地说："傅一睿，有你在这儿真好。"

"别把鼻涕蹭在我的白大褂上就更好了。"他嫌恶地说。

我扑哧一笑，推开他，擦掉眼泪说："滚你的，该干吗干吗去。"

他不动声色地微微一笑，再度抱紧我，拍拍我的后背说："乖一点啊，我走了。"

我点头，他松开我，摸摸我的头，这才转身离开。

就在此时，邓文杰从门外跟见了鬼似的跑进来，一进来就嚷嚷："张旭冉，我告诉你，我刚刚碰见那个女人了，呃，傅主任也在……"

傅一睿冷冷地瞥了他一眼，抬脚离开。

邓文杰冲着他的背影撇撇嘴，冲我抬了抬下巴说："这家伙装出境界来了啊。"

"行了，你碰见谁了？"

"哦，"他立即眉飞色舞，"你还记不记得我以前跟你说过，有个女人我跟她那件事上很合契，可惜一觉醒来她不见了……"

我意味深长地笑了："哦，那个不仅走得比你潇洒，还留下度夜资给你的奇女子？"

邓文杰竟然罕见地害羞了，点头道："对，就是她。"

邓文杰外表俊美不凡，本人又有良好的作息习惯，每天花在运动上的时间不少于四十五分钟。家庭条件很好，父母在他小时候就舍得花钱培养他，他五岁开始学小提琴，曾有成为摇滚小提琴手的梦想——当然他后来找到更适合自己的职业，无论怎么看，作为心外科最年轻有为的副主任，他的双手已经为自己缔造了一个传奇。

通常这种条件过于优越的男人很容易看不起女人，因为他们很容易收获来自女性的崇拜、宠爱、盲从和谄媚。好在邓文杰没成长成一个"厌女症患者"。女性对他而言并非玩乐的对象，而是爱好的对象。他没想过利用女人的爱来满足自己的男性虚荣心，他是真的喜欢女人。就如有人喜欢收集邮票，有人喜欢收藏名表那样，邓医生喜欢与各种不同的女性交往，并深深乐在其中。

神奇的是，他拥有别的男人不及的天赋，能将两性关系之间的紧张和竞争、控制和反控制把握得微妙到位。虽然他挑女人的品位不怎么样，但对女人的直觉却准确得惊人，我跟他同事这些年，从未见过他因为情感纠纷而灰头土脸过。除了那一次的"跟踪狂"花店小妹，但那个女孩，说到底邓文杰从未接受过她。

"这到底是怎么做到的，怎么都没女人找上门抽你耳光？"我有一次好奇心上来就问，"按理说你明明属于怎么挨耳光也不为过的负心汉嘛。"

邓文杰笑得莫测高深，问我："那你就不懂了，哎，试过饼干泡牛奶吗？"

我摇头："我不爱那么吃，但以前很多外国同学都喜欢。"

"泡完后饼干更香哦。"

"得了吧，那还不软趴趴像一坨排泄物。"

"那是因为你不会泡，别小看这个，泡饼干是个技术活，"邓文杰说，"能泡到饼干外软内酥就马上拿出来，这样才最好吃。好，现在问题来了，什么时候拿起饼干才合适呢？"

我重复："什么时候拿起饼干啊，这很难计算吧，毕竟有不同的饼干。"

"嗯，所以就需要像手术刀般锋利的直觉，"邓文杰兴致勃勃地拿手比画着，"仔细观察手里饼干的变化，时间掐得刚刚好，快速果断地将饼干从牛奶中拿出来。"

"听起来是很复杂没错，"我皱眉问，"但这跟我们刚刚说的话题有什么关系吗？"

"有啊，"邓文杰把手搭在我肩膀上，愉快地解释，"不同的女人就如泡在牛奶中的不同饼干，什么时候是与之相处能达到的最高峰男人心里必须有数，在攀登上珠峰之后分道扬镳，双方既能留下美好的回忆，又不用承担面对低谷时的风险，关键就在于，你得知道这个时间点在哪儿。"

我恍然大悟："你知道？"

"我知道，"他笑了，露出漂亮的白牙齿，"我一向是掐时间的高手。"

我看不惯他这么嚣张，忍不住说："难道就没遇到过失误？"

他耸肩："当然遇到过。"

"比如什么？"

"掐时间的主动权如果被对方夺去，感觉就很不好，"邓文杰想了想说，"好像整件事没有一个尾声结语一样。"

我来了兴致，笑嘻嘻地凑过去问："说说，哪个女人让你吃瘪了？"

他当时笑而不答，我也没好继续八卦下去。但后来有一天，他来上班时情绪很坏，把那天跟着他的住院医骂了个狗血淋头，心外科主任嘱他带的几个研究生，他也把人丢去观摩室看了一天的手术录像而不闻不问。我打定主意不当他的出气筒，因此一整天都小心躲着，直到临下班前，他走到我身边，皱着眉头问："哎，我看起来不像做正当职业的？"

我打量他，邓文杰医生什么时候都像一盏五百瓦的大灯泡，想无视他的光彩都不行，穿着白大褂、带着听诊器的模样更是英俊潇洒，怎么看也算人模狗样。我笑了，问："先定义一下什么是不正当职业？"

他脸绷紧，半天才从嘴里挤出一个词："牛郎。"

我拼命忍着笑，又打量了他一番，实在觉得这厮衣冠楚楚，气质绝佳，牛郎我虽然没见过，可想来无论哪个时代，做牛郎都不会有一身拿手术刀的煞气吧，我摇头说："不啦，你比较像做推销的。"

邓文杰额头上青筋暴起，阴恻恻说："张旭冉，下次大手术你别想跟着我。"

我一听立马蔫了，赔笑说："开玩笑而已，邓医生怎么看都是个高级知识分子，穿上白大褂就是个主任医师，脱下了至少是个副教授级精英。"

他冷哼一声，说："这还差不多。"

"谁这么没长眼？"

他郁闷地皱紧眉头，半晌才说："我昨晚在酒吧里认识一女的，大家看对眼了，想着一块过夜也不错，于是我们一起喝了酒，听了爵士乐，喝得差不多了我带她去了常去的酒店，一切都很OK，那女的身材不错，皮肤也好，大家契合度也很高，相处也算愉快。"他的声音压着怒火，咬牙说，"结果第二天我醒来发现人不见了。床头上放着一张纸条，纸条下压了三十张一百块的红色钞票！"

"纸条上写，谢谢你的服务。"

我再也忍不住哈哈大笑，边笑边说："邓文杰，我要是你得多高兴，三千块一晚上，你这钱赚得痛快啊。"

"放屁！"邓文杰怒气冲冲地说，"我这么优秀的人才三千块一晚上？瞎了她的眼！"

关键在于，邓文杰从此记住了那个给他付钱的女人。

而且是个年轻女人。

我被他推搡着拉到门诊那边，邓文杰医生假装低头在前台那签什么东西，一边转着笔一边低声跟我说："看，就那边，短裙，棕色长卷发的，胸部发达，腿很长的那个，就是她。"

我转过头去，果然看到门诊大厅坐着一个时髦的女士，深棕色皮短裙，黑色丝袜包裹着曲线均匀的长腿，同色高跟鞋，上身偏穿着色泽鲜亮的宽松上装。她的脸小巧精致，画着时下流行的妆容，一看就是知道自己漂亮、并懂得让自己更漂亮的那类女士。

但这张脸实在太过熟悉，我一看就笑了，问邓文杰："要不要认识她？"

"怎么认识，难道我走过去说你好还记得咱们共度良宵后你给我钱吗？"

"不，更普通，更无趣的方式。"我看着那位女士，她的视线也投向我这边，露出一个诧异的表情，随即嘴大大咧开，笑得分外灿烂。

邓文杰还在假装低着头，嘴里嘀咕："要不然我过去说您好您来看病啊身体哪里不舒服好巧我是这里的大夫？受不了这么老土的搭讪。"

我不理他，朝那个女人做了过来的手势。

她立即踩着高跟鞋，噼里啪啦朝我们这儿走来，邓文杰医生目瞪口呆，我对他耳语说："最普通最无趣的男女相识方式，朋友介绍。"

"我去，你跟那个女的认识啊？"

"嗯，还认识了不少年头，"我一边笑着一边朝那位女士伸出手，"放心，我跟她之间绝对熟悉到可以帮你介绍的程度。"

漂亮女人朝我走来，一把抓住我的手兴奋地跳起来说："啊，张旭冉，真的是你啊，我听说你在做医生，原来在这家医院来着？太好了太好了，老娘来看个小病居然排了一钟头都没轮到我，早知道先让你帮我挂号，等等，你这是什么衣服？不是病人服吧，天哪你这是怎么啦……"

我握着她的手笑呵呵地说："一样一样来，慢慢问，我都告诉你，先介绍个朋友给你认识，邓文杰医生，我们心外科的副主任，这位是李少君女士，我，呃，怎么说，高中同学？"

"放屁，老娘跟你是初中同学，你这什么狗记性？"李少君拿手袋抽打我，"我们初中是隔壁班啦，考试一个考场一块作弊来着。你怎么可以忘了这么深厚的阶级友谊？"

"行行，"我讨饶说，"我错了，重来啊，这位是李少君女士，我的老同学，老朋友了。"

"闺密哦，"李少君眨眨眼，盯着邓文杰，忽然怪叫一声，"我的老天，不是吧，是你啊。"

邓文杰不尴不尬地笑着，扬了扬眉毛说："正是在下。"

每个女孩成长中可能都伴随着一两个李少君，她们总是性感妩媚，却又大胆张扬，她们在你还羞涩于讨论胸罩尺寸时就敢穿低胸 T 恤，她们在你还相信风花雪月的年龄就已经知道怎么打击你那点不切实际的浪漫幻想。

"李少君们"可能功课没有你好，志向没有你高，说到个人修养品位情趣更远不如你，但她们远比你放得开，懂得怎么支配青春，她们的笑声总是比你高昂，脸色总是比你红润，胸脯也总是挺得比你高，高跟鞋小短裙配她们的身材永远比你合适。在某些时候，你当然可以带着酸味将她们归入坏女孩的行列，或者在某个备受男生冷落的聚会回来后，恶狠狠地诅咒她们注定没什么好结果。

但随着年岁增长，你总也等不到"李少君们"倒霉的那一日。也许到这时候你才不得不承认，在关于如何做女人这件事上她们比你聪明，她们的聪明令她们避开那些无用而琐碎的程序，她们早早想好了怎么去为自己谋取最实惠的部分，在两性关系的拉锯战中，她们是无师自通的常胜将军。

我喜欢这样的女性，光是看着就赏心悦目。

在我上中学的时候，我跟李少君大概是当时一群青涩男女中的两个异类，只不过我属于收得太紧的古怪女孩，她却属于放得太开的放荡女孩。我们因为两极分化得太明显，反倒对对方产生某种惺惺相惜的欣赏，偶尔见了面也会点点头，无声地打个招呼。

我们俩真正相熟起来是因为一次期末考试，我跟李少君那么巧安排在考试的前后座，考着考着，她趁着监考老师不注意，回头对我飞快地小声说："喂喂，把你的第二卷拿过来我抄抄。"

我当时对成绩这种东西正处在厌恶的阶段，于是就无所谓地把她要的试卷递给她，李少君接过后迅速转过身去，动作娴熟。就在此时，素以严厉著称的教导主任忽然进来巡查考场，按照惯例，他会站在某个考生背后看他怎么答题。我跟李少君那时候都小，就算再怎么有自己的主意，这时候也是吓得浑身僵硬不敢动弹，也是我们运气好，教导主任没挑我们俩抽查，过了一会儿，他就慢慢走出考场。

这不到五分钟的紧张惊险，从此长留在我们俩的记忆中，以至于李少君后来提到每每都会拍胸脯说："当时真是吓死我了，其实就算被抓了处分什么的也未必怕，但在当时就是紧张得不行，心都差点吓得要跳出来。你能明白？"

我点头："处在抓与被抓的未知阶段，确实是最令人害怕的。"

她哈哈大笑，拍着我的肩膀说："可不是，所以咱们是一块担惊受怕过的阶级友谊，对吧？"

我们此后便这么莫名其妙地熟悉起来，多半是在校外，两个人一块去看一场电影，大概因为我们都没试过跟对方这个类型的女孩相处，但又莫名其妙地渴望待在一起。于是有大概半年时间，我们俩将所有的零花钱都用在买电影票上，好在当时电影票也不贵，两个女学生还负担得起。

我至今还记得她喜欢买一种咬在嘴里嘎嘣脆的炸面粉条当零食，整个看电影的过程就不断听到她咔嚓咔嚓咬断那种东西的声音。就是在那样的黑暗当中，我们俩第一次谈起男孩子。

"你说，女孩为什么只能配一个男孩？为什么不能拥有几个男孩？比如我又喜欢张三的帅气，又喜欢李四的懂事，那我为什么不能有张三和李四两个男朋友？"

我在黑暗中想了一会儿，说："那样可能会麻烦吧，你毕竟只有一个人，分配起来没办法做到均衡，那样必然会有人不满，不满就会生事，那样麻烦就来了。难道你喜欢麻烦？"

她不无可惜地说："也是哦，男孩惹起麻烦来真是讨厌死了。"

我点点头："可不是。"

"所以你就只对着你那个小男朋友？"她笑嘻嘻地拿肘部捅我，"喂喂，你跟他发展到哪个阶段了？有没有一块亲嘴？"

我红了脸，支支吾吾说："反正我觉得跟他无论做什么都是可以的。"

"哪怕一块睡？"

"嗯，如果有必要的话，"我在黑暗中回答她，"虽然我个人觉得未成年发生那种事未必好。"

"就算一起睡了也没什么啊，"她忽然叹了口气，"真神奇啊，你跟我一样大，但你已经知道要跟什么样的人过一辈子了。"

我小声地说："因为孟冬不一样嘛。"

这样的对话后来没发生几次，因为我们俩的生活能交集的部分越来越少，等我上了高中后，她跟我不同校，我们的来往就更少了，等我去了美国又回来，我们也不过通过几个电话，彼此都没有特地再见面的欲望。少女时代的友谊原本就飘忽不定，等年纪一大，即便知道李少君可能是个值得继续深交的妙人，但也没了继续交往的契机，哪知道我们居然在这种环境下重逢。

我看邓文杰对她似乎有些未尽之意，于是便推荐邓医生给李小姐走后门，再跟她报了我的病房号，请她看完病后来我那儿坐坐。李少君嘻嘻哈哈地跟邓文杰走了，我摇摇头，一个人慢慢走回住院区。过了半天，李少君摇摇摆摆踩着高跟鞋来找我，劈头第一句就是："喂，我说，那个很帅的邓医生，你不是想介绍给我吧？"

我愣了一下，说："也不算是……"

"趁早别给老娘惹麻烦，我告诉你哦，我已经往死里得罪他了，那种男人一看就又不爽快又小气，这时候不知道心里怎么嘀咕要整我呢。"

"不会吧，"我笑了，"邓医生不是这种人。"

"什么不是，男人都一个德行，你知道个屁，哎，你知道男人最忌讳什么？"

"什么？"

"那方面的事，"李少君瞪圆眼睛，"那方面，懂了吧？"

我忍着笑问："啊？"

"哎呀跟你说不明白，我这么告诉你吧，我嘛，跟你们那位邓医生睡了一次，老娘当时心情正不爽，想找个看得过去的男人减减压，哪知道在酒吧里头挑了半天全他妈歪瓜裂枣，我心里一火就想，拿钱买个男人伺候我总行了吧，我这边电话刚打，那头就瞧见你们邓医生上来撩我，我心想'良家妇男'长他这样还用得着来夜店找女人？于是我就跟他开了房，完事了我就走了，给他留了三千块，我哪知道他是你们医院的什么鬼副主任？我要知道我就省了这钱，这时候还赚他个人情，妈的。"

我笑出声。

"你还笑，笑什么笑，"她没好气地瞪了我一眼，眼珠子一转，问，"哎哎，你说我管他要回我那三千块有戏吗？"

"没戏，人没找你麻烦已经不错了，你还想把钱要回来？"

"不是说外科医生特有钱吗？"李少君可惜地说，"也是，算了，当我倒霉，哇，那可是三千块，老娘我半个月工资！"

"那你还给得那么痛快？"

"这不是，看人小伙子服务精神挺到位的吗，"她嘀咕了一句，抬头看我，后知后觉地叫了一句，"张旭冉你看着比以前好看啊，为什么住院来着？"

"被人捅了一刀，"我苦笑说，"这事你别问了，说起来我烦。"

"行，那我不问，"她四处看了看，说，"你住这儿挺贵的吧，你男人挺有钱啊，对了，你跟你那个青梅竹马结婚了没？"

我翻了白眼，忽然涌上来一种诉说的欲望，骂道："结个屁，他死了。"

"啊，真的？"

"真死了，他后来当了战地记者，中流弹死了。"

李少君沉默了，伸手过来摸摸我的肩膀。

我看了她一眼，缓缓地说："他去世之前就在那边搞了个女的，跟我说这么多年我跟他只是兄妹感情，他跟那个女的才是真爱。"

"这孙子！"李少君破口大骂，"还好死得快，不然老娘替你抽死他！"

我看着李少君义愤填膺的脸，忽然间一种深深的荒诞感涌了上来，我渐渐绷不住，笑了起来，越笑越刹不住，整个人捧着肚子笑倒在病床上，李少君有些莫名其妙，上来给了我肩膀一下，笑骂："妈的，笑什么？那种人不该抽死吗？"

"该，该抽，"我得眼泪都出来，点头说，"我只是忽然觉得这整件事很好笑。"

李少君耸耸肩，在我身边坐下，搂住我的肩膀说："我也不知道说什么，让你想开点之类的，一般人是不是都说这个？"

我推开她："行了，你不适合当什么知心姐姐，一边去。"

李少君笑嘻嘻地站起来，眉飞色舞："哎哎，我发现你们医院好多帅哥，你艳福不浅啊。"

"医院里多的是衣冠禽兽，你别被蒙蔽了。"我正想接着说，忽然门外进来一个年轻医生，我认得他是我们心外科刚来的住院医邹国涛，他穿着规规矩矩的白大褂，里头衬衫领子一直扣到下颌处，他看到我微微红了脸，谨慎地说："张医生，打扰了，我不知道你有客人，不然我改天再来看你吧。"

我忙笑着说："是小邹啊，没事的，你快请进。"

他抬头看了一旁笑嘻嘻的李少君，脸上一红说："不了，我就是想过来问你什么时候回来上班。"

"那个再说吧，"我顿了顿，笑着说，"我即使不在，你们有事也可以找其他医生，有问题的话请教邓主任也行，别怕他，他人不错的。"

邹国涛点点头，又看了我一眼，轻声说："那你休息吧，我先走了。"

他转身飞快离开，我有点莫名其妙，抬头跟李少君对视了一眼。

"他对你有意思。"

"胡扯，科里经常来这样的年轻医生，我不过帮忙带一带而已。"

"呸，老娘在男人堆里混了多少年，那小眼神不会看错，"李少君冲我挤眉弄眼，"他肯定对你有意思。"

因为李少君第二天还要来医院做检查，因此我们约了隔天一块吃晚饭，恰好孟阿姨打电话过来问我明天想吃什么，我想起来她的生日快到了，就约她一起，算是提前祝贺她生日，当然还有我即将出院。

孟阿姨很高兴，娇声问我在哪吃，要不要穿好衣服去，听那意思倒不像跟晚辈吃顿便饭，而是要赴什么重要的约会一般，声音中透露着小女孩的兴奋。

我笑了，当下决定把吃饭的地方规格提高一档，就订在离医院不远的一处星级酒店的粤菜馆。孟阿姨爱吃精致的广东点心，李少君喜欢吃肉，我还在病中，清淡为宜，这些要求在粤菜馆大抵都能得到满足。

到了时间，李少君穿着利落的牛仔服，底下却是芭蕾舞演员上台用的那种蓬蓬的粉色纱裙，这种满大街随处可见的流行装扮到她身上却漂亮得令人羡慕。完美的胸部形状在牛仔服的遮掩下时不时显露，脖子上戴着金色项链，耳朵上是同色的耳环，还画着漂亮的眼妆，这么热热闹闹的时尚堆身上，若别的女人当觉累赘庸俗，但在李少君身上，却偏偏能于大俗中显露大雅，令人只觉这个女人漂亮，可亲可近。

我一见她就怪叫了一声："天，你这是装嫩吧。"

她装模作样地摸摸头发，偏头飞了一个媚眼过来，喜滋滋地问："哎哎，怎么样，好看不？"

"好看，"我没好气地瞪她，"成心的吧，想让我陪衬你？"

李少君高高兴兴地说："哪啊，老娘我是那种女人吗？自己人，我都替你拿了衣服过来了。"

她提起手里的袋子，说："放心放心，是你能穿的。"

我将信将疑地接过她的袋子，拿出来，居然是一件很淑女的白色无袖连衣裙，还有一件淡灰色开襟毛衣，这两件衣服设计简洁，材质上乘，做工精良，我再看牌子吓了一跳，忙说："这，这是真货？别吓我，我以前留学时可见过，这种牌子就算打折都得俩月工资呢，李少君，别告诉我这是你买的啊。"

李少君有点不好意思地摇摇手说："那什么，你啰唆个什么劲，让你换上就赶紧的，老娘还等着看呢。"

我展开那件裙子在身上比画，迟疑着说："我还没怎么穿过裙子，还是这么贵的裙子……"

"哎呀，不就穿个裙子吗，你还是不是女人啊你，"她没耐烦地把我往洗手间推，"再他妈叽叽歪歪我就亲自动手扒你衣服了。"

我笑了，拿了裙子掩上门换上，尺寸有点大，李少君本来就比我丰满，但长度什么的却合适。只是我当医生以来，穿裙子的次数屈指可数，衣服都偏中性休闲，图的是方便实用。

我一度还以为，要等到我结婚那天，张旭冉才会名正言顺穿一次裙子。

很久以前，孟冬也给我买过一条裙子，那时候我还在读高中，他偷偷摸摸塞给我一条红色格子背带裙，趾高气扬地说："喏，给你，我看现在好多女孩都穿这个，咱别让人比下去了。"

他那时候刚刚开始用自己拍的照片赚钱，在杂志上，开始登他整版的图片。

人们开始关注这个年轻的摄影师，他很有想法，他的照片充满对人性的思索。

可没人知道，这个几乎天生就知道如何将图片拍得深沉的男孩，赚到钱后想的是给自己的小女朋友买条花裙子。

我忽然就眼眶微微发热，深吸了一口气，抚平了裙角，慢慢走出去。

李少君尖叫一声，兴高采烈地说："张旭冉，你就该穿着它永远别脱下来。"

我笑了，慢慢套上那件开襟毛衣，拿上我的手袋问："可以走了吧？"

"等等，"李少君手忙脚乱地从袋子里掏出化妆包，说，"过来，姐姐给你画两笔。"

"千万别，我嫌那个麻烦。"我制止了她。

"就画个唇彩……"

"你还没跟我交代这么贵的衣服怎么来的呢？"

李少君撇撇嘴，说："这事说起来忒丢人，老娘不爱提。"

我笑了，扬起眉毛问："你不会曾经穿这个想冒充淑女吧？"

李少君这么厚脸皮的女人，听到这话居然微红了脸，我哈哈大笑："李少君，你从实招来吧，说，装成淑女想勾搭谁来着？"

"妈的，说就说，老娘一时昏了头干下桩傻事行了吧，"她一甩头发，说，"就那个，我有一回鬼迷心窍看上一个男的，那男的说不喜欢我这样的，我心想你看不上我这类的，那看得上谁啊？难道那种羞答答话都说不利索的女学生？那好办啊，我装不就是了？装谁不会啊，是吧？"

"于是就买了这套衣服？"

"嗯，裙子连外套、鞋子，哦，还有一顶帽子，那玩意上面还有蝴蝶结，顶上就跟扣一花盆似的，装得太过了，我没好意思拿出来，就这套行头，花了我一年的积蓄，把我心疼的哟。"

"后来呢？成功了吗？"

李少君呸了一声，骂骂咧咧说："那个瞎了眼的王八蛋，居然说老娘穿着龙袍都不像太子，我难道不清纯吗？啊？我全身上下哪不清纯了？嫌我没气质，嫌我胸部大，我胸部大怎么啦，好歹零部件都是原装的，怎么着，不好看吗？"

她挺了挺胸，我笑得差点岔气，拍拍她的手说："得了，咱们原谅那种人啊，估计他是审美标准比较另类。"

"就是，这种男人就是欠，"李少君哼了一声，又低头打量了我一番，说，"不过挺适合你的，送你了，别推啊，我看见这套衣服就来气。"

我有点被噎到："这么贵，超出我的阶层了啊，我怕装得太过了一出门就得摔个狗啃泥。"

"不会不会，"她过来挽起我的手，"我看着你呢，保管不叫你摔着。"

我已经事先跟护士长打过招呼，邓文杰也知道的，所以出门没什么阻碍，刚刚走到医院大厅，忽然看见邓文杰正一本正经在那跟人说话。我叫了他一声，他回头一看见我们，眼前一亮，跟那人说了几句就跑过来，笑吟吟地对我说："呦，今天鸟枪换炮，这么捯饬一番看起来还有几分姿色嘛。"

我白了他一眼，说："少贫，我们要去吃饭，你去吗？"

邓文杰瞥了下李少君，微微眯了眼，笑说："真不巧，我明天有个移植手术，今晚得多留一会儿做点准备工作，不然我下次请回你们？"

他嘴里说你们，眼里却看的是李少君，李少君笑嘻嘻地回看他，这俩人当着我已经眉来眼去毫无顾忌了。我轻咳一声，说："那我们走了。"

邓文杰摆着潇洒的姿势摆摆手，李少君嗲声嗲气地朝他说了句："邓医生拜拜哦。"然后挽起我的胳膊，摇摇摆摆地往外走。

我们一离开医院，她立即换了凶巴巴的口吻说："你们那个邓医生是不是闲着没事就乱放电啊？"

我扑哧一笑："他好这一口嘛。"

"哎哟妈呀，可把我电麻了，"她伸伸脖子，忽然问，"你说我要再跟他睡一次，能拿回我那三千块不？"

我推了她一下："还惦记你那三千块啊，能不能有点出息？邓医生一年收入上百万的，你把他泡到手，三千块算什么呀。"

李少君却一本正经地摇摇手指头说："NO，你们那位邓医生眼带桃花，哪个女人脑子进水去泡这么个男的？有钱又怎么样？老娘我缺钱吗？自己赚钱自己花，活得不知多滋润，我才不要没事去惹那种麻烦。"

我不知道向来情场无敌的邓文杰要听到这个评价会不会吐血，但我却莫名其妙地从李少君这么洒脱的话语中听出一丝落寞。一转头，这个妩媚入骨的女人精致的眉眼，在都市渐浓的暮色之中，不知为何令我觉得分外萧瑟。

她招手叫了出租车，我们俩坐进去。一路上，她兴致勃勃地拉着我的毛衣比画着说这里要不要配个胸针更好，我看着她，忍不住轻声问了句："那个时候，买这套裙子的时候，你是认真的对吧？"

李少君一愣，随后漫不经心地说："傻事总要做一两回，然后你就学精明了，女人啊，不就是非得经历几个极品'渣男'吗？"

我笑了笑，正想说什么，忽然手机响了，我忙打开手袋掏出电话，一接听，却听见孟阿姨的声音："冉冉吗，那个，我忽然遇到一个老朋友，我，我不去跟你吃饭了，不好意思啊。"

她的语气有种我说不上的不寻常，我微微一愣，马上回答："没关系的，阿姨，那我等你生日那天再约你吃饭好吗？"

"嗯嗯，好啊，我们约那天吧。我不说了，我挂了。"

我还没回答，她那边已经挂上电话。我有些奇怪地收了线，李少君问："怎么了？"

"没事，就是晚上本来要跟我们一块吃饭的阿姨突然有事不来了。"

"那正好，我还想着有长辈吃起来不痛快，哎，我要吃那个酱猪蹄，你可不许赖啊，"她高兴地说，"还有烧鹅，那里烧鹅可出名了。"

"好。"我笑着一一应下，这时车子已经开到那家酒店，停稳后李少君迫不及待开了车门跳下去，我留在车里付钱，等我付了钱出来，忽然一个错眼，觉得马路对面似乎有个女人是孟阿姨。我转头认真看过去，那个女人已经钻进一辆出租车了。

我来不及细想，李少君已经拉着我的胳膊说："快快，我们吃肉去，我他妈都快流口水了。"

世界上没有一个人是按照你的喜好而塑造的，

不管你爱上谁，都是一个与你相异的个体，

出身不同的家庭环境，受过不同的教育，可能还有跟你迥异的生活习俗，

那个人，有多少令你疯狂的魅力，就有多少令你厌恶的缺憾。

喜欢一个人

点了一桌子李少君想吃的各种肉菜，我忽然有种豁出去的轻松，省了这么多年，没想到头一回大手大脚请人吃饭，对象居然是无肉不欢的女性朋友。

似乎自从孟冬死后，我忽然发现了命运正逐渐朝着一个荒诞的方向走去，我看着对面大快朵颐的漂亮女人，莫名其妙觉得也许这才是让我省钱的真正原因。

我省钱就是为了有朝一日花在不相干的其他人身上，我一直傻不拉叽地为自己、为孟冬辛苦存钱，可生活的真相永远都是人算不如天算。

孟冬别说死了，就算活着也用不到我替他存的钱，而李少君前几日还让我觉得这个朋友可有可无，但今天我却能为了让她高兴而点了一桌子我这辈子可能都不会吃的肉。

人生际遇这种事，委实妙不可言，看你从何角度看罢了。

"想什么哪，"李少君拿筷子敲我的碗，"你还没怎么吃呢？再慢了可就都进我肚子里了啊。"

我屈起手指敲敲桌面说："我想你吃下去这么多东西，怎么腰身也不见胖，莫非你有特异功能，能召唤脂肪都朝胸部奔去？"

李少君哈哈大笑："不一定哦，没准我就真有那种功能。"

"那敢情好，快传授我秘诀吧，"我也笑了，"本人平胸许多年，正为这郁郁寡欢呢。"

"得了吧，我看你好得很。"她瞥了一眼我的胸部。

我夹了两根青菜咬着，她忽然来了句："不会真的介意吧，胸部大小什么的。"

"啊？"我微微一愣，随即大笑，"小时候可能会遗憾，要知道男孩们总是会关注胸部大的女孩，但到了今天还是觉得小巧的胸方便。"

李少君深表同意："可不是，站久了都觉得自己胸部重，像累赘。"

"不过应该还是很多男人喜欢吧，"我笑着问，"出于男性的恋母情结之类的原因。"

李少君没回答，她低下头，慢慢喝着汤，忽然来了一句："可是，如果一个男人只看到你的胸部，那又是什么好货色呢？"

我一愣，回了她一句："问题是，口口声声宣称不喜欢女人大胸的男人，也未必是正人君子。"

她瞪圆眼睛看我，我耸耸肩，举起茶杯跟她的碰了一下微笑说："所以，请坦然接受你的身体，胸部这种事，不管大也好小也好，形状匀称也好一边大一边小也好，只要还没往里头填硅胶，都算好东西。"

李少君扑哧一笑，一本正经地跟我碰了杯。

我们正吃得高兴，忽然听见那边一个男人用提高声调的英文骂："该死的，你以为你算什么东西，臭婊子，我今天不是来跟你谈判，我是来跟你下最后通牒，你不答应就等着我的律师来找吧！"

"哈，尽管来，我倒要看看上了法庭，法官是站在单身母亲的立场还是站在你这个狂躁症患者的立场！"

"你这个阴险邪恶的狗娘养的！是你，是你伪造我的病历，我要告你，我告到你吊销行医执照为止！"

"请便，你不告我，我还要告你诽谤。不过我好心奉劝你，别以为这是中国你就能不顾公众形象，信不信再提高嗓门，你这副狂躁症发病的模样，明天就有视频传上网？"

"你！"那男的"哐当"一下站起来，我们都看到了，是个相貌堂堂的白种男人，但此刻已经被愤怒扭曲了脸，他恶狠狠地将桌上的餐巾甩到女人脸上，用极为低俗的英语骂了一句后，转身扬长而去。

我与李少君面面相觑，我看那个被骂的女人，背部坐得分外挺拔，即便受众人瞩目仍然以优雅的姿态不紧不慢地拿下掉到身上的餐巾，随后举筷子继续用餐。这身姿实在太过熟悉，我赫然发现，这不就是我美丽的詹明丽学姐吗？

李少君好奇地说："外国人也会在大庭广众吵架啊，他们骂的什么，你听明白了吗？"

我盯着詹明丽，犹豫着要不要过去打招呼，但一想这种时候她肯定不乐意被人看见，便打消了念头，拍拍李少君的手背低声说："我也不知道，别管别人的闲事。"

詹明丽又坐了好一会儿才举手要侍应生过去买单，她付过钱后款款步出餐厅，仿佛接受加冕的女皇一样庄重肃穆，气势昂然，令人不敢直视。

只是落在我这种相熟的人眼中，却多了几分莫名的萧瑟和孤独。

我目送她缓缓走出餐厅，心里有些难过，抬头看见李少君正兴高采烈地评价："刚刚那女的好漂亮，气质好好，你看到了吗？"

我点点头。

"这么好看的女人都有男人找她麻烦啊，那人瞎眼了不成？"李少君摇头说，"所以说外国人还是不要乱沾惹，跟咱们不是一国的，不是有句俗语吗，什么非我族类什么的。"

"非我族类其心必异，"我没好气地说，"那是封建时代的狭隘观念，现在都全球化地球村了好不好。"

"我反正不爱洋鬼子，汗毛又重体味又大。"

"行了行了，"我说，"赶紧吃你的吧。"

她一想也是，又快活地大嚼起来。好容易李小姐吃喝爽了，揉着肚子全无形象地瘫在座位上等我付钱，我笑了笑，招手要侍应生过来结账。这顿饭吃得不便宜，不过好在宾主尽欢。

我们俩挽着胳膊走出餐厅，往楼下的酒店大堂走去，李少君伸了伸懒腰说：

"哎呀，今天吃得真高兴，等下月发工资了我回请你，咱们还来这儿。"

"行，那我等着。"

"你不会客气推辞一下什么的啊？"

"呸，跟你玩这套虚的，有必要吗？"

"嘿嘿，好歹意思一下嘛。"

我们俩正扯着闲话，忽然我觉得胳膊被李少君扯得生疼，一转脸，她跟见了鬼似的盯着那边手拉着手进来的一对男女，李少君使劲掐我的胳膊，我反握她的手，她的手冰凉中带着颤抖。

这算怎么回事？那对男女相貌并非上乘，至少对我这种成天看帅哥美女的人来说，这种长相不足以引起我驻足，只是男的身材高大，衬得女伴娇小玲珑，却也颇有点小鸟依人的美感。他们拖着行李箱，显然是来这家酒店住宿的了，我又看向李少君，发现就这么一会儿工夫，她已经面白如纸。

我还没回过神，她已经尖叫一声，冲了上去。她甩着手袋劈头盖脸打那对男女，边打边骂："余成林，你个王八蛋，你不是说跟这个狐狸精没关系吗？你不是说跟老娘性格不合才分手吗？啊？那现在这算什么？这算他妈的怎么回事？你给我说，你他妈敢说甩了我不是因为这个狐狸精？你敢说不是？"

她又哭又叫，登时吸引了许多人的目光，等我反应过来想过去拉她，那个男的已经一胳膊将她推倒在地，不耐烦地骂："神经病啊你，老子跟你早没关系了，我爱找谁关你屁事？真是阴魂不散，来这儿都能撞见你，再他妈扑上来试试？别以为我不敢揍你！"

李少君哭花了脸，指着那个女的说："你早就勾搭上这个狐狸精，脚踏两条船是不是？敢做不敢认啊？你说，你说啊你！"

"是又怎么样？"

"她不就是比我有钱吗？除了这个她那点比我好？我对你掏心掏肺，你就这么对我，你倒是说呀，她哪点比我好？"

那男的不怒反笑，一把拉过一旁吓傻了的女人说："看清楚了，她比你哪都好，你跟她比什么啊你，你一个被人睡过的货，跟她比？人家是正经人，学历收入品味哪样都比你强，你比她好？亏你说得出来！"

我听得目瞪口呆，从来没见过男人在公众场合如此侮辱一个女人，我当机立断跑过去，正想拉起李少君，却见李少君尖叫一声，从地上爬起来冲上去一头撞那男的怀里，把他撞了个跟跄后，一把抓过去，那男的哎哟一声，脸上登时多了几道鲜红的指甲印，他被激怒了，狠命一把揪过李少君，一巴掌打了过去，李少君结结实实挨了一个大嘴巴，白嫩的脸庞立即肿起。

　　我这时也愤怒了，就想冲上去给那男的一脚，却被一个人拽住了胳膊，回头一看，居然看到傅一睿那张"面瘫脸"。

　　傅一睿对我摇摇头，自己上去及时架住了那男人挥下来的第二巴掌，不怒而威地说："打女人算什么男人！"

　　"他妈的关你什么事？看不过是吧，看不过连你一起打！"

　　傅一睿冷冷地甩开他的手，瞥了他一眼。

　　那男人恶狠狠地挥了拳头过来，还没打到，已经被一群看够热闹的酒店保安制住，酒店经理这时也匆匆忙忙跑来说："对不起先生，本店不欢迎来此打架斗殴的客人。"

　　"妈的是她先动手的，你们都瞎眼了？"

　　经理看向傅一睿，傅一睿淡淡地说："我没看清，我就看到他在公众场合对一位女士使用暴力。"

　　那男的怒道："放屁，明明是那个神经病扑上来抓我的脸！"

　　我接着说："不能不让一个被打的女人自卫吧？"

　　经理于是说："这位先生，请您自己离开，不然我们会报警。"

　　那男的气急败坏，骂骂咧咧，跟他一块的女人此时吓坏了，怯生生地劝他走吧换个地方算了，男的被她劝走，临出门时冲李少君啐了一口骂："烂货，这么快就勾搭上另外的男人，得意什么呀，这破鞋早就被我玩烂了，谁要拣谁拣。"

　　"原来你的前女友在你看来等于破鞋，"傅一睿对他身边的女人说，"小姐，你涵养真好，但愿等到你们分手时他不会这样称呼你。"

　　他说完不再理会那对男女，任由他们在身后谩骂着离去，他过去看看李少君的脸，对我说："没事，肿了而已。"

　　我放下心来，过去搂住李少君，她一把抱住我的脖子哭得稀里哗啦，我拍拍她的肩膀，为难地看向傅一睿，傅一睿无奈地说："找个地方坐下吧，让她收拾一下再走。"

我点点头，扶着李少君进了大堂一侧的咖啡厅，让她坐下后，我掏出袋子里常备的消毒湿纸巾递过去，李少君接过去，抽抽搭搭地擦脸，狠狠地擤了下鼻涕，傅一睿被这个声音刺激到，微微皱眉头，招手让侍应生过来，点了两杯咖啡，给我的却是鲜奶。

"我不喝这玩意……"我弱声抗议。

他淡淡地看了我一眼，成功地令我的抗议咽进肚子里。

"中午吃了什么？"

我报了菜名，他越听脸越黑，忍不住打断说："有没搞错，你就算康复得不错，能这么吃高胆固醇高热量的东西吗？你还有没有医学常识？"

我缩了脖子，李少君哑声说："没，她没怎么吃，都是我吃的。"

傅一睿这才缓和了脸色，对李少君说："还没认识，我是这家伙的学长，现在是她同事，我叫傅一睿。"

"还是我啰唆之极和惨无人道的'法西斯监工'，"我没好气地补充了一句，"这是李少君，我的老同学。"

傅一睿却不知为何，听到这句话不但不生气，反倒眼神熠熠，透出笑意，对李少君也和颜悦色起来："李小姐你好。"

"好个屁，丢死人了，"李少君嘀咕一声，吸吸鼻子说，"不好意思啊，让你们俩看笑话了，想笑就笑吧。"

我瞪了傅一睿一眼，无声说"不许笑"，然后拍拍李少君的肩膀说："你也知道丢人啊，刚刚怎么就跟泼妇似的冲过去呢？"

"我也不知道，"李少君哑声说，"看到他跟那个狐狸精在一块，我心里就冒火。他居然还为那个狐狸精打我，妈的……"

我无语了。

这时咖啡上来了，傅一睿拿搅拌勺搅拌了一下，默不作声。

"男人不该打女人的，无论如何都不该打，我告诉你，往后如果你还碰见这种朝你动手的男人，赶紧有多远离多远，打女人就跟吸毒一样，是会上瘾的。我说真的，这种病还不好治，你还别恨他边上那女的，你得感谢她，往后这家暴就该那个女人受了，多好啊。"我见她还不说话，就加了一句，"不信你问傅医生，他是男的，男的如果真喜欢一个女生，舍得打她吗？"

李少君抬头看傅一睿，傅一睿黑了脸，轻咳一声，干巴巴地说："舍不得。"

"看，我说的没错吧。"

"那你会不会拿性格不合做借口，却在外头勾三搭四？"李少君可怜巴巴地问。

傅一睿摇了摇头，缓缓地说："我要是喜欢一个女孩，一定会弄清楚我们俩性格中的差别在哪儿，能相互沟通的可能性有多大，我会试图了解她，也让她了解我，我不会隐瞒我的缺陷，也不会无视她的缺点，我不会放大她的优势，也不会夸大我的长处。我要是，我要是喜欢一个女孩，我会当她是一个独一无二的人来看待，她性格中的单纯和天真我会花力气去维持，她不擅长应对的环境我会想办法替她改善。我……"他猛然打住，冷冰冰地对我们说，"没事打听这些干吗？我反正不会是刚刚那种没风度缺乏教养的男人。"

傅一睿的话中带了令我心悸的成分，我一时半会无法分清那些成分到底是什么。但可以肯定的是，我在听到这几句话时居然产生心室颤动的错觉。

不能否认，跟李少君后来跟我说的感觉一样，我们在那一瞬间，都觉得如果有哪个女人被这个男人喜欢上，真是很方便很省事，也许会很幸福。

也许是因为我们俩在以往的感情经历中，都习惯于靠自己的力量独立支撑，不管再怎么强悍，我们也早已倍感疲惫。

那天之后，傅一睿看到我有些神色古怪，虽说依旧面无表情，然而依据我对他的了解，在那一派完美的"面瘫"当中，似乎在我看不见的地方，悄然产生了细微裂缝。

难道说，是因为他一时冲动，跟我袒露了内心世界所致？

傅一睿从来不是一个感性的人，跟邓文杰犹如杀人狂一样迷恋手术刀切开胸腔拨弄心脏的激情不同，他当外科医生，从来都如计算精密的电脑程序一般，冷静地去思考如何改变一个人的骨骼、皮肤、五官、胸部。

他有极高的耐性和超乎常人的细致，能将大片破碎的皮肤组织一一修补，或是在一张已经被损害得面目全非的脸上，一点点恢复该有的五官。

他从事的岗位其实不像旁人设想的那样与美相伴，相反，由于人类对美貌的追逐，整形外科医生往往会直接面对很多别的外科医生不可能面对的人性中丑陋的虚荣和自私、浅薄和无知、暴力和凶残。

我目睹过一起家暴惨案的受害者，那个女人被自己的丈夫割去鼻子，挖掉一只眼睛，脸颊塌陷，身上有多处烧伤和其他锐器造成的伤害。

因为患者太过虚弱，手术中心跳一度停止，我被叫去与他一同手术，看到他如何一点点移植皮肤，重建脸颊骨和呼吸系统，术后又多次试验，为那个女人安装了一个近乎完美的鼻子模型和一颗眼球。

那个女人很穷，当时我们全院都为她捐了款，但我知道这些人道主义援助中并不包括给这个女人装鼻子和眼球，人们只是需要确保她康复就好，这个康复的概念，并不包括重建这个女人的容貌和给予她重获一张正常人的脸后应有的尊严。

只有傅一睿想到了，他不动声色地做了这一切。

傅医生从来不是天使，他整天板着脸，可他明白人有一张正常的脸，那是一种尊严。

冷静而自律的傅医生仿佛自成一个严密的外壳，其私人生活无法窥测，以至于当了他这么多年的老友，我才发现都好几年了，我没在傅一睿身边看到一个可称之为固定伴侣的女士。

想当初在美国时他也有过女朋友，他回国后就不了了之，直到他忽然说出几句这么感性的话，我才发现：

傅一睿单身的时间似乎有点太久了。

想来，傅一睿对恋爱有远比我成熟的观念，他注意到喜欢一个人，是喜欢一个真实的、活生生的人，而不是喜欢自己幻想的投射对象。

世界上没有一个人是按照你的喜好而塑造的，不管你爱上谁，都是一个与你相异的个体，出身不同的家庭环境，受过不同的教育，可能还有跟你迥异的生活习俗，那个人，有多少令你疯狂的魅力，就有多少令你厌恶的缺憾。

只是人总是要成长到一定年纪才能够坦然接受这种缺憾，才能够明白对方并没有因为你爱他他就变成十全十美的人，他不过是一个跟你一样的普通人而已。

我到了孟冬死后才懂得真实的他是什么样的。他从来跳脱任性，有艺术家的激情，却也有那一类人不可避免的幼稚和冲动。摄影师孟冬，也许永远需要新鲜的女人和新鲜的爱情，他会移情别恋几乎是不用奇怪的事。

他跟我在一起那么久，也许是互相需要，我们再也找不到世界上第二对人如我们这样相互熟悉和相互信赖，我们分享一样孤独而漫长的成长岁月。他因为早慧，我因为孤僻，都很难交到朋友，在我们还学不会如何去应付孤独的时候，我们已经学会抱团取暖。

我们很早就试过接吻，触摸对方的身体；我们在一块看布列松的画册，分享老海顿的唱片。我们在那样的天真岁月中成为对方真正意义上的唯一，像秘密战壕中的战友，能交付性命，能不相互背叛。

我们比兄弟姐妹还亲密无间，比恋人还相互依存，就像长在一块的两棵植物，紧紧缠绕，互相分享阳光雨露，互相抵挡暴雨风霜。

在我的记忆中还有这么一个片段：曾经我们有过一个秘密基地——小时候，宿舍楼楼梯间里有不被使用的小储藏室，我们把门锁撬开，里面收拾干净，铺上草席，有时候还拿易拉罐插两朵野花。在这间储藏室里，我跟孟冬一起吃从孟阿姨的碗柜里偷来的肉干，喝一种味道很苦的茶，捧着书，一人一个耳机听老式的爱华随身听里海顿的磁带，我们就这样度过了无数的周末下午。

有一天，大概是我小学三年级，我也交到一个朋友。那女孩带我去她家偷看她父亲珍藏的武侠小说，我没有同样的秘密交换，于是就带她参观了我跟孟冬的秘密基地。

我至今还记得那件事，清清楚楚，犹如昨天发生过的一样。我带着那个女孩只是打开了储藏室的门，刚刚迈进去就被放学回来的孟冬发现，他用力地拽着那个女孩的胳膊将她拖出来推倒在地，然后，当时还只是一个小孩子的孟冬涨红了脸狂怒地冲我大叫："你怎么敢带别人来这里？你这个叛徒，叛徒！"

叛徒在我们孩童的心目中是个很恶毒的词。它意味着人格低下，品德玷污，我从来没想过孟冬会这么骂我，我跟那个女孩都被他吓得哇哇大哭。

一直过了好几天我们才和好如初，孟冬严肃地警告我："下次再带人来秘密基地你就死定了。"

我点头，可是还想知道为什么。

他不耐烦地说："那是我们俩的地盘，别人来的话会弄脏的，你这个笨蛋！"

到今天我当然可以用心理学知识为孟冬这种童年时期的偏执行为冠上某个名称。他偏执，性格中有疯狂的因子，控制欲也很强。他固执地将我们与外面的世界隔离开，我们俩自成一国，任何踏出圈子的步子都被视为背叛。

但那个时候我从来没想过可以分析孟冬。我只想如何令孟冬高兴，这么多年来，他早已成为一个象征，我追着他，竭尽所能去靠近他，按他的喜好来塑造自己，做他喜欢看我做的事，我爱他。

但时至今日，我才明白，我从没认识过作为一个普通人的孟冬。

当然也就更谈不上理解过他，在我们如交叉的直线那样渐行渐远之后，我必须承认，造成这种状况，我要负很大一部分责任。

由此可见傅一睿对情感的认识，确实要比我深刻。

可聪明不是幸福的必然条件，我身边最不缺的就是聪明人，邓文杰、詹明丽、李少君，个个都有先人一步看透世事的天赋，可他们没有一个人称得上幸福。

傅一睿动情的话只吐露两句，就必须戛然而止；邓文杰与女人相处，根本不敢去涉猎巅峰之后的低谷；詹明丽被一个男人当众摔擦手巾，可她照样得仪态万方地挺着脊梁；李少君倒是能一头撞上那个负心寡义的混蛋男人，可撞完了，她不让我看她被殴打的那一巴掌。

谁都不容易，这不是一句套话，而是确确实实存在的状况。

我叹了一口气，被过来陪我散步的傅一睿听见了，淡淡地问："有烦心事？"

"没，"我疲倦地笑了笑说，"有点累了。"

"那稍微走走就回去吧。"

"我知道了，"我低头看脚下的石板，从门诊大楼到住院大楼，穿过庭院的话有一条曲折漫长的石板路，"我说，傅一睿，有句话我如鲠在喉，不吐不快，冒犯了的话你别介意啊。"

"说。"

"你在咖啡厅说的那几句，就是假如你喜欢一个女孩那几句，当然说得很好，但我每次想起都觉得伤感，"我顿了顿，鼓起勇气说，"我在想，你不会有什么悲情往事吧？"

傅一睿停下脚步，面无表情地盯着我，我被他看得心里发慌，忙说："你刚刚答应了不介意的。"

他撇过头，看了看远处的树木，低声说："没什么悲情往事。"

"真没有？"

"没有。"他斩钉截铁地说。

我点点头，微笑着看着他说："没有就没有吧，不过，万一你哪天想说，我都会当个好听众的。"

傅一睿微微眯着眼说："你脑袋里到底在编排我什么？"

"说不清呢，"我笑嘻嘻地说，"也许我在设想，其实你一直暗恋詹明丽吧，哈哈，太有意思了。"

傅一睿登时黑了脸。

"别生气，开个玩笑而已，"我笑呵呵地说，"对了，说起詹明丽，我那天看到她，有个白种男人跟她在大庭广众下吵架，还骂她很难听的话。"

傅一睿皱眉说："是不是很高大，棕色头发，皮肤发红，长得像南欧人？"

我仔细想了想，点头说："对。"

"那是她前夫。"

"那个指挥家？"

"是，同时也是一个擅长将自己的无能推诿到女人头上的窝囊废。"傅一睿冷哼一声。

"怎么回事？"

"具体的我不清楚，也不好跟你仔细说，我只知道他们离婚闹得很不愉快，离婚完了又抢孩子监护权，现在已经反目成仇，大概是到了不可开交的地步。"

我想起詹明丽挺拔的背影，慢慢叹了口气："我能帮什么吗？"

"她做什么早已心里有数，不需我们帮倒忙，反正只要相信她能最终获得最大利益就对了。"

我想起那个气急败坏的白种男人，不觉莞尔，点头说："学姐确实强大，但即便获得最大利益，对女人而言，伤害就是伤害，看不到不代表不存在。"

傅一睿皱了皱眉头，看着我欲言又止。

"怎么，你想说什么？"

他摇摇头，换了个话题问："胸口的疤痕要去除吗？"

我摇摇头，笑着说："不用了。"

"也是，你也穿不了低胸衫。"傅一睿面不改色地说。

我尖叫一声，回头捶了他一下，笑骂道："傅一睿，你一天不寒碜我不舒服是不是？"

傅一睿嘴角微微勾起："你要真介意，我可以给你打折做隆胸。"

"去死。"

我们正闹着，我口袋里的手机忽然响了，我低头一看，是孟阿姨的电话，我带笑接了："喂，阿姨啊，我是冉冉。"

电话那边一阵沉默，我皱了眉头，又紧接着喂了一声。

慢慢地，电话里传来一阵压抑着的呜咽声，仿佛深夜受伤的动物隐含在喉咙口的悲恸，我吓了一跳，忙连声问："阿姨，阿姨你在吗？你怎么啦？你别吓我。"

"冉冉，"过了好一会儿，孟阿姨才带着哭腔说，"冉冉，我到今天，我到今天才拿到冬冬从中东给我们寄来的圣诞礼物，那个包裹，由于各种原因，在海关那扣了很久，我跑了无数次，今天才终于拿到我儿子给我寄来的圣诞礼物，但就在刚才，我摸着他给我们挑的羊毛披肩，我忽然明白他已经真的不在了，呜呜呜，冉冉，冬冬真的不在了，他是真的再也不会回来了……"

孟冬骨子里是个浪漫的男人。

那种浪漫并非指送花、雨中散步或者在你楼下点蜡烛之类毫无创意的事情，孟冬的浪漫是化到日常生活的点滴之内的，别人是用诗意来点缀生活，他是用诗意来经营生活，跟花多少钱无关，跟有没有观众参与无关。

孟冬的浪漫，就是他会让他爱着的女人感觉自己非比寻常，独　无二。让你感觉你身上仿佛带着一种奇妙的魔力，能反馈到那个男人身上，让他眼睛晶亮，热情澎湃。他如果是诗人，你就是他的诗魂；他如果是画家，你就是他的画眼；他是摄影师，那么你就是能令他的照片熠熠生辉的灵感来源。

孟冬常常说我要给他滋养，他常常会三更半夜跑来我房间抱着我让我给他充电，他会举着相机欣喜若狂地朝我奔来说冉冉你看我今天拍了超级棒的画面，你快看这都是你给我的灵感。

在我们还是少年的时候，每逢我生日，他必定会带我去一个特别的地方。比如坐很久的公共汽车，到一座荒凉的庙宇，比如长途跋涉到某个城乡接合部热闹的农贸市场，或者一处废弃的厂房，或者一间别致的咖啡屋。

他总能发现这样的地方，在那个时候，他在这些地方给我拍了无数的照片，侧面的，正面的，剪影的，倒影的。

我在他的镜头下慢慢长大，圆润的少女的脸庞逐渐拉长线条，清澈的眼眸逐渐笼罩上雾气和迷茫。

他常常看着我的照片说，冉冉，你看你，二十岁就有了四十岁女人的目光。

有一年，我们哪里也没去，就是花几毛钱坐渡船，来回地徜徉在江面上，大声笑，唱歌，吹江面上的风。

我们就是这样长大，正如几十年前流行过的一首诗所描写的那样：我们分担寒潮、风雷、霹雳；我们共享雾霭、流岚、虹霓。

那个时候，我们只有彼此，并且对这一点毫不怀疑。

有很长一段时间，我真的相信他所说的话，我真的以为只有我能令他笑得开怀且轻松愉快，我想我是他饥渴时的泉，是牛奶淌蜜的迦南地。我是他的信徒，因为我如此崇信他说的一切，他怎能不爱我。

他去当战地摄影师，也不会忘记在每年圣诞节寄讨人喜欢的礼物给我，比如手工编织的中东地毯，漂亮的阿拉伯面纱，有时候一个包裹只寄一片被子弹穿过的树叶，有时候是一枚瓦片磨就的护身符，上面有他亲手画上即兴的图案。

我从来没怀疑过他爱我，事实上我后来也明白了，他确凿无疑地爱着我，孟冬那样浪漫到骨子里的男人，哪怕让他虚伪一丁点，他都受不了。

问题在于，他浓烈的感情是因自己而生，换个女人换个对象，他的诗魂画眼灵感缪斯也能是另外一个人。

我对他不是不可或缺的。

我从没像今天这样想得透彻，我们经历过那么浪漫而独一无二的爱情，经历过青梅竹马的相濡以沫，我们共同见证过的孤独和默契。

如果这些都不能换来爱情的忠贞不贰，那么我还能拿出什么来交换？我早已交付一切，一无所有了。

答案只可能是，孟冬会离开，那不是我不努力，我对此也没有办法。

我想明白了，但我的内心仍旧是一片荒草，就如枯水期的非洲大草原，所有的动物全都迁徙，剩下的只是一片死寂。

我没办法再配合孟阿姨的哀伤。

在她痛哭流涕的时候，我面无表情地拿着电话，想象着孟冬寄给我的披肩，不用看，我也知道那必定触手柔软，上面有繁复的阿拉伯几何图案，有漂亮到不可思议的色彩搭配。

我没有办法再配合孟阿姨哭泣，我知道她需要我一同流泪，但我做不到这一点。

我听见自己，用空洞的声音说："阿姨，把那条披肩送给其他人吧，我不需要了。"

她似乎说了一句什么，我没有听清，手机被傅一睿抽走，他当着我的面冷声对孟阿姨说："阿姨，旭冉现在情况不是太好，您有什么话跟我说。对，我是傅一睿，对，别担心，不是危急情况，是，您别伤心，我理解您的心情，但站在医生的角度，我想您还是少来刺激旭冉。"

他担忧地看着我，口气严厉："我不管您跟她说了什么，我要求您别拿自己的不良情绪来刺激她，这对康复很不利，我不是开玩笑，是的，您能理解就好，上次已经昏倒过一次了，对，您也不想看她一蹶不振对不对？好的，您还有什么话跟她说？道歉？行，我替您说，再见。"

他挂了电话，走过来，深深地看着我，我想冲他笑笑，却发现脸上肌肉一片僵硬，只能勉强拉扯脸颊，我试了试，失败了，索性不想再笑。

傅一睿皱紧眉头，过来半抱住我，我身体一僵，想推他，他抱得更紧，我咬着嘴唇，开始神经质地发抖，拼命想控制也控制不了，我知道这也许并非病理反应，它可能就是一种心理性颤抖，但在这一刻我不想分析自己，我就是觉得冷，像一只来不及迁徙，留在冰天雪地里的鸟一样，发着抖等着冻死，心里一片冰凉。

"放松，放松，别咬着自己，放松……"傅一睿紧紧抱着我，摸着我的后背，用我从没听过的温柔的语调说，"冉冉乖，没事了，我在这，没事了啊……"

我哆哆嗦嗦地伸出胳膊攥紧他的白大褂，把头埋在他怀里，那一刻，我仿佛听见风吹过大片枯草所发出的沙沙声，我一直徘徊在那样一处一望无际的大草原中，树木都枯死，所有动物已经跑了，能跑的都跑了，河川干涸得只剩下龟裂的地表，来不及走而渴死倒毙的动物被秃鹰叼去皮肉，只剩下挂着残渣的白森森的骨架。我一个人留在那儿，没有给养，没有交通工具，靠徒步根本走不出来。

你的系统已经崩溃，詹明丽如是说。

那不是靠哭泣，靠一个男性挚友坚实的胳膊和胸膛就能重建的。

哪怕再给我一把手术刀，让我切开一百个人的胸膛，疏通一百个人的心动脉血管，我也没办法重建自己的系统。

我浑身的力气仿佛都被抽水机抽干了，脚下一软，几乎就要栽倒，傅一睿死命拽住我的胳膊，托着我的身体，不让我掉下去。

我忽然就厌倦了，一种从骨头缝隙里冒出来的厌倦席卷全身，我推他，无力地做出推开他的动作，傅一睿没理会我，他把我打横抱起，高声喊人，不一会儿，好几个路过的医生护士匆匆忙忙推了担架床过来，他们把我弄到上面去，急匆匆地奔向某个地方。

我微微眯着眼，头顶淡蓝色的天空渐渐看不见了，这实在是件令人遗憾的事，我脑子里忽然想起初中的时候我去学游泳，怎么样也不敢游到深水区，孟冬在那边嘲笑我，一边把水泼到我身上一边骂我"胆小鬼"。

我伸出手，轻轻摸向自己颈动脉，我是专业外科医生，知道从那下手死得最快，而且我不会割得鲜血飞溅，刀口难看，不出十秒，一切痛苦就完结了。

最重要的是先找把趁手的手术刀。

我的手突然被一只手狠狠攥住，握得那样紧，几乎用了捏碎骨头的力气。我抬眼看过去，傅一睿像要吃人一样看着我，目光凶狠而且带有恐慌，似乎我再摸一遍，他就要扑上来跟我拼命。

我看着他，他盯着我，我们没有说一句话，但彼此的意思都看得很明白。

全院都知道我跟他是老同学兼好朋友，旁边有谁安慰他："邓医生已经赶过来了，傅主任，您放心吧。"

他一言不发，继续恶狠狠地看着我，使劲捏着我的手，一直到邓文杰急匆匆闯进来，护士们拉上床帘，他才恨恨地甩开。

在甩开瞬间，他死命盯着我，无声地说："你敢试试！"

我忽然愣愣地流下眼泪来，眨眨眼，又涌出来更多的泪水。

我被他们摆弄了许久，插上一些导管，又给弄回病房，邓文杰摘下口罩揉揉眉心，不无遗憾地说："真扫兴啊，还是不用开刀。"

我没有昏迷，带着氧气罩看他，邓文杰皱了皱眉头，挥手让护士和实习医生出去，久久地看着我，露出忧虑的神情。

"我第一次遇见病人死在手术台上，已经是好多年前的事了，"他用一种难得正经的口吻对我说，"说起来很好笑，我宣布死亡时间的时候，心里想的不是什么责任感啊自我谴责啊，我想的是，原来刚死的人是这样的啊。"

"刚死的人，身体还没有出现尸斑，内脏也没有开始腐化，皮肤组织等还是柔软的，甚至可能也还有温度，看着就像睡着了一样，但很奇怪，你就是能知道这是死了，它在你面前就是一具没知觉的肉体，那不是人，那就是一堆无用的骨骼和脂肪，随时等着被丢到哪个地方处理掉。一个人在你眼前变成一堆肉，这就是我对死亡的最初感觉。"

"然后我才明白，我不是神，我是个天才的外科医生没错，但我不可避免要遇到死人的事，我是能修补一个心脏，给堵塞的血管搭桥，器官移植，做各种高难度手术，但是我不能控制这个心脏在想什么，由什么东西确保它继续活蹦乱跳下去，张旭冉，我不是万能的邓医生，不是每次你有事我都那么凑巧能赶过来抢救你。作为你的医生和朋友，我能做的很有限，而我每次想到这一点我都很挫败。"他定定地看着我，皱着眉问，"你能别让我继续挫败吗？"

　　说完，他再没有看我一眼，匆匆走了出去。

这个社会太过粗粝，女人们精雕细琢的细节都流于表面，太过直白，

但眼前这个女人的精细是深入骨髓的。

颦眉凝眸，带出那么一点半点，已经足够令人回味的了。

昏昏沉沉地过了两天，这两天我一直闭着眼，不想看任何人，也不愿听任何话。

我想我活了这么大，也该轮到我有权利什么也不干，躺在病床上无所事事地活着。只是活着这件事，对我来说如此艰难，想不明白我为何要坚持做如此艰难的一件事，直接就这么结束不好吗？我分明记得心因性心脏病也能致死。

而且是猝死。

如果那样的话，我就不会对不住邓文杰，对不住傅一睿，我没有对不住孟阿姨，我也没有对不住已经丧生的孟冬。

我比大多数女人理智，我崇尚科学和真理，我从小就知道好好规划自己的生活，我连刷牙都规定好必须超过十分钟。

但这么理性而有规律的生活现在却令我厌倦透顶，我想到《安徒生童话》里那只瞎眼的鼹鼠，我特别渴望能有一个洞穴，黑暗而温暖，让我一个人钻进去，不出来就好了。

对现在的我而言，猝死仿佛也是一种福气。

想想看，张旭冉今后人生那些鸡零狗碎、乱七八糟的事都不用再处理，她肩膀上担负的责任，她内心中无休止的折磨，过往和现在在相互撕裂，那种空茫无处着陆的痛苦，还有仿佛在烈日下炙烤着的孤独。

所有这些都不用再承受了，多好。

为什么这么好的运气就没轮到我头上？

每天深夜是我最清醒的时候，只是我不愿意睁眼，在暗夜中独自一人醒来是一件我现在无论如何都不想面对的事。有一天深夜，我感到有人进了我的病房，坐在离我不远的地方长时间地看我。奇怪的是我没有畏惧，无论他是谁，我都觉得无所谓，哪怕对方下一秒钟扑上来做点什么可怕的事我也无所谓。

比如那个想一刀捅死我的病患的父亲，如果他现在拿刀来刺我，我一定不会躲。

干吗要躲呢？我唯一亏欠的人就是那个孩子，我扼杀了一个少年今后生命的无限可能性，他如果活着，我想，无论他会成为什么样的人，都比我这种陷入绝望无法自拔的人更值得活着。

那个人看了我两个晚上，一句话也没说，我不想知道他是谁，我挺感谢他的，在最难熬的清醒的时候，我知道我不是一个人。

第三天我终于睁开眼，我在护士姑娘的帮助下弄干净了自己，她们犹如一群活泼可爱的小鸽子，一个个都十分开心。就连向来不苟言笑的护士长都露出笑容，然后消息传开，邓文杰与心外科的两位教授都过来看我，对我表示了来自院方领导的关怀。同时我听到一个好消息，我的身体其实已经没什么大毛病，明后天就可以出院。

"康复要注意什么我就不多说了，"邓文杰拍拍我的床架，"你的病休还有一周，一周后回来上班。"

"我这样干不了活。"我提醒他。

"暂时不安排你手术，会给你安排跟一些住院病患和实验，"他顿了顿，悄声说，"就算进手术室也跟着我，不会有事。"

我看着他，淡淡地说："你在浪费资源。"

他狠狠瞪了我一眼，骂道："怎么，你对科里的工作安排有意见？"

我叹了口气，再也不说话。

他捋捋袖子，斜觑了我一眼说："没意见就这么定了。"

他转脸立即温文尔雅风度翩翩，与两位老教授谈起了其他公事，一脸谦虚谨慎。等他们一走，门外又闪进来一个人，我一看，居然是年轻的住院医邹国涛，他白净的脸上带着喜色，腼腆地冲我笑："张医生，我都听说了，你终于要回来上班，真是太好了。"

我勉强笑了笑说："谢谢你小邹。"

"这个，是我们家乡产的酸枣糕，我查了书，你现在能吃的，你尝尝？"他递过来一包零食，耳朵有些发红，试探着问，"我给你剥一个？"

我摇头说："不用了，谢谢，不然你给我倒杯水吧。"

他欢快地答应了，七手八脚找出水杯倒了，递给我，对我笑着说："我考上林教授的研究生了。九月份就跟他做实验了。"

"那很好啊，"我接过水，真心地笑了，"恭喜你。"

"嗯，多亏了你当初借给我那些参考书和资料，对了，我，我不小心在书上画了，对不起啊，要不我还你新的？"

"不用了，都是我从美国带回来的旧书，送你好了，"我低头喝水，"能帮到你，它们也算发挥余热。"

"嗯，国内很难买到原版书啊……"

我一抬头，发现他目光深邃地看着我，不觉笑了，问："怎么啦？"

"没，"他窘迫地别开脸，"张医生，你得多吃点，住院这两周人都瘦了。"

"嗯，好。"我点点头。

"那个，"他看着我欲言又止，"我妈常说，世上没过不去的坎，看开了也就好了。"

我厌倦地闭上眼，把水杯放在床头柜上，轻声说："小邹，不管你听到什么传言，都别信，也别说，我现在不想听，好吗？"

他尴尬地闭上嘴，末了喃喃地说："对不起。"

"没事，"我勉强笑了笑，"我只是不习惯聊这些，不是针对你。"

"我知道，是我多事了，"他有些低落，过了一会儿认真地说，"张医生，无论如何，您康复出院，我真的挺高兴的。"

“别高兴得太早，”我说，“我要回来了，该使唤你不会手软的。”

他这才高兴地笑了，又说了几句，腰上的呼机就响了，只得匆匆离开，想来是忙里偷闲过来的，同事一场，能惦记着来看看住院的前辈，我已经觉得这小伙子人品不错了。

邹国涛走后，护士长把我要服的药拿过来，看着我吞下了，才说：“旭冉，你别吞药痛快，治病却啰唆，我告诉你啊，别以为自己是医生就懂保健了，医生最容易过劳死，我见多了，晓得了吧，出院后还得好好保养……”

我点头，说：“连您也来教训我。护士长，我不就多占了几天床位吗？”

“还好意思说，住个院还得抢救两回，有你这样的吗？”

“我错了我错了，”我忙转移话题，“对了，您今天没见到傅主任啊？”

“几天没见傅医生了，说来奇怪啊，往常没事都爱往咱们这溜达的，可能整形那边也忙吧。”

我心里一片茫然，我想这样也好，傅一睿是唯一一个知道我不想活了的人，我不知道怎么面对他，更怕他一张嘴就来教训我或者让我珍惜生命好好过活。

一直到我能出院了，我还是没看到傅一睿。连孟阿姨都过来两趟，我也还是没见到傅一睿，到了我出院那天他仍然没有出现，我心里有种说不出的怅然，难道我的颓丧居然把向来强大的傅医生给吓跑了？

“旭冉，收拾完了吗？”

我一抬头，却见詹明丽亭亭玉立地站在门口微笑着看我，她今天穿一身藕荷色长款秋装，外面套着卡其色风衣，脖子上戴着一条长长的珍珠项链，就这么简单的打扮，这个女人硬是能穿出最时尚的风味。

我笑了，站起来跟她拥抱，她身上传来淡雅的高档香水的味道，我深吸一口气，低声说：“我以为你回美国了。”

“我在这边要待满一年，”她拍拍我的肩膀，恰如其分地微笑着，眼角露出迷人的鱼尾纹，“还会继续来骚扰你。”

“求之不得。”我放开她，转身继续收拾我为数不多的行李。她好奇地问：“要我帮忙吗？”

"不用，东西很少。"

她在一旁看着我逐件往小旅行袋里装衣物，笑了笑说："这么少，真是有你的风格。"

"我身上有风格这种东西？"

"有啊，你的风格就是，多余的物品全都不要，"她看着我问，"你大概是我见过的拥有最少零碎玩意的女人了。"

我低头："我倒是想出门带十个箱子，但那得多麻烦。"

她在我身边坐下，抱着手臂笑："那是，什么衣服配什么项链，什么鞋子配什么手袋，头发什么的每隔十天就得约美容师重新修整，指甲更是马虎不得，对了，还有吊带袜。"

"吊带袜？"

"吊带袜是至关重要的东西，"她兴致勃勃地说，"那是让你变性感的魔术道具，当然我指的是慢悠悠当着男性的面脱下它们的时候。"

我扑哧一笑，看着她修饰得异常美丽的脸庞，轻声说："那个男人永远不会知道自己错过多么好的女人。"

她扬了扬眉毛，笑着说："感谢上帝没让他发现这一点，不然我还得被迫跟一个蠢货打交道，相信我，没有比这更糟糕的事了。"

我"呵呵"地笑，她伸出手臂抱着我的肩膀，笑呵呵地说："你看你从来不啰唆，不做无用的事，不喜欢无意义的装饰品，社会上约定俗成的那些女性要拥有的气质元素你都在有意无意地规避，你给人的感觉是直奔主题的，迫不及待就展开主要篇章，就如贝多芬的交响乐。"

"第三交响乐？"

"第五。"她斩钉截铁地说。

我瞪了她一眼。

"我的意思是，你这样当然很好，非常好，就像一辆加满油的汽车，在笔直的柏油公路上一个劲往前冲，很少有人能这样，大部分人都必须要绕很多岔路，兜很大的圈子，走很多无谓的、没有必要的弯路。一句话，他们都得为高昂的汽油费多付钱，可你不用，这确实是一种天赋。"

"但是旭冉,你开的这辆车,可能未必是一辆性能很好的越野车,也许你会抛锚,也许主干公路上根本没有维修站,也许通往前方目的地的道路根本不存在。"

　　我看看她,只觉得喉咙干涩,我艰难地问:"你在说什么?"

　　"我在说,生活不是只有一个终点,岔路和正道之间的区分,未必是绝对的,"她看着我,挑着眉毛说,"也许只需要拐个弯,你能碰见一个你需要的维修站,可能还有一位身材超棒的帅哥正等着为你服务哦。"

　　我被她逗乐了,点了点头,过去抱住她,低声说:"谢谢。"

　　"不客气。"她一本正经地回答我。

　　我们松开后,我忽然想起来,回头看她:"是傅一睿让你来的?"

　　詹明丽笑而不答。

　　"他为什么不来?"

　　"他大概怕了吧,"詹明丽轻声叹了口气,拍拍我的肩膀说,"即便是你无所不能的傅学长也有害怕的时候。也许我们需要给他时间。"

　　我在医院附近租了一套小公寓,连家具家电在内,东西很齐全,我自从搬进去后就没往那添任何一件大东西,只铺上沙发布和桌布,挂上窗帘。

　　布料都是以前攒下来的,在美国或中国游玩时顺手买下的花色奇特的东西,我像攒钱一样积累这样的花布,这习惯从我外婆那承袭而来。很多年前,在家家还没有余钱买彩电的年月,外婆会自己拿钩针丝线勾出纹样精美的沙发布,铺在家里头,即便是用了几十年的老家具也有焕然一新的温馨感。

　　詹明丽送我回到家,两个多礼拜不在,屋里居然干净得一尘不染,我打开灯请学姐坐了,泡了奶茶两个人一块喝了,又翻出一袋未开封的饼干权充茶点,差不多到了吃饭的钟点,我正想请学姐去附近的饭馆将就一顿,忽然门外传来钥匙转动的声音,我们都吓了一跳,等门一开,居然是一个慈眉善目的老妇人,提着一大堆菜进来。

　　"您是……"我站起来,问,"不对,这位阿姨,您怎么有我家钥匙?"

　　她没料到屋里有人,立即放下东西笑了说:"是张医生对吧?我是傅医生家的保姆，我姓陈，你管我叫陈阿姨吧，傅医生说您刚刚出院没人照顾，让我过来这边照应一段时间，我年纪大了，也不记得你是今天出院还是明天出院，琢磨着要个先头好菜，你回来也好有东西煮是吧，真是赶巧了，正好今天你回来了。”

我愣了一下，没想到傅一睿人没到，他家保姆倒先来了，我心里涌上一种说不出的感觉，干巴巴地问：“那什么，屋里的卫生也是您做的？”

“是啊，我收拾了一天呢，好长时间没住人，灰都积了一层，”陈阿姨快手快脚地把东西提进客厅，熟练地打开冰箱门，一边往里面塞东西一边说，“张小姐啊，你家冰箱里头原来过期的东西我都给扔了，过期的可不能吃，会吃死人的，那天我还帮你除了霜，哎哟喂，底下那层冰厚得哟。”

我呆呆地站着，心里浮上一种原因不明的忐忑，足足隔了十来秒钟才反应过来，走过去给这位陈阿姨搭把手，我低头看她一手拿着一张清单，一手清点着袋子里买的东西，我问她：“您怎么还有清单啊。”

“是啊，傅医生说您刚刚出院，吃东西要忌口的，怕我买错了，这不，还特地给我写了，你看，有写漏了没，要漏了我明天去买。”

她把清单递给我，上面是一行行整齐的字迹，傅一睿的字并不好看，就跟他的人似的一板一眼，严谨有余，飘逸不足。字的旁边还佐以数字，具体到买什么菜，买多少，这张纸条上都规定得清清楚楚。我仿佛可以看到他如何用写病历的表情写下这张采购清单，想必整个情形一定很有喜感，但是我现在笑不出来。

我整个脑袋陷入呆滞状态，在这一瞬间，仿佛有晦涩不明的东西正在涌出，而那个东西，是我有些畏惧并想躲开的。我不是不感动，但感动之余，我却有种不知所措的慌乱，我自忖对傅一睿不能算差，但基本上也只是在做朋友该做的事，如若处境互换，我想我不会如他这般体贴周到。

事实上，谁也不会像他这么体贴周到，在我记忆里，即便是我亲爱的外祖母，温良贤淑的大家闺秀，在我离开她远赴美国求学的时候，也从未如此仔细叮咛过我要注意这个，注意那个。她认为孩子就如雏鹰，该放飞到远远的高空自由翱翔，她担心我，但她从来只会将担忧压在心底。

我这一辈子，到目前为止，从未有人这样介入我的日常生活。

"呜哇，没想到那家伙温柔起来也蛮像个正常人嘛，"詹明丽端着咖啡杯过来瞥了眼纸条，笑吟吟地调侃说，"感觉就如钟楼怪人对爱斯梅达。"

我无奈地笑了笑，把纸条收好，低声说："我还以为他生气不愿理睬我了。"

"显然他不是小孩子。"

"这怎么好意思啊？"我茫然地问，"我给陈阿姨付工资吧？"

陈阿姨在一旁听到了，笑嘻嘻地说："不用不用，傅医生已经给过我买菜钱和工资了，他说你出院后疗养很重要，怕你没人照应，吃饭乱对付，要我在这一天做两顿，食谱都给我定好了的，张医生一点都不用操心。"

"那他自己怎么办？"

"我介绍了一个同乡给他做钟点工，没事的。"

我忧心忡忡地问詹明丽："怎么办，我觉得很过意不去。"

詹明丽做了个手势说："这家伙的便宜不占白不占。"

"我已经够无耻了，"我烦躁地拉拉头发，"难道麻烦他的事还不够多吗？"

"那就再多一件又何妨？"詹明丽拍拍我的肩膀说，"当然，如果你真的耿耿于怀，那就照一般人的反应去做好了。"

"什么是一般人的反应？"

"打个电话，说声谢谢。"

然而我在接下来的三天里至少给傅一睿打了十个电话，他都没有接。

一开始我还安慰自己傅一睿大概是工作忙，但我后来不得不承认一件事，傅一睿大概是不想接我的电话。

无论是道谢还是别的什么，他都不想听。

我隐约能明白傅一睿的心情，他不是不管我，也不是生我的气，他只是不知道怎么面对我，他一直看到的是一个坚强上进的张旭冉，突然这个张旭冉就如海边沙雕一般被潮水侵蚀殆尽，面目全非，要重新看待整件事，重新获得对一个人的认知，他需要时间。

尽管如此，我还是很不安，像我这个德行，居然能有这么尽心尽力为自己打算的好友，纯属运气极好，我有点受不了被他隔绝在外的状态。到了第四天，我穿戴整齐，准备去医院找他，无论如何，我想和他谈谈。

我知道他那天有门诊，所以掐着中午时间到了整形外科，除了值班护士和外面几个病恹恹的女孩等着门诊重开，那边静悄悄的少了许多人。我去值班护士那打听，一看却是老熟人，一位姓赵的大姐，原先在手术室那边待过，后米身体不适应，就申请调到整形外科了，打我在这儿当住院医就跟她认识，赵大姐为人豪爽，跟我私交不错。

　　她见是我，笑着说："张医生，回来上班了？"

　　"还没，在家休养多两天，你们主任呢？"

　　"哦，有个病例，"她压低嗓音说，"典型的美容毁容，转到我们这，傅主任带着我们科其他住院医和研究生观察那个病例，可怜哦，才二十岁，贪靓又想省钱，好好的一张脸给毁了。"

　　他们这倒是时不时会收来一两个这种病人，我不以为意，点头说："我也没什么事，就不去添乱了，他出来的时候你帮我跟他说一声啊。"

　　"放心吧，对了，张医生啊，跟你打听个事儿，"赵大姐把手里的笔放下，似笑非笑地看着我，"你跟傅主任是老同学了，知道我们主任有女朋友吗？"

　　我一愣，随即了然一笑，好奇地问："你们又有谁打他主意呀？"

　　"瞧你说的，什么叫打他的主意，"赵大姐笑嘻嘻地说，"我们是看着他年纪也老大不小了，大家关心他，而且这样事业有成，作风又正派的好男人，如果没对象就肥水不流外人田，便宜我们科室的年轻医生嘛。你不知道，我们这新来了一个实习医生，长得可漂亮了，对傅主任那叫一个敬仰爱慕。"

　　我笑："你们都看出来了？"

　　护士扑哧一笑，说："这还看不出来，我也是打小姑娘过来的好不好。我还没告诉你吧，就上回，有个香港富婆过来隆鼻子，不知怎么就碰上傅主任，一个劲缠着他要他的电话，傅主任生气了说他已经结婚，那富婆居然说要他把老婆带出来谈谈，只要肯离婚，条件什么的都可以谈，要房子给房子，要车子给车子……"

　　我睁大眼睛说："天哪，傅一睿这么热销啊？"

　　"那可不，要不是他整天拉着脸，估计比你们科的邓帅哥还热销，你别看邓帅哥长得好薪水高，可那就是一个花架子不踏实，女人嫁人还得找傅主任这种，现在女孩精明着呢。"

我问："她们就不怕他吗？你以前不是跟我说过，他说话毒，要求又高，经常骂哭你们科的女护士吗？"

"这你就不懂了，这叫又爱又怕，又怕又爱，"赵大姐眉飞色舞地跟我说，"爱恨交加，虐恋情深。"

我扑哧一笑，她拉着我的袖子问："怎么样，到底他有主儿没有？"

"中国是没听说过有，但读书时有，"我想了想，老实地说，"他在美国时有女朋友，但后来分手没我们都不知道。"

"难道在美国结婚了？怪不得这边千娇百媚的小姑娘凑上前他都不动心，"赵大姐一拍手说，"得，我知道怎么回事了，敢情他说有老婆是真的。"

我吓了一跳，忙说："您可别乱传啊，我都不知道确切情况。"

"肯定的，都三十好几了，歪瓜裂枣的还琢磨娶媳妇呢，何况他这样的，"赵大姐兴致勃勃地打听，"他美国那个，洋妞还是咱们中国人啊？"

我觉得头大如斗，忙摆手说："您别害我了，要让傅一睿知道是从我这传出去的，他敢把我拆散了重装。"

"呸，就你这小胆子，怎么拿手术刀跟那帮男医生拼啊？"赵大姐笑骂了我一句，我正要说什么，忽然耳边听到一阵高跟鞋敲在水磨石地板上的清脆声，一抬头，正看见一个女人款款走来，声音低柔地问："请问，傅一睿医生在吗？"

我见过很多美人，各种类型，各种姿态，见得多了之后，深深觉得所谓的漂亮，其实并未有固定标准。社会上时不时有流行的美人款式，但那只是千万种美中的一种，人的五官拆分来拼凑去，能有数不清的精致组合法，漂亮到了一定程度后，根本无法分出高低胜负，就如性感的李少君，优雅的詹明丽，要我硬说她们俩谁比谁更好看，那是没有意义的。

即便我见多识广，但看到迎面走来的这个女人还是稍微吃了一惊，她五官并不完美，但举手投足，却有说不出的韵味和妩媚，我想古代白话小说中说某个人"天生风流"大概就指这个状态。

这个社会太过粗粝，女人们精雕细琢的细节都流于表面，太过直白，但眼前这个女人的精细是深入骨髓的。颦眉凝眸，带出那么一点半点，已经足够令人回味的了。

我这么说这个女人大概太过抽象，但她给人的整体感觉就是这么抽象，我说不出她具体是哪里美到惊心动魄。她的衣着打扮远没有詹明丽讲究，妆容也没李少君那么刻意，甚至可能身材比例也未必比我好，但她身上每个地方都恰到好处地衬托出柔弱和风韵，让我乍看过去，只想低呼一声，哇，真是个美人。

这个美人走近了才发现她不算年轻，但她一说话，人们又会很容易忽略她的年龄，她就这么眼波流转，不动声色地看了我跟赵大姐一眼，继续带着微笑问："傅一睿医生在吗？"

赵大姐跟我对视了一眼，眼里带了戏谑，大概想说你看你看，没准这又是一个追傅医生的。

我皱皱眉，侧转过身，假装看他们科室的宣传画，耳朵听赵大姐跟对方一问一答。

"傅医生现在正忙着，下午没有他的门诊，您要见他可能得先预约。"

美人一笑，说："我不是来找他问诊，我来找他有点事。"

"那您在那边坐一下，等等吧，也许傅医生待会儿就出来。"

"我有急事，能麻烦您进去叫他一声吗？"那美人笑得仪态万方，"我是他家里人。"

我立即转过身，看到赵大姐也一脸惊奇，我跟傅一睿认识这么多年，可从来没听说他的任何家里人。我又瞥了那美人一眼，试图在她脸上找出跟傅一睿相似的痕迹，哪知她微微转脸看我，淡淡一笑，我登时尴尬地低咳一声，转过脸继续装着看别的地方。

赵大姐尽管狐疑，但还是拨了科室内的电话，说："傅主任在吗？我老赵啊，那什么，前边来了一位女士，说是咱们主任的家里人，对，找他有急事，你给说一声。"

她放下电话，带笑说："您等一会儿，里头傅主任正在忙呢。要不您到那边坐一下？"

美人细声细气地说："谢谢，我不坐了，就站这等。"

"那个，您喝水吗？"赵大姐转身给她接了一杯水，旁敲侧击地问，"您看着挺年轻的啊，是我们傅主任的亲戚？"

美人似笑非笑地瞥了她一眼，说："我跟他不是亲戚。"

我心里一跳，难不成傅一睿真的静悄悄结婚了我们都不知道？

我正胡乱地想着，忽然听见一阵急切的脚步声，抬头一看，傅一睿穿着白大褂飞快地跑过来，一向不动声色的脸上，居然带了一丝说不出的着急。

我认识他这么久，从没见他这么情绪外露。

我有些尴尬，抬起手朝他动动手指头算打招呼，哪知他只看了我一眼视线便滑过我，定定地落到我身边的美人上，胸膛起伏，似乎微微喘气，这时，我听见身后的美人娇滴滴地喊了一句："一睿。"

我登时头皮发麻，不由得想这美人语气也忒嗲了点，可傅一睿似乎就吃这一套，他脸上阴晴不定，像是看到这个美人有难掩的激动，随即他想起这里还有我跟赵大姐两个超级"电灯泡"，立即沉下脸，冷冷地迸出一句："跟我来。"

随后他转身就走，那美人不敢怠慢，立即迈着小碎步跟上。

我眼睁睁看着他们俩走进拐角的休息室，傅一睿为美人开门，风度十足地等她先进，随后回头看了我一眼，什么也没说，也跟着进去关上门。

我心里有说不出的滋味，有点酸涩，但很快就淡然，我想这点怪异的酸涩感大概因为我习惯了傅一睿做我的好朋友，而我的好朋友家里来人，他却没想过跟我介绍一下，无论是在中国还是美国，都有些见外了。

我低头看了看自己今天的穿着，淡黄色的开襟毛衣配着银灰色西裤，脖子上系着嫩黄小碎花的丝巾，好吧我承认很简单，但我也有刻意加重衣着上的女性因素，至少出门前我看看镜子里的女人，也算精神焕发吧。

我摇摇头，对自己一把年纪还会因为被傅一睿忽略而烦恼感到好笑，我抓了抓半长不长的头发对赵大姐说："看来傅一睿没空理我了，我先走了。"

"哎哎，你都不好奇刚刚那女的是谁吗？"

"别八卦了，"我笑着说，"傅主任要想告诉你，自然就会讲，他要不想说，那就肯定有不想说的理由。"

"少给我扯你们美国那套尊重隐私的屁话啊，"赵大姐愤愤地说，"咱们中国人就讲究知根知底。"

"您是包打听吧？"我笑嘻嘻地说。

"呸，你不好奇啊？我往后打听到的事都不告诉你，我急死你。"

我哈哈大笑，朝她挥挥手，自己慢慢走出整形外科的大门。下电梯的时候我想既然回来一趟，干脆去找邓文杰吃个饭吧，于是又拐到心二外那边，找了一圈没见到邓文杰，却碰到邹国涛，这才知道邓文杰又是佳人有约。

"真是的，想找人吃个饭怎么那么难啊？"我叹了口气，问邹国涛，"你吃饭了吗？要不咱们俩去？"

邹国涛高兴得笑了，点头说："好啊，我早想请你了。一来庆祝你康复，二来也是对你之前照顾我的答谢。"

"说得那么正式我还不好不去了，得了，就一顿便饭，我请吧，"我笑了，"走，你想吃什么？"

"西餐吧？"

"好。"

我们一道去了医院附近的一家西餐厅，那里环境优雅，牛排做得也不错。我以前来过两回，印象还可以。我跟邹国涛被礼仪小姐领去一处小隔间，坐下点菜后，邹国涛借口有事先离开了一下，我支着下巴无聊地看着四周，忽然发现傅一睿带着刚刚那位美人一道踏进餐馆。

我立即竖起餐牌遮住脸，往一旁悄悄看过去，还好他们没发现我，大概也是有事情要说，傅一睿与美人去了餐厅另外一边的僻静角落。我呼出一口气，放下餐牌，对自己这种下意识的反应感到好笑。正想着，忽然看到邹国涛抱着一捧漂亮的蝴蝶兰进来。

我目瞪口呆地看着他朝我慢慢走近，他脸上带着羞涩腼腆的笑容，抱着花站在我面前，我不知所措，干巴巴地说："啊，小邹，这花很漂亮……"

他递过来，脸上的笑有些僵硬，但努力维持着，像豁出去一样说："张医生，这，这是送给你的。"

我只觉得浑身的鸡皮疙瘩都冒出来了，邹国涛介于男孩与男人之间的眼神炙热渴望，里头的意思明显不过。

只是这种电视剧里的招数在现实中上演实在令人不敢恭维，像莫名其妙被人强拉进一场低俗的真人秀中，除了丢脸没别的感觉。他举着花的十五秒内，我感觉汗流浃背，尴尬得要命。

然后我当机立断，飞快地把花从那个傻小子手中抢了过来，其间挣落了一些花蕾、叶子也在所不惜。随后我用迅雷不及掩耳之势将花藏到旁边的座位，至少暂时让它消失在公众视线下，然后尽量笑得自然说："先坐下，坐下再说。"

"可是我还没说……"

"行了坐下吧。"我忍不住提高嗓门。

邹国涛涨红了脸，飞快地坐了下来。

我单手支着额头，没好气地瞪着他，那孩子在我的目光注视下越发面红耳赤，坐立不安，等到侍应生上了菜，闻到食物的香味，我才略微消了气，指着东西说："吃吧。"

邹国涛慌里慌张地动手，我用专业的解剖手势将六成熟的牛排切好，吃了几块，觉得腻烦，不由放下叉子，喝了口水，我看着坐我对面的邹国涛，忽然想起他刚刚来我们科室的时候，只不过是一个实习医，小心谨慎地干活，为能站在手术台边观摩我主刀而雀跃欢欣。我想起我也走过基本相同的路，只是我确实运气好，一直能遇上肯照拂自己的前辈，而且顶着美国常春藤大学毕业的头衔，回国后院里领导也比较重视。我在工作上并没有经历国内医学院毕业生之间的残酷竞争，所以我也不清楚邹国涛对我的感激算怎么回事。

而且，不是一直算同事情谊吗？怎么今天来了送花这一手？

"今天的花很漂亮，但以后别送了，"我直截了当地说，"不便宜吧？浪费钱。"

邹国涛小心地看了我一眼，嗫嚅着问："你，不喜欢？"

"我当然喜欢，但我觉得，花这种东西还是送女朋友最好，尤其是这么好看的。"

他白了脸，嘴唇动了动，似乎想说什么，我截住他的话，飞快地说："我以前有个未婚夫，你们都知道他才过世没多久，我们从小在一块长大，彼此间有十几年的感情。我不想矫情地说一辈子只爱这个人，但我想人这一生，能花十几年去经营的感情不多，它分量很重，你明白我的意思吗？"

他垂下头，半晌过后，点了点头。

我微微一笑，缓和了语气说："快吃吧，吃完了你还得回去上班呢。"

"试试看吧，"

他亲吻我的脸颊，炙热的呼吸喷到我的脸上，接着喟叹一声，哑声说，

"试试看好不好？我不离开你，你也不离开我，我们在一起，不再一个人了，好不好？"

一直到我走出餐厅，傅一睿也没有跟那位美人聊完，我虽然有按捺不住的好奇心想去打探他们在说什么，但一想起在门诊大厅他冷漠的态度就打了退堂鼓。

我走出餐厅，在门口与邹国涛告别，捧着他送的蝴蝶兰，还是冲他说了声谢谢。

我万分不愿意令这个男孩难堪，不是因为我本性善良。我不愿意这个男孩难堪，只是因为感同身受。

我也送过孟冬一次花，我送出去的花同样没能讨好想讨好的人，我在自己不擅长表达的浪漫中注定要铩羽而归。

那件事，我还记得。

他第一次奔赴战地就能够拍出经验老到的记者所捕抓的敏感性镜头，随后，他独特的视角和思考方向令他的照片大放异彩，与众不同。人们开始谈论这个具有非比寻常天赋的年轻人，他拍摄的照片连法新社都抢着购买，孟冬在国内也已引起相当多人的关注。当他归国之时，机场上竟然有人打着横幅自发去迎接他。

我就站在那堆人的对面，寒冬瑟瑟，我穿得不暖和，黑色的薄呢外套，没有围巾，冻得哆哆嗦嗦，却不忘手捧一束玫瑰。我那时候还是个穷学生，坐飞机回国度圣诞已经掏空了口袋里的钱，大冬天里那束冻得蔫头蔫脑的玫瑰却管我要了一个天价，如果不是为了孟冬，如果不是为了笨拙而无从表达的爱意，我不会去买那个花。

结果整件事，就如一出对浪漫情节的拙劣模仿。

孟冬一看到我手里的花脸就黑了，当着那么多人的面，一个特立独行、具备深邃思想的人文摄影师捧一束俗艳的玫瑰是一件不可想象的事情。孟冬看也不看我，他对那些不认识的迎机的人勉强挤出微笑，一直走出了机场大门，才愤愤地躲进出租车给我打了个电话，命令我立即丢掉手里那束可笑的玫瑰给他滚上车来。

我后来无数次地想那个情节：剪着齐耳短发的女孩搓着冻僵了的手，努力想用她贫乏的审美能力将手里缺水的花摆得好看点。她有限的对浪漫的认识来源于普通人的认知，她以为红玫瑰的花语是我爱你，说出这个，比什么都重要。

她一直到长大了才知道，浪漫的元素若是弄巧成拙，就会变成搞笑的戏码。

我不知道邹国涛送我蝴蝶兰之前是否踌躇过，但我在从最初的窘境中摆脱出来后，嗅着花束隐约的芬芳，我忽然觉得心里有一部分柔软的东西开始复苏。孟冬送过我各种千奇百怪的东西，但从未送过我这样正儿八经的鲜花，算起来邹国涛给我的这束，竟然是我人生中第一次收到的、来自异性的、带着明显求偶信息的花束。

我不禁深深吸了口气，抱着蝴蝶兰，忽然觉得心情有所好转。

无关送花对象如何，仅仅出于虚荣心的满足，我也觉得这花来得正是时候。

我嗅着手里的蝴蝶兰，给李少君打了个电话，她有气无力地问："你怎么啦？"

"有男人给我送花了。"

"哟，哪个没长眼的？"她登时来了兴致，"你是来显摆的吧？"

"对啊，谁让你一直跟我嘚瑟你的辉煌情史来着。"我慢悠悠地回答她。

"哎，怎么样，老娘们还收到花，那感觉不赖吧？"李少君笑嘻嘻地问。

"还行，"我补充说，"不过跟送花的对象无关。"

"本来嘛，女人到了咱们这个年纪，谁送花不是重点，重点是有没有人送，啊，我看我也寂寞得够久的了，是时候该找个年轻帅哥吸点阳气。"

我哈哈大笑，说："李少君，你当你是千年老妖吗？"

"哈哈哈哈，那就是我的营养啊，没有帅哥青睐，我这日子还有什么奔头？"

找笑着摇头说："李少君，你就继续折腾吧你。对了，你上回的检查报告出来没？"

她沉默了一下，说："出来了。"

"没什么事吧？你查的什么？"

"没事，常规的妇科检查，"她满不在意地说，"老娘我好着呢。"

"那过段时间来找我吧，我还请你吃饭。"我笑着说。

"成，我们还去吃烧鹅。"

我挂断电话，回到家，将蝴蝶兰拿瓶子养了，烧了水，趁这个时间进房间换了一套家居服，随后打开音响，听布鲁斯。没有孟冬了，我再也不愿碰海顿。我在慵懒的萨克斯声中给自己泡了红茶，加好糖拿出来，躺在客厅临近阳台大玻璃门的长椅上，一边喝茶一边翻看信箱里附近商场免费派发的购物指南。

一种无所事事的松懈感涌了上来，我微眯着眼睛，看着外面的天空，是临近初秋的高远硬朗的淡蓝色。我从没有一刻像现在这样，只是为了躺着而躺着，浪费时间浪费得心安理得，仿佛时间天生就是为了要被挥霍殆尽的。我听不用费脑子理解大调和小调的爵士乐，看翻翻就能丢进垃圾堆的宣传广告，居然觉得就这么过下去也无所谓。

看着天，我的眼皮逐渐重了，随手拉起脚边的毯子盖上闭目午睡。

自从有了陈阿姨，连晚饭都不用我自己操心了。那个老妇人做东西不仅讲究营养搭配，还美味可口，弄得我都舍不得把人还给傅一睿，干脆今天等她来了就跟她商量，最多我加工资，挖了傅一睿的墙脚算了。

反正我也不想买房了，钱存着干啥？

还不如花在提高生活质量上。

我一边想一边迷迷糊糊地睡着了，正睡得天昏地暗，忽然听见门口钥匙转动的声音，有人轻手轻脚地进来，小心地关好了门，换了鞋，踩着拖鞋也无声无息。

我想大概是陈阿姨买菜来了，她每到下午四点多都会先上菜市场把今天要用的肉菜买齐了再上来。我想告诉她别怕吵着我，我略微躺一下就起来，却睡得浑身乏力，怎么也睁不开眼睛。

蒙眬中，我感觉有人在我身边坐下，似乎还替我掖了掖毯子，手指轻轻滑过我的脸颊，指尖温暖，那只手随后摸上我的头发，动作温柔之极，仿佛对待小宠物。我不满地皱皱眉头，动了动想躲开，那手却锲而不舍地摸上来。

等它慢慢移到我的脖子时，我终于在心里认识到，陈阿姨绝对不可能这样碰我，意识到这一点，我吓了一大跳，像泼下一桶冷水，我立即清醒过来，睁开双眼，眼前果然有一个人，我张大嘴看着他，愣了足足有十秒钟，才结结巴巴地说："傅一睿，你，你怎么会在我家？"

我真正想说的是，傅一睿，你不是正该陪着你的疑似夫人或女友吗？怎么会出现在这里，而且你为什么有我家钥匙？

"我在餐厅看到你了，"他冷冷地扫了眼我插在花瓶里的蝴蝶兰，下结论说，"这花真傻。"

"什么？"

"尤其由你拿着，更加显得土里土气，"他嗤之以鼻，问，"给你送花那个是你们科室的菜鸟吧？看着就没品位。"

"傅一睿，你行了啊，"我火了，一把掀开毯子坐起来跟他理论，"你不是不理我吗？是谁快一个礼拜不跟我说话来着？打电话也不接，去你们科室找你，你装没看见我。行，你牛，你倒敢奚落小邹送花给我，你高雅，你不低俗，我出院你倒给表示表示啊？你忙，你忙着领大美女吃饭吧啊？进我家第一句就没好话，你有没有搞错？"

他深深地看着我，一直看到我心里发毛，才用压抑的、喑哑的声音说："我是真想再也不理你，退出你的世界，不再管你，我是真想。"

傅一睿的声音中有我所不熟悉的痛苦和迫切，仿佛立即令那张缺乏表情的脸生动起来，我愣愣地看着他，忽然间口干舌燥，有些我不愿去面对的东西似乎正在破茧而出，但不应该是现在，或者说，我完全不想在此时此刻去应对这些东西。

我干笑了一下，拿手扒拉着头发，说："我最近状态有点差，对不起，你别跟我计较，喝茶吗？哦，你喝咖啡的，我找找看……"

他紧闭双唇一言不发，却仍然死死盯住我，我只觉心跳加快，压迫感和窒息感随之而至，我压下心里的惶恐，手忙脚乱："咦？我咖啡放哪儿了，我明明记得有……"

我急急忙忙站起来往厨房走去，这个时候我无法跟傅一睿单独坐着，我急需找点事来打破我们之间这种怪异的氛围，但我一起身，就发现手腕一紧，被傅一睿死死攥住。

他用了抓住救命稻草那样的力度抓我的手腕，我瞬间就软弱了，我想逃避，在某些昭然若揭的事实面前，我不想当那个冷静自持的张旭冉，我只想当缩在蜗牛壳里的窝囊废张旭冉。我想挣脱他的手，讪笑说："傅一睿你干吗，你弄疼我了，那么大手劲我也不跟你比手腕……"

他猛地一扯，我整个人站立不定直接摔到他身上，立即腰身一紧，就被他伸出的手臂环住，他的脸近在咫尺，上面有一种前所未见的严肃感，似乎在进行的事比站在手术台上跟死神抢夺生命还重要。

我不敢动，也动不了，这一刻我就像被大型猫科动物盯住的猎物，背脊冒着凉气，他慢慢地贴近我，手臂收紧，死命把我勒在怀里，不像在拥抱，而像在交战。

紧接着，我脖颈一疼，这家伙竟然狠狠咬了上去，我闷哼一声想推开他，哪知道这家伙手臂力量大得超乎我的想象。他不会是想勒死我吧？我心里害怕，死命挣扎，他用力按住我，嘴唇在刚刚咬我的地方炙热地贴上去，沿着脖颈的曲线一路向上，一下咬住我的耳垂，含着舔着，令我浑身恐惧得发抖。

"你不是想割开这里吗？"他的唇在我的颈动脉附近流连，哑声说，"我帮你咬，怎么样？"

"你疯了你，"我敲打着他的肩膀骂，"快放开我，放开，听到没有。"

"什么叫放开你？"他大力勒紧我，从喉咙里迸出声，"什么叫放开你?!"

我愣住了，吞了口唾沫说："松，松开你的手……"

"然后让你自己去死？"他冷笑，"你从来没想过我，对吧？你的脑子里所有的思维都围绕那个叫孟冬的男人，从来没分过一丝一毫给我，对吧？"

他的声音太过悲伤，我的身体僵住，过了好一会儿，我不再挣扎，慢慢把手搭上他的肩膀，困难地说："不是这样的，傅一睿，你对我很重要，你知道的。"

　　"什么意义上的重要？"他反问，"眼睁睁看着你去死还得理解你的所作所为的知心好友张旭冉，我知道你做事会超出常规，会走极端，但我没想过，你比我想的还要自私残忍！简直极其自私残忍！"

　　我哑然，他说得对，在我陷入黑暗黏稠的绝望之时，我确实分不出余地来替他想想。

　　他抱紧我，头埋在我的肩窝处，哑着声说："我小时候，目睹过我妈自杀的场面。那时我还很小，她当着我的面吞安眠药，口吐白沫弄脏了床，这还不算，她一边抽搐一边拿刀割自己的手腕，然后笑着跟我说打电话给爸爸，快点打。"

　　"我不知道什么样的女人才会让自己的孩子看这种场面，我只明白了一件事，她在把我推出她的世界，她根本不在乎你知道吗？她不管我看到后是不是会有心理阴影，会不会害怕，会不会就此留下永生难忘的伤害，她完全不在乎，我的母亲，她根本不在乎我的感受……"

　　他的声音略带哽咽，我觉得心脏像被凌迟一样，难过得不能自持，我反手抱住他，带着哭腔说："我不是那样的，对不起……"

　　"你就是，你一样的残忍，自私自利，"他说，"你们在本质上是一样的女人，我做得再多，做得再好，对你们来说都是毫无意义，你们根本不在乎，我爱不爱你们，对你们来说又算得了什么？你们血管里流的都是冰碴子，冷漠自私，完全不在乎。"

　　我流下眼泪："我不是的，你知道我不是的，你这么说不公平……"

　　"不公平？那你又何尝对我公平过？"他反问，"我守了你这么多年，你的心都在孟冬身上我无话可说，你一再逃避装傻我也无话可说，这都是我该的，没错，我对你有感情，这跟你确实没关系。但是张旭冉，你不能挑战我的底线，你不能让我看着你想死而我什么也做不了……"

　　"这几天我是真的在想离开你，我真是受够了。让我再来一次，经历一次那种事，我扛不住，老实告诉你我扛不住。我能按照你的愿望做你的好友，但我没那么伟大，我没办法接受那样一个事实，我投进去那么多心力讨好照顾守候的人，她随时都有可能杀死自己。这种可能性太可怕，可怕到我想不再见你，不再管你。"

"但是，就在今天，我看到你抱着花傻兮兮地笑，我又觉得不甘心，我已经等了这么多年，怎么着也该试一次，也许你愿意把手交给我，也许你愿意相信我依赖我，让我拉你一把，旭冉，把手给我吧，"他抚摸着我的肩膀，慢慢向下，沿着胳膊握住我的手，哑声说，"把手给我，如果你有一点点在乎我，那就跟我试试看，好不好？"

我无法自持地流泪，大概因为我太了解他，我知道他说出这番话有多不容易，我对他的痛苦感同身受，所以他的话才会击中我心中最脆弱的部位。我在一瞬间几乎想要答应他，仅仅因为这份不容易，我舍不得伤害他，那种切肤之痛我不愿让他尝。

但是，我张开嘴，我发现我无法就这么容易地将"好"这个字说出来，这个字仿佛重于千斤，而我现在状态很慌乱，任何决定，在这个时候做出的任何承诺，都未必是真实的，是郑重而有效的。

"好不好？"他把我的两只手放在自己掌心，低头看着我的手。

"我不知道……"我流着泪，诚实地说。

他叹了口气，松开我的手，重新拥我入怀，在我耳朵边上轻声问："那换个问题，你有没有一点点在乎我。"

我点头。

"试试看吧，"他亲吻我的脸颊，炙热的呼吸喷到我的脸上，接着喟叹一声，哑声说，"试试看好不好？我不离开你，你也不离开我，我们在一起，不再一个人了，好不好？"

这句话太煽情，我还没反应过来，他已经吻上我的唇，轻轻点了一下，隔了不到两秒钟，又正儿八经地吻上去，他的吻太温柔，跟他的人完全不是一回事，像在触碰易碎的器皿，充满小心和谨慎。

吻过之后，他叹了口气，拿手胡乱在我脸上擦着，苦笑着说："别哭了，哭得真难看。"

"我，我不是自私自利……"

"我知道，"他把我拥入怀中，拍着我的后背说，"别再吓唬我，你就是最好的。"

我仿佛回到孩童时代，靠在他胸前，揪着他的衬衫哭着说："我没想好，我不能现在随便答应你什么……"

"别想了，试试吧，"他抱紧我，用下诊断的口气斩钉截铁地说，"就这么定了，试试看，我们一起。"

我还在为陷入这种软弱的境地抽泣时，手机忽然响了，傅一睿伸长胳膊，帮我把电话拿过来，接通了说："喂？"

"哦，这是张旭冉的电话，她现在不太方便接听，您说，"他一手拍着我的背，一手拿着电话，声音已经恢复平日的冷淡，突然，他提高嗓门说，"什么？哦，我知道了，我立即让她过去。"

他收了线，犹豫地看着我，我擦了擦眼泪，哑声问："怎么啦？谁的电话？"

"××医院的，你孟阿姨自杀了，"他摸着我的背温柔地说，"别着急，发现及时，人送医院了，现在抢救过来了。"

我没有为她污蔑我的话而生气，一点也没有生气，

我只有感同身受的浓重悲哀，

铺天盖地，犹如蝗虫群吞噬蓝天的那种悲哀。

倾巢之下，女人们哪里还顾得上那些无用的信念和理性？

我从没想过孟阿姨会有自杀的一天。

不是说她很坚强，这个女人跟坚强坚韧完全沾不上边，她就如一株缠绕大树的藤蔓，孟叔叔是她的天，孟冬是她的地，她对这两个男性家庭成员有种天生的敬畏和崇拜，莫名其妙地坚信他们一定比自己智商高，一定比自己具有更强的处理日常事务的能力，一定能在突如其来的状态中保持冷静，同时她也相信，孟叔叔和孟冬为她所做的选择，一定比她自己做得要好。

所以孟阿姨从来不需要为什么担忧，她的世界有顶天立地的男人，她要做的就是跟着他们走。

她这么做也没错，至少在之前的生活里她过得很幸福。她待人和善，积极乐观，对小动物和小孩子永远保持爱心，对不幸的人和事也永远保持怜悯和同情。在很多事情上她其实不乏判断力，只是她不愿意运用这种判断力，她宁愿将选择权交给自己的丈夫，然后反过来证明丈夫的选择如何契合她的愿望。

她从小就教导我，冉冉，世界多么美好啊，冉冉，你跟孟冬在一起就像公主和王子，以后你会像阿姨一样幸福。

简直犹如童话，如果不需要经历现实的残酷摧残。

谁能想到，一直无忧无虑，让人觉得大概一辈子都不会过完自己少女期的孟阿姨，有一天会自杀？

而且是吸煤气自杀。

我吓得腿都软了，真真实实的脚软，仿佛听到孟冬死讯时的那种恐惧感再度侵袭而来，傅一睿不得不用力抱紧我，把我的脸埋在他怀里。

他在我耳边一再说："孟阿姨没事，没有生命危险，我听得很清楚，她没事。"

我点头，靠着他，表示我听明白了，但我就是止不住害怕。

没经历过亲人死亡的人，不会明白这种害怕，一个人的离去就像在你体内打开一个口子，不断地从里面流出东西，虽然你能感觉到那种流失，但你无能为力。

我对他说："带我去那个医院。"

"你确定？"

我深吸一口气，揪住他的衬衫说："你陪我。"

傅一睿低头在我额头上亲了亲，好半天我才意识到他在亲我，他的唇比他的人柔软温暖得多，他的身体也是，胸膛厚实暖和，如果不是有幸贴近他，我想象不到原来那么冷淡严肃的一个人，其实犹如冬日火炉。

我忽然感到有点力气了，靠着他，我知道这一刻我需要他，比以前任何时候都需要他，不是需要一个人，而是有所确指的。

思绪混乱之下我没办法做出理性判断，只是凭着直觉知道我可以信赖这个人，他熟知我的一切，我们相识多年。

"你陪我。"我再一次说。

"好，"他答道，"我一直陪你。"

他松开我，替我找来一件外套穿上，半抱着我走出家门。我们下楼叫了一辆计程车，报上那家医院的名字，傅一睿搂着我，让我靠在他肩膀上，一下一下地摸着我的头，他忽然说："别怕。"

我的眼睛瞬间就湿润了，撇去我们俩现在说不清楚的关系，他到底知我甚深。

我伸出胳膊环住他的腰，哑声说："我尽量。"

他收紧了胳膊，又亲亲我的额头，温和地说："乖，放松自己，想点好的事。"

我勾起嘴角，微微闭上眼，深呼吸了几下，心情渐渐不那么糟糕，我轻声说："我小时候，有一条蓬蓬裙，那时候的小女孩多数没有这么精致的裙子，但我有一条，粉色丝绸上缀着白色蕾丝，还有亮晶晶的亮片。"

"那肯定很可爱。"

"是很可爱，"我轻飘飘地说，"孟阿姨给我买的，她说，女孩子就该打扮得漂漂亮亮的。"

"真想看看。"

"有照片，不过你看完后肯定要说，这小女孩怎么长歪了。"

"你果然了解我，"他的声音中带着笑意，"从专业角度上看，确实缺点多到数不胜数，但是我喜欢。"他压低了声音，轻轻抚摩着我的肩膀说："还记得我们第一次见面吗？"

我皱眉，摇摇头。

"是个 party，你穿着二十世纪才有的那种旗袍，剪齐耳短发，整个人就像从发黄的老照片直接走下来的，我当时就想，这女孩真不错。"

我仔细回想了一下，说："那条旗袍是我外婆的，确确实实是那会儿的古董了。其实我还有另一条，颜色耀眼很多，裁剪也合身，是孟阿姨送的，只有她会想到一个女孩出门可能需要一件拿得出手的礼服，外婆也是看到她送的礼物才猛然想起，自己还有压箱底的旗袍。"

傅一睿拍拍我的肩膀，低声说："她不会有事。"

"希望如此，"我叹了口气，"只是我怎么也想不到会有这种事，不久前她还给我打过电话。"

那家医院傅一睿似乎也有认识的人，他打了通电话后，我们一进去就有护士过来领我们直接到孟阿姨所在的病房。我到的时候，人已经抢救过来，但还在昏睡中，孟阿姨家帮佣的蔡婶坐在一旁守着她，我进去的时候，蔡婶像看到救星一样忙站起来说："小冉你可来了，哎哟谢谢老天，你再不来我一个老太婆可怎么办哟。"

我狐疑地问："孟叔叔呢？"

"不知道哇，先生跟太太吵了一架后就走了，到现在都关机，我找不到他。真是好险哦，太太前个钟头支我出去买东西，我走到半路才发现忘了带钱包，急急忙忙回去拿，一开门就闻到好大一股煤气味，我赶紧开窗开门，跑进厨房一看，太太抱着煤气管倒在地上。我知道不得了了，赶紧打了120，叫了救护车，还好太太包里有现金，不然出车费我都不晓得上哪拿，我可垫不起这么多钱……"

"谢谢你啊，"我哑声说，"辛苦你了，医生怎么说？"

"我听不懂他说什么，大概是没事了吧。"

这时，傅一睿走过来搂住我的肩膀说："放心吧，只是吸入煤气过量，现在各项指标都正常，人可能有点虚弱，过会儿就会醒了。"

我这才略略放心，对蔡婶低声问："到底怎么回事？先前不是好好的吗？怎么发生这种事？"

蔡婶看看傅一睿，迟疑着没开口，我说："没事的，这位是傅医生，我们都是孟阿姨的晚辈，都是自己人。"

蔡婶这才拉着我说："小冉啊，可不得了了，先生走那天跟太太吵架，吵得天翻地覆，我都没见过太太那样，眼睛都红了，像恨不得要扑上去咬死谁一样，哎呀，具体出了什么事我也不好说，好像是先生外头有人了，而且都好长时间了，那一位都有了……"

"什么?！"我惊叫一声，"你没听错吧，孟叔叔啊。"

"可不就是你孟叔叔，哎呀，这种话我哪好编排主人家的？我给他们家做了好几年，我也不是那种好搬弄是非的，你不住那儿不知道，他们这两年已经没先头那么恩爱了，先生不回家也不是一次两次，小冬刚过世那会儿还好一点，他们夜里还会抱在一块哭，我还以为又恩爱回去了，哪知道这个月开始先生又早出晚归……"

"怎么会这样？"我喃喃地说，"他们不是，不是感情很好吗？"

"感情好？"蔡婶提高嗓门反问了一句，忽然意识到自己僭越了，忙压低嗓门，似笑非笑地说，"小冉你还年轻，很多事不是只看表面的。时候也不早了，我回去给太太收拾点换洗衣裳，再给她做点什么一块带来，你在这陪陪她，唉，她心情不好，醒来了看不到人会胡思乱想。"

我点点头，忽然想起来问："蔡婶，你身上有钱吧？住院费付了吗？"

"付了付了，太太包里有钱，你不要再给我了。唉，他们一家也是好人，早先还和和美美的，怎么就弄成这样了。"她叹了口气，絮絮叨叨地边说边往外走。

我抓着傅一睿的胳膊，慢慢坐在一旁的椅子上，我一抬头，看到他目光中流露着担忧，不觉笑了笑，轻声说："别担心我，我只是需要时间消化一下这个信息。"

他点点头，过来将我搂在怀里，我有点后知后觉的窘迫，推了推他说："别，也许有人会进来……"

"让他们看，"傅一睿说，"我想了很多年，终于可以随心所欲，当然要多抱两下才不亏本。"

我靠在他怀里闭上眼，半晌后才闷声说："怎么会这样？"

他没有立即回答，只是拍拍我的后背。

"我一直以为，他们活得就像幸福的范本，难道我一直以来的感觉都错了吗？"我问他，"这么多年，我对幸福的想象都错了吗？"

"这我不知道，我只知道，所谓幸福这种东西，不该有范本，"他淡淡地说，"事在人为而已。"

我蹭了蹭他的胸膛，没再说话。

过了一会儿，我忽然听见病床上孟阿姨颤巍巍的声音："冉冉，是你在那儿吗？"

我一惊，忙推开傅一睿，站起来转身过去，微笑说："是我啊，孟阿姨，你醒了？觉得怎样？"

她喘着气，用前所未有的冰冷眼神盯着我，忽然古怪地笑了笑，点头说："怪不得啊，怪不得傅医生对你格外好，我先前还奇怪无缘无故一个男人怎么会对你那么好，原来是这样，很好，简直好极了。你们俩在一起了是吧，那我儿子呢？冬冬尸骨还未寒哪，你就迫不及待有别的男人了？你这样对得起他，对得起他的在天之灵？还是说你早就暗度陈仓？啊？你那时候一个劲怂恿我儿子去战场安的什么心？我养了你这么多年就养出一条毒蛇来了吗？"

她越说越怒，爬起来抓起床头柜上的一个杯子朝我狠命扔过来，我侧身避开，那杯子掉到地上发出尖锐的破碎声，她声嘶力竭地冲我喊："你给我滚，滚！都不是好东西，都是白眼狼，给我滚！"

我早已过了会为某些误解哭哭啼啼，为某些伤害耿耿于怀的年纪，尤其是当这种误解和伤害来得毫无理由的时候。

所以，当孟阿姨咒骂我的时候，我第一反应并不是愤怒或是冤屈，而是难以置信。

我不敢相信眼前看到的女人是她，头发蓬松，脸颊浮肿，因为愤怒而涨红了脸，五官扭曲的女人俨如野兽，似乎下一刻就会挥舞着利爪扑上来啖人血肉一般。

她不是我熟悉的孟阿姨，孟阿姨不是这样的。

孟阿姨的笑容极具亲和力，每当她冲你笑，你会以为生活每时每刻都朝气蓬勃，挫折失败只是一时不顺，未来通过努力一定会更好。

我曾经跟孟冬戏谑说你妈妈虽然从没到过美国，但她比很多地道的美国人都具有美国精神，因为她单纯地相信人可以靠努力来改变命运，她拒绝去思考生活中所有的复杂、扭曲、自相矛盾、毫无道理之处，因为对她来说，摆在每个人前方的都是一条坦途，你要做的，就是实现自我，迈开大步。

我从没想过有一天她会迁怒，会咒骂，会尖叫，砸东西，全无那些在优渥环境中培养出来的品位和仪态。

这个女人，她有一天会发疯，这是我从来没想过的事。

在此之前我还以为就算我发疯了她都不会疯，因为她的世界里观念太单纯，非此即彼，非黑即白，发疯这种事，根本就不符合她的基本逻辑。

然而此时此刻她却状似疯狂，她身上散发出浓烈恨意，她怨恨目之所及的所有东西，包括我和傅一睿。这个从小教导我要相信世界上的一切问题能用真爱与和平来解决的女人，现在满怀憎恨和愤怒。她的话，仿佛一把利刃直接刺入我的皮肉，令我感到疼痛不堪。

我没有为她污蔑我的话而生气，一点也没有生气，我只有感同身受的浓重悲哀，铺天盖地，犹如蝗虫群吞噬蓝天的那种悲哀。

倾巢之下，女人们哪里还顾得上那些无用的信念和理性？

我下意识想上去安抚这个濒临疯狂的女人，傅一睿却一把攥住我，在我还没反应过来把我塞到身后，自己挡在前面，对孟阿姨冷冷地说："阿姨，你冷静点吧，不要说让自己日后会后悔的话。"

孟阿姨稍稍停顿，随即抓起床头另外的东西朝我们扔过来，尖叫着骂道："你也给我滚，你们没一个是好东西，没一个是！"

傅一睿护着我侧身躲开，病房里剧烈的争执声已经惊动了医生护士们，不一会儿几名护士急急忙忙冲进来，按住孟阿姨，孟阿姨剧烈挣扎起来，一名医生赶忙推着针剂，就要往她手臂上的静脉注射过去。

"慢着，这是镇静剂？"我拦住他。

他瞪了我一眼，再看了看傅一睿，不耐烦地说："当然啦，你们是要让她继续闹还是让她睡一觉安静安静？"

"可她刚刚才苏醒过来……"

我还没说完，傅一睿打断我说："注射吧，麻烦你了。"

那名医生皱了皱眉，过去打了针，孟阿姨渐渐不闹了，眼睛闭起来，软软地歪在枕头上睡去。

空气中尖利的咒骂声总算停了下来，我有松了口气的感觉，看看傅一睿的表情也是如此。我相信今天这个场景在此后会长久留在我们的记忆中，而且不是什么愉快的记忆。

我对傅一睿说："孟阿姨这样我很不放心。"

"你还是先走吧，她心里的怨气找不到发泄对象，你待在这里就难免遭池鱼之殃，"傅一睿说，"我找找这边的朋友，雇个护理看着她，总不能靠镇静剂过日子。"

我点点头，哑声说："那我明天再来看她。"

"我怕明天她情绪还是不好，而且我明天有门诊，不能陪你过来，"傅一睿简洁地说，"再过两天吧，我过两天轮休，到时候我们再一起来。"

我们一道走出病房，我的脚步忽然停下，我对傅一睿说："里头躺着的那个不是别人，她是孟阿姨，是从小看我长大的长辈，她现在需要一个亲人在身边，孟冬不在了，孟叔叔又指望不上，我想我不能不来。"

"你不怕她再冲你发脾气？说那些没根据的难听话？"

"不是怕不怕的问题，我当然也不愿意听那些话，但她现在这个状态根本就不是正常的状态，我怎么会跟一个病人计较她极端的情绪？我好歹也还是个医生啊，"我叹了口气说，"而且我能自由支配的也就这两天了，邓文杰说下一周我必须回去上班。"

傅一睿拉住我的手，试探着说："要是你不想去上班，我可以……"

我微微一笑，对他说："不，我该回医院了，这样你也会放心点，对不对？"

他深深地看着我，过了好一会儿，将我的手置于他的掌心之中说："别单独一个人跟你那个阿姨相处，也别勉强自己，无论什么事都别勉强自己，我只要你好好的就够了。"

我点点头，想了想说："傅一睿，我们的事……"

"说好了在一起试试的，"傅一睿截住我的话题，说，"我暂时不会向周围的人透露，你想说的是这个？"

我笑了，摇头说："你这样让我觉得像在跟自己说话，太可怕了。"

他目光中透露着笑意，轻声说："观察了你这么多年，该知道不该知道的，都知道了。"

傅一睿把我送回去后就接到医院的传呼，他亲了我一下后匆匆要走，临出门时碰到陈阿姨买菜回来，傅一睿抽空检查了一下她的工作，见有照他的吩咐，便满意地点点头，这才跟我们告别离开。

陈阿姨笑着说："傅医生真关心你，这年头兄弟姐妹都没这么热乎了，听说你们是一块留洋的老同学？"

"是啊，"我点头，"后来又是同事。"

"这可真是有缘啊，"她一边忙活晚饭一边对我说，"我看你们一个没娶一个没嫁，不如凑一块过日子得了，这世道难找这么个知根知底的人，对吧？"

我笑而不答，回到躺椅上继续翻看不费脑的购物指南，忽然想起今天发生的这么多事，恍惚之间，竟然有种不真实感。

晚饭还没吃，傅一睿就给我打电话，压低嗓门说："你是不是觉得像做梦，告诉你，这不是做梦，我们是真的在一起了，你别给我想东想西地试图赖账，赖不掉的，死了这份心吧。"

我笑了，想象他穿着手术服在进手术室的前一刻拿着电话的样子，我问："你不是晚上有急诊吗？手术还没开始？"

"快了，还有十分钟。"

"那你啰唆什么，赶紧去准备，"我提高声音，"你不是洗个手都要五分钟以上吗？"

他冷冷地说："张旭冉，手术前充分清洁是种基本常识，你在暗示自己缺乏常识吗？"

"不敢，我在明示你把心思放工作上，"我忍着笑说，"事实证明，胡思乱想的人不是我，而是你啊大医生。"

这天晚上我睡得并不好，因为担心孟阿姨在医院不知道怎么样，我打了孟叔叔的电话，不出所料的关机，我心里涌上一股悲凉，决定如果明天还打不通电话，我会找到他公司去。长辈的感情生变我确实没权利多说，但是只要他们还没离婚，他对孟阿姨就还有责任，那么我就能当面质问这个曾经的好先生好丈夫，你的老婆自杀了，你躲着不管，算个男人吗？

第二天我提着拜托陈阿姨熬的粥去看孟阿姨，到了那，发现蔡婶已经在服侍她穿衣服了。孟阿姨今天看着格外乖顺，坐在那由着蔡婶替她梳头发，她仍然有一头保养甚好的浓密乌发，眼睫毛低垂下去，除了脸色苍白憔悴外，她看起来跟平时没什么不同。

我先谨慎地轻轻叩了叩门，如果她下一刻变脸，我好歹也有个拔腿而出的余地。

出乎意料的是，这次孟阿姨居然冲我虚弱地笑了笑，说："冉冉来了啊。"

蔡婶冲我使眼色，示意我进去。我有些忐忑地走进去，举起手里的粥桶说："那个，阿姨早上好，我给你送早餐来。"

"太太你看，小冉真是有心，还惦记着你有没有饭吃，"蔡婶笑呵呵地在一旁打趣说，"正好，我早上来得匆忙，只带了牛奶。"

孟阿姨如同一个小女孩一样怯生生地看着我，轻声细语地说："谢谢你啊冉冉，我正好饿了。"

我微微皱眉，这种精神状态未必比她发疯好多少，就如埋着炸弹，不知道何时就爆炸。蔡婶把床上的小桌子移过来，我将粥桶内的粥倒出一碗，是花生红枣粥，闻着都甜香扑鼻。我将勺子递给孟阿姨，孟阿姨接过，讨好地冲我笑着说："好香，冉冉做的最好吃了。"

我想说这不是我做的，但想想还是算了，我尽量对她笑得温和，说："阿姨，快吃吧。"

她低头一小口一小口慢腾腾吃起来，我对着蔡婶投去疑惑的眼神，蔡婶叹了口气，说："小冉过来帮我洗洗水果，饭后太太可能想吃了。"

我跟着她走进盥洗室，我问："今天怎么这么安静？"

她对我低声说："先生来过了，对太太说再这样发疯就彻底不管她，由着她一个人在医院自生自灭。"

我怒了，骂："他这说的是人话吗？"

蔡婶悲哀地说："是不是人话都无所谓了，反正太太真怕了，也不闹，乖得很。"

"不行，我去找他，"我咬牙说，"他想怎么办啊现在？外头那个女人他怎么说？"

"怎么说？"蔡婶麻利地干活，头也不抬，语气中充满嘲讽，"当然是两头不落下，他这么大把年纪也丢不起离婚再娶的脸，小冬又去了，小老婆那边的孩子当然比结发老婆金贵，男人嘛，十有八九都这德行。"

我心里凉了半截，回头看着病床上喝粥的孟阿姨，她的脸庞依旧光洁美丽，感觉到我的目光，她抬头冲我笑了笑，笑容不乏娇憨单纯，她不是一个完整的人，她像一具脆弱的木偶，离开背后操线的人，她就没了灵魂和生气。

"她需要心理医生，"我果断地说，"她不能这么下去。"

"小冉，你别管了，太太一辈子都这么过来，其实睁一只眼闭一只眼，有什么不能忍的？反正男人不短自己的吃喝用度就成了……"

"就算她决定忍，那也得是在她有独立思考能力的前提下，"我打断她，"你看看她现在，根本就是一个重创病人，你什么时候见过一个重病号敢跟别人叫板？"

孟阿姨住了两天医院就回家了，出院那天我去接她，她拎着一个小旅行包，脚上一双中跟皮鞋，身上穿淡绿色毛衣配着卡其色长裤，微卷的头发在脑后别了一个别致的发髻，一根细长的银簪子带着流苏颤巍巍垂下。相对于几天前的疯狂，这样的孟阿姨太娴雅文静，仿佛时光倒流，她又成了多少年前那个不谙世事的少女，羞怯而天真地等待领走自己的男人，从此挂在他的臂膀上讨生活。

只是她的眉眼毕竟染了说不出的风霜，那是从前不见的，由生活的残酷压迫留下的痕迹。这让她面目的平静之中带了某种说不出的诡异，会令人想起某种死亡的前兆。我看得触目惊心，忍不住挽住她的手臂，跟她商量："过些天我们去逛街好不好？"

她点点头，笑说："好，我要买一顶白色的装饰有羽毛的帽子。"

"嗯，"我点头，又说，"然后我们去吃你喜欢的火锅，那种一个人面前摆一个小锅的。"

"嗯，"她有些隐约地高兴，"我喜欢吃蘑菇。"

"是，你喜欢吃蘑菇，"我重复着，握上她的手，说，"冬天快来了，我没有围巾，阿姨给我织一条怎么样？"

她睁大眼看我，然后点头："要大红的，大红好看。"

"就大红的。"

我送她回家，孟家在这个城市的某处高级住宅区内，三四百平方米的复式，七八个房间连一个大的露台，一进门仿佛置身荒漠一般毫无人气。

蔡姊从厨房探出身来，笑着提高嗓音说："太太，您回来了，我今天烧了您爱吃的菜。"

她的声音飘荡在空旷的房屋内，居然有一丝回音。

我微眯着眼睛打量这套房子，它以前并不只是一套房子，孟冬还在时，每回他回国，整个二楼都会是我们的天地，我们在那有一个小会客厅，有两个人喜欢的书房，有全套的音响和一整个书柜的CD。那个时候楼下时不时会有孟阿姨的朋友来，多数是同个小区的富家太太们，也有她的老同学，上了年纪的精致女人们在那比拼各自的家庭、子女、烹饪手艺和消遣的小玩意儿。偶尔也会举办孟叔叔商业上的小聚会，买一大堆食品，在长长的餐桌上办自助餐。每当这种时候，孟阿姨永远举止高雅，衣着华贵，笑容娴静可亲，跟她的丈夫在一起，娇柔得如小鸟一般。

我就算早早明白了自己与孟阿姨截然不同，也没有意愿朝她那个方向发展，但我也不得不承认，看着她，我其实会心存羡慕。

她近乎完美得演绎了中产阶层有关幸福女人的形象：事业成功，丈夫宠爱有加，英俊潇洒，儿子年轻有为，本人上了年纪依旧美貌动人，由于擅长保养，她十根手指头伸出去，仍然细嫩犹如少女。

我不该回想过往，一回想，我就忍不住觉得唇寒齿冷。

我留下来用了饭，又看着孟阿姨换了睡衣吃了药躺下才出来。走在路上，我深深地吸了口气，总算是散掉淤积在肺部的压迫感。我仔细想了想孟阿姨的状态，越想越觉得不对劲，于是拿出电话打给了詹明丽。

詹明丽从未正式治疗过我，那是因为她不想，我也不愿。但我知道，她是一流的心理医生，如果能得到她的帮助，孟阿姨才能真正令人放心下来。

电话很快接通，我问她有无时间，想请她喝个咖啡，她迟疑了一下答应了，说等会儿三点到四点之间有一个空当，如果我不介意，请我去她所在的那所医学院心理治疗中心见面。

我低头看表，时间已是两点半，忙伸手打了个车，说了地点，请司机开快一点。长年在国外的人都有守时的习惯，我不想迟到给她留下怠慢的印象。

到了那所大学内，我找了很久才找到心理治疗中心，这个过程花了不少时间，我一看表已经三点二十，心里一着急，赶紧快步走进那座矮层建筑。进去后又颇费了一番周折才找到詹明丽的办公室。我深吸了一口气，刚想过去敲门，却听见里面一阵争吵，争吵双方是一男一女，都操着流利的英文。

我不是故意要听别人隐私，但只隔着薄薄的门板，他们的对话一字不落。

"我最后警告你，如果你不去跟法院申请取消探视禁令，就别怪我对你不客气！"

"你对我难道客气过？开玩笑，像你这样的狂躁症患者，我的孩子靠近你会有危险！"

"你的孩子？那也是我的孩子！"

"你现在有当父亲的觉悟了？当初是谁认为我生了一个拖累你艺术道路的包袱？你算什么父亲，你离父亲这个名词还远得很！"

"放屁，你这个狂妄自大的臭婊子，我要我的孩子，你听到没有！我要我的孩子……"

"放手，混蛋，你干什么，放手……"

"把孩子还给我……"

里面传来搏斗声，我吓得忙一把推开门，正见上回在餐厅见到的白种男人勒着詹明丽的脖子把她顶到墙上，我想也不想，抢起办公桌上的花瓶朝他身边的墙上扔过去，花瓶砸碎发出巨响，我尖声用英语说："放开詹医生，马上，不然我叫保安过来！"

那个男人迟疑了一下，松开手，詹明丽蹲下身捂着脖子拼命咳嗽，我警惕地踏在门口："现在出去，立即从这滚出去！"

那个男人斜睨了我一眼，阴沉着脸一言不发走了出去，我确认他走远了，才跑过去扶住詹明丽问："学姐，你没事吧？"

詹明丽抬起头，美丽的眼睛蒙上一层泪雾，忽然抱住我的肩膀，哽咽地说："旭冉，别动，让我靠一下。"

我不敢动，她把头搁在我的肩膀上，慢慢地，压抑着声音，痛哭流涕。

如果不是亲耳听到，我想象不到这么冷静优雅的女人，会有一天全无形象，哭成这样。

她仿佛像被人用手掐着心脏，由内而外地挤压出泪水。

我迟疑着伸手抱住她，将她揽在自己臂弯中，我想她应该很久没哭过了，做惯了坚强睿智的女性，她忘了自己也有痛哭的自由，也有将内心的悲苦化成液体的权利。

她一边哭，一边呜咽着说："他想杀死我，这王八蛋，他真的想杀死我。"

莫名其妙的，我明白她的未尽之意。

她真正想说的，不是因为被威胁到性命而惊恐万分，无法自抑，而是那个男人，他们明明曾经相爱过，那么认真地相爱过，可到了今天，他却想她死。

没有人知道这种感觉是什么，我闭上眼，眼眶干涩，分明有流泪的冲动，可是在此时此刻，我却没法跟她一样泪如泉涌。我在想她大概也替我哭出来了，我们从未相同过，可是在某个偶然的瞬间，比如现在，我的磁场跟她的磁场仿佛接上了，我们心意相通。

"孟冬想跟他的情人一块死，"我机械地拍着她的后背，慢腾腾地说，"他一直认为死亡是种极致的美学，但他想一块死的对象不是我。"

她略微一顿，抬起头看我。

"我的前夫，每到一个地方演出，总喜欢找个当地女孩上床。"她说。

"傅一睿因为我自杀想跟我绝交。"

"我来这儿有找个男人的打算，但除了想占我便宜或想利用我的，到目前为止就没遇到个正经人。"

"孟冬的母亲，也就是孟阿姨，昨天因为她丈夫有外遇而自杀了。"

"我偷偷换了前夫的药，让他的狂躁症越来越严重。"

我吃惊，忙扶起她的肩膀问："你说什么？"

詹明丽擦了擦眼泪，认真地说："为了让他离我和我的孩子远一点，我在他的药上做了手脚。"

我愣住，随即深深叹了口气，摇头说："这些你别跟我说。"

"突然想说，"她吸吸鼻子，坐正身子，哑声说，"不知怎么回事，突然就想说了。"

"我跟傅一睿在一起了，"我想了想说，"实际上我不知道为什么会答应他，所以我要他对其他人保密。"

詹明丽呆住，随即扑哧一笑，说："你也犯不着告诉我这个。"

"这样我们就都掌握对方的秘密了。"

"像回到高中时代，女孩们交换秘密，"她渐渐恢复了平时的状态，站了起来说，"我得洗把脸，你等我一下。"

我点点头，也跟着从地上爬起来，看她走了出去，不久后，她又带着一张干净的脸回来，坐到我对面的办公桌上，正儿八经地说："找我什么事，直说吧，我待会儿四点后有个会。"

"刚刚跟你说的自杀那位阿姨，我觉得她现在精神还是不对劲，需要你的帮助，你是我知道最好的心理医生。"

她微笑："我可从没治疗过你。"

"你帮了我很大忙。"

"我的诊金很高，只能给你打折，不能给你免费。"

"我知道，"我笑了，"朋友归朋友。"

"你带她来吧，我先看看，安排她做点测试，"她说，"中年妇女的婚姻创伤很麻烦，我现在无法判断需要多长时间。"

我咨询了她具体哪天来方便些，正聊着，我的手机忽然响了，我低头一看，居然是好几天没联络的邓文杰。

我忙道歉，出去接了，带笑问："邓医生找小的有何贵干？"

"通知你明天来上班，别想偷懒了啊，你偷懒偷得够久了。"

我有点烦，换了个话题问："你专门打电话来就为这个事？"

"当然还有其他事，"邓文杰在电话那端兴高采烈地问，"我听说邹国涛那个菜鸟追你了？嘿，看不出他胆不小啊，能人所不能，怎么样，你让人泡到手没有？"

我怒了，骂："有你什么事？管好你自己就行了。"

"关心一下你不行啊，"邓文杰威胁说，"快给我老实交代，不然我就派你去干苦力。"

我无奈地说："我又不是你，我对那个年纪的没兴趣。你呢，最近又祸害谁去了？"

他笑了，低声说："你那个同学，李少君，你有她的联络方式吗？"

"有，你想干吗？"

"我能干吗，"他踌躇了一下，终于说，"她有个东西落在我这，我找不到她。"

"不是吧，你们背着我又滚床单了？"我惊叹。

"有什么好大惊小怪，成年男女，大家又单身，这很正常嘛。"

"邓医生，我还是李少君的朋友，你不觉得跟我描述这些不合适吗？"

"OK，当我没说，"邓文杰立即换了正经口气，说，"她把卡包丢我这了，里头还有她的信用卡和身份证，我想还人家。"

"给我吧，我替你还。"

"张旭冉你这就没劲了啊，"邓文杰嚷嚷说，"有些抚慰只能是男性给予女性的，李少君需要我多过需要你。"

"你怎么知道？"

"她那天挺难过啊，后来在我的努力下才情绪好转，"邓文杰得意地说，"放心吧，我最怜香惜玉了。"

"真的吗？我比较重要？"我偏着头问他。

"很重要，"他看向我，淡淡的笑容笼罩了整张脸，

竟然使这个男人呈现令人目眩神迷的魅力，

他看着我，又确认了一遍，"很重要。"

我重新上班这天天气很好，大清早就显露出清醒的蔚蓝色天空，虽然秋意渐浓，但在外面多穿一件小外套，基本上也没觉得冷。我出门的时候太阳已经升高了，大地一片金光灿灿，新的一天从我脚下迈出的第一步开始。

如果不是这么手忙脚乱，这个开始会更美好。

但我显然在莫名其妙的紧张，热个牛奶能打翻杯子，穿个外套能忘了系扣子，终于在乱麻一样的琐事中挣扎出门，我在门关上的那一刻突然发现我忘了带钱包和手机。

忽然间没了回去拿的心思，我像下定决心一样跑下楼，在这样的一个上午，看似新生活的开始，除了一鼓作气往前冲，我别无选择。

我刚刚跑到路边，一辆黑色本田就开到我身边，我转头一看，车窗缓缓摇下，露出傅一睿的脸。

"上来。"他简短地说。

我犹豫了一秒钟，随即拉开他的车门坐上副驾驶的位置。他看了看我，忽然俯身过来，温热的呼吸直扑到我脸上，我一愣，本能地往边上一躲，他的动作略微一顿，随即若无其事地替我系了安全带，又伸手解开我外套的扣子，我吓了一跳，结结巴巴说："你干吗？"

"扣子扣错了，"傅一睿淡淡地瞥了我一眼，"张旭冉，我现在严重赞同你的提议，不公开我们的关系是对的，你这样跑医院去，丢的是我的脸。"

他低下头，一本正经帮我扣好扣子，其神情之严肃仿佛不是在从事扣扣子这么简单的事，倒好像在进行表皮移植的手术般小心翼翼。我有些尴尬，摸摸鼻子说："谢了啊。"

他扣完最后一个，抬起头，伸手随意碰了下我的脸颊，没有说话。

我的脸大概有些后知后觉的红了，因为我感觉到不同寻常的热度。

一种尴尬的气氛弥漫车里，我不知道怎么对他好，拿以前那套对他似乎不成了，但全新的相处模式又未曾建立。

他倒是比我自在多了，至少一张"扑克脸"上看不到什么情绪起伏。他一边将边上一个纸袋递给我，一边动作娴熟地发动汽车说："吃吧，豆浆和牛油菠萝包。"

我打开一看，这该是从正宗的港式茶餐厅打包过来的，菠萝包还是热乎乎的，一股浓郁的牛油香味扑鼻而来。我一向认为香港人做西式点心比西方人做得还好，我咬了一口，酥皮香脆，面包松软，牛油渗透进面包，几乎入口即化。

"嗯，好吃，"我点头说，"谢谢啊。"

他没说话，扔过来一包纸巾："擦嘴。"

也许他一直板着脸让我找到点熟悉感，我边吃边放松了下来，笑着问："你怎么知道我今天上班啊？时间掐得正好，我刚刚下楼。"

他淡淡地说："我没掐时间，我在你楼下等了半个小时。"

我心里咯噔一下，赔笑说："啊，你不会上来等吗，都是我太久没上班，丢三落四的自己都闹不清，耽搁出门……"

"不用这么见外，"他转头斜觑了我一眼，忽然皱眉厌恶地喝道："张旭冉，你要敢把面包屑吃到我车子里，我饶不了你！"

"哎呀。"我低头惊呼一声，忙抽出纸巾捡面包屑，捡不了的我把它们扫到座椅角落，反正不让傅一睿发现就好。弄完了我抬头讨好地笑了笑，对他说："嘿嘿，弄干净了傅洁癖大人。"

他无奈地看我，伸手擦擦我的嘴角说："这里没擦干净。"

"啊，那是意外。"

他眼中带了笑意，探过身来在我脸上亲了一下，又揉揉我的头发，转头继续开车。

我摸着被他亲的脸有些发呆，这就是我们关系的跟以前不同的地方？

"为什么这两天不给我电话？"他好像不经意一样地问。

"啊？"我回过神来，刚想说我们都这么大把年纪了就不用跟小年轻谈恋爱似的每天汇报吧，但一接触到他严肃的侧脸，我忽然顿悟这种话不能说，于是我示弱一样小声说："孟阿姨出院了，我忙着陪她。"

他不置可否地"嗯"了一声，随后匀出一只手搭在我的手背上，简要地说："以后每天都要打。"

"不用吧，"我脱口而出，他一瞪眼，我立即决定"怀柔政策"更好点，于是我换了种口气说，"那个，我的意思是，如果都见到你了，像今天这样，就不用打了吧？"

傅一睿没说话，握着我的手却使了劲，说："你电话呢？"

"忘带了。"

"真是，"他无可奈何地骂，"你还能不能再丢三落四点？"

"能，"我装可怜说，"我还忘记带钱。"

傅一睿摇头叹了口气，他已经不知道对我说什么了。

车快开到医院的时候我说："傅一睿，不如我从这里先下，你开进医院好了。"

他拒绝我，说："我今天跟你一块进去。"

我笑容有点僵硬，说："我不会偷溜的，你放心……"

"我不是不放心，我只是想跟你一块进去，"他转头看了我一眼说，"就今天，下不为例。"

我有点烦躁，越临近医院越烦躁，我实在不想他陪着，有些关卡，我宁愿一个人面对。但他不容拒绝，我们就这样一起进了医院大门，一起在停车场停了车，再一起从车上下来，一起往门诊大楼走去。

一路上遇到不少熟人，每个人在跟傅一睿打完招呼后都会看向我，无一例外地问一句："张医生回来上班了？"

　　我的笑容越来越挂不住，腿在打战，我看着越来越近的门诊大楼，忽然有种恐惧感涌了上来，似乎那不是我曾经工作战斗过的地方，而是某只张开血盆大口的怪兽，我一进去就会被恐惧吞噬，进而尸骨无存。

　　"别怕，"傅一睿跟着我停下脚步，直视门诊大楼，低声对我说，"别怕，我在这儿。"

　　我强笑说："我没怕。"

　　他没同意也没反对，只是重复了一遍："别怕，我跟你一块进去。"

　　"我今天进去了，是不是意味着，我又是个医生了？"我问他。

　　"你什么时候不是医生了吗？你的职业是医生，你的专业训练是医生，你的前途除了医生以外也没有其他更好的出路。"

　　"我不知道，我不是很确定……"

　　"那不重要，"他坚定地说，"事实上你就是个医生，你要去这里，这个地方是你工作的地方，是你荣耀和梦想的聚集地，不确定的东西会在这里变成确定，是生还是死，是有治疗可能性还是没有，这里是个讲求科学和理性的地方，所有的问题，都会有确定的答案。"

　　我沉默着，傅一睿陪着我一起沉默，路过的人有的向我们投来奇怪的目光，也有的见怪不怪，笑呵呵地打了招呼就进去。

　　"傅一睿，如果我说，我想明天再来，你会不会对我很失望。"

　　他沉吟了一会儿，说："我大概只会掉头开车送你回去。"

　　"那样岂不影响你的工作。"

　　"是啊，但没办法。"他无奈地说，"你比较重要。"

　　"真的吗？我比较重要？"我偏着头问他。

　　"很重要，"他看向我，淡淡的笑容笼罩了整张脸，竟然使这个男人呈现令人目眩神迷的魅力，他看着我，又确认了一遍，"很重要。"

　　我沉默了，过了好一会儿才对他微微一笑，轻声说："中午过来带我吃饭，别忘了啊，我身上没钱。"

"什么？"他愣了一下。

我没再管他，抬起脚，慢腾腾地走进门诊大楼。

心脏外科万年不变地都在做同样的事，随处可见忙碌的医护人员，我回办公室取出自己的白大褂和听诊器，穿戴完毕后心里仍然有种深深的不安，我按住自己的心脏，深呼吸了好几次，突然在此时办公室门被人推开，邓文杰工作时严肃刻板的音调已经响起："张旭冉医生，立即马上跟我去巡房！"

我条件反射般地跳起来，转身小跑着跟在他身后朝住院楼奔去，在我身边还围着两个住院医和几个实习医，加上护士，一行人浩浩荡荡开始了这一天的工作。我微微发愣，还来不及有任何感觉，边上有人递给我一叠病人资料，我下意识接过去，抬头一看，是邹国涛腼腆的脸。

"这，这是今天要观察的住院病例，两个准备搭桥，一个要做室间隔缺损修补术，三个准备浅低温不停跳心内直视术……"

我接过去边走边翻阅，指着后面一个病例问："教了怎么有效咳嗽和呼吸排痰了吗？"

"我不知道……"邹国涛低声说，"不是我照顾的病人。"

我抬头看了他一眼，忽然有种奇怪的熟悉感重回体内，我不觉停下脚步，邹国涛不明所以地看着我，眼神中流露出不解和担忧，我笑了，再次快步跟上队伍，把手里的东西还给邹国涛，轻声而认真地说："谢谢。"

他的脸立即涨红了，垂下头，不好意思地说："不，不客气……"

邓文杰此时回过头来，狠狠地瞪了我们一眼，说："工作时间别在我背后开小会！"

我扑哧一笑，真正地感觉自己回来了，这样臭脾气的邓文杰副主任，这样的消毒水味，这样的白大褂，这样近乎本能的专业知识反应。

我真真切切地知道，我回来了。

上午就在这样的忙忙碌碌中度过，邓文杰不耐烦带那几个实习医，索性都扔给我，我领着他们帮等着动手术的病人做常规检查，再时不时考一下他们的专业知识，一上午也就这么过去了。

快到中午的时候，傅一睿准时出现在我们科室门口，面无表情地伫立，远看着气势骇人，仿佛不是来邀我吃饭，倒是代表整形外科来心外科谈判一般。几个小护士看见他不自觉地贴着墙根绕道走，我不觉好笑，朝他招了招手，示意他再等一会儿。傅一睿点点头，转身看我们科室墙上的心脏健康科普宣传画。

我把还没做完的工作做完了，赶紧回办公室换了衣服，正要出去，却碰见邓文杰过来，朝我扬了扬下巴说："下午我给一个小孩子做室间隔缺损修补术，你来帮忙体外循环。"

我心里咯噔一下，摇头说："我暂时不适合进手术室。"

"我主刀，病患又是学龄前儿童，这么典型的手术你不来看？"邓文杰惊奇地反问，"你上回只是胸口挨了一刀，没伤到脑子啊。"

我淡淡一笑，低头看了看自己的双手，确定它没有心理性颤抖，抬头对他说："抱歉。"

邓文杰皱了眉头，走过来骂我说："你没毛病吧？你知不知道下面多少小医生等着这样的机会？"

"我知道，"我点头说，"我知道你为我好，一场朋友，你做到这一点我真的很感谢你，但我目前，现在，真的无法进手术室，我怕到时候给你出状况连累你。"

"我主刀的手术你能出什么状况？"他带了怒气，"张旭冉，你别给自己找借口。"

"好吧，是我自己过不了心理那关，"我坦白说，"我直到现在，有时候闭上眼还会梦见上回死在我手里的孩子。你把这理解成心理阴影也行，理解成冤魂不散也行，反正现在我没法进手术室。"

"旭冉，外科医生这一行就是个战场，就算你负伤，敌人也不可能等着你痊愈再朝你拼杀，我再问一次，你真的确定不要参加这个手术？"

"她暂时不参加，"一个男声插了进来，我们回头一看，傅一睿悄悄地走过来站在我身边，斩钉截铁地说，"状态不对，不适合上手术台。"

邓文杰怒瞪了他一眼，毫不留情地顶回去："我们心外科的工作安排，傅主任越权了吧。"

"我现在只是以张旭冉学长的身份跟你商量，邓副主任，希望你能通融下。"

邓文杰不理会他，却调转视线，直直盯着我："你真不来？"

我点头，低声说："对不起，不如你让邹国涛顶替我的位置，他一定会很高兴的。"

邓文杰像看外星人一样惊奇地看着我，他眸子里有些意思似乎呼之欲出，但终究还是沉下去，他摇头无奈地对傅一睿说："喂，有空说说你学妹，这样子真像从火星上来的。"

傅一睿淡淡地说："火星比地球安全。"

邓文杰轻笑了下，对我说："行吧，你爱怎样就怎样，我不管你，但丑话说在前头，我这里不留没用的人，你最好赶紧调整你的状态，不然你没法待。我不需要一个带实习生的保姆，我需要的是一个优秀的主刀医生。"

我点点头，哑声说："知道，谢啦。"

邓文杰摇头晃脑嘀咕着转身要走，傅一睿叫住他："邓副主任。"

"嗯？"

"多谢你一直以来对她的照应。"

邓文杰意味不明地坏笑了，说："不客气，我向来对女性格外有耐心。"

傅一睿脸拉了下来，邓文杰哈哈大笑，对他说："希望别照应出个白痴来。"

傅一睿冷冰冰地说："不劳你忧心，她还是有点智商。"

邓文杰耸耸肩，又嘲讽地笑着瞥了我一眼，转身快步走开。

我有些不懂他们话里真正的意思，我迟疑着问："那个，你们刚刚，是在讽刺我吗？"

傅一睿不置可否，淡淡地说："听得出了？那你还不算笨。走吧，就算再笨，也有吃饱饭的权利。"

他说着抬脚就走，我冲他嚷："傅一睿，你给我站住，刚刚话里什么意思？"

傅一睿的声音传过来："跟上，再不走，你连饱饭都捞不着。"

我跟着他出了大楼，拐向后门，穿过一条小窄巷，进到一家干净的私房菜菜馆。这家菜馆以屏风为间隔，我们在靠墙的座位上坐了，傅一睿略看了看菜单，便飞快地点了几样，点完命服务员赶紧上菜。他跟我口味接近，又常在一起吃饭，往往不用询问我的意见即能点到我心中喜欢的菜色。我一听他点的东西就笑了，傅一睿看了我一眼，拿过茶壶给我倒了一杯热茶，说："笑得像个傻大姐，怎么啦？"

"跟你在一块真省心，"我笑嘻嘻地讨好他，"连考虑吃什么的麻烦都省下，好方便啊。"

傅一睿虽然听了面无表情，可我知道他眼眸中已经带了笑意，我趁热打铁说："傅一睿，你简直上得手术台下得挂号处，真是居家旅行的必备良品。"

傅一睿好笑地瞥了我一眼，问："嘴这么甜，想干吗直说吧。"

"我就是有感而发。"

"看来今天上班情况不错，"傅一睿点头说，"我还担心你不适应。"

"还好，"我笑了，"我在想你刚刚为什么支持我不上手术台，好像不符合你向来对我的严格要求。"

傅一睿板了脸说："别得寸进尺，我偏袒你偷懒也就这回，下不为例。"

"可是我怎么觉得你偶尔人性化这么让我高兴呢？"我笑嘻嘻地说，"傅学长，对学妹就该无原则地支持嘛。"

傅一睿瞪了我一眼："对学妹没什么好无条件支持的，对女朋友才要这样。"

我愣住，尴尬地笑。

傅一睿伸出手，轻轻握住我的，他掌心温暖，每根手指都要比我大上一个半指节，足以整个包裹住我的手。他的手就这么覆在我的手上，看着我，一言不发。

我却开始感到脸上温度升高了，尴尬地想抽回手，他用力按住，我为难地低声说："这来往的都是咱们医院的人。"

他叹了口气松开，我立即缩回手，讪笑说："好饿啊，菜怎么还不上。"

正说着，菜就一道道上来了。这家私房菜是江南菜，河鲜做得尤其好，傅一睿知道我爱吃，特地点了两道，我看见了就觉得肚子饿，也不跟他客气，抓起筷子就夹。我从小跟着外婆吃饭，习惯用勺子，长大后又出国留学，用的都是刀叉，导致我使筷子的功夫还不如外国人，尤其是夹清蒸鱼这种东西的时候。

我正在跟那条鱼搏斗，傅一睿按住我的手，举起筷子将鱼一块块灵巧地分好，蘸好酱汁放到我碗里，我猛然想到他的洁癖，忙快快地说："对不起，我忘记用公筷。"

傅一睿递给我勺子，这边却拿起我的筷子若无其事地夹其他菜吃，我用惊奇的目光看他，结结巴巴地说："傅一睿，那，那个是我用过的……"

"闭嘴吧，你这个笨蛋，"他似乎忍无可忍地低喝了一句，"快吃，不然连你的吃饭权我都剥夺了。"

我嘀咕一声："专制主义。"

"什么？"

"没什么，"我立即抬起头，笑得格外灿烂，"这鱼真好吃，谢谢傅学长。"

就在此时，饭店里进来一群热闹的年轻人，我坐在里间看不见是谁，只听见其中几个声音有点熟悉，等他们嚷嚷"国涛请客"的时候，我忽然想起来这群年轻人原来就是我们科几个实习医和住院医。他们大多就读于同一所医科大学，或者在进医院之前就彼此认识，所以感情要好一点。

我对傅一睿小声说："可能是我们科那几个孩子，别让他们发现了，省得还得客气。"

傅一睿点点头，给我舀了碗汤递过来说："喝汤，别光顾着吃鱼。"

我乖乖点头，接过来喝了一口，正要说谢谢，忽然听见他们当中一个声音尖锐犹如"公鸭嗓"，大概变声期没过渡好的男孩大声说："国涛，你上回不是说追张旭冉吗，有戏了对吧，我看她今天早上对你特别好。"

我心里咯噔一下，喝汤的碗慢慢放下，这时听见邹国涛的声音，完全不是在我面前那样的腼腆温柔："追什么追，我说追你们还真信啊？她不是住院吗，我出于人道主义送点花慰问下，如此而已，想什么呢。"

"如此而已？那我怎么听说她推荐你给邓主任做助手？"

邹国涛笑声中带着得意："可能我的花比较能打动她吧。"

他一说完，周围的男孩哈哈大笑，有起哄的，有表示羡慕的，那个"公鸭嗓"男孩又说："张旭冉比我们也大不了几岁，为什么她在咱们科好像挺牛的样子？

听说她还是住院医的时候就能主刀了，跟院里那些年轻一代的主任们关系都很铁，她什么背景啊？"

"不知道，"邹国涛说，"海归吧？我看她有些技术也未必比我们强，邓文杰那么风流，你们懂的。"

另一个说："我看她跟整形外那位傅主任也很熟，听说两人在美国就是师兄妹。"

"我听护士说，原来她有个未婚夫，可惜死了，没准现在正处于寂寞空虚冷的时候。"

"哈哈，国涛兄，那你可得发挥友爱，去温暖人家的心了，"那个"公鸭嗓"男孩装着尖尖的女声说，"国涛……"

男孩们一阵肆无忌惮的哄笑。

我当然也生气。

估计没有一个女性在听到自己被一群无知的年轻人这么污蔑毁谤后会不生气，但那种情绪也不是非常强烈，对我而言，自从失去孟冬后，所有感觉中最强烈的只余下恐惧，对失眠夜晚的恐惧，对梦魇中布满鲜血的手术台的恐惧，对不知走向和未来的生活的恐惧。除此之外，其他的情绪都仿佛忘了放盐的菜肴，也不是没有，只是寡淡得多，平缓得多。

但比起生气，我更诧异于傅一睿的反应，向来冷静自持的他脸上已遍布寒霜，似乎下一刻就会冲出去揍人。我把手放在他手上，发现那双向来稳重厚实的手握成拳头，我不得不一遍遍抚摸它，让它软和下来，我知道这个男人在替我愤怒，那帮男孩们嘲笑我比嘲笑他自己更令他愤怒。

那一瞬间，说不清的感觉涌上喉咙，我抿了抿嘴唇，知道我必须出面，不然等傅一睿出手就未必是能控制得了的场面了。

我微笑着对傅一睿说："别生气，看我怎么整这帮小王八蛋。"

傅一睿抬起眼看我，我又冲他一笑，拍拍他的手背，站了起来，抖抖身上的外套，学着詹明丽的姿态挺直脊梁，款款朝那一桌走去。

最先看到我的那几个男孩登时僵住笑容，背对着我的那个"公鸭嗓"的男孩和邹国涛却还在玩，一个细声细气叫："国涛哥，人家很冷很寂寞，快来抚慰人家嘛。"邹国涛则哈哈笑着掐住他的肩膀摇晃着说："行啊，咱们相互慰藉慰藉……"

那几个变了脸的男孩已经频频使眼色，还重重咳嗽，但背着我玩的那两个却总也没发现。我抱着手臂淡淡一笑，说："呦，说什么呢这么热闹，不介意我加入吧？"

那两人明显愣住了，"公鸭嗓"男孩慢慢转着脖子看向我，张着嘴巴尴尬地说不出话来，邹国涛反应快，忙站起来，堆了笑，眼神闪烁地说："张，张医生，您，您也来这吃饭啊。"

"是啊，不来这就不能巧遇你们了。"我笑了笑，视线慢慢转到他们在座的五个男孩身上，看到谁，谁都不自觉露出尴尬的表情。我掉转视线，看向邹国涛，偏头笑说："刚刚玩得挺好的啊，怎么不继续，继续啊。"

邹国涛脸涨得通红，讷讷地说不出话来，我走上一步，看他们桌子上摆着可乐，不觉笑说："口渴了，借你们一杯饮料喝喝。"

"公鸭嗓"男孩立即拿起一边的一次性杯子给我倒了，恭敬地递过来说："张，张医生您请……"

我接过，朝他笑笑，说："谢谢。"

然后我举起杯，说："来，你们到心外科实习，我这个前辈也没什么好说的，借个可乐，祝各位前程似锦。"

在场的几个男孩显然不知道我想干什么，都不知所措地看着我，我把杯子举到邹国涛这边，手慢慢松开，整杯可乐立即倒到他身上。

邹国涛惊跳起来，忙不迭地抖水，我笑了笑，拿起桌上的纸巾丢到他身上轻声说："对不起啊小邹，刚出院，手抖，你担待点。"

然后我又看向那个"公鸭嗓"男孩，他就是今天跟着我的实习医之一，我直直看着他，看得他眼神不敢与我对视，然后我淡淡地说："做了手术那两个老人不能有效排痰，你想办法帮他吸吧，仪器吸不出来，你就用嘴，每个伟大的外科医生都是这么训练出来，想来你也不会有意见。"

他脸上露出恼怒的神色，却不敢反驳。我又看向在座另外三个人，点了点头，说："你们几个,这次病历做得不规范,重抄。抄完后就去采集一下病患的粪便,送去化验,明天下班前把结果摆到我办公桌,没问题吧?"

他们垂头丧气地摇了摇头。

我转身又看向邹国涛,他衣服上有大片可乐渍,这样穿回科室注定要出丑了。我满意地点点头,问他:"你今年几岁了?"

邹国涛敢怒不敢言地闭嘴不答。

"我没记错的话,你有二十六了吧,你知道我二十六的时候在干吗?"我淡淡地说,"我在教授监督下独立完成一台难度中等的手术,而你花这么多心思只不过为了做个体外循环。"

我说完,转身就走,忽然听见那个"公鸭嗓"男孩在背后嘀咕了一句:"什么嘛,公报私仇。"

我转过头对他一笑,点头说:"你说对了,我还就爱公报私仇。"

他脸色一白,在看到傅一睿从里间阴沉着脸走出来时,脸上不自觉露出害怕的神情。傅一睿什么也没说,直直往前走,他在走到邹国涛身边时停了下来,掏出钱包,抽出两张一百块放到他面前的桌子上,冷声说:"花的钱。"

"傅,傅主任……"

"比你优秀的女医生多的是,如果你都对她们的优秀视而不见,非要自欺欺人认为她们是靠脸靠交情吃饭,那我建议你先去查查脑子,"他冷冷地说,"同时诽谤他人是可以报警的,我不希望再听到第二次。"

"对不起……"

"我早想给张医生送花,刚好你替我送了,这是你的辛苦钱。"

邹国涛脸色变白,傅一睿冷冰冰地说:"送花这种事,最好由合适的人送才有价值,不然一束花递出去,不过徒增尴尬,她没当场扔掉是她有教养,可不是因为喜欢。明白?"

他在邹国涛没反应过来之时,朝我走了过来,我冲他摇头笑了笑,他面无表情地说:"走吧。"

我点点头,跟在他身后,又一前一后地回医院。

进了门诊大楼，他朝整形外科走去，我得回心外科，他低头看了看表说："时间还早，你下午什么工作？"

"估计做点实验，看病人化验检查的结果……"

"门诊那边没排你？"

"还没有。"

他看着我，吞吞吐吐地说："去，去我办公室休息下？"

"啊？"

傅一睿立即硬邦邦地说："不乐意就算了。"

我有些好笑地看着他，温和地说："我去了，你上哪休息去？"

"我下午没门诊。"

"算了，被人看见要说我跟你眉来眼去，占你便宜。"

"张旭冉！"他提高嗓门，"你以前占了多少便宜，现在倒卖乖了？别废话了，立即马上跟我走！"

他转身抬脚就走，我不得已小跑跟上，笑嘻嘻地哄他："生气了？真生气啊，我还不是为你好……"

"你，"他停下来，忍着怒气问，"你有一点做人女朋友的自觉吗？"

"啊？"

"算了，"他叹了口气，揉揉太阳穴说，"走吧。"

"哦。"我不敢再多说，跟在他屁股后面去了整形外科。

一进去又看到赵大姐值班，她瞥了眼傅一睿黑沉的脸色，也不敢跟我大声打招呼，悄声叫我："小张，来挨批啊？"

我点点头，她无限同情地看了我一眼，立即拦住朝这边探头的另一个护士："别看，主任正要抓着张医生批评。"

"张医生真可怜，明明不归我们科管嘛。"

"可不是，谁让她是主任的学妹，辈分矮了一截，听说打做学生起就经常挨主任训呢。"

我尴尬地跟着傅一睿溜进他办公室，连忙轻轻合上门，吁出一口气叹道："这乌龙摆的……"

我一句话没说完，只觉腰上一紧，已经被他顶在门上，随即唇被他堵了去，他扣住我的后脑勺，尽情地撬开我的唇齿，激烈地攻城略地，仿佛要把我口腔中的一切都吸吮干净一般，我与其说是被亲得浑身发软，不如说被吓得，这么热切焦灼的渴望，这么直白深厚的情感，我从来没想过，会属于傅一睿这个人。

等他亲够我已经快要窒息，迷迷瞪瞪地靠在他肩膀上喘着气，他似乎轻笑了一下，又"啵"的一声，响亮地亲了一下我的额头，摸着我的头发，满足地喟叹一声。

"下回吻你时麻烦闭上眼。"

我没好气地瞪他："这也是所谓的女朋友自觉？"

傅一睿带着笑意，说："还算你不太笨。"

"我说，你别老想些有的没的，我不是十八岁初次恋爱，你不能要求我跟你玩娇羞二字吧？"

"放松点，好不好？"他低头看向我的眼睛，"放松点，我们以前相处得多好，以后也差不多那样，只是我忍不住跟你亲热，如此而已。"

我看着他，扑哧一笑问："哎，你其实也紧张的，对吧？"

傅一睿避开我的眼睛。

"你觉得别扭对不对？"我用胳膊捅捅他，笑了笑说，"万能的傅医生，原来你也有困窘的时候，真是少见啊。"

傅一睿不说话，伸手过来牢牢抱住我，把我拥到沙发那边坐下，紧紧锁在他的臂膀之间。

"别抱那么用力，还说你不紧张，你看都要勒死我了。"

"我是紧张，但不是因为不知道怎么跟你相处，而是因为我有点怕，"他淡淡地说，"有点怕，是的，我承认，万能的傅医生也会怕，而你绝对想不到我怕什么。"

我愣住了，轻声问："你怕什么？"

"怕这一切不是真的，怕过了这么多年突然夙愿得偿不知要付出什么代价，怕老天爷从来不曾对我慷慨过，这次突然对我这么好，是不是有什么跟头等着要我栽……"

"傅一睿……"我不知道说什么，只能反手抱紧他，就在此时，他办公桌上的电话铃突然响起，傅一睿不得不松开我，过去接了电话。

我看他听着电话，突然脸色变得很差，抬头看着我，目光幽深，欲言又止，然后，我听见他冷冷地对电话那边的人说："等着，我现在过去。"

他放下电话，手竟然在微微颤抖，我吓了一跳，赶紧过去抱住他的胳膊问："怎么啦？"

他看着我，表情很古怪，似乎想笑，但又像想哭，过了好一会儿，他才伸手哆哆嗦嗦地抱紧我，我乖乖让他抱着，抬头小心地问："发生什么事了？"

"我爸，心脏不行了，要做移植。"

我立即说："有合适的脏器吗？"

"有，"他看着我，咬着牙说，"但是他坚持来这家医院做。他是故意的，他就是要在离我最近的地方给我添堵，让我不好过。"

人总是有那样的时候，

哪怕有再发达的神经，再出色的交际能力，也会突然之间就短路，

大脑一片空白，不知所以，不想按照正常的轨迹做一点自己往常该做的事。

形单影只

傅一睿匆匆赶去心脏外科，不让我跟着。我知道他不是不想介绍他的家人给我认识，他是不愿意将我带入那种他自己也无法掌控的漩涡中，说不出为什么，我就是知道在家庭问题上，傅一睿非常脆弱，尽管他一句话也没说，但我就是知道。

我们在美国那会儿，有一年过圣诞节，我打工的地方放假，我百无聊赖，看不下书，于是去给孟冬打了个越洋电话。那时候为了省钱也没敢说太久，挂了电话后夜还很长，我便穿了大衣围上围巾出门散步。

路上很多疯狂玩乐的青年男女，有扮成嬉皮士的圣诞老人，也有成群结队去教堂做祈祷的，我跟着人流涌进学校附近的小教堂，天气太冷，正好有人发了一根蜡烛给我，我便点燃取暖，跟着周围的人哼圣歌，就在某个瞬间，我忽然一回头，就看到傅一睿了。

他穿着单薄的外套，手插在口袋里，站在教堂外并没有进来。

烛光和灯光映照在他脸上，从少年时代就显得轮廓坚硬的脸此时更显得线条冷硬。他目光直视前方，说不清是在看哪，也许是圣坛上布道的牧师，也许是伸手无法触及的回忆，他没有表情，感觉要通过他的眼睛触及有关情绪的东西，需要穿越整个银河系。

我当时已经认识他了，但并不是很熟，只知道他是大名鼎鼎的傅一睿，也许跟詹明丽那样的美人有暧昧。大家私下里还传闻他有各种肤色各个年龄段的美人做情人，但这只是传闻，事实上我对他一无所知。

但在那样一个寒冷的圣诞节前夜，在美国那个聚集了棕色黑色黄色白色等各色人种的地方，我看到他忽然有种奇异的亲切。

隔着人墙，隔着举着蜡烛祈祷的歌声，我忽然就理解了他，我想他大概是孤独了。人总是有那样的时候，哪怕有再发达的神经，再出色的交际能力，也会突然之间就短路，大脑一片空白，不知所以，不想按照正常的轨迹做一点自己往常该做的事。就如那一刻的傅一睿一般。

这种感觉是无法诉说、无法分享的，但可以并置，我认真考虑了一下将两个孤独的人并置在一块的可能性，得出的结论是他大概不会反感。于是我托着蜡烛挤到门边，冲他笑了笑，把蜡烛给他。

傅一睿那时候愣了一会儿才接过蜡烛，然后，正如我所预料的那样，他没有多说一句话，只是正儿八经地托着那个蜡烛，凝视着摇曳的烛光，跟着我一起听牧师布道，差不多四十分钟后，大家一起高声说"主佑世人，阿门"。

那个蜡烛已经烧得差不多了，我想吹熄它，傅一睿制止了我，他郑重地将蜡烛放到门口长桌上，那上面零零散散摆着些相框，是这附近已逝世的信徒。

"信教吗？"他大概无话找话，冒出这么一句。

"不算吧，"我摇头说，"家里信。"

他点点头，又沉默了。

"你呢？"我反问他。

他没有回答，过了很久，久到我几乎要另找个话题时，他淡淡地说："母亲，我妈妈，她信。"

"那很好啊，我家里，外公外婆都信，很祥和的状态，"我长长地叹了口气，然后笑着问他，"学长，你本人不信教的对吧？"

他看了我一眼，怅然地说："我不信，绝对相信什么需要一个人将自己完全交付出去，我做不到这一点，我是个怀疑主义者。"

他的这个自我评价从此便存留我心，在过了多年以后，我还是不明白，到底是什么原因会令那个少年老成、从未失态的傅一睿在不算熟悉的小学妹跟前说出这句话。

在今天，我重新想起他这句话。突然，我意识到那个独自伫立在教堂门口的傅一睿，跟抱着我一言不发的傅一睿，尽管中间隔了那么多岁月的沉积，可是他们很相似，他们都在展现一种原本的脆弱，一种属于一个人内心深处恨不得遗忘了的脆弱。

我没来由地担心起来，放下手中正在校对的实验数据，匆匆忙忙关了灯离开实验室。我朝住院大楼快步走去，心外科准备手术的病人都在那，我还没到达，却发现那里今天来了格外多的医生，仔细一看，居然都是医院的主要领导和出名的专家教授，一个个平时都轻易见不着的，突然间都集中在这，到底算怎么回事？

我退了一步，正要避开他们，却被邓文杰瞥见，他低头朝身边我们科室的另一名主治医生说了几句什么，那个医生点头，离开他们，快步朝我走来说："张医生，邓副主任请你过去。"

我满心狐疑，却不能问什么，只得跟了过去，邓文杰朝我点点头，指着我说："李院长，这位是我们科的青年骨干张旭冉张医生，也是留美的医学博士，很有能力。"

李院长朝我和蔼微笑，我心里惊骇莫名，瞥了邓文杰一眼，堆了笑对院长说："李院长您好。"

"你好小张，我早就听说过你了，成绩不错，不愧是小邓手下的得力干将。"

"哪里，邓副主任谬赞。"我讪笑了下，看看周围，全是我认识或听说过的医学界前辈，有的甚至是别的医院的，这么多大佬聚在这，这是开学术会议？

我还在胡思乱想，那边李院长握着邓文杰的手说："那许老的手术就拜托你了，别有压力，我们信得过你。"

邓文杰笑得格外真诚："领导放心，我一定全力以赴，尽最大可能让许老康复出院。"

我微微皱眉，许老，那是谁？正想着，李院伸手到我跟前，我吓了一跳，忙同样伸出手握住，李院长笑着说："小张啊，也拜托你了。"

我心想拜托我什么啊？但这话不能当着领导的面问，只好学着邓文杰信誓旦旦地说："李院长请放心，我们心外科保证坚决完成任务。"

我想这句话都是电视上经常说的，信手拈来，不费功夫，可在场的人都笑了，他们一个个用慈爱的眼神看着我，看得我直冒冷汗，终于放过了我。李院长说："那咱们进去，再给许老打打气？"

一群人鱼贯而入进了边上一个高级病房，邓文杰也想跟着，我暗自一把拉住他，硬拽着他留在队伍最后。等人都进得差不多了，我才问他："喂，怎么回事啊？"

邓文杰笑得高深莫测："咱们扬名立万的机会来了。"

"什么意思？我听着怎么像要给谁动手术？哪号大人物？姓许吗？市长还是省长？"

"政府官员来了，哪可能集齐这帮老家伙？"邓文杰指着其中两个悄声说，"看到没，那些人早功成名就，哪里还需要拍马屁？"

我点点头，这就是学医的好处，医学界虽然存在一些腐败混乱、竞争无序的现象，但它也是一个确确实实需要靠真本事说话的地方。达到一定境界的名医，确实是有资本不去奉迎拍马，且一个个备受尊重，或多或少都有点怪脾气。

我皱眉问："那是谁要动手术？"

"姓许，你想想，中国外科医生中几个姓许的？"

我立即恍然大悟："许麟庐？"

邓文杰不无羡慕地说："可不就是那个老家伙，做医生得做到他那份上才真叫牛，拿国际奖项给中国人增光，发明的技术载入医学史册，创下的手术纪录至今没人能破，还以他个人名义成立医学奖，另外，他七十了身边还有个年轻漂亮的老婆陪着。"

我失笑说："加油吧邓医生，至少最后那条，你努力一把还是有希望实现的。"

邓文杰瞪了我一眼。

"他心脏有什么问题要到咱们这做？"我皱眉问。

"移植，"邓文杰说，"我看了他各项指标，手术难度不高。"

"等等，移植……"我忽然想到什么，一抬头，却看见傅一睿从那个病房慢慢走出来。

我也顾不上邓文杰，三步并两步追上傅一睿，看了看四周，压低嗓门问："说实话，许麟庐是你什么人？"

傅一睿深深地注视着我，一言不发。

"你爸爸是许麟庐？"我低喊一声，随后无可奈何地说，"我的天，你爸爸是许麟庐！你为什么从来不告诉我？"

傅一睿长长叹了口气，轻声说："你看，我就怕你这个反应才不说。"

我试图跟他讲道理："不是，我这个反应很正常吧，这医院里任何一个人，听说你是许麟庐的儿子都该有这种反应好不好？我觉得我不是那种不讲道理的人，我绝对不会有靠着你或者你爸牟私利的念头，那么你可不可以告诉我，这么多年的朋友了，你为什么从来不跟我说你爸爸就是大名鼎鼎的许麟庐？"

"因为我不喜欢当他的儿子，"傅一睿淡淡地说，"我连姓都改了，除去生物特征上的父子关系，我恨不得跟里面那个人不认识。"

他说这句话的时候口气很平淡，像在诉说不相干的人和事。

但我却分明感到满心苍凉，心脏被一根看不见的线扯得生疼。我想一个儿子要恨自己的父亲到什么程度才会说跟父亲除了生物特征这样无法剔除的关联外，无论是道德还是情感，他不愿承认与那个人血脉相连。

我不知道他经历过什么，刹那之间，我想起他跟我说过目睹自己母亲自杀，那时候他才十岁，想必是一个人目睹了整个过程吧？一个孩子，单独一人，无可依靠，眼睁睁看着自己的母亲发疯、去死。这个经验，想必不仅令他感觉被母亲抛弃，而且可能令他感觉还被父亲抛弃，他们都出于不明晰的原因推开了男孩，让他独自一人承受一切。

我张开嘴，觉得该说点什么，但我说不出来，我被傅一睿身上笼罩着的坚不可摧的冷漠拒之门外，我知道打开那扇门，其实看得到里头浓厚的悲哀，但我徘徊在门外，不得其门而入。

我第一次痛恨自己为什么不是詹明丽那样循循善诱的女人，我笨嘴拙舌、心理阴暗，甚至都不相信人的伤痛是能够被他人抚慰的，更加不相信积极乐观就能改变命运。

但在这一刻，面对着这个我从未见过的傅一睿，我忽然很迫切地想找哪句"鸡汤"安慰他。

傅一睿定定看了我超过一分钟，然后面无表情从我身边走过，我的心刺痛起来，不知为何，我觉得他像在被看不见的黑色漩涡吞噬掉一般，如果不这时候拉他一把，就此失去他也不一定。

我被这种认知切切实实惊骇到了，在他越过我，走了差不多五分钟后，我猛地转身冲他走远的方向拔腿追去。我追得那么急切，一路差点撞翻好几个人。很多同事都以为我遇到什么急诊，纷纷给我让道，有一个甚至好心提醒我："张医生当心点，别摔了。"

我来不及对别人做出反应，因为我没看到傅一睿。我气喘吁吁冲进整形外科的时候，赵大姐告诉我，傅一睿根本没回来过，我又跑去门诊大楼，护士说没见到傅一睿到这。我莫名其妙开始恐慌，怎么找也找不到一个人，就像在梦魇中一般，仿佛一闭上眼还能感觉到他就待在你熟悉的位置上，但等你跑过去，却发现他根本不在那儿。

这时候我才发现，我习惯了傅一睿在我一抬头就能看到的地方，很多年了他一直在那，我从没想过他会不在，他就像一个导航定点，如果他突然消失了，整个航线都会陷入混乱当中。

我跑得满身大汗，才醒悟该给他直接拨个电话看人在哪，摸口袋时，却发现手机根本没带在身上。

只剩下最后一个地方了，我抬头看向门诊大厅漂亮的巨大的椭圆形玻璃屋顶，握紧了拳头，进了电梯，按了通往最高层的数字。

这所医院有个地方对我跟他都很特殊，那就是门诊大楼顶层天台的侧面水箱外凸出的一处小平台，那里一般没有人去，站在上面俯视整座医院，会有种奇异的减压效果。

地方是我先发现的，后来他进了这家医院对我多方照顾，我无以为报，就带他去了那里，看西边的太阳犹如咸蛋黄一样晕染着橘红的光。

在那个男孩因我而死的夜晚，我心神不宁站在上面吹了很久的夜风，那也是孟冬下葬的夜晚，我独自一人回溯了有关这个男人的吉光片羽。那是个非常适合体验什么叫独自一人的地方，人的孤独和渺小在高空中突然就现了原形，而罩着这身白大褂太久，我们都很容易遗忘那才是最根源的东西。

电梯到了顶层，我走出去，找到消防门顺着楼梯爬上天台，推开门后我向孤零零的水箱走去，拐了个弯，就看到那块凸起的平台，也看到坐在上面吹风的傅一睿。

我松了口气，走了过去，小心地爬上水箱，再跳到平台上。他没有回头看我，仍保持同一个姿势，沉寂得犹如雕像。我走到他身边，正想一屁股坐下，他忽然说："等等。"

"啊？"

傅一睿从口袋里掏出一条手帕，展开后铺在他身边，这才说："坐吧。"

我不敢表示异议，乖乖在他旁边坐下，伸出手说："哎，拉一下手吧。"

他淡淡瞥了我一眼，说："洗手了吗？"

"让你拉手就拉手，说废话干吗？"我一把拽过他的胳膊，跟他的手掌紧紧握在一块，十指相扣，我满意地吁出一口气说，"好了，就这样吧。"

傅一睿平淡地说："别那么矫情，我只是想一个人静静，那种小姐妹情谊的话别对我说，一个字都别说。"

我握紧他的手说："你想太多了，我突然想试试咱们俩的手谁大谁小而已。"

"你真没话对我说？"

"没，"我诚实地摇摇头，"刚找你太累了，跑遍整个医院，就算有什么话也忘了。"

他勾起唇角："所以，你只是过来握一下我的手？"

"是啊，"我点头说，"不知道为什么，忽然特别想这么干，见到你就要紧紧拉着你的手，脑子里一直冒出这样的念头。你想笑就笑吧。"

他真的笑了，虽然只是微微一笑，然后，他反手握紧我的，哑声说："你想好了？这样把手牵在一块，就最好不要有分开的打算。"

"那很不方便吧，"我真诚地建议，"咱们毕竟要各自干活，而且上厕所什么的也不能一块啊。"

"张旭冉，这只是个比喻！"

我哈哈大笑，把头歪在他肩膀上，蹭了蹭，微微眯着眼说："傅一睿，我跑得累死了，让我靠会儿。"

他没说话，只是直起背脊，让我靠得更舒服点。

我们一块待了一会儿，然后我问他："傅一睿，好受点了吗？"

"嗯。"

"那我们下去吧，我可是半道上撇下邓文杰，照那个家伙的小肚鸡肠，再不回去我可得被他骂死了。"

傅一睿点点头，先站起来，再把我拉起，我捡起他铺在地上的手帕还给他，他仔仔细细叠好收了，这才跟我爬上水箱，又顺着防火梯从另一侧爬下。我们俩穿过天台，正要进门时，傅一睿突然拉住我，趁我不备将我牢牢抱住。

我微微一愣，随即笑了，拍拍他的后背柔声说："好了，天大的事我都挺你，一切反对你的我都坚决反对，一切支持你的我都坚决支持，放心吧。"

傅一睿拥着我轻轻晃了两下，然后松开，看向我时目光温柔，他说："那个人，我父亲，可能要拜托你多费心了。"

"我会的。"

他沉吟了一会儿，终于说："走吧。"

我们下了门诊大楼就各忙各的，事实证明，我这次突然跑开让邓文杰丢了面子，他足足有三天不肯给我好脸色，还故意给我穿小鞋，扔给我一大堆国外心脏移植资料命我翻译，又不知从哪搞来加起来超过二十小时的手术影像限我两天内看完。我们院做心脏移植术早已是成熟技术，根本不需这么大费周章，邓文杰这么做，除了公报私仇外，还因为他也紧张。

因为此次的开刀对象是医学界泰斗许麟庐。

许麟庐此次的主治大夫安排的是我们科经验老到、为人谦和的李鼎良医生，李医生年近五十，是出了名的好好先生，由他来充当邓文杰和许麟庐之间的缓冲带最合适不过。邓文杰向来有点不着调，他也怕自己脾气一上来，没准就把这位医学泰斗给得罪了，所以他只负责手术，其他琐碎事务李医生尽数包揽。

我跟在李鼎良医生的身后，第一次见到这位传说中的医学巨擘。

坦白说，这个人长相上跟傅一睿并不相似，他比傅一睿更符合大众心目中的美男子形象，即便躺在病床上，身上插着导管，脸上带着病气，但丝毫无损他气质上的儒雅自得。

这是一个长年累月站在众人瞩目位置上的男人，他早已在岁月的历练中知道怎么展现自己的个人魅力，他绝对不会不谦逊，绝对不会不和蔼可亲，越是后辈中的无名小卒，他越是会在细节中体现对这些小人物的关爱，绝对不会因为自己的地位表现出愚蠢的趾高气扬和无意义的气势凌人。

但你千万不要以为这样就拉近了跟他的距离。

这种男人的谦和是上位者的谦和，永远跟我这等小医生的平庸隔着千山万水，他的关怀也是不痛不痒，点到为止，初时令人激动，过后荡然无存。我看着态度亲和、魅力无限的许麟庐，不知怎的，总是想起孟叔叔。在某种程度上而言，他们有共同的一些特质：他们都是成功的男人，他们都睿智、幽默，不端架子，观之可亲，但只有跟他们共同生活的人才明白这种人本质上的高高在上，他们对待自己的亲人，能有多残酷。

我不可抑制地想起傅一睿，多年前那个目睹母亲自杀却求助无门的孩子；那个于圣诞节前夜孤独一人伫立在教堂门口的青年；那个年过三十，被我牵着手，竟然会微微颤抖的男人。他是我最好的朋友，是永远慷慨无私给我援助的人，却在我看不见的地方不知道被这位父亲伤害到什么程度。

我一想到这个就无法克制地对这个老男人产生反感，哪怕他魅力无限，哪怕他是医学界无人能望其项背的里程碑。

"小李啊，你们医院医生真是年轻有为，而且个个长相不俗，看起来都可以去参加选美，昨天那位主刀的邓医生已经够让我吃惊的了，今天你又带个这么年轻漂亮的小姑娘来，居然也是要参与我的手术的医生，真是后生可畏啊。"许麟庐笑呵呵地对李鼎良医生说。

我勉强朝他笑了笑，李鼎良在一旁打趣说："许老放心，这几位虽然看着年轻，可经验很老到，都是我们院心外科的主干。"

"哦？不是拿帅哥美女糊弄我？"

"当然不是。"李鼎良哈哈大笑，我也跟着干笑了两下。

这时病房门被推开，一个委婉动人的女声响起："说什么呢这么热闹？"

我们转过头去，门口站着的正是那天我在整形外科见到的找傅一睿的美女。我微微吃了一惊，再看她落落大方的样子，登时明白了她的身份，果然李鼎良下一句就说："说我们院这次为了许老高兴，特别调了帅哥美女们来给他动手术。"

"那敢情好，我们家老许最喜欢看到朝气蓬勃的年轻后辈了，"她不动声色地笑了笑，眼波流转看向我，娇声说，"这位是？"

"介绍一下，这是我们心外科的张旭再医生，也是参与许老手术的，这位是许老的太太。"

我微微眯了眼，朝她礼貌地点头说："您好，许太太。"

她笑了笑，凑近来端详我："果然是个美女医生啊，但看着很眼熟，张医生，我们是不是之前见过？"

我不知为何，这时总觉得她在故意问我这个问题，我瞥了躺在病床上的许麟庐一眼，微笑说："您记性真好，前几天在我们院的整形外科咱们见过。"

许麟庐的脸色骤然沉了下来，许太太却旁若无人地笑了，对我说："我还以为你是整形外科的大夫。"

"我那天只是去办事。"我笑了笑。

气氛骤然有点怪异，过了片刻，许麟庐直截了当地说："我觉得有点累了，年纪大了就这样，不如你们先忙你们的事吧，有需要我会按铃。"

"好的，那我跟小张先走。"李鼎良忙带着我，一起弯腰跟他道别，又朝许太太打了招呼，这才两人一块出了病房。

走的时候李鼎良细心地关上房门，大踏步离开，我跟在他背后，忍不住轻声问："怎么感觉许麟庐跟他老婆之间怪怪的？"

"老夫少妻，能不怪才奇怪，"李鼎良笑着看我，"小张，你往后见到他老婆，能赶紧撤就赶紧撤，别人家的事咱们知道得越少越好，不然惹恼了老头子可就麻烦了。"

我笑着说："知道，谢谢你啊。"

"客气。"

我们一道回了科室，正要找邓文杰汇报情况，却发现哪也没他踪影，问了其他人才知道邓主任被临时调去妇科支援手术，有个做卵巢切除的病人在手术过程中突然心跳停止，邓文杰责无旁贷地奔了过去。

我手头还有一堆资料要翻译，就坐下来好好看，掐着重点给邓文杰翻译出来，这时办公室门被敲响了，我喊了声："请进。"

门被应声推开，我抬起头，竟然看到邹国涛期期艾艾地站在门口，踌躇着看我。

"怎么有空来围观我工作？"我笑着看他。

他脸上一阵红白不定，最后咬牙说："张医生，我就是想来说句对不起。"

我双手抱臂，不动声色地看着他。

在我的观念中，其实从未存有你对人好对方也得对你好的期盼，我对邹国涛他们这帮年轻人好，纯粹是因为外科这一行竞争已经够残酷的了，我没必要再当恶人。

这么多年，无论国外国内，同门间为一台手术一个名额一次机会可以争到头破血流你死我活、过后又互相猜忌的数不胜数。当初我在美国，就因为抢不过别人，做实习医的前半年都只能在急诊帮忙抬担架接输液管，干最没技术含量的活。

那时候我因为工作太辛苦，又学不到东西而熬不住一个人躲在洗手间里哭，可哭完了，擦干眼泪走出来，该怎么样还是得继续。

尽管世界上到处是外科医生，多一个或者少一个不会对整体的医疗结构产生任何影响，但就个人而言，还是尽最大努力去完成一件事，看看自己能走到何处，能走多远。

我的转机来得也很偶然，那位百般刁难我的主治医生犯了一个严重错误，我犹豫着不敢说，直到有一天病人情况危急，连主任都惊动了，狠狠质问那位主治医生，我才迟疑着提出我的问题。

事实证明，一个跟病人每天待在一块的时间超过二十小时的实习医生能观察到的东西，未必比不上那位凭自负和经验就下判断的主治医生。我运气很好，我的质疑是对的，而倾听我的，是一位正直且慷慨的医学前辈。通过那件事，他让我跟在他身边由他亲自指导了两年。之后他退休，我也回国，来到这所医院才真正开始独立主刀。

所以今天成为张旭冉的这个女人，没有一步走得容易，她可能有运气，但她也有毋庸置疑的辛劳。

"邹国涛们"令我生气的地方并不在于他们散播谣言攻击我，而是他们太轻易地去否定别人的努力，太轻易地以为人家的成功只归于运气，进而为自己的窝囊找各种看似清高实质无能的借口。

他们明明都很年轻，却早早学会了将别人的努力视为无物，我不喜欢的地方是在这里。

邹国涛在我的注视下渐渐不安起来，硬着头皮硬邦邦地说："我也没别的意思，就是道个歉，要不要接受，你看着办吧。"

他转身要走，我有点想笑了，叫住他："等等。"

他停下看我。

我直接说："小邹，你如果是怕我公报私仇，那么这么几天下来你也该看出，不该你们做的事我没多吩咐一件，该学的你们也一样不落，往后也如此，所以你不用费这个劲。"

他脸色难看："张医生，你是怀疑我的诚意吗？"

"我是怀疑你的动机，"我问他，"小邹，我以前还以为咱们相处得不错，但那天的事让我发现，我其实并不算认识你。能跟我说句实话吗，你今天到底因为什么要来道歉？"

他咬着下唇，垂下头一言不发。

我忽然没了兴趣，挥挥手说："不想说就算了，你道歉我接受，没事了，回去吧。"

他还是不动。

"我没怎么怪你，你和你的朋友们到底还年轻，所以回吧，没事了。"我不耐烦起来，转头继续盯着我桌子上的资料。

"你不会明白的。"他忽然轻声说。

我抬起头，皱眉问："不明白什么？"

"我并不觉得自己有错，"他抬起头看我，目光炯炯，有恼怒和豁出去的狠，

"我不觉得在那件事上有对错这种东西，医院里哪一个实习医不是在削尖脑袋往上钻？我一个出身农村、没背景没钱的小医生，至今还欠着读书时借下的债，我不想方设法他妈的连站在邓文杰边上看一个手术的机会都没有，你明白吗？像你这种留过洋年纪轻轻拿了博士学位一来就当主治医生的人，有个什么事动动嘴皮子就有主任级别的朋友替你去张罗……"

"所以你不觉得自己有错？"我点点头，平淡地说，"买个花送女上司讨她欢心，如果有必要跟她暧昧一场也无所谓，大家都这样，到你这儿怎么会算错？你错的，只是不该得意忘形，在大庭广众之下谈论这个事，如此而已，对吗？"

他愣住。

我笑了，摊开手说："你说的有道理，我同意。"

这下邹国涛彻底惊呆了，瞪着我说不出话来。

我继续说："我不能同意的只有一点，你凭什么觉得我就过得很顺利？不仅我，这里每一个医生，包括躺着等换心脏的那位医学巨擘许麟庐，大家都有一段不足道哉的奋斗史，都背着数不尽的麻烦，即便成功，他身后也有你看不见料不到的焦头烂额。我活到这么大，唯一看到的一件真正公平的事是这个。"

"我对每个人的奋斗方式不做道德评价，甚至你对女性的不尊重，我也不想多说一句。不过小邹，如果你真认为张旭冉是个草包我无话可说，如果你觉得我不是，那么我倒想提醒你一句，再怎么能钻营，你也不能让别人替你上手术台。"

他动了动嘴唇，想说什么，被我截住："行了，回去吧，你今天说的我都会忘掉，当然道歉那句我会留下。"

我不再理会他，重新把精神集中在我要翻译的资料上，过了很久，久到我以为他已经走了，他忽然轻声说："那天的话，我不是出于本意。"

"什么？"

"男生跟男生在一起，有时候必须那样说，为了让自己显得有面子，反正有时候会说一些自己也未必同意的话，"他看着我，终于认真地说，"我知道自己很蠢，对不起。"

我点头："嗯，我接受。"

"那我走了。"他朝我微微点了点头，转身走出我的办公室。

我支着下巴拿食指敲着桌面，想了想，还是决定将这些乱七八糟的年轻人驱逐出我的大脑。

我看了看表，想起好几天没去看孟阿姨了，也不知道她怎么样，蔡婶没给我电话，那天我吩咐她带孟阿姨去看詹明丽，也不知道结果如何。

这么想着我忙给孟家打过去，电话通了，是孟阿姨接的，她细声细气地告诉我家里新买了个大鱼缸，养了好多小金鱼，还请了个钟馗像，现在摆在玄关那可威风了。

我笑着哄她高兴了，才让她把电话给蔡婶，蔡婶过来接了，我问她："这几天情况还好吗？你忙得过来不？"

她笑着说："太太很乖，先生又请了个人帮着做家务，我现在不那么忙，可以多点时间照看太太。"

"带她去詹明丽医生那了吗？"

"去了，詹医生人很好，知道太太怕吃药，就不给她开药，只让她每周过去聊天，一次聊两个小时。"

我稍稍放了心，又问："孟叔叔知道了吗？他怎么说？"

"他说你做得对，早该送去给医生看，"蔡婶迟疑了一下说，"先生跟太太说好了，每周回来三天……"

"他倒一三五二四六分得很清楚啊，"我冷哼，"什么叫早该送医生，这不是精神科医生，是心理医生！对了，你别忘了让他付账，这钱不能我阿姨掏，詹明丽看诊可不便宜。"

"嗯，小冉你就放心吧。"

我们又说了几句孟阿姨吃饭休息的琐事，聊着聊着，我随口问："为什么弄金鱼啊？不过养宠物也好。"

"那是风水鱼，"蔡婶哭笑不得地说，"太太说家运流年不利，改运的。"

"钟馗呢？"

"镇压小鬼，"蔡婶叹气说，"小鬼都进门要做大了，这时候才镇有什么用？"

我愣住了，就在此时，我办公室的门被人推开，邓文杰黑着脸走进来，我忙对蔡婶说："先这样啊，我还有事，辛苦你了蔡婶，挂了啊。"

"忙你的吧，再见。"

我放下电话，对邓文杰说："哦，邓副主任啊，你来得正好，你让我翻译的东西我快弄完了，你过来看一眼。"

邓文杰不耐烦地坐在我办公桌对面，解开衣领上的扣子，皱着眉说："我现在没兴趣看那个。"

"怎么啦？"

他抬头看了我一眼，说："李少君住院了，这事你知道吗？"

"什么？！"我吓了一跳，急忙问，"怎么回事？我完全不知道啊。"

"我从妇科病房那看个病人，回来时碰到了，开始还以为认错人了，走近了才发现没认错，"他心烦意乱地说，"这才多久，我明明记得两周前还跟她约会过……"

"什么病啊？"我站起来问，"你在哪遇见人的？不行，我马上过去看看……"

"你等等，我估摸着她不乐意见咱们，"邓文杰皱着眉说，"刚刚她还叫我滚，说不认识我。"

我心里极度不安，说："不对劲，她得了什么病？"

邓文杰看了我一会儿，才轻声说："宫颈癌。"

没有一个人是完美无缺的，

没有一种生活不是在过往的泥沼中挣扎着奔向未来可能存在的洁净。

信教的人要洗涤自己的原罪，

我相信蹚过河流的人，没有一个不是泥沙俱下。

李少君跟我谈起过一次死亡。

那是在我出国前，当时我们已分开在不同高中，她在普通职中，我在所谓的重点高中。我准备出国，正在申请学校，没日没夜地练英语，突然有一天她就来看我了。

那天我们家吃完晚饭，我坐在书桌前看书，外婆他们在他们屋里开低音量看电视。我正在做阅读，突然听见楼下有女孩的声音在喊我："张旭冉，张旭冉你下来。"

我探出头，看见李少君站在楼下看我，她穿一身当时中学生流行的运动休闲装，头发扎成马尾，脚上蹬一双白色运动鞋。她胸部发育得很好，即便在这样宽松的衣服里也很恰如其分地勾勒出美好的形状。

她来找我，我很诧异，在此之前我们虽然还时不时一块去看个电影，但来我家，这对她来说还是第一次。

她仰着脸带着慵懒的笑，这个女人在还是少女的时候就知道如何妩媚地性感，这不得不称之为天赋。但那天晚上我不知为何觉得她情绪不对，像这样穿得规规矩矩来我家找我，表现得如一个平凡的十七岁女孩儿，这对她而言，绝对不寻常。

　　我招手让她上来，她不肯，我只好穿了拖鞋下去，就在院子里的长凳上，背靠着大树，两个人坐了。我从家里顺手拿了两个蜜柑，剥了分一半给她，她用指尖拈住带着嫌恶的态度吃了，一边吃一边抱怨："最烦吃这种东西，吃完了手黏黏的，还得找水洗。"

　　"你别吃啊。"

　　"那不成，到嘴的东西，没有不吃的道理。"

　　我不理她，那晚的蜜柑酸甜合适，就如我们当时的年龄，总是入口微涩，回味悠长，以至于我后来想起我的十七岁，无一例外都飘着一股橘子的微酸味。

　　"你说，人要是死了，会见到另外已经死了的人吗？"

　　就这么坐在树下，一起吹着风静悄悄地待着的时候，她突然来了这么一句。

　　"应该不会吧，"我想了想告诉她，"好人上天堂，坏人下地狱，反正各自都有新的开始，不会相遇的。不，应该说，相遇是没有意义的。"

　　她不在意地挑挑眉毛："你真是个怪丫头，这时候不是该说什么好好活着，多做好事争取上天堂之类的吗？"

　　我耸耸肩："你不能让我说连我自己都不信的事。"

　　她扑哧一笑，点头说："说的也是。"

　　"我妈死了。"她抬头看着头顶茂密的叶子，平静地说。

　　"啊？"

　　"别瞎操心，我爸妈很早以前就离婚了，我归我爸，"她满不在乎地说，"后来我爸再娶了，我管那个女人叫妈，但我知道我有亲妈，我说死的是生我那个。"

　　"嗯，"我那时太小，还不知道怎么应对她，于是傻乎乎地重复，"生你的那个，死了？"

　　"对啊，"她手撑在身后，上半身形成漂亮的弧线，"听说是癌症。"

　　"哦。"

　　"我不难过，"她认真地对我说，"我压根没见过她几次。"

　　我一言不发，茫然地看着她。

　　"真的，"她笑嘻嘻地，没心没肺地说，"我只是在想，从今往后我就是没娘的孩子了，可这又怎么样，日子过得跟昨天一样，明天也还这样，一直都会这样。"

"我也是没娘的孩子。"我想了想，轻声说。

"那这下我们扯平了。"

"嗯，扯平了。"

我在赶往妇科病房的路上，不知为何想起这段往事，我感觉靠近心脏的地方胀痛不已。

那个时候我们太小，我不知道怎么安慰，她也不知道怎么叙述，等我们都具有相应的语言表达能力后，我们却丧失了说的欲望。

可是我还记得，十七岁那年，有一棵茂密的大树，有一个穿着运动服扎着马尾辫的女孩，当然还有我，我们并肩坐在一块。风吹过，头顶的树叶竟发出溪流般潺潺的细密声响。夜凉如水，两个女孩从外形到内在无一处相似，可是我们有个共同点，那天晚上，我们都是没娘的孩子。

也许这是李少君多年以来成为我生命中特殊存在的一个原因。我们在一个特殊的时期分享过不能告诉别人的感受，那种感受就如昙花一现，稍纵即逝，但我们却奇迹般地抓住了，而且还告诉了对方。这种机会一生之中绝无仅有，任它时光荏苒，却终究难以忘怀。

所以尽管相隔多年未见，我们在见到的第一面却好像从未分别，这种感觉迄今为止我只对李少君一个人产生过，想必她也是如此。

所有的重要的朋友，傅一睿也好，詹明丽也好，甚至孟冬也好，感情的升华都必须是要经过时间沉淀的。

唯有李少君，在相识之初，她便直奔我的内心。

我手心冒汗，心里发慌，我身后还跟着慢吞吞的犹犹豫豫的邓文杰。他到现在还没想好怎么去面对一个生病的约会对象，但我此刻不愿理会他，我只想着李少君一个人住院，她很孤独。

我跑进她的病房时护士正给她打针，袖子挽到胳膊上，瘦了一大圈，胳膊上的骨头都可以硌人。我深吸一口气，轻手轻脚走进去，这是个四人病房，旁边的人谁都有家属有陪护，只有她一个人半躺着，可神情很平静。看见我居然扯了下嘴角，笑了笑说："你可算来了。"

"我不来你不是连个收尸的都没有？"我恨得口不择言。

"哈哈，你说的啊，要我没人收尸，你就替我收了啊。"李少君满不在乎地冲我嘿嘿笑。

"滚，"我骂了她一句，走过去，翻看她的病历，问，"什么时候发现的？"

"很有段时间了，"李少君说，"自从那个王八蛋甩了我之后，我就觉得身体不对劲了，一开始以为是还惦记他，心里难受才这样，后来实在熬不住就来看病了。喏，就碰见你那天，检查结果一出来我就知道肯定有事。果然吧，妈的，中奖都没这么准过。"

我笑了笑，过来坐她身边："为什么不告诉我？"

"拜托，很丢人的好不好？又不是什么光荣的事，"她翻了个白眼说，"而且我听说做这种疗程会变得很丑，还会掉光头发，我才不想让你看。"

"我他妈的又不是男人，丑就丑了，有什么所谓？"我骂她。

"那倒是哦，"她笑嘻嘻地说，"那你待着吧，到时候我丑了不许笑，不然老娘大耳刮子抽你。"

我拉着她的手，缓缓地说："放心吧，我会想办法找人医你。"

"别给我找贵的，"她拉住我的袖子，低声说，"我明着跟你说吧，我现在存折上就八万块不到，我有医保，但不知道能报多少，反正要超过这个数你就让我回去等死吧，别折腾我，也别折腾你自个儿，我活得够够的了，没啥亏的。"

"放屁……"我鼻子一酸，抬头望了望天，哑声说，"你再说这种话，我才大耳刮子抽你。"

"旭冉，冉冉，"她亲热地靠在我肩膀上，"我这人最烦读书，见着高学历的向来束手束脚，可跟你在一块老觉得这么靠谱。我老想，你要是男的我肯定死活都要赖着，真的，我肯定光着脚光着膀子都得赖着。"

我摸摸她的头发，眼眶湿润。

"也就是你，我愿意掏心窝子说两句真心话，"她笑着说，"我这辈子睡了不少男人，穿的吃的都没亏待过自己，虽然没妈，不过我爸现在顾着他那个小家庭也挺好的，我就不去祸害他老人家了。就上回见着的那个男的，我喜欢过，真的，那时候想过什么也不要就跟着他好了，跟着他过，我什么也不求。可架不住他不喜欢我，还嫌弃我……"

"那就是个王八蛋，瞎了他的狗眼。"

李少君扑哧一笑，点头说："可不就是瞎了他的狗眼。"

"天下好男人多了，就说我们邓主任，对你印象就挺好的……"

"别傻了，他也就是玩玩，跟我似的，我们玩多了的人，门清着呢，不会乱，"李少君闭着眼轻声说，"我真想嫁人不找那样的，要有机会我一定找能踏实过日子的，以前倒是碰见过，可我想着玩不想安定，唉，过了这个村没这个店了……"

我听着她说的话越来越悲伤，不想再讨论下去了，扶着她的肩膀说："你先休息吧，别想这些有的没的，你离那天还早着呢，说这些干吗？"

她似乎有些累了，顺着我的手躺到床上，闭着眼问我："明天还来不？"

"来。"

"给我带骨头汤。"

"美得你，"我啐了她一口，"等着吧。"

我等她睡下，就出病房找她的主治医生了解情况。她的情况发现得晚，已经是三期，其实治愈的可能性并不大，我心里难过得想哭，出了门，却看见邓文杰在那靠着抽着烟等我。

他脸上有我前所未见的烦躁和压抑，似乎有什么东西潜藏在那向来自我张扬的英俊面庞下，呼之欲出。我微微皱了眉，显然更愿意将这种焦躁理解为他在担心李少君，但是我也知道这不切实际，邓文杰从来只是一个游戏花丛的任性顽童，要他突然因为李少君的病情而备受煎熬，那不大可能。

我走过去，想了想还是说："李少君的情况不大妙，我们院肿瘤这一块并不是强项，你有别的建议吗？"

"有，"他又抽了一口，淡淡地说，"人民医院那边，我可以打声招呼，安排她过去。"

"你，"我踌躇着问，"要不要进去看她？"

邓文杰闭了闭眼，说："待会儿吧，你先回，科里要有人问起我，就说我有事走了。"

我点点头，终究还是忍不住说："邓文杰，你该进去看看她，她其实还是想有人探病……"

邓文杰转头，不置可否地说："待会儿吧，我抽完烟再说。"

我没办法再说什么了，只好转身一个人回去。我突然很厌恶这种独自一个人的状态，身边的人好像没一个活得顺畅，连我在内，我们都如此艰难而卑微地生存着。活着到底为了什么？身边的人没有一个不是伤痕累累，支撑活下去的那些所谓的意义都脆弱不堪，顷刻间往往就可能分崩离析。

詹明丽跟前夫没办法好好坐下来说五分钟的话；李少君得了宫颈癌；傅一睿的父亲近在咫尺，却仿佛给他上了道看不见的枷锁；就连以往最积极最相信美好生活就在眼前的孟阿姨，也不得不忍气吞声，跟另一个女人分享她的丈夫。

更不要说我了。

我忽然觉得，我周围的人，最终成全了自己的只有孟冬。

因为他死在理想的场域里，终其一生，他都没委屈过自己的心意，没有罔顾自己的意愿，当然也从未浪费自己的天赋和激情。在他临死前那一刻还在抓拍心爱的姑娘，他是在相爱的人陪伴之下离开人世的。

相爱因为死亡而永恒，这点福气真是无人能及。

孟冬，若是他还活着，必定活得焦头烂额，他完全不具备能力来应对背叛我的愧疚，应对家庭突如其来的变故，他大概会暴跳如雷，会咆哮会发疯，也许也会站在我跟前手足无措，根本不知道怎么面对我。

所以那颗子弹其实是拯救他的，那个我爱了那么多年的男人，那个唯一见证我青春岁月的男人。我终于不记恨他了，他真的不具备能力来应对这种混乱不堪的局面，他会在这个过程中以另一种方式枯萎。

我万幸不用目睹这种事发生。

忽然之间我很渴望见到傅一睿，我说不清为什么，就是渴望跟他的身体接触，握住他的手或者抱住他的腰。

我转身朝整形外科走去，越走越快，几乎用了跑的速度，然后我喘着气跨进整形外科。时间已经是下午五点半，大部分人在准备下班，赵大姐看见我惊奇地叫了一声："又来主动挨批啊小张？"

我笑了，点点头，问："你们主任呢？"

"办公室，"她在我身后说，"会客还是什么吧……"

她还没说完，我已经兴致勃勃地朝傅一睿的办公室跑去，我没有敲门，一下把门扭开就进去，笑着说："傅一睿我来了，我要跟你吃饭不能不答应啊……"

我的笑容僵在脸上，房间里，傅一睿抱着他名义上的继母，那女人正在他怀里低声哀泣，傅一睿可能前一刻还在低头安慰她。我的到来打断了他们的交流，两个人迅速抬头，美人继母梨花带雨，可看向我的眼神充满怒气，傅一睿则错愕了不到一秒钟，随即闪过一丝慌乱。

我的心往下沉，收了笑，干巴巴地说："对不起打扰了，你们继续。"

我立即转身关上门。

这一刻，我心里很乱。

其实并不是受伤之类的感觉，因为我自问自己对傅一睿的感情还是倾向知己良朋，从未产生那种强烈的非他不可的独占欲，而且经历了这么多的事，我躯体内已经很难再点燃独占欲这类激烈的情绪。

但不可否认的，我还是介意了，倒不是因为傅一睿跟他名义上的继母暧昧的动作，而是傅一睿的慌乱。

他慌乱，就意味着他在这件事情上不想我知道什么，当然我也不是一定要知道他所有的事，但是我们做了这么多年朋友，难道我还不足以让他信任吗？

如果不是许麟庐执意来我们医院动手术，我还不知道他就是傅一睿的父亲。

我也不知道那个娇滴滴的美人是他的继母，他有说的机会，但他还是选择沉默。

我忽然很烦他这种万年不变的沉默，我又不是神，再了解他，有些具体的事情他不说我怎么知道？

我转身就走。

身后传来一阵慌乱的推开桌椅声，傅一睿在我后面低吼："张旭冉，你给我站住！别耍小姑娘脾气好不好？"

这话说的，我怒极反笑，转过身去，唰唰几步走到他跟前，冷冰冰地说："把你刚刚的话再重复一遍。"

傅一睿有些气馁，叹了口气抓住我的胳膊，我低头看他的手，嘲笑说："傅主任您这样呢，算小男孩脾气？"

"我，"他一时语塞，低声说，"我错了行不行？咱们进来说，别站这让人看笑话。"

我甩开他的胳膊，冷冷地说："进去可以，但咱们先说清楚了，是你请我进去的，可不是我求着你扒着你要进去。"

傅一睿抿紧嘴唇，定定地看着我，摇头无奈地说："行行，你说什么就是什么吧。"

我示意他前面带路，跟着他进了办公室，转身关了门，对他那个继母点点头，双手抱臂，一言不发。

美人此时擦干了眼泪，且脸上的妆也没花，我严重怀疑她是不是趁着傅一睿追我那片刻工夫补了妆。我带点恶意地观察她眼睑处，果然还是有脂粉纷乱的痕迹，很好。

我心情突然好转，坐下来对傅一睿挑挑眉，问："傅主任，叫我进来干吗？"

傅一睿瞪着我，深吸了一口气，说："介绍一下，这位是我父亲的妻子，林雨婷女士，这位，是张旭冉，我的女朋友。"

林雨婷闻言面露惊诧，随即换上温婉的笑容说："张医生我见过，没想到还是一睿的女朋友啊，幸会了。"

"不敢，许太太我也见过，没想到是傅一睿的长辈。"我扯了扯脸皮笑了下，回瞪了傅一睿一眼，和稀泥这种事要换别的时候我可能也就装糊涂过去了，但今天不知为何，那个美人在傅一睿怀里哭得梨花带雨的画面实在令人厌恶。

傅一睿居然笑了笑，过来把手搭在我肩膀上，对他继母说："您刚刚说的事恐怕我帮不了您，我想爸爸那儿这时也该需要您过去了，让他老人家着急了不好。您先请回吧。"

"一睿，那是你的弟弟啊，"她的美眸立即蒙上泪雾，楚楚可怜地说，"你爸爸又病了，家里没了主心骨，我一个女人家出了这种事六神无主的，你不帮我，我怎么办？"

"该怎么办怎么办，一平是个成年人，他应该具备承担事情后果的能力，"傅一睿淡淡地说，"至于爸爸您更不用担心，有的是最好的医生最好的设备给他用。"

"一睿，你是不是还在怪我当初……"

傅一睿搭在我肩膀上的手猛然收紧，我瞪了他一眼，他才醒悟过来，悄悄松开。我站起来对林雨婷说："许太太，我认识一睿很多年，他是个有原则的人，但他也是个慷慨的人。我相信在他的原则范围内，能做的一定会做，但超出这个底线，我认为也不好强人所难。您还是请回吧。"

"这是我们家的事……"她骤然发怒了，瞪着我，深呼吸了几下，才柔声说，"张小姐，对不起啊，但这是我们家的事，一睿怎么说也是我先生的长子。"

"没关系的，许太太，您不用道歉，我明白您作为母亲和妻子的心情。只不过也请您体谅一下我作为傅一睿女朋友的心情，"我站起来，走过去替她开了门，微笑着说，"这个时间是病人进食和吃药的时间，我想许先生那边恐怕离不开您。"

她死死地盯着我，又回头看了看傅一睿，见他完全无动于衷，终于冷哼一声，昂起头走出办公室。

我目送她款款前行的背影，耸耸肩，这才吁出一口气说："你这位母亲大人真挺有意思的。"

傅一睿走过来，慢慢关上门，伸出手臂圈住我，把头贴近我的耳朵，柔声问："不生气了？"

"还好吧，"我问，"你跟她怎么回事？"

他尴尬地说："也没什么。"

"哦？"我点点头，拉开他的手，直截了当地说，"傅一睿，我觉得咱们在观念上不太合拍。"

傅一睿脸色一变，双手握住我的肩膀，咬牙问："就因为我没推开在我怀里哭的女人？"

"不是，是因为你什么也不说，"我双手抱臂，直视着他，慢慢地说，"我不会认为一个绅士就该推开一位冲你哭泣的女士，我也不是斤斤计较的小女孩，别人碰一下你我就该跟一头护食的母狼一样跑出来撕咬。我了解你，我知道你不轻浮。她哭了，你哪怕出于道义或是怜悯去抱她，这对我来说都没什么。真正的问题在于，你从来不曾跟我说过这位女士是谁，她在你生命中是个什么角色，你的家庭，你的生活，你的成长我一无所知。你什么也不说，我很容易觉得你其实并不信任我。"

傅一睿的脸色变得铁青，目光凶狠，紧紧掐着我的肩膀，令我吃痛，但我还是决定将心里的话倒出："你先别生气，听我说完，我本来从没想过开始另一段感情，是你口口声声说我们可以试试，OK，我同意试试，我也渴望能安全地展开一段正常男女的关系。但你不信任我，有些事就很难办，我已经经历过孟冬那种不正常的男人了，我不想再去猜测你……"

"说了半天，你还是忘不了孟冬！"他低吼一声，一把将我推到墙上，逼近我，咬牙切齿地说，"我做了这么多，你还想着孟冬那种男人……"

"孟冬起码没不信任我，孟冬什么话都会对我说，不对，我的意思是这跟我刚刚说的不是一回事，明明是你的问题……"

"他还真是信任你，哈，移情别恋也直言不讳，这也算一种信任吗？"

"闭嘴！你，你什么也不知道……"我死命推他，推不动，他反倒扑上来使劲抱紧我，我怒了，又踢又打，抓起他的胳膊就咬，傅一睿闷哼一声，还是没松开，我挣扎了半天，哇的一声哭了出来，那是我心里最深的伤口，它纠结着往日的一切没有办法愈合，傅一睿真不愧是我的知心好友，一戳就戳最疼的地方。

他死命抱着我，哄着我，又亲又拍，语调慌乱，似乎完全没了以往的冷静自持，我挣扎得累了，把他的白大褂当纸巾，往上面擦眼泪鼻涕，他也不敢有半点意见，只是收紧胳膊，抱着我坐在沙发上一动不动，翻来覆去地，枯燥无味地说："对不起，对不起。"

我听得耳朵快生茧了，也不耐烦哭了，从他怀里挣扎着坐起，他掏出手帕小心翼翼帮我擦眼泪，有些不安地问："哭完了？"

"哭完了。"我没好气地抢过他的手帕擦脸，又擤了下鼻子，故意恶心他，把脏手帕往他的白大褂兜里塞。

傅一睿哭笑不得地挺着胸膛不敢动，忍着嫌恶说："别生气了好不好？"

"懒得跟你一般见识。"

他叹了口气抱住我："你脾气又臭，还没眼色不懂做人，你说不跟我在一块，你再上哪找一个这么了解你迁就你的？"

"迁就我？"我质问他，"提孟冬的事是迁就我？我告诉你傅一睿，孟冬的事就那样了，你要介意我也没办法，趁早大家别浪费时间！"

他叹了口气，想了想说："我不是介意孟冬，从头到尾，我是嫉妒他。"

我呆住了，没想到他会这么说，我愣愣地说："你怎么可能会嫉妒他？"

"我怎么不能嫉妒？他跟你有那么多的共同回忆，那是我参与不了，也取代不了的，"他摸了下我的头发，柔声说，"对不起，我今天情绪不对劲，原谅我好不好？"

"因为那个美貌继母？"我斜眼看他。

他苦笑了一下，摸摸我的头发，低声说："她只是一个诱因。我一看到她，就想起我父亲，想起他对我做过的那些事。你别看许麟庐儿子这个头衔跟个光环似的，但我真不认为有这样的父亲是种骄傲。"

我吸吸鼻子，问："老头对你很差？"

"确切地说，是长年累月的冷暴力，"他目光幽远，说，"这些事，没经历过的人想象不出有多难受，一个那么出名的父亲，国际上知名的医生和人道主义者，为什么对自己家人却那么冷酷？我的母亲自杀时我给他打电话，他不接。他那个时候不是在动手术，而是在跟某个女人幽会。他从来不是一个有责任心的男人，甚至是一个自私自利到极点的男人。在他看来，或许儿子目睹母亲死去这种事无足轻重，至少比不上发生在他自己身上哪怕一件微不足道的小事。"

"我从小就渴望离家出走，成年后做的第一件事就是赶紧离开家。我以前常常幻想怎么杀死他，弑父对我来说不是心理学上的隐喻，而是实实在在的冲动。是的，我恨不得亲手宰了他。"

我哑然无语，轻声说："对不起，傅一睿，我不知道是这样的，你要不想说就不说了……"

"不，"他目光温柔地看向我，低头吻了吻我的额头，说，"这些事已经影响到我们了，我不能让它继续毁下去。"

我握住他的手。

"在我十八岁的时候，他娶了你看到的那个女人，那时候她已经在外头为老头生了一个孩子，就是我的弟弟。大概是怕事情败露影响声誉，许麟庐娶了她。她来我们家的时候正是青春年少，年纪上比我大不了几岁，长得美又很会奉承我，我那个时候真的有点飘飘然了。"

"你爱上她了？"

"准确地说不是爱，或者形容为一种迷失会更好。想想看，一个比你年长的女性，妩媚好看，温柔且愿意奉迎你，处处想着如何令你的男性荷尔蒙激发得更旺盛，更重要的，我们一起被许麟庐压迫，更容易形成一种奇怪的相互理解。就这样我们走得越来越近，终于有一天晚上，她进了我的房间。"

我心头一紧，问："你们做了？"

"没有，"傅一睿摇头，说，"如果真的发生了关系，我会觉得自己从灵魂深处都被玷污，那个女人是许麟庐的老婆，只要想起这个，都会变成我一生都摆脱不了的噩梦。"

"幸好没有。"

"是啊，幸好。"

"后来呢？"我靠在他怀里问，"后来发生了什么？"

"老头回来了，他发现了这桩未遂的丑事，认为一切责任都在我这边，于是用了天底下最恶毒的话来诅咒我，把我对他最后一点期望都打破了。他跟我断绝父子关系，把我赶出家门，我幸亏从过世的母亲那继承了点遗产，于是顺理成章地改姓了母亲的姓氏，去了美国，以后的事，你大概也都知道了。"

我环住他的腰，把脸贴在他胸膛上轻声说："傅一睿，我现在很讨厌许麟庐，我等下就去把他呼吸器的管子拔掉。"

"许先生没戴呼吸器那种东西吧？"傅一睿轻笑出声，摸着我的头发说，"没什么了，我不告诉你这些一是因为它们太难以启齿，二是它们已经过去了。"

我抬头问他："哎，你后妈怎么看着你还一脸垂涎的样子？"

傅一睿微微挑眉："她大概，以为我还停留在十八岁吧。"

"哭就哭吧，还扑你怀里，你为什么不推她？妈的，一想起我就来气。"我捶他。

"其实准备推来着，可她抱得太紧，"傅一睿皱眉抱怨说，"主要还因为身上的香水味太浓，我被熏得头昏眼花。"

"是吗？"

"嗯，我忍了很久，鼻腔中都是那个味道，太可怕了，快让我换个喜欢的味。"傅一睿拉开我的衣领，把鼻子凑近我的脖颈之间嗅来嗅去。

我受不住痒，哈哈大笑，推他的头："你是属狗的吗？"

他嗅着嗅着，渐渐开始转成细心舔吻，一路向上，他的唇柔软润湿，所触之处无不引起皮肤的战栗和酥麻，我有些软了身子，呼吸加速，他叹息一声，终于覆盖在我的唇上。

我们在他办公室里耳鬓厮磨，实际上从我们确定了这个所谓的关系以来，这是我们第一次如此长时间的亲密，没完没了的拥抱和亲吻，即便在我对两性关系懵懂纯情的青少年阶段，我跟孟冬也不曾试过这么恋恋不舍的身体接触。我觉得我们俩像倒退十几年，回到了情感最初萌发的阶段，那时候仅仅是这样抱着就觉得心满意足，在肌肤接触上有种本能的，对对方的渴求。

我知道这个男人应该还有我不知道的过去，但一个成年女性跟一个小女孩的区别就在于，对信任的理解并不停留于表面，不去做斤斤计较的探究。

因为说到底，哪怕再亲密无间，我们也是相互独立的个体，有权拥有自己的空间，有权保有自己不想诉说、不愿被人触及的部分，而这种隐私是必须得到尊重的。

没有一个人是完美无缺的，没有一种生活不是在过往的泥沼中挣扎着奔向未来可能存在的洁净。信教的人要洗涤自己的原罪，我相信蹚过河流的人，没有一个不是泥沙俱下。

更何况，我认识的傅一睿，一直慷慨而富有同情心，无论是替毁容的女人无偿再造一张脸，还是站在张旭冉身边十几年如一日的默默陪伴，这些都无法作假，也无法因为一件陈年往事而丧失价值。

这件事后，我们的感情好像开始升温，有些真正属于情侣之间的暧昧和亲密才逐渐冒头。

我们常常一块上班，又在下班的时候做贼一样偷溜到他办公室，一直待到他们科室的人都走了才走出来。我们一块饥肠辘辘跑遍医院附近的餐馆吃晚饭，待在一块说了无数可有可无的废话。

他一扫这些天身上的阴霾，素来没多余表情的脸，竟然也破天荒地时不时露出浅淡的微笑。我实在喜欢看他这样的表情，就如积雪初融，春日暖阳，一个人的笑可以给别人以温暖，傅一睿的尤其如此。

这天晚上，他开车送我回去，在楼下迟迟不肯打开车门锁，只是看着我，犹豫着，终于说："冉冉，搬去我那儿吧？"

我挑起眉毛："傅医生，你在要求同居吗？"

他笑出了声，凑过来轻轻吻我的脸，哑声说："是，跟我住一起。"

我笑了，拍拍他的脸说："行了，咱们这样挺好的，住一块忒麻烦，我可不想多个二房东。"

傅一睿不说话，握住我的手，低着头沉吟了半天，叹息了一声说："好吧，是有点太快了。"

我点头。

"但不知为何，就是想这样不分开。一起上班，一起下班，一块吃饭，一块看电视或者看书，两个人在一个空间里做各自的事，浴室里放两只牙刷，床边有两双拖鞋，一块枕一个枕头，也许可以试试一个碗里吃饭……"

"停，"我立即毫不犹豫打断他，"那样你过后会觉得很不卫生的。"

"张旭冉，你打击我真是有一整套方案。"他瞪了我一眼。

"我是为你着想，"我笑嘻嘻地说，"一块住你很快就会发现，这女人多邋遢多随便，也许可以两天不洗澡，可以在床上吃零食，可以忘记冲厕所，可能还会不换内衣裤。"

他有些动容，认真地问："不换内衣裤那个，是真的吗？"

我哈哈大笑，拍手说："可能还有更恶心你的哦。"

傅一睿皱眉思考了这个可能性，终于咬牙说："最多这些坏习惯，我帮你纠正。"

我摆摆手说："不祸害你，我只祸害自己就成了。"

"冉冉，"他亲吻着我的脸，低声说，"请我上楼去。"

我闭着眼任他亲了一会儿，摇头说："今天太晚了，改天好不好？"

傅一睿叹了口气，骤然拉开跟我的距离，打开车锁说："好吧，明早我来接你，早点睡。"

我点点头，想了想，在他脸颊边轻触了一下，说："你也是，开车小心点。"

我下了车，看着他开车走了，这才转身上楼，夜晚很美好，气氛很轻松，我哼着歌拿钥匙卡开了楼下大门，顺便跟值勤的保安寒暄了几句。我正要进门，一旁的树影中突然奔出来一个女人冲到我跟前，我吓了一大跳，尖叫起来，那位值班的保安赶紧从岗亭出来怒斥："什么人！"

那女人头发蓬乱，发着抖，抬起头来，口齿不清地喊了声："冉冉……"

我惊诧地低声喊了一句："孟阿姨，怎么是您？"

孟阿姨哭了起来，扑过来抱住我，一边颤抖一边说："冉冉，我，我杀了人了，我杀了他，救我，呜呜，我不要去坐牢，我不要……"

我大惊失色，扶住她的肩膀仔细看她，这才发现她穿着家居服，脚上套着棉拖鞋，两手空空，什么也没带，也不知道是怎么到我这边的。她身上弄得脏兮兮，头发也乱糟糟，脸色惨白如鬼，带着泪，恐惧得不住发抖。我深吸了一口气，对那位保安说："不好意思，这是我阿姨，她，她有点那个，我来照顾她就好，你忙你的。"

保安狐疑地看了看她，点头说："有事叫我啊。"

"好，谢谢你啊。"我搂住孟阿姨的肩膀，扶着她到一旁，安抚她说，"怎么回事？别怕，您先跟我说。"

"我，我也不想的，他欺人太甚，我都退无可退了，他还是逼我，说要让那个野种叫孟阳，那是我孩子的名字啊，那是他的名字啊，他就算没机会出生，也不能这么侮辱他，王八蛋，欺人太甚，我咽不下这口气啊冉冉，呜呜，我实在咽不下这口气……"

我听得一头雾水，忙问："你是说孟叔叔吗？你把他怎么啦？"

孟阿姨抓住我的胳膊，呜呜地哭着说："我杀了他，我拿水果刀捅了他一下，他就倒了，我杀了他，怎么办，我杀人了……"

我这才注意到她衣服上溅了血迹，心里大骇，忙抱住她，单手掏出手机立即给蔡婶打电话，她没接，我又立即拨了傅一睿的，把情况跟他一说，幸亏他离开不久，不出五分钟，他的车又开回来了。

"上车，"傅一睿摇下车窗，说，"按照这个时间，你孟叔叔很可能早已失血过多死亡。"

我不敢怠慢，立即带着孟阿姨上了车，在车上的时候，我又给蔡婶打电话，这回她接通了，问："怎么啦，小冉？"

"您在哪？现在立即回孟家，看看孟叔叔怎么样。"

"啊？发生了什么事？"

"哎呀，他被我阿姨刺了一刀，现在不知道怎么样，您赶紧过去，要人还活着就叫救护车，要活不过来了，"我看了孟阿姨一眼，轻声说，"报警吧。"

孟阿姨吓得抖了抖，颤声说："我不要坐牢。"

"放心，我给你找最好的律师，还有你一直在看心理医生，我让詹明丽给你开证明。"

傅一睿冷声问："您那一刀刺哪儿了？"

"我，我不大记得。"

"腹部中间？左边还是右边？肋骨下还是肋骨上？血是流出来还是溅出来？"

"刺，刺到硬的东西，血流出来的，我，我不是故意的，要不是他太混蛋……"

傅一睿跟我在后视镜中对视了一眼，均有点松了口气，暗自希望不会刺穿内脏。

他车开得很快，不出十五分钟，我们就到了孟家，进了小区上了楼，发现那门户大开，灯火通明，蔡婶站在门口焦急地等着，一看到我们就跑过来说："你们可来了，先生还有气，醒着的，他自己堵着伤口，就是脸色很不好……"

"叫救护车了吗？"

"叫了，"蔡婶跺脚说，"我刚刚打了电话，说是一会儿就到。我今天就不该回家……"

傅一睿快步进去，丢下一句说："我看看去。"

"阿蔡……"孟阿姨像个小女孩一样呜呜地哭，"我不要坐牢。"

蔡婶想埋怨，却还是忍下不说，拉着孟阿姨，轻声数落说："怎么就动刀子了，你没脑子吗？他要是拿这个做借口跟你离婚怎么办？一个子儿分不到你怎么办？"

孟阿姨大哭："我，我，我也不想的，他，他居然说给那个孽种取名孟阳，阳阳是我的孩子的名字啊，凭什么这么欺负人……"

蔡婶见我一头雾水，低声解释说："你阿姨在生小冬之后还怀了一个，取的名字就叫孟阳，可惜后来不小心流掉了。"

我恍然，点头说："那确实不该。"

"可不是，"蔡婶叹气说，"不过这回先生也够受的。"

我不大想进去看孟叔叔那张脸，但要看着孟阿姨，只得护着她进门。进去后，傅一睿正在给孟叔叔做简单急救，伤口已绑好，孟叔叔没精打采地耷拉着头，见我们进来，勉强抬起头，又挪开。

孟阿姨躲在蔡婶身后也不敢作声，我安抚地拍拍她的肩膀，问傅一睿说："怎么样？"

"伤口不深，没伤到要害，就是血流了不少，"傅一睿简单地对我说，"总体来说，没事。"

"孟叔叔，"我想想还是叫了他一声，"您感觉怎么样？"

他大概觉得面上无光，也不看我，闷声说："没死。"

"已经叫了救护车，您不会有事的，"我对他说，"希望您原谅阿姨，她一直胆小懦弱，您说的这个事对她打击太大，您要再采取什么行动，我怕又刺激到她，几十年的夫妻，没爱情也有亲情，您也不会愿意看她发疯，对吧？"

孟叔叔抿紧嘴唇不说话。

若爱情恒久，岁月静好，花长开人长聚，一诺即定千山难阻，

若世间事只是如此，哪怕单调点，无聊点，那该有多好。

若爱情恒久

　　孟叔叔最终没报警，部分原因大概是他丢不起这个人，部分原因也许是对孟阿姨还心怀愧疚。不过我宁愿相信前者多点，对一个功成名就的男人来说，相信他看重名声，比相信他重情重义更说得通。

　　我不想谴责他，也不想去为孟阿姨讨公道，这些事说到底是两个长辈的家事，我的身份不好多说什么。但孟叔叔的所作所为已经违背了我的价值观，我一点都不想见到他。

　　自那晚上的事后，孟阿姨情绪不稳，我怕她出事，便托詹明丽找了家宽松舒适的疗养院，安排她过去疗养。蔡婶是她离不开的，便一道去那边照顾她。

　　詹明丽听说了她的事后，也许触动了她的恻隐之心，她放下手上的工作，专门去给孟阿姨做心理辅导。我本来也想过去，奈何医院走不开，而且李少君这边也得时不时看着，所以就没跟去。

　　由于那天傅一睿处理及时，孟叔叔情况并不严重。普通外科的医生我虽然不是很熟，但点头之交不少，拜托他们之后，我就不愿再管这个老混蛋。直到过了三天还是四天，我去看李少君，经过外科病房时，还是顺道去看他。

　　他住的是头等病房，雇了护工，又请了专人，享受惯了的人到了哪都不会亏待自己，我去的时候还有一位年轻女性穿着孕妇装在一旁，我心里一跳，想必这就是金屋藏娇的那位了。

我留神打量那女人的相貌，充其量也就是娟秀，有年轻做底气。她有无必要都要下意识地扶腰凸起肚子，看起来比我还小，神情举止透着普通人家出身的女孩那种平凡，以至于再娟秀的五官，也让这股平凡给冲了去。

她不及孟阿姨全盛时期风采的万分之一，孟阿姨几乎美了一辈子，便是现下韶华不再，也不是这等平凡的女孩所能比的。

可正因为如此，我才感到深深的无力。若奉献了全部的美丽、崇拜、依赖、几十年相濡以沫，最终都比不过这个年轻女孩凸起的肚子，那孟阿姨还能奉献什么来挽回她支离破碎的生活？

孟叔叔见了我却很高兴，笑声爽朗，仿佛又回到一切没发生时的状况，他乐呵呵地说："小冉，你来了啊，快坐快坐，吃水果吗？那边有蜜饯，我记得你小时候就爱吃这个……"

我淡淡地摇摇头，说："不吃了，我就过来看看您，伤口愈合得怎样？"

"已经不痛了，住得挺好，恢复得也挺好，这里的医生护士卖你的面子，对我都挺客气，哈哈，还是你有本事。"

我嘴角动了动，看向那个孕妇。

"哦，忘了介绍了都，这位就是我经常给你说的张旭冉医生，这位是小宁……"孟叔叔尴尬地沉默了一下。

我挑起眉毛，瞥了那女人一眼，那女人倒是个知情识趣的，扶着腰笑着说："早听说你了，你好啊，张医生。"

她没叫我的名字我很满意，我朝她点点头，轻声说："你好。"

"小冉，今天不忙啊，坐吧，小宁给冉冉倒个水啊。"孟叔叔笑着说。

"不忙了，"我说，"今天来有点事想跟您商量，方便的话能单独说吗？"

孟叔叔收了笑，对那个孕妇使了眼色，那女人忙站起来说："我出去散步，医生说要对胎儿好，母亲要多散步。"

"好，别走远了，小心点。"孟叔叔嘱咐她。

"哎，知道了。"

我目送她走出病房，转头看向孟叔叔，抿了抿嘴唇，直截了当地说："孟叔叔，阿姨那边我送她去疗养院了，听说这几天情绪慢慢稳定下来，大家都可以放心。"

孟叔叔脸上闪过一丝窘迫，他失血过多的脸如果不笑，看起来格外颓丧老气，他愣了愣，说："好，谢谢你了。"

我打量着他头上斑白的头发，轻声说："她是我的阿姨，不用您跟我道谢。等她养好了，我打算劝她跟您离婚，您看您这边小家庭也挺齐全的，她留着碍什么事，阿姨还是出来单过，这对大家都好。"

孟叔叔惊诧地抬眼看我，说："我没想过离婚，这事是我对不住她，我没想抛下她不管。"

我扬了扬眉毛，不置可否地说："您不怕她再给您一刀？就算您不怕，您那位小宁也不怕？还有将来的孩子呢，听说您想取名叫孟阳，您就不怕孟阿姨去把孩子掐死？"

孟叔叔脸色不好看，沉声说："冉冉，你这是在怪我吗？"

"怪您说不上，我只是说个事实，阿姨的精神状况很不好，留在您身边永远没个心平气和的时候，对她康复不利，您也知道，我从小没妈，她就跟我妈似的，我不能看着她让您和您的新欢逼疯了，"我看着他，加了一句，"如果孟冬还在，他也肯定是我这个意思。"

孟叔叔怒气冲冲地说："要小冬还在，你当着他的面也敢对我说话这么没规矩？"

我叹了口气，定定地看着他，轻声说："实话说吧，要孟冬还在，以他的脾气，您以为您还能好好地躺这里？"

"你！"孟叔叔猛地拍了下床板，随即颓丧地跌回去，扶着额头说，"你们都不理解我。"

"叔叔，都这时候了，说谁理解谁不理解有什么意思，该说的是事情怎么解决，"我有些不耐烦，飞快地说，"早点解决了大家早点翻篇，过各自的好日子去，您说是不是这个理？"

"我不是因为儿子死了就要抛弃糟糠之妻，我不是那种人！"他抬起头，低吼道，"你们做晚辈的哪里知道我的压力？你阿姨，她几十年如一日天真幼稚，我也会累啊。她每天满脑子不切实际的念头，根本不是会过日子的料，别的不说，就这个城市，我们都住了一辈子了，可她出个门没我看着还是能走丢，去趟商场买根鞋带她都拿不了主意。我出去要管好几百号人的公司，回来我连管道煤气的费用都得亲自过问。她脑子里没有金钱概念，至今不知道股票跌涨要看红线还是绿线，做事又不通人情世故，带出去应酬常常要闹笑话，我都不知道跟在她屁股后面收拾了多少次烂摊子。你也是个大人了，冉冉，你说，这么多年了，难道你看不到我有多累吗？"

我抱着手臂看着他，轻声问："那刚刚出去的那位，她比孟阿姨强？她能拿主意，能扛得住事，能带出去应酬不得罪人？"

孟叔叔有些狼狈地掉转视线，像要证明什么似的说："肖宁是普通了点，但她知冷知热会过日子，又不嫌我年纪大，也不贪求名分……"

"嗯，她真伟大，"我勾起嘴角，无声地笑了一下，"恭喜你了叔叔，老来得子总是件好事，哪怕是为了孩子好，为了孩子忍辱负重的妈好，我也觉得您该跟阿姨离婚。如您所说，孟阿姨真是糟糕，您更应该离开她过上好日子啊。"

他像被人冒犯一样恶声恶气地说："我不能让人骂我抛弃糟糠没良心，而且她离开我怎么办？她会死的！"

我的手微微颤抖，是被气的，我深吸了一口气，竭力把胸口的怒气咽下，认真地问："如果她离得开呢？"

"什么？"

"您的一切假设，有恃无恐、没底线地伤害结发多年的妻子，说到底，只是因为您笃定这个女人离不开您。可如果她能离开呢？如果她离开您非但不会死，还能活出不一样的人生呢？"我看着他问，"您没想过这个可能性？您没想过。"

孟叔叔反唇相讥："是你不了解她，她一没谋生能力二没社会经验，为人又懦弱窝囊，你让她离开我，你以为你在救她吗？你这是在害她，我告诉你。"

我叹了口气，轻声说："我真不是来兴师问罪的，叔叔，我只是不能看着孟阿姨继续下去，离婚了她会不会死我不知道，但不离婚，却肯定会生不如死，继而你死我亡，您愿意看到那样的事吗？"

孟叔叔哑然无语。

"再说了，您真觉得孟阿姨懦弱窝囊吗？我还以为，您知道那是她爱您的方式呢，"我不想跟他多说下去，"我走了，您好好保重，再见。"

我转身走出病房，不愿再回头看他一眼，迎面遇到肖宁抚着肚子慢慢走来，她怀孕其实不会超过六个月，但小心翼翼的样子，仿佛全世界的重心都落在那个肚子上。

我一瞬间有些恍惚，有个新的孩子，姓孟的孩子将要出世了，我原本一直坚信，下一个姓孟的小孩，将由我来孕育。

我还想过给那个孩子穿什么衣服，买什么摇篮，甚至育儿方针要如何中西合璧，一转眼，这些事都遥远得恍如隔世。

孟冬已经死了，他的母亲也到了崩溃的边缘，而他的父亲，却在积极地准备迎接一个新婴儿到来。

世界上还有比这更荒谬的事吗？

我朝肖宁冷淡地点点头，从她身边走过，她叫住了我："张医生。"

"有事？"我转身，手插在白大褂的口袋里看她。

她昂起头，抚着肚子坚定地说："我知道你瞧不起我，但我真的爱他。"

我忽然想笑了，我看着这个女人问："你说爱？你是不是还觉得自己在为爱情牺牲，只要一想起你在牺牲，你就油然升起受虐的快感？哪怕道德不赞同，哪怕旁人不理解，你也觉得你的爱特牛，特有奉献精神了是吗？"

她昂起头，摆出敌对的姿态说："你不用夹枪带棒地说话，不管你说什么，我都不会离开他。"

"甚好，希望你能保持，"我说，"要一直坚持到他老年斑遍布，肌肉萎缩躺在床上等人伺候的年纪哦。"

我说完转身就走，步子迈得很大，我迎着吹来的晚风，心跳很快，脸上有不正常的热度，我明白我再克制，我还是生气了，生气到我忍不住想去打击肖宁，尽管我知道，在这件事上，她并不是该负最大责任的那个。

若爱情恒久，岁月静好，花长开人长聚，一诺即定千山难阻，若世间事只是如此，哪怕单调点，无聊点，那该有多好。

我长长地吁出一口气，口袋里的手机响了，我一接，是傅一睿的声音。

"晚上想吃什么？"

"不知为何，突然想吃你做的那种放了很多青菜的汤面，做一个好不好？"

"要求很低啊，还要什么？"

"就要那个，"我微笑着说，"当然里面不能一点肉没有啊。"

"知道了，养猪还要讲究荤素搭配。"

"就算我是猪，你也别把自己美化成饲养员，那是多么高尚的职业。"

"嗯，我没那么高的志向，我一向只把自己定位为驯兽员。"

"傅一睿！"我叫他的名字。

"在。"

"忽然，好像想你了。"我笑了起来，轻声说。

"嗯？有多想？"他语气中带着笑意。

"没多少，最多，也不过是像隔了一个世纪，不，有好几万年，人类文明颠覆了，地球过了洪水期，冰河纪又来临。"

"打住，"他口气有些急促，"别创世纪了，先回家，我买了菜就过去。"

当天晚上我如愿以偿吃到傅一睿做的青菜面，还有好喝的红酒，他还做了河鲜，奶油鲜菇，蔬菜沙拉。我们在我寓所的小餐桌上，尽可能丰盛地吃了一顿以素食为主的晚饭。

我把孟叔叔的事跟他说了，可能因为在信赖的人面前，而这个人又超乎寻常的理性，我原本携带着的愤怒平息了下来，叙述的语言变得和缓而客观。

最后我说："整件事就是这样，我不能理解的是，孟叔叔怎么可以这样去为自己出轨辩驳？他将孟阿姨塑造成一个除了他以外找不到其他承载体的对象后，却宣告他厌倦了这种塑造。可孟阿姨今天这样是谁造成的？难道不是出于他本心的意愿在几十年的时间里慢慢完成的吗？就如一个雕刻家，他有的是时间慢慢地琢磨这个女人这里该这样，那里该那样，毫无疑问，女人也没有什么独立意识，她乐于接受他所有的指令和要求，可事到如今他怎么可以说这个成品是个失败品呢？谁都有权利这么说，唯独他没有，因为这明明是按照他的选择，他的想法，他的自私和欲望造就的女人，怎么可以由他来宣布这是个失败品？"

"你生气的是这个？"

"是，我不能原谅，"我端起红酒杯轻啜了一口，点头说，"当然由男人塑造女人这个前提也很荒谬，但比起原因，其结果更令我无法接受。"

傅一睿轻轻一笑，拿大木筷子替我夹了蔬菜沙拉放到我盘子里，说："可能你孟叔叔忘记了是他下的订单。"

"嗯？"

"他下的订单，要做一个这样的成品，他忘记了，"傅一睿说，"或许在他下订单之后，他也未必知道自己要的是什么，这只是一个尝试，没人能保证这个尝试就一定合乎心意。你要知道，每个男人都无法一开始就确定自己要的人是什么样的。"

"那行啊，那就等你明白要什么再结婚好了，为什么要将别人拉进你的不确定当中去毁掉她呢？"

傅一睿淡淡地说："这个过程，大概就如来做整形的女孩们一样，羡慕别人五官中的某个部分，羡慕到朝思暮想，自己的鼻子也好眼睛也罢，当然还有胸部，哪怕借钱也要弄成那个形状，但直到真的拆开纱布消除瘀肿的那一刻，你永远不会知道这种形状到底适不适合你，因为人的整体协调性是件复杂又微妙的事。"

"哪怕安吉丽娜·朱莉的嘴安在我脸上也未必性感。"

"确实如此，"傅一睿打量着我，皱着眉说，"你要长一个那样的大嘴，我绝对缺乏亲下去的勇气。"

我笑了，他伸手握住我的手，慢慢凑过来，在我的嘴上吻了一下，哑声说："幸亏不是，现在这个形状我还蛮喜欢。"

"谢谢你啊。"我瞪他。

"但我们讨论的是婚姻和两个活生生的人，"我说，"这不是一个工艺制作过程，而是两个人的人生。代价太过昂贵了，我虽然跟孟叔叔放话说我阿姨离开他没准能生活得更好，但老实讲我对这件事没把握，她年纪已大，性格早已定型，价值观什么的更加根深蒂固，离开孟叔叔她能不能活下去，这真是个问题。"

"担心了？"

"怎么可能不担心，"我一想起这个就沮丧了，抬头叹了口气说，"怎么办啊傅一睿，万一她要扛不过去，劝她离婚的我岂不是罪大恶极？"

"你现在知道自己越界了？"傅一睿看着我，目光中带了好笑，"我还以为你觉得自己一腔热血要为民除害。"

我怪叫一声，把头靠到他肩膀上一边磨蹭一边哀号，他顺手搂住我，亲了亲我的额头说："好了，尽力了就行，实在有问题，你可以考虑给你阿姨介绍一个新的对象。"

我一下不动了，抬头问他："你说什么？"

"介绍另一个对象，"他摸摸我的头发，不以为意地说，"她既然习惯了被男人管理，那就找个好人再接手不就成了，好比经营不善的公司再找别的公司或合并或融资或重组，只要不是烂到底，总是有起死回生的办法，更何况你阿姨是个不折不扣的美人，她任何时候都不会缺乏追求者的。"

"不合适吧，她可是坚信孟叔叔是她一生的真爱，"我皱眉说，"要不也不会那么受伤。"

"但真爱不是破灭了吗？"傅一睿轻描淡写地说，"既然破灭了，那还叫真爱？"

我瞪着他那张缺乏表情的脸，扑哧一笑："傅一睿你总是这么一针见血吗？"

他回头瞥了我一眼，抱住我的手慢慢收紧，凑过来轻轻吻我的脖子、耳垂，顺着慢慢往上移动，哑着声说："我还喜欢开门见山，要不要试试看？"

我被他弄得又是痒又有些发软，微微喘气说："傅一睿，你，你等等，还没吃完……"

"待会儿再吃。"他一边斩钉截铁地说，一边把鼻子埋进我的衣领，一边解开我的扣子，把手伸进去。

他挑逗的技巧实在高超，不一会儿我已经浑身发软，呼吸紧促，在他开始解开我的内衣的时候，门铃忽然响了，我们俩同时一愣，傅一睿抬起头满脸怒气，硬邦邦地说："不许开门！装不在！"

我笑了，喘着气说："灯，灯开着，装不了……"

他低声骂了一句，不甘愿地放开我，我忙坐好，扣好衣服扣子，拢了拢头发，平顺了一下呼吸才起身过去开门，一打开木门却看见邓文杰一脸郁闷地垂着头，手里拎着一瓶酒。

我忙打开铁门放他进来，问："你怎么来了，出什么事了？"

"无聊，找人喝酒，"他扬了扬手里的酒瓶，"我带了威士忌。"

他自来熟地越过我换鞋进门，一抬头，看见傅一睿抱着臂冷冷打量他，邓文杰愣住了，脱口而出："你怎么在这儿？"

"这句话该我问你，"傅一睿压抑着怒气说，"你怎么会来找我女朋友喝酒？"

"你女朋友？"邓文杰呆了几秒钟，回头看我。我耸肩说："就如你看到的。"

"噢，上帝啊，"他怪叫一声，说，"你们俩真有一腿。"

傅一睿大踏步过来，拉我进他怀里说："没错，所以你赶紧走吧。"

邓文杰像看外星人一样看我们俩，忽然笑了起来，毫不给面子地说："傅一睿你真是能人所不能啊，张旭冉这种女人你也敢要，小心哪天你偷吃她把你阉了。"

我怒了，过去给了他一下："邓文杰你不想活了，说什么呢？"

邓文杰被我打了反而哈哈大笑，说："既然这样更该庆祝一下，我带了酒，咱们不醉不归。"

他径直进了我的屋子，我跟傅一睿对视一眼，只好跟着他关门进屋。那边邓文杰已经坐在我的小餐桌边拿起叉子吃傅一睿给我做的蔬菜沙拉了，我拍拍傅一睿的肩膀说："没事，我跟邓文杰也是很熟的朋友，而且他这样来肯定有什么事，我们陪陪他吧。"

傅一睿冷哼一声，低头问："那你怎么补偿我？"

"啊？"

"我要在这过夜，就这么定了。"

我脸上一热，捶了他一下，笑骂说："赶紧给我招待客人去。"

这句话取悦了他，傅一睿过去把桌子上吃完的面碗拿走，又给邓文杰添了个酒杯，替他倒了杯红酒。

邓文杰晃了晃杯子，闻了闻，尝了一口说："嗯，好东西。你带来的？"

"嗯。"傅一睿哼了一声，在他对面坐下。我笑着去厨房热了点陈阿姨做的肉馅饼，端出来放在他面前说："肯定没吃晚饭吧？吃这个，我们家阿姨的手艺还是很好的。"

邓文杰抓了一个咬起来，点头说："中国式汉堡就是好吃。"

"那是，我以前在美国想这个都想疯了，"我笑着也坐下，问，"出什么事了？许麟庐的手术准备有问题？"

邓文杰摇摇头："那老头有什么问题，我左手就能搞定的手术，不过移植风险向来不低，我今天跟他说了，别以为你是许麟庐你的风险就比别人低，该有的心理准备还是得有。"

我伸出手握住傅一睿的，微笑着问："你直接这么说？"

"意思差不多吧。我早就看那老头不顺眼了，不就是动个移植手术吗？优先给他安排脏器就算了，他还挑挑拣拣，说捐赠者不能超过三十五岁。我当时就想骂娘了，直接想给他一句——我倒是能给你安个十八岁的，问题是你能跟十八岁的小伙子那样在床上勇猛无前吗……"

我忙咳嗽一声打断他，尴尬地看了傅一睿一眼，傅一睿朝我轻轻摇头，淡淡地问："他的情况怎样？"

"七十岁的老人，主要是术后并发症风险高，"他摇头说，"不过他保养得好，各项指标都算不错，我也是第一次看到这么符合标准的，"邓文杰皱眉说，"好像他体内有严格把关数据的中央系统。"

傅一睿冷冷地说："他吃的喝的都快拿量杯测算了，怎么可能不符合标准。"

"你怎么知道？"邓文杰啃着馅饼问。

我打断他，问："吃这些够吗？我再给你弄点什么吧。"

"不用了，"邓文杰笑着说，"我觉得你今天特别贤惠啊，看来傅一睿还是有功劳，你成功地把一个开胸狂人改造成一个女人，恭喜。"

他举起杯跟傅一睿碰了一下，傅一睿淡淡地说："谢谢，她还是有些优点的。"

邓文杰挑眉撇嘴，嘲笑说："你们俩现在合起伙来喂我一嘴狗粮是吧？"

我笑了，说："你要喂别人狗粮还不容易？我听说你最近经常去李少君那，怎么样，她病了你突然迸发爱心了？想通过照顾一个女人而变成一个成熟的男人？"

邓文杰沉默了，他喝了一口酒，低着头，过了一会儿才说："张旭冉，如果，我是说如果，如果我这个时候不管李少君，你会不会觉得我无情无义，很不是个东西？”

我有些诧异，问：“你怎么会这么想？”

“我试过了，”邓文杰抬起头，迷惘地说，“没错，我对你那位朋友是有超出一般情人的好感，相处的几次也很愉快，她生病了我也很遗憾，我也愿意照顾她，给她帮助或支持，我也想像你所说的，通过照顾一个女人让自己的内心安定下来，但是，”他摇摇头，又喝了一口酒说，“但是不行。我没到那个阶段，我没办法为一个女人负责任，哪怕她病成这样，出于人道主义我也该管管，但我真的，不想对她负责。”

我一下愣住了。

傅一睿冷静地说：“你不需要对她负责。”

“我知道，”邓文杰点头，“但我很厌倦自己这种状态，永远处在从一个女人到另一个女人之间，我想也许我该成熟了，不能再玩，找个固定的女朋友，也许还能结婚。李少君生病这个事我以为是个契机……”

“邓文杰，你让我说你什么好？”我有点无语地看着他，“她得了癌症反倒成为你成长的机会了？你当你是谁？爱情故事的男主角？你这种想法本身就很幼稚好不好。”

我早已知道邓文杰很幼稚，没想到他风流成性，却在情感态度上堪称简单朴素。

邓文杰，他是真正的享乐主义者，我一直以为他会秉承这种享乐主义一直到死。可这样的人，有一天他居然会说想安定，想过回正常而庸碌的平凡琐碎的生活。

我怀疑他不是很明白自己在说什么，或许他只是被刺激到了，也许只是因为孤独。

但孤独这种事，跟找不找伴侣没太大关系。

那天晚上我们喝高了，邓文杰后来拍着桌子胡言乱语，吹嘘自己从初中开始就“辉煌无比”的情史，我有些头晕，托着脑袋跟傅一睿絮絮叨叨地说我还留在外婆家的中学日记。后来的事我已经记不大清，但我脑子里却清晰地记得邓文杰跟我们说了他睡过的第一个女孩的事。

“不是我不想对李少君负责，真的，我知道我还算喜欢她，我也有能力照顾她，但我一靠近她，一看到她那种生了病苍白的脸，我就想转身跑掉，我克制着想跑掉的欲望在她身边待着，可是不行，我还是想逃，"邓文杰带着醉意趴在桌子上问，"你会不会觉得我是懦夫？"

我不记得我后来回了他什么。

三人一块喝酒的结果就是第二天大家都迟到，我跟傅一睿还算好，毕竟我们睡床上。邓文杰在我家沙发上屈就了一夜，起来时眼圈乌黑，脸色苍白如鬼，顶着乱蓬蓬的头发冲我发脾气："这么丑我今天怎么出门啊？！"

我匆匆忙忙地给他们做早饭，把牛奶面包丢到他前面说："赶紧给我吃了滚去上班，少废话啊。"

他嘀嘀咕咕地咬着面包，忽然说："我不能跟你们一块去医院。"

"你又想整什么幺蛾子？"我不耐烦了，冲他嚷嚷，"别说我没提醒你，许麟庐今天有个重要检查，这种时候你不去，你是不是想混个副主任就到头了？"

邓文杰堵住耳朵对傅一睿抱怨说："你真行，我现在万分敬佩你。"

"换成嫉妒我会更高兴，"傅一睿面无表情，拿起面包抹了黄油递给我，"白吃白住这种事，以后没有。"

邓文杰做了鬼脸，对我说："我是为你好，你想我们仨一块进医院，别人看了得怎么说？我是无所谓，坏你们俩的名声就不好了。"

我啐他："就你这样还真敢想啊，傅一睿，给我揍他！"

傅一睿真的冷冷瞥了邓文杰一眼，邓文杰无奈地坐正了，好好吃了他面前那份东西，又冲进浴室弄了半天，出来沮丧地说："衣服都没换，我必须回去一趟，你先去科里，要有人找就说我有事晚点去。"

他话没说完，就转身开门走出去了。

我无奈地说："这家伙爱美爱到骨子里了。"

话音未落，门铃又响起，我跑过去一开，邓文杰垂着头，我问："落下什么东西了？"

"就说句话，"他抬起头，目光是前所未有的复杂，"我昨晚上说的事，希望你们都忘了。"

我一愣，随即笑了说："我昨晚上说的话，希望你也忘了。"

他看了我一会儿，笑了起来，说："谢谢你，旭冉。"

"行了，该干吗干吗去吧，开车小心点。"我笑着推他。

邓文杰一笑，这才真的转身走了。

我目送他进电梯，一回头，却发现傅一睿抱着手臂脸色不豫地看着我。

"怎么啦？东西吃完了？碗筷放着，我下班回来再洗。"我随口跟他说着，关了门跑进去浴室梳了头，又跑回卧室换衣服。

扣子还没解开，他却推门进来，从背后抱住了我，下巴埋在我的颈项处深深呼吸着。

我反手拍拍他的臂膀说："乖，快放开，我已经迟到了。"

"抱着你睡真好，"他闷声说，"只是抱着，醒来看到你在我怀里，感觉真好。"

我一愣，随即笑了笑说："好了，我知道了，快放开我。"

"搬来跟我住。"

"傅一睿，我真的赶时间。"

"不然我搬来跟你住。"

"以后再说好吗？"我拉开他的手臂，从衣橱里抓出一套衣服，转头对傅一睿说，"你不出去我怎么换？"

傅一睿深深地看着我，问："你不愿意吗？"

我手一顿，随即笑了说："不是，我只是没准备好，给我点时间好吗？"

几天后迎来了许麟庐的移植手术。我还不想进手术室，但还是参与了专家组的会议。由于许麟庐身份特殊，这次医院大概动用了包括麻醉科在内的各科精锐，李院长亲自坐镇，邓文杰主持，与会领导就差明着说不管如何，手术一定要成功，我们医院不能承担医死许麟庐的恶名。

手术方案最后确定为双腔静脉吻合法心脏移植，这样不仅完整地保存了右心房，而且还保持了较正常的三尖瓣功能和术后心脏传导系统的完整性。比较适合许麟庐现在的身体状况，毕竟，他已经是七十岁的老人了。

应许麟庐本人要求，会后李鼎良医生要去向他报备手术方案，且要通过他本人的首肯才能执行。我本来要走，却被李医生叫住："小张，要没什么事，一会儿跟我一块去许老那儿。"

我不是很愿意，于是说："邓副主任好像还有些资料要我翻译。"

"耽误不了你多少工夫，"李医生笑着说，"许老那天还问起我那个美女医生为什么不来了。"

"不要吧，"我皱着眉说，"李医生，你知道我不擅长应对那种场面……"

"没事，有我呢，你就跟着我去好了，"李医生话没说完，已经带头往前走，他见我不动，回头笑了下说，"快跟上。"

我没办法，只好捧着资料跟着他去了许麟庐的病房，还没进去，却听见许麟庐在里面厉声道："我没这么丢人的儿子，你再啰唆就跟着他一块滚！"

另一个女人的哭声传来："你早就看我们娘俩不顺眼了是不是？儿子出了事你就只想你自己丢不丢脸，麟庐，你以为你还有几个儿子？你就只剩下一个了啊，再赶出去，你真想孤家寡人躺医院里没人管吗？"

"我这辈子行得端坐得正，不敢叫没出息的子孙拖累我的名声！"许麟庐喘着气，"你给我出去，立即，马上！"

"你这人心肠怎么这么硬啊？啊？你心里除了你的名声还有什么？难道鹏鹏不是你的亲生儿子吗？难道他是我偷人生下来的？"

"住口！"屋里传来一阵哐当声，夹杂着女人的尖叫。李鼎良医生面露难色，跟我对视一眼，低声说："等会儿咱们再进去，这种事能不沾惹最好……"

我深以为然，可不到一分钟，病房里传来警报，我们俩心里一惊，顾不得什么马上冲了进去。地板上一个玻璃杯被砸得四分五裂，许麟庐躺在床上脸色灰白，张着嘴就如离开水的鱼那样艰难地喘气，他那个漂亮的小妻子在一旁哭得肿了眼睛。

我跟李鼎良立即冲上去将许太太挤开，迅速解开许麟庐的衣服做急救，经过连续按压和除颤之后，他的心跳总算恢复，但还是很疲软，这颗心脏功能大概已经走到末端。

我跟李鼎良都松了口气，如果他这时候突然不行，而捐献者的心脏尚未到达，情况将是危急万分。幸好许麟庐自己就是医生，他很清楚如何监控住自己的病情，肺、肝脏等器官很健康，而本人也没有罹患胰岛素依赖型糖尿病，正如邓文杰所说，许麟庐大概是我们见过的，最适合做心脏移植手术的七十岁老人。

目前的情况大概是没办法跟许麟庐交谈了，李鼎良医生留下来照看他，我抱着资料退了出来，忽然身后有人叫住我："张医生，请等一下。"

我回头，叫住我的是傅一睿的年轻继母。她已经擦干眼泪，礼貌地微笑着，眼角处已有细纹，但这无损她浑然天成的优雅气质，我微微眯了眼，有点明白如果我是许麟庐那种自诩风流的男人，在这个女人年轻时与之相遇，大概我也不会白白放过她。

"有事吗？"

"那个，能到一边说说话吗？"她问我，"毕竟你也算一睿的女朋友，我怎么说也是他的家里人，我想我们应该彼此熟悉下，你说呢？"

我扬起眉毛，不置可否地笑了笑，点头说："好。"

她笑了，带头往一边的花圃走去。我跟在她身后，观察她苗条的腰身，窈窕的行走方式，更深深地感觉到这个女人大概曾经下了苦功纠正过自己的举止，大概曾长年累月待在舞蹈练功房里凝视自己的身姿，不然很难像她这样举手投足尽是恰到好处的弧线和韵味。

"您练过舞蹈？"我问她。

"被你看出来了，"她仿佛很高兴，"小时候学了很长一段时间，还梦想能成为优秀的舞蹈家，就如芳廷那样，为此还没日没夜地练过。可惜呀，后来就没再继续学了。"

"为什么不继续学？"我有点好奇，"您看起来直到今天都体态优美。"

她微微停顿了一下，说："因为家里发生了点事，家境方面一下子差了，我不得不中断学业，然后遇到许麟庐，就跟了他。"

我点点头："许先生是个有魅力的美男子，您眼光不错。"

"是吗？"她嘲讽地笑了，"不过他那些魅力，对于年轻的女孩子来说足够吸引人了，即便是今天，他要想勾搭哪个小姑娘怕也是手到擒来。"

我有些尴尬，轻咳一声说："这些事，您不该跟我说。"

"我把你当一家人，"她靠近我，义愤填膺地说，"只有跟许麟庐生活在一起的人才明白他有多自私冷酷，当初一睿就是被他不分青红皂白赶出家门，他那种人残忍起来，一点夫妻父子情分都不会讲。一睿当时才十八岁，天哪，我一想起来就觉得难过。"

她的声音略有些哽咽，低头擦擦眼泪，说："我今天叫你过来，不是想跟你抱怨我的丈夫，只是跟着那样一个男人生活久了，压力很大，又不知道跟谁说，你别见怪。"

我摇头，有礼貌地说："您客气了。"

"可怜的一睿，这么多年靠着自己读书生活，该过得有多不容易？父子都在医学界，以许麟庐的名望，如果有心要帮他，只不过一句话的事，可他就是能硬着心肠当没一睿这个儿子，"她悲切地说，"这些年我不知道劝了多少次，但每次一提起就被他骂，我也不敢多说，只能托人逢年过节给一睿寄点东西，唉……"

"他过得很好。"

"怎么可能很好？"她睁大眼嗔怪地看着我，"怎么可能一个人会好？他要是很好，现在就该是著名的学者，率领研究队伍专门攻克医学上哪种不治之症，或者成为外科医生中名副其实的佼佼者，就像你们那位邓主任一样，年轻有为，前途无量。要是一直有许麟庐照拂，现在肯定成就斐然，说不定过两天就跟他父亲一样拿国际大奖，改写医学新篇章……"

我有点不耐烦，打断她问："您觉得一睿当整形外科医生很丢脸？"

"我不是这个意思，"她急急忙忙否定，"但一睿完全有可能走得更好更远……"

"然后呢？"

"什么然后？"她愣了愣，说，"然后当然是闻名世界……"

"许太太，"我微微吁出一口气，对她说，"您还是直说吧，叫我过来到底有什么事？"

她眼中掠过恼羞成怒的神色，但也只是一闪而过，继续悲悲戚戚地说："现在一睿的悲剧就要发生在他弟弟身上了，我也是没办法，我知道一睿这么多年都还是怪我，怪他爸爸，但鹏鹏是无辜的啊，他只是一个任性的小孩，现在只因为做错一点点事就被所有人遗弃，不肯给他机会改过自新。许麟庐只知道嫌他丢了自己的老脸，对他的困难完全袖手旁观。一睿，一睿这么多年在医学界也算小有成就，你能不能帮我求求他，求他帮帮自己的弟弟，毕竟血缘亲情是割不断的啊……"

我皱眉，想了想问："这个做错了一点点事指的是什么？"

许太太涨红了脸，轻声说："就是，就是鹏鹏动手术出了点小问题。"

我问她："您的儿子也是医生？他不是比傅一睿小很多吗？"

"他，他现在还没毕业……"

"还没毕业怎么可能自己去动手术？"我提高了声音，"您是真不知道还是假不知道这件事的严重性？"

"可是鹏鹏很聪明，他所学的早已超过同龄人，他是个天才，他……"

"天才的话怎么会出事故？"我冷冷地打断她。

"不出点岔子他又怎么去进步？"这女人理直气壮地反驳我，"你难道不是从失败中吸取教训继续前进吗？为什么对我儿子就那么苛刻？"

"胡扯什么呀你！"我再也按捺不住怒气，大声打断她，"一个不遵守规则、不把病人生命当回事的人，就算是天才也没做医生的资格！很抱歉，我绝对不会替你说这个情！"

我说完转身就走，她在我后面怒气冲冲地喊："你凭什么这么说我儿子？你有医德，你敢拍胸脯说一句你从没失手从没出过事故吗？"

我猛然转身，盯着她一字一句地说："我当然也有失误的时候，但我从没因为自己的才华而漠视别人的生命，我从没觉得我因为会治病救人就是病人的神，我就能自大到藐视别人生存权的地步！许太太，人最基本的权利，就是活下来的权利，这种权利任何天才也不能漠视！许麟庐不能，他的儿子更加不能！"

她愣了愣，呆呆地看着我，嘴唇神经质地颤抖，随后，她哆哆嗦嗦地冷笑着："你很得意是吧？你以为现在你事业有成，找了个有背景的男朋友就自以为有资格批评我了是吧？"

"抱歉，我只是实话实说，"我缓和了语气，淡淡地说，"刚刚有冒犯您的地方，请别介意。"

她一直在冷笑，突然问："你笃信一睿是爱你的？"

我耸肩："反正他不爱你。"

她脸色一变，讥讽地说："奉劝你别得意得太早，我告诉你，你那个男朋友可不是什么善茬，等你能被他利用的东西利用完了，担心他一脚踹了你！"

我哑然失笑，决定不再刺激她，朝她抱歉地点点头，转身离开。

我睁开眼，轻声说：

"没有你当然也能活下去，但那无疑会让日子过得异乎寻常的艰难。"

当天晚上我失眠了。

翻来覆去睡不着，莫名其妙地，总会想起傅一睿继母那句可笑的诅咒。傅一睿是个什么人我比她清楚，他得多喜欢一个人才能做到现在他对我做的这些事。

我感觉许太太有点像孟阿姨，当然她远比孟阿姨精明也懂得掩饰，但在内心里，她大概有这类从小到老一直美丽的女人惯有的通病，她们内心都骄傲自负，她们都假定来自异性的爱慕应该是一种不掺杂质的恋慕。

但她们都忘记了，男人永远只可能比女人更现实，她们这样的假设，从本质上就是不可能成立的。

我失眠的原因不在于此，我想的是另一个问题，诚然我知道傅一睿对我有感情，但我不知道怎么去应对这种感情。就像遍身寒冷的人浸入一池温泉，水恰到好处地包容你的各处肌肤，令每个毛孔都舒服地想尽情张开，我很享受在这样的水里伸展四肢，但我也不想更进一步，去触摸散发温暖的那个热源。

不管是他想更进一步地拥有我还是事无巨细地进入我的生活，我都会产生本能的抗拒。

我一开始以为我还没准备好，毕竟刚刚经过孟冬那样的事，没一个女人能够说在这种状况下转身无保留地投入另一个男人的怀抱。

但经过这段时间的交往，我发现问题不仅仅是我没准备好，而是，我根本就不想准备。

就像一扇门关闭了，我自己都遗落了钥匙，却要他如何打开门进入其中？

可我若止步不前，又怎能自私地困住他？

我真正不安的地方是在这里。

不安到那样一种程度，我宁愿傅一睿对我怀有其他目的，那样我一定心甘情愿被他利用，而不是像现在这样，白白接受他的馈赠。

我睡不着，翻身起来给詹明丽打了个电话，她是目前我唯一知道的能在深夜加以骚扰的朋友。

电话铃响了许久她才接，声音很清醒，略带点沙哑，我问："你也没睡？"

"是啊，"她笑着说，"开了瓶酒自己喝呢，你要不过来一起？"

我看了看表，说："算了，太晚了，明天还得早起。"

"可惜，"她不无遗憾地说，"说起来想让我请喝酒的女人你可是唯一一个。"

我低声笑："我很荣幸。"

"你怎么念男人该说的台词，这时候你应该说，学姐你真好，"她说，"知道吗，来，跟我说一遍。"

"学姐你真好。"我重复。

"在想什么？"她问，"依照你的性格，应该很少有深夜打电话需要倾诉的时候，遇到什么事了？"

我感叹她的敏锐，想了想说："我有点不能接受跟傅一睿有亲密举动。"

"因为太熟了？"

"也不完全是，"我说，"不知道为什么，对着他，我少了那种对着情人该有的羞涩啊激动啊心跳加速啊等感觉。"

詹明丽在那边哈哈大笑："张旭冉，你对着谁都不会有羞涩啊激动啊心跳加速等感觉的，你以为你还是十六岁的女孩吗？"

我小心翼翼地说："这不是一个笼统的表述嘛，反正意思你明白。"

"也就是说，对着他你没觉得那是你男朋友是吧？"她乐呵呵地问，"那你觉得他是你什么人？"

我愣了，一时说不出话来。

"你闭上眼想象一下傅一睿，如果他就在你身边，你最直接的感觉是什么？"

我闭上眼睛，慢慢想象他从背后抱着我，就像那天夜里一样，从背后拥抱着，一晚上都没有撒手，我一开始不习惯，但后来慢慢地适应了，于是就在他怀里睡着了。

我哑声说："很温暖，是正常的体温那种温暖。"

詹明丽轻笑一声："这不就对了？"

我点点头，哑声说："好吧。"

"你跟你们科那位邓医生一样，你们都是迫切想要转换为成人角色，但内心里却不知道从何准备的人，"她笑着说，"邓医生前天来找我，说怀疑自己心理有问题，因为他已经到了三十几岁，却仍然没办法想象自己跟一个女人组建家庭，担任丈夫的角色。"

我微微吃了一惊说："我也听他抱怨过，但我没想到这个问题已经严重到要去找心理医生的地步。"

"我当然不是以医生的身份跟他交谈，否则也不可能跟你说这个事。我跟他说他完全不需要看医生，因为他根本没什么问题，"她顿了顿说，"人不是必须要去做某些事的，什么三十而立四十不惑，不是适合所有人，明白？"

我轻声说："明白了。"

我放下电话，心里涌出来一股冲动，我拿起电话，犹豫了一下，拨通了傅一睿的。

他很快就接通，声音在暗夜里听起来多了些暖意，他问："想我了？"

"是啊，"我供认不讳，"有些话，我想今晚说，不然过了这个时间，我怕我说不出来。"

"说吧，我听着。"

我张开嘴，结结巴巴地说："傅一睿，那个，我，我不是不想跟你，那个，住在一起什么的，我不是不想，我只是，我不知道怎么说，我只是在这个时候不能，我想我需要时间。"

他在那边沉默着。

"喂喂，你在听吗？"

"嗯。"他简短地哼了一声。

"我不是说你不重要，事实上你很重要，我形容不出的重要，"我又急又乱，觉得自己快把事情搞砸了，"真的，你对我来说很重要，我，我只是现在不能，我想可能这个角色转换得有点太突然，你知道，我们一直是朋友关系……"

"有多重要？"他打断我。

"什么？"

"我对你而言，有多重要？"他重复了一遍。

我有些赧颜，喃喃地说："傅一睿……"

"告诉我，真的重要吗？"他逼近一步问，"你必须给我确切的东西，不然我不知道一直坚持待在你身边是不是有意义。"

我闭上眼，想象他的轮廓，他的样子，他说话的语气，他触摸我的方式。那是全然不同于孟冬的，独属于他本人的方式，任何其他男人都复制不了，也无法复制的方式。

"重要到，"我闭着眼说，"就像冬天要盖棉被，感冒了要喝温水，开着车要加满油，打点滴要兑好生理盐水。"

他的呼吸声在话筒这边格外明显。

我睁开眼，轻声说："没有你当然也能活下去，但那无疑会让日子过得异乎寻常的艰难。"

他深吸了一口气，默不作声地挂了电话。

我有些发愣，呆想着难道这些话激怒了他？我天生不是能言善道的人，情人之间的动听话我也不会说，也不知道正确的该怎么说。我只知道我说的都是实话，可能不动听，但却是我当下最真实的感觉。

如果他不乐意听这些，我也不能强求。

但我觉得很惶惑，我深吸了一口气，走进浴室，拿冷水浇自己的脸，然后用毛巾吸干,再走到客厅,取下木架上的红酒和玻璃酒杯,拧开木塞,给自己倒了一点。

仰头喝下去,一股热流慢慢从胃部散开,我才长吁出一口气。

镇定,我对自己说,今晚的表达有问题,明天一定要一早去医院堵住傅一睿,把我没说清楚或说得不好的部分重新说一次,我得道歉。

正在胡思乱想,忽然门上的对讲机响了,我吓了一跳,跑过去接听,原来是守大门的保安:"张小姐吗,有位傅先生找你,让他进来吗?"

我的心跳突然加快,手莫名其妙地颤抖,我听见自己的声音说:"放,放他进来吧。"

放下对讲机话筒后,我坐立难安,猛地打开了大门走出去,按着电梯的时候我忽然问自己想要做什么?答案不得而知,我只知道,在这一刻我渴望见到他。

渴望触摸他,抱紧他。

我看见隔壁电梯的数字正在上升,我忐忑不安地守在门口,看着电梯停在我所在的楼层,然后门打开,傅一睿从里面一步跨出。

他没想到我站在这儿,看见我,眼睛一亮,我张开嘴正要说什么,却被他一把抱住,紧紧搂入怀中。

他抱得很紧,紧得似乎会把我体内的水分从眼眶里挤出来,我磕磕巴巴地说:"傅一睿,我,我正要找你,对不起,我说话不中听,你别介意……"

"嘘,"他轻声说,"不用解释,我没介意,我很高兴。"

"啊?"

"我知道你说的是真话,"他似乎在笑,"我知道我很重要。"

我的眼眶有点湿润,我困难而焦急地说:"可我没办法装作如你所愿那样回应你,我很想,可是我暂时没办法……"

他捧着我的脸,认真地说:"知道我等你多久了?"

我愣愣地不说话。

"快八年了,抗战都胜利了,"他带着笑,轻轻亲吻我的额头、我的脸颊,"那时候你还是个什么也不懂的女学生,现在,你长成一个独立坚强的好医生,多少次觉得没戏了,可我已然等了那么久,怎么也舍不得就这么算了。我从没想过还能听你说我很重要，冉冉，我很高兴。"

"可是……"

"慢慢来吧，好吗？"他看着我，柔声说，"我有耐心，我们慢慢来好吗？"

他说他等了我八年。

我不知道别的女人听到这种话会有什么反应，我的第一反应却是不知所措，我以往的经验从未告诉过我该怎么处理这种状况。

我想起我跟孟冬，我们那个时候没有经历过等待，没有经历过忐忑和不安。孟冬和我，我们一起长大，一起分享从少年到成人的困惑和痛苦，有只属于两个人的暗语，有只属于两个人的游戏和默契。十来年的时间里，我们形影不离，心心相印，长成少年和少女后，便自然而然走到一起。我还记得我们第一次亲吻就完成得很顺畅，仿佛唇与唇之间天生就要触碰到一块，天生就知道渴求和索取对方。

后来我们分开了，也没有离别的痛苦，思念当然会有，而且思念也很浓重，但那种思念与一般女孩离开爱人的忧伤是不同的，它是一种相隔两地却并未疏远的信念。

我到现在都不明白少女时代的张旭冉为何会对孟冬如此笃信，也许因为对生活所知甚少，也许因为对自己和别人也同样所知甚少，反正在那么漫长的求学期，我在美国，他奔赴世界各地圆战地摄影师的梦想，我们聚少离多，但并不影响我们还能分享彼此的感受。

当然，也许这也只是那个时候的张旭冉一厢情愿的想法，少女时代的我如此深爱那个男人，深爱到唯他是从，深爱到每次重逢之前，都跟面临大考一般紧张，要花上一两个礼拜开始准备，看他提到的书，搜寻他喜爱的图片，费劲地理解他兴之所至随意说出的话语，揣摩他希望看到的我的样子。

可惜我们两个人分得太久，彼此将对方十来岁最美好的形象铭刻在心底，再见面时忍不住拿那个时候的模板来对照现在的相处。

失望是难以避免的，患得患失也是，我想当我变得小心翼翼的时候，孟冬其实也是知道的，他那么敏锐的人，也许也开始觉得烦躁，知道出了问题，但却不知道问题在哪，不知道如何解决。

他太习惯有个唯命是从的女孩跟在他后面了，他也许惧怕见到长大成人后的我，那个张旭冉，早已如男人一般在外科那一亩三分地中厮杀拼抢，能面不改色地打开人的胸腔，觉得对着死尸吃饭无关紧要。

我也不习惯成长后的他。就像被拉下神坛，我不断地发现他不尽人意的地方，比如太率性，太随心所欲，太过标签式的艺术气质，还有从头到脚充满了为理想献身的悲剧主义色彩，却缺乏处理日常生活中哪怕一件琐事的耐心。

所以我们后来渐行渐远，他找了另外的女孩，这都有各自的原因。

事到如今，我想起他，再对比一下傅一睿，越发地惴惴不安。

像无端欠了人一大笔钱，而且还是在自己不知情的情况下欠的，还款时间遥遥无期，对方还大度地表示不用还了，只是钱而已。

我更想拉开他的手，让他别抱得这么紧，我不习惯，但我不敢。

傅一睿闭着眼的轮廓在黑暗中仍然十分分明，即便是睡着，眉头似乎也缩着，我一动，他就抱得更紧，生怕有谁抢了似的警惕。

我僵硬着身子不动，过了好一会儿，我才试探着挪开他的手，转过身去闭上眼，这才觉得舒服了，今晚折腾了这么久，困意渐渐上来，我抱着我的枕头睡着了。

睡得不好，尽做光怪陆离的梦，等我睁开眼时才发现头疼眼肿胀，动了动身子，软得跟没骨头似的。

"嗯……"我忍不住哼了一声。旁边传来傅一睿的声音："醒了？来，喝点水。"

他伸过强有力的胳膊，半抱着让我靠在他怀里喝水，我一碰到水杯才发现嗓子干渴，咕嘟咕嘟喝了大半杯，他细心地替我擦擦嘴，把杯子放了，摸着我的头发问："觉得怎么样？"

我闭着眼缩在他胸膛上哑声说："累。"

"有点发烧，"他拿嘴唇贴贴我的额头，低声说，"你太久没上班，一下子身体适应不过来，今天在家休息吧。"

"不行，"我闭着眼说，"科里还一堆事，今天还得带你爸做最后几个检查，马上就手术了。"

"李鼎良会搞定的，我刚刚给邓文杰打了电话，他说让你休息。"

"啊？"我睁开眼，问他，"你怎么也不用去？"

"我今天没门诊，"他说，"而且你病了，我不放心。"

"我也是医生，有什么不放心的？"我推他，"去忙你的。"

"没事，我有分寸。"他半坐着靠在床上，让我靠着更舒服点。

我确实晕头转向，这种时候身边有个人安心许多，我迷迷糊糊地又睡过去，感觉他在我背上笨拙地轻拍，像毫无经验的父亲哄新生儿睡觉一样。我被他拍得又想笑又不耐烦，正想说你别拍了，可又懒得开口。

后来，我感觉傅一睿把我平放到床上，他蹑手蹑脚地走出房门。不知过了多久，我被一阵手机铃声吵醒，呆了半分钟才反应过来那是我的手机。

我睁开眼，挣扎着想去拿手机，傅一睿从门外进来，先我一步将手机拿到手，扶着我的肩膀将我塞回被子里，这才接通电话说："你好。对，这是张旭冉的电话。她现在身体不舒服正在休息，您哪位？哦，没事，您说。"

我睁开眼，哑声问："谁？"

他挡着手机轻声说："你孟阿姨疗养院的保健医生。"

我心里一惊，挣扎着坐起来说："电话给我。"

他颇不赞同，但还是把手机递过来，我接了，嘶哑着声音说："您好，我是张旭冉，我阿姨怎么啦？"

电话那端传来一个温润的中年男子的声音："张小姐是吧，别担心，孟女士康复的情况还不错，但她本人最近频繁表示想出院，我觉得现在出院未免前功尽弃，想跟您商量说是不是缓一缓。"

我皱眉问："我当然赞同你的意见，但她有说过为了什么要出院吗？"

"这个，"对方犹豫了一下，说，"她隐约透露过，是家里有点事。"

"家事？"我有点不好的预感，提高嗓门，"这里没有需要她处理的家事，您别听她的。"

"我们这儿毕竟不是精神类康复医院，孟女士要出院，我们也不好强行阻挠，"对方为难地说，"您看，是不是由您去说服她比较好？比如说，告诉她家里没什么事，或者事情没有她想象的那么严重。"

我揉着突突跳得生疼的太阳穴，傅一睿立即过来搂着我，替我按摩头上的穴位，我冲他感激地一笑，轻声说："谢谢您，我会配合您的工作。"

我挂了电话，傅一睿问："你阿姨出状况了？"

"嗯，也不知道是谁跟她说了什么，这时候闹着要回家。"我拉下他的手，笑着说，"不用按了，我好多了。"

"好多了先吃点东西，有什么事吃完再说。"他摸摸我的头，起身出了房门，不一会儿进来支起一个床上用的小桌子，又往上面摆了一碗香气扑鼻的紫菜瘦肉粥，我惊喜地说："哇，你做的？"

"我只不过看不得好容易养了点肉的猪饿死在跟前，"他递过来一个铁勺子，带笑说，"慢点吃。"

我点头，舀了一口往嘴里送，味道很家常，却很可口。我慢慢吃着，心里涌上一种难言的滋味，抬起头，正看到傅一睿目光温柔地注视着我，仿佛只是看我吃他做的东西，就会心满意足。

我顿了顿，努力大口吃了，说："很好吃。"

"那是，"他大言不惭地点头，"我对喂食这种事还是挺在行的。"

我扑哧一笑，不一会儿一碗粥就见底了，我问他："你的呢？"

"吃了，"他过来收了我的碗，说，"有力气了吧？"

"嗯，"我笑着点点头。

"那就起来梳洗，"傅一睿皱眉说，"就算是病了，个人卫生还是要讲究。"

我翻了个白眼，被他扶着起床进浴室，在傅医生的监督下仔细地刷牙洗脸，又梳了头发擦上面霜，得到傅医生首肯了，这才又能趴回床上休息。我这边刚沾到床，那边电话又响了。傅一睿把手机递给我，我一看，居然是孟叔叔。

我接通了，刚说了一句"喂"，就听见孟叔叔在那边无奈而烦躁地压低嗓门说："冉冉吗？那个，你能不能现在立即到我病房这来把你阿姨带走？"

"怎么啦？"

"她，唉，她跑我病房来闹，真是丢死人了，冉冉，算叔叔求你，你赶紧把她给我弄走，小宁马上就来了，我不能让她们见面……"

在我很小的时候，我曾经很喜欢孟叔叔。

在童年时的我的心目中，他符合我对父亲这一称谓的想象：爽朗、幽默、说一不二、有威严感，而且他对孩子也有耐性，我小时候常常被他举着骑到脖子上，孟冬则一脸不赞同地皱着小眉头攥着他爸爸的衣角紧紧跟着。

那个时候我们一回头，美丽的孟阿姨总是穿着干净得体的衣裙微笑着看我们，她眼中有满足和幸福，总是等我们玩得尽兴了，才试探着柔柔软软地问："吃饭吧，好吗？"

迄今为止我还记得她说出这句话来的语调，她的声音向来好听，带着江南水乡女子的水气，咬着舌头说普通话，但总也抹不去那点软细的吴音。当她说"好吗"两个字的时候，调子是往上升的，宛若笛音萦绕，钻到心里软乎乎的角落去。

从小我就知道女人这样很美，尤其是当她攀着丈夫的胳膊站着微笑的时候。

我小时候跟外婆说过，我希望我爸爸像孟叔叔那样，因为在我小时候，身边只有这么一个正当盛年的男性，而且他确实不错，相貌堂堂，注重仪表，他出差回来会记得带新奇的糖果给我和孟冬吃，我生平第一个有金色头发会眨眼的洋娃娃就是他送的。

除了他，没有人给过我类似的礼物，那么爱我的外公外婆没想到，一心一意打扮我的孟阿姨也没想到，孟冬自小鄙夷一切儿童玩具，更加不会留意到，我很羡慕别的女孩儿手里有一只穿着蓬蓬裙、留着卷卷头的洋娃娃。

但孟叔叔留意到了，他给我买了一个，虽然做工不精致，却一样有蓬蓬裙和卷卷头，一样会眨眼的蓝眼睛洋娃娃。

在我小时候，这几乎就是对父亲的所有想象了，以至于我一直对他不是我的父亲这一点耿耿于怀，跟照片上和我有血缘关系的那个父亲相比，孟叔叔无疑要生动且亲切许多。

那个时候的我怎么也想不到，有一天会看到这样的孟叔叔。他其实不过是个普通人，他身上有那么明显的，属于平庸男性的自私和卑怯。

我心目中曾经高大有力的男人，我笃定有坚定的雄性信念、会在危险关头义无反顾保护妻儿的男人，有一天却动手摧毁了他的家。

当然他也有理由，孟阿姨确实不是一个理想的伴侣，不管是作为妻子和母亲，她都有自身克服不了的东西。她观念狭隘，知识结构单一，想象力和智力都不出色，几十年如一日不会想要前进，心安理得待在丈夫营造的角落里即可。

但也同样是这个女人，从来以他为天，把自己的全部交付到他手里，就如豢养惯了的宠物一样，从没想过在他面前袒露最柔软最脆弱的肚皮有什么不对。

所以她被伤害得很彻底。

我心里始终不能释怀的，是在明知这一切的情况下，孟叔叔怎么可以如此没有顾虑地，一下将人伤到骨子里？

我在去医院的路上，靠在傅一睿肩膀上跟他说这些，听完后他沉默了，然后他摸着我的头发，微微叹了口气，说："冉冉，我喜欢你的正直和善良，但你难道没发现，当你问出这句话的时候，其实你还是很幼稚。"

"我幼稚？"

他亲亲我的额头，没有回答。

"为什么说我幼稚？"我扯住他的袖子问。

"你孟叔叔，在某种程度上是缺乏道德，但道德这种东西并非法律，它不具备强制性，只能靠人们自觉。这个时代有强制性的是法律，但法律不会因为一个男人伤了一个女人的心而判他的刑。"

我沉默了。

"本来我就不赞同你搅和到他们家的事里头，待会儿到了医院，你别多说，我来处理吧，"他淡淡地，不容回转地说，"你身体不好，不适合管这个。"

我皱了眉头，说："傅一睿，那是我阿姨……"

"我当然知道他们是谁，但你也稍微顾及一下我，"他说，"你的前未婚夫的父母，不尴尬吗？"

我哑然了，我确实没想那么多，我抬头看看傅一睿棱角分明的脸，有点憋闷，但还是没有坚持，点了点头。

他满意地勾起嘴唇，凑过来亲亲我的脸颊，又摸我的额头说："还好退烧了。"

我闭上眼，其实有点不习惯，多少年了有点什么病痛都习惯了自己扛，突然之间有个人对我嘘寒问暖，这种感觉很奇怪。

到了医院，我们俩朝住院部走去，幸亏一路上没碰见心外科的人，不然还得费口舌解释为何我请了病假却出现在这里。我们径直去了孟叔叔的病房，一进门，就感觉有一阵奇异的静默，里面孟叔叔阴沉着脸，警惕地盯着孟阿姨，他身后躲着那个大肚子的肖宁，此时脸上的表情有尴尬也有胜利的嘲讽，反正很精彩。而病房的角落，却是站着的孟阿姨，她含着泪，反常地没出声。

我顿时觉得来晚了，忙过去搀着她的胳膊小声说："阿姨，您来这做什么？来，跟我回去，疗养院的医生都打电话找到我头上了，你这样一声不响跑来这里，大家都担心你……"

她似乎有点听不明白，嘴唇颤抖，眼珠子一转，一串眼泪直直地流了下来。我看得心酸，忙从兜里掏出纸巾替她擦了，好声好气地哄她："咱们回去啊，走吧，别待在这里了，多没意思，走吧走吧……"

"不，"她低声喃喃地说，"詹医生说，要亲眼看看这个场面，然后深呼吸，深呼吸到不痛了，再走。"

我一愣，隔了几秒才领悟她说的詹医生是指詹明丽。我抬头看向傅一睿，傅一睿过来站在我们旁边，用他一贯平静的语气说："那咱们陪她站一会儿。"

我心里着急，想反对却又不知如何反对，我观察着孟阿姨，她即使人到中年，但这样瞅着人默默流泪的模样却仍然楚楚动人。我再看向那边那对男女，孟叔叔的脸色逐渐转向愧疚，然后是愧疚后的恼羞成怒，他向前迈了一步说："紫筠，你别这样，我从没想过伤害你，事情到今天这个地步我们都有责任，再怎么样，你也已经捅了我一刀，差点把我捅死了还不解恨吗？我跟你说，咱们夫妻多年，我是个什么人你清楚……"

"我不清楚，"孟阿姨颤抖着嘴唇，看着他，喃喃地说，"我不认识你。跟我夫妻多年的那个人不是你……"

孟叔叔皱眉说："你又在说什么疯话？"

我怒了，正要开口，傅一睿按住我，平淡地说："孟先生，让女士先把话说完。"

孟叔叔瞪了我们俩一眼，似乎怪我们多事，他怒气冲冲地说："行，有什么话你今天一次说了，有什么要求也提出来！"

孟阿姨擦擦眼泪，颤巍巍地对我说："詹医生说得对，跟我结婚多年的人不该是这样的，我跟这个人不认识，我，我要回去……"

我忙点头："好好，我带你回去。"

"等一下，这算怎么回事？你来我这就是为了说两句疯话？紫筠！你给我停下，把话说清楚！"孟叔叔低吼道。

孟阿姨眨眨眼，又落下一串眼泪，她吸吸鼻子，说："詹医生说我也该有个人的生活，她说只要我坚信我会好，那我就一定会好，詹医生还说，我该离开你，她说我就像被沼泽地的湿泥巴吸干净血肉一样，如果想活，就一定得寻求别人帮助把我弄出来……"

孟叔叔大怒，劈头说："你什么意思？啊？你要离婚就直说，别假托什么詹医生？那是谁啊？你什么时候才能有点自己的见解啊，几十岁的人了还那么信外人的话……"

孟阿姨吓了一跳，往后缩了缩，我拍拍她的背冷冷地开口："詹医生是孟阿姨的心理医生，她听从医生的建议怎么会错？"

"你那什么心理医生？有劝人离婚的心理医生吗？她是骗你诊金的吧？她有替你想过吗？你想离婚？"孟叔叔笑了，"你离了我靠什么过日子？我告诉你啊，你别图一时痛快，想清楚再说，往后你要过不下去，别指望我施加援手！"

"詹医生说只要我想过好就一定会好……"孟阿姨像小孩子背书一样，哆哆嗦嗦地说，"她说只要我想过好就一定会好……"

"闭嘴，你没自己的思想吗？你自己怎么想的？说！"孟叔叔大吼。

孟阿姨吓得眼泪直流，她盯着孟叔叔，颤声说："我，我就想问你一句。"

"什么？"

"你，你挑那个女人替代我，让那个女人肚子里的孩子替代冬冬，你是这么打算的对吗？"孟阿姨呜咽着问，"可是人怎么可能由别人替代？曾经的日子就算重来一次也不可能是原样的，我不明白你，不明白你。"

她拉着我的手絮絮地说："詹医生说想不明白就别想，去睡觉，冉冉我困了，我们回去睡觉……"

我长叹一声，瞥了眼有些呆愣住的孟叔叔，柔声对孟阿姨说："好，冉冉带你回去睡。"

在送孟阿姨回疗养院的路上，她一直沉默着流泪，我从没看过一个女人像她这么能哭，似乎突然爆裂了的水管，源源不断的液体从裂缝倾泻而出。

我所能做的，就是一遍遍替她擦眼泪，如此而已。

疗养院在市郊，开车需要一个多小时，傅一睿任劳任怨地握方向盘，而我则重复着擦拭孟阿姨的眼泪。

我想她心里有说不出的苦，因为经历过最初的剧痛，现在反而成为绵绵不绝的伤，那种隐晦的疼不知道会折磨她多久。

我很担心她，忍不住伸手握住她的手。

她养尊处优，她的手堪称丰润白皙，而且她的手很巧，能动手裁衣服，能做一手好家常菜，摆弄些插花之类的更是无师自通，而且还会烤西点，她做的慕斯蛋糕至今令人难忘，她还很聪明，去哪个新奇的餐馆品尝了什么未尝过的美食，回来能八九不离十地复制出来。

她有实实在在，值得人称道的优点。

这些优点，不能因为一场失败的婚姻而抹杀。

我更紧地握住她的手，我忽然有种奇怪的感觉，在她体内的某个地方，防护堤确实崩塌了，洪水汹涌而至，淹没了村庄田野，她的世界，沉浸到一片肮脏的荒凉的汪洋当中。

但我无法劝慰什么，我不是詹明丽，詹明丽如若在此，她定能以非凡的冷静和学术素养缓缓引导孟阿姨负面情绪的宣泄。

我只是张旭冉，张旭冉长这大，知道处理伤痛的方式，除了硬抗下来没别的。

车子驶到疗养院的时候，我给那位寻找过孟阿姨的医生打了电话。他在电话那端听到孟阿姨被我找到，并且往这边送回来时大大地松了口气，高兴地语调都提高："太好了，谢谢你，啊，不对，确切地说是谢谢你配合我们的工作。"

"不客气，"我轻声说，"是我该说谢谢，抱歉，我阿姨擅自行动给您添麻烦了。"

"没事没事，人找到就好，呵呵。"

我挂了电话，心里觉得有种说不出的怪异。这时车停了，我下了车，搀扶着孟阿姨下来，远远地跑过来一个穿着白大褂的医生，后面跟着一位推着轮椅的护士，我忽然明白怪异之处在哪儿了。我自己也是医生，但我从没试过对哪个病人如此殷勤，我瞥了眼面无表情下车的傅一睿，这家伙就更不用说了，经常冷眼"毒舌"对付来做整容的小姑娘。

那个医生快步走到我们跟前，我才发现这是个斯文亲切的中年男子，脸白无须，鼻梁上架着眼镜，过来满脸堆笑说："你好，你就是紫筠的侄女吧，我是这儿的医生，鄙姓汤，谢谢你把她送回来。紫筠啊，你今天可把我们急坏了，下次不许了啊，跑出去累不累啊？我把轮椅带来了，你坐上吧，我让小赵推你回房去。"

孟阿姨有些呆滞地坐上轮椅，那位护士带笑将她推走，我跟傅一睿连同这位汤医生跟在后面，汤医生兴致很高，一路上给我们介绍这座疗养院的设施环境，我听了暗暗点头，果然詹明丽没介绍错，这里很舒服。

"汤医生，我想请教一下，您看起来好像跟孟阿姨挺熟的，以前认识吗？"我到底没忍住，直接问了他。

他微微一愣，随即笑着说："当然认识了，我跟紫筠是初中同学，几十年没见了，没想到在这儿碰上，你说巧不巧？"

他看看我和傅一睿，笑着说："我还记得最后一次见她，大概跟你们现在这么大，她当时孩子都两三岁了，我正好来这边进修，找到她们家，她跟她爱人还请我吃了顿饭。后来因为我调动工作就没再联络，一晃这么多年了，我们都老了。"

我没想到他跟孟阿姨是老同学，惊奇地瞥了他一眼，笑着说："还真是好巧啊。"

"张小姐，如果方便的话，我能单独跟你谈几句吗？"他彬彬有礼地问，"是有关紫筠的病情，我想无论是出于老朋友的立场，还是出于医生的立场，我都想了解更多。"

我看了傅一睿一眼，傅一睿拉着脸，却还是点了点头，低声说："不要超过十五分钟，你身体还没好。"

我微笑着答应了。

"我在那边树下等你。"他摸摸我的头发，微微叹了口气。

"放心。"

傅一睿不再开口，转身朝另一边的树荫下走去。

"你爱人？"汤医生带笑问，"看得出他对你真好。"

"是男朋友，"我有点不好意思，转了话题问，"您想了解什么情况？"

"如果可以，我不会希望在这儿遇见老同学，"他叹了口气，说，"这里虽然很漂亮，环境幽雅，但其实是个精神康复中心，我不会忘记在这看到紫筠时她的样子有多可怕，我不是想打探别人隐私，只是人上了年纪，就不愿看到故人这样，希望你能理解。"

"我能理解，您不用顾虑，"我感叹说，"您既然是阿姨的老同学，又是她的医生，有些事我就不瞒着你了。阿姨她，婚姻出了问题，所有变成这样的根源都在那里。"

汤医生似乎有些发愣，他低声喃喃地说："她跟她爱人？怎么会……"

"是。"

"我说句题外的，她爱人我有印象，对她不错啊，我记得她还有个儿子……"

"孟阿姨的独生子孟冬，半年前死在异国他乡。孟叔叔现在有了别的女人，她还怀孕了，"我叹了口气，"哪怕是出于传宗接代，这件事孟叔叔也会坚持到底。"

"传宗接代？"汤医生微微勾起嘴角，却立即掩饰地轻咳一声，"对不起啊，我只是有点不赞同这个观念，不过存在总有它的合理性，我并不打算加以评判。"

"我万分理解您的意思，"我笑了，看着他说，"我也不是很赞同这种观念。"

汤医生与我相视片刻，双方都笑了，他笑起来眼角有细细的皱纹，但那些皱纹跟他的脸浑然天成，令他原本有些平凡的相貌显得多了层内涵。

"这么说，紫筠今天出去如愿以偿见到想见到的了？"他问。

"是的，"我点头，"然后就一直流泪，我有点担心。"

"别担心，"他安慰我，"直面现实本来就是我们医生想引导她完成的事，这说明她跨出了具有纪念意义的一步。"

"您是说这反倒是好事？"

"是好事。"

我皱眉问："那我该做什么？"

汤医生笑了笑说："定期来看她，告诉她你支持她。她很信赖你，唯一跟我谈起过的人就是你。"

我眼眶有些发热，点头说："我知道了。"

"好了，别担心，她在这边很安全，康复的程度也看得见，詹明丽医生每周定期过来给我们的医生做培训，会顺带给她做治疗。"汤医生笑着说，"我再辅助些针灸汤药，相信她会好的。"

"谢谢您。"我由衷地说。

"甭客气，你也快回去吧，你男朋友已等急了。"

我一抬头，傅一睿果然面带不豫地看着我们这边，我笑了笑，说："那我走了。"

"好，"汤医生带笑看着我，"对了，最后问一个问题，纯粹站在私人立场，你可以答也可以不答。"

"您问。"

"紫筠的爱人要求离婚吗？"

"他没有，他的思维，"我迟疑了一下，犹豫着说，"孟叔叔的思维很有点意思，他大概觉得在外面和一个女人生孩子跟回家做我阿姨的丈夫，这两者之间没有矛盾吧。"

汤医生眉毛一动，轻轻"哦"了一声，就不再多说什么，我朝他笑了笑，道别后转身离去。

折腾这么一趟后我真的病了，回去只觉脑子昏沉，到家后换了衣服便一头倒在床上不起，连晚饭都吃不下，只是闭着眼喝了几口粥了事。因为家里没有备药，傅一睿不得不亲自开了处方，开车回医院拿药，又回来喂我吃了。他连针剂都备下了，准备如果我晚上发烧的温度提高就给我来一针。我睡得迷迷糊糊，连他怎么弄都不是很清楚，只知道当天晚上他又在我那儿歇了。

第二天一早，他吻了吻我的额头低声嘱咐我在家好好休息，他让陈阿姨过来照顾我等等，我哼哼唧唧地应了，他便匆匆出门。这一天他有门诊，又有手术，估计得忙到晚上才有空。我一直睡到中午，起来后发现陈阿姨已经来了，她一如既往地买了菜往我冰箱里填东西，然后煮了一碗喷香的鱼片粥给我端出来。

我道了谢，坐下来吃着，却发现她笑嘻嘻地在一旁端详我。我被她瞧得很不好意思，问："陈阿姨，我脸上长花了？"

她笑着说："没，我看你好像漂亮了。"

"拜托，我发烧到刚刚才退，现在蓬头垢脸，正不能见人，"我继续埋头吃粥，点头说，"嗯，好好吃，您的手艺见长了啊。"

"傅医生给的菜谱，傅医生吩咐买的鱼，傅医生还千叮万嘱，一定要把鱼片腌过再煮，不要放葱姜，他说你不喜欢吃葱姜。"

我翻了下白眼，说："好吧，你想说什么？"

陈阿姨"呵呵"地笑，说："我想说，傅医生今天给我打电话，称呼你为'我女朋友'哦。"

我差点被一口粥噎到，咳嗽着咽下，说："陈阿姨……"

"我当初就说，傅医生怎么对你那么热心，什么学妹朋友，哪个男人对没好感的女人这么体贴？你那时候出院，他都快给我写满满一本的注意事项了，哈哈，总算让他追到手了。"

我难得地红了脸，陈阿姨拍着我的肩膀说："太好了，你们俩快住一块吧，我省的两边跑，虽然傅医生给的工资高，可我年纪也大了，这么跑来跑去的可吃不消。"

我"啊"地叫了一声，结结巴巴地说："同居可不值得提倡啊。"

"亏你还留过洋，怎么思想都不与时俱进，连我这个老太婆都比不上。这又不是以前，男女去旅馆开房还得单位证明，查结婚证，现在多开放啊，同居算什么？再说了，你要觉得不好，赶紧让它合法不就得了，"她喜滋滋地说，"傅医生是好人，就是少了点人气，你跟他赶紧领证就好了，当了别人老公和老爸，他就不是那么不近人情了。"

我听得特别尴尬，就在此时，电话响了，我立即开溜跑进房间接电话，一看来电显示，居然是邓文杰的。我赶忙接了，问："领导，什么事？"

"在定进许麟庐那个手术的人员名单了。你确定你还是不参与吗？"

我犹豫了一下，坦白说："我确定。"

"张旭冉，我必须说，这是我最后一次容忍你的任性了，"他叹了口气，说，"作为朋友我只能做这么多，你明白吗？"

我点头，由衷地说："我知道，谢谢你。"

"还有一件事，"他淡淡地说，"我帮李少君转院到人民医院的事办好了，她明天去那里。"

我"嗯"了一声。

"我想，抛开我自己的想法，她其实是个需要帮助的女人，我该为她提供力所能及的帮助，对不对？"他问，"这个行为本意很简单，含义也很简单，是这样没错吧？"

"是这样没错。"我重复了一遍。

"我今天去看她了，"邓文杰叹了口气，"我发现她跟我印象中的不一样，印象中的那个女人性感有魅力，是我往常喜欢的类型。但今天我看到的那个女人极其消瘦，浑身透着重病患者的枯黄和黯淡，我……"他的声音低了下去，"我有片刻的时间，竟然产生嫌恶，一点也不想出现在她面前，不想承认跟这个女人有特殊关系……"

"你应该遵从自己最真实的感觉，不要勉强自己去做情圣和拯救女性的英雄，"我微微一笑，柔声说，"相信我，那样对你对她，都是件好事。"

他空洞地笑了两声，幽幽地问："张旭冉，你会不会因此看不起我？"

"我不会，"我轻声说，"我不会看不起一个普通人，你只是个普通人，哪怕你是最有前途的外科医生，你还是普通人。"

他沉默良久，然后用低不可闻的声音说："谢谢。"

死亡这种事不管是借助谁的手，

是疾病也罢，是意外也罢，都是孤独到底的一条道。

这个过程不需要被谁拯救，

任何拯救的方式，在强大而绝对的孤独面前，都显得卑微可笑。

分崩离析

　　邓文杰说现在的李少君看起来枯黄黯淡，但我看到她的时候并没那么糟糕。由于消瘦，她的眼睛显得比往常大，下巴也格外尖，我去她病房时她正在啃一个苹果，旁边一个上了年纪的男人正低着头在一旁收拾东西。

　　我微微一愣，她已经笑了，对我说："你可来了，大忙人。"

　　我脸上发热，道歉说："对不起，最近我遇到点事，忙不过来……"

　　她满不在乎地挥手说："没事没事，反正你来了我也不见得就不会死……"

　　那男人哆嗦了一下，抬起头骂她："又胡说八道什么？你都多大了，说话还这么不着调，你能不能有点忌讳啊？"

　　李少君翻了下白眼，对我说："哦，认识一下，这是我爸，爸，这位就是我的老同学，在这当外科医生的张旭冉，很厉害的。"

　　我吃了一惊，忙叫了声："李叔叔您好。"

　　"好，你好啊，"李少君的父亲看起来比实际年龄要老，两鬓花白，瘦高的个子，和蔼中带着拘谨。他笑呵呵地冲我说："张医生啊，我早就听少君提起你，真是有出息，年纪轻轻就拿手术刀了，不像我们少君，吊儿郎当了这么久，现在还得了这种病……"

233

他的眼神一下黯淡下去，我心里也不好受，只好含糊地说："您别担心，人民医院的肿瘤科在全国都数得上，这次介绍的医生又是知名专家，少君的病情有望控制住的。"

"希望如此了，唉，也不知道造了什么孽……"

"行了行了，爸，您别逮着人就叨叨，我这不还喘气呢吗？"李少君漫不经心地看着自己的手说，"今天天气多好，您不是说要给阿姨和弟弟买点什么吗？"

"张医生，你看这孩子，说她两句她就开始嫌我，"李爸爸苦笑着说，"从小就这样，不能说，一说就炸毛，也不知道这脾气像谁。"

我笑了，瞪了李少君一眼，说："是啊，她这脾气，肯定没少让您操心，不过做她的朋友也挺好，因为她性子直，不拐弯抹角。人爽快，对谁好就好得掏心掏肺，其实是个傻姑娘。"

李少君嗔怪地瞥了我一眼，却有点眼圈发红，我也感慨莫名，把她手里咬得差不多的苹果核拿走丢掉，又递了纸巾让她擦手。李爸爸自我进来后首度露出欣慰的笑容，点头说："多亏了你啊张医生，没想到少君还能有你这样的好朋友……"

"爸，"李少君及时制止了她爸爸的感言，说，"我跟张旭冉说两句私房话，您老人家回避下。"

"这孩子，"李爸爸无奈地笑了笑，对我说，"成，我就回避下，你们俩好好说说话，张医生，你替我劝她宽心点，好好治病，谢谢你了。"

我忙点头说："我会的。"

"我出去给我老婆和儿子买点东西，你慢慢坐。"他说完了，又冲我笑了笑，拿了东西走出病房。

我目送他离开，对李少君笑着说："你知足吧，我要病了，想有个爸爸来照顾还不能呢。"

李少君抿紧嘴唇，沉默了一会儿，才说："其实像以前那样不怎么来往多好，我死了他也不会太难过，现在我病了，老爷子突然像膨胀出父爱一样找了来，真麻烦。"

我笑着替她整理了下头发说："但我觉得你这件事做得对，跟癌症打仗，只靠一个人不够，要有家人支持着的。"

李少君撇撇嘴说："哪里是我想告诉他，是他往我住的地方打电话打不通，后来又拜托他在这边的熟人，硬是找到医院来的。"她颇为委屈地说，"老头见了面什么也没说，先给了我一巴掌，真是气死我了。"

我愣住，重复了一遍问："真的打了一巴掌？"

"是啊，"李少君比画着自己的脸颊，"就这里，'啪'地一下，要不是边上有人拦着，他还想多给我两下呢。你说这算怎么回事啊，从小他就没多管过我，现在倒埋怨我不告诉他住院的事。得这种病又不是什么光荣的事，我还非得到处宣扬啊？说了还不是让我那个后妈看笑话，妈的，一想起那个女人不定怎么幸灾乐祸我就火。"

我想了想说："他是担心你。"

"突然就担心了？哈，"李少君怪笑一声，"拜托，我消化这个也要个过程。"

"他一直没怎么搭理你？"

"可不是，连给钱的次数都有限，"李少君轻描淡写地说，"他后来娶的老婆挺厉害的，管得严，那女人天生地爱好攒钱，我也懒得跟她生气，一能够独立生活就赶紧搬出来了。"

"受了不少苦？"

"也还行吧，年轻时欲望也少，想要的东西简单，搞到手不是什么难事，"她笑了笑，"我把自己照顾得好好的。"

"真厉害。"我由衷地赞叹。

"哎，我说，你帮我个忙吧，"她热切地说，"带我去个地方，悄悄地，费不了你多大工夫，趁着中午你午休，我们去个地方好吗？"

"你现在不能出去。"我摇头。

"不是有你看着吗？"她说，"我知道自己的身体，没事的。"

"不行。"

"旭冉，"她换了种口气问，"你有没有那种在临死之前想再看一眼的东西？"

我愣住了，干涩地说："你离临死还早。"

"我要动手术了，"她笑着说，"谁也不知道会发生什么事，我这些天躺床上一直想，我这辈子吃喝玩乐也不算亏，就是有个地方，我很想很想再去看一眼，不看的话就算死了也不安心，你明白这种感觉吗？"

我看着她良久说不出话来。

"我把自己的事都安排好了，我的存款加上保险付医药费大概差不多，现在住的小套间是我供的，卖出去还掉银行贷款也能回本，葬礼我就要最省钱的那种，墓地都不需要，骨灰什么的到时候我爸爱怎么处理怎么处理。我的东西都留给你，衣服首饰也有花不少钱买的，你喜欢就留下，不喜欢就扔了，我一点意见也没有……"

"别说了。"

"不是，要说的，你没明白我的意思，我不会给任何人添麻烦，活着的时候不会，死了也不会，我现在就只剩下一个愿望，再去看那个地方一眼。你陪我好不好？不远的，我一个人完成不了……"

她目光炯炯地看着我，那里有期盼，有热切的生气，有非此不可的执拗，我无法在这样的眼睛面前说不，我也是个普通人，我爱李少君，我不能想象如果她真的在手术台上挨不过去，我日后会为今天拒绝她而痛苦不已。

"好。"我听见自己的声音干涩哽咽。

"太好了，我就知道你能理解，太好了。"她重复着说。

我们去的地方叫张家围，离医院不远，打车只需要十五分钟。地名昭示着这里曾经住过某个张姓家族，它实际上就是一条幽静小巷，夹在高楼林立的繁华马路之间。这条小巷曲折蜿蜒，如果不是李少君，我恐怕即使在这座城市住几十年都未必有机会来这个地方。

李少君带着绒线帽掩盖她因为做化疗而变得稀疏的头发，她的脸色在太阳下显得苍白，开襟羊毛衫底下的骨头仿佛随时要刺破血肉和衣服凸现出来一般。

但是她脸上带着亢奋的笑容，两眼晶亮，宛若一朵美丽的花绽放到极致，从花蕊到花瓣都透着萎靡的气息。她还能慢慢走动，上车下车也拒绝我搀扶，但我知道她没多少力气了，走两步要歇息，动作稍微大点她会喘息。

我们最终停在张家围的一处两层民宅，很普通。但伸出的阳台种了一棵茂盛的三角梅，枝干粗大，花团锦簇，紫红色的花犹如燃烧的火焰一般。从枝叶间隙中我看见那里晾着衣服，有男人的、女人的，还有小孩的，看来是住了一家子。我疑惑地看向李少君，却发现她双目含泪，用一种近乎痴迷的目光盯着那个阳台，嘴唇微张，鼻翼扇动，似乎在大口大口艰难地呼吸。

她拼了命要来再看一眼的，原来是这里。

想来这个地方一定承载了她许多不同寻常的记忆，美丽的，忧伤的，可能还有残忍的，不堪回首的，但在一个罹患绝症的女人面前，这些忽然间都成了证明她曾经活过的证据，那么鲜活地健康地活着，那么肆意而狂放地伸展着自己的美。

我忽然不想问她为什么要来这里了，我想我所能做的，说到底不过是陪着她静静伫立，然后在她站不住的时候搀扶她一把。

有些回忆是私人化的，我尊重她。

就在此时，一楼的门忽然打开了，一个男人从里面走了出来，他大概三十岁左右，身材高大，长相普通，穿着也与相貌一样毫不出奇。他原本低头往前走，但李少君一见他便大惊失色，本能地想躲我身后去，我没料到她突然拽我，没站稳，往后踉跄了一下，还失声"哎哟"了一声。

就这一声，反倒让那个男人往我们这边看过来，他见到李少君，脸上露出不可思议的表情，随即转为欣喜，大踏步朝我们小跑过来，嘴里喊："李少君！"

李少君尖叫说："我不是李少君你认错人了……"

那个男人脚长手长，几步就到我们跟前，他一把将躲在我背后的李少君拽出来，抓住她的手说："认错个屁，你化成灰我都认得。你怎么来了？来了也不进去？见外了啊，这都多久没见面了，好容易见一回你装不认识我，你也太不够意思了啊，你……"

他这时疑惑地停了下来，打量李少君的模样，迟疑着问："你怎么瘦了这么多？减肥吗？你够漂亮了，减肥干吗啊，看你这个鬼样子，脸色也很差啊，你没事吧？"

李少君抖了抖嘴唇，抿紧唇没说话，我看她脸色不好，忙说："你放手，你弄疼她了。"

那男的赶紧松了手，抱歉地说："对不起啊，我就是个粗人，疼吗？哥给你道歉。"

李少君狠狠抽回自己的手，吸吸鼻子，眼一瞪，张嘴骂说："余朝方，不是你的手你没感觉是不是，拽什么拽，不知道自己力气大得像头牛啊？"

那男人被她骂了却嘿嘿地笑，说："你骂我就对了，你刚装不认识我，我还真浑身不舒坦。"

李少君扬起巴掌说："要不再让你舒坦舒坦？"

男人嬉皮笑脸讨饶说："不敢了姑奶奶。"

她微微喘了喘气对我说："算了，兴致都让这人给搅黄了，咱们回吧。"

我点点头，过去搀扶她胳膊，李少君对那男人说："余朝方，我先走了，改天有空再约你啊，哦，对了，那什么，祝你家庭幸福啊。"

她语无伦次地说了这句，我暗暗摇头，却也不想多说什么，扶着她慢慢往回走，那男人待了片刻，忽然拔腿追了上来，拦住我们说："先等会儿，你给我说清楚了，什么叫祝我家庭幸福？"

李少君挑起眉毛说："这怎么啦？我不能说句祝福的话？难不成你真喜欢被人啐才舒坦？"

余朝方皱眉说："你没头没尾的给我上这句话我听得瘆得慌。"

"呸，你爱怎么理解干我屁事？闪开，别挡道！"

余朝方摇头："你看起来怪怪的，李少君，你到底怎么啦？发生了什么事了？你，你碰见东子了？"

"你让不让开啊你，怎么这么讨厌呢……"李少君勃然大怒，尖声骂起来，但她身体毕竟大不如前，骂了两句就上气不接下气，我不得不半抱着她给她顺气。

但我发现她的身子在慢慢往下坠，我一个人根本撑不住她的重量，余朝方还在唠叨什么是不是东子又动手啊你别怕我去收拾他之类的，我急得朝他大吼："甭废话了，没看人都站不住了吗？赶紧过来搭把手！"

余朝方愣住了，随即过来从背后搀扶住李少君，他急得脸色发白，结结巴巴地问："她这是怎么了啊？怎么好好的人突然软掉似的？她到底怎么啦？"

我瞪了他一眼骂："没见过重病患吗？给我搀扶住，我打电话叫救护车！"

"甭叫了，我有车，我开车快，赶紧送医院吧。"余朝方一把将李少君打横抱起，小跑着向外跑去。

这男人看着长得五官平平，但开车技术却很好，至少我没看过有谁能如此灵活地在都市中穿梭自如。李少君抱到车上时已经两眼翻白，心跳暂缓了。幸亏医院离得不远，我在车上给李少君不断做心肺复苏，总算撑到那，待我招呼同事将李少君送进去急救时，衣角忽然被一个人拉住。

我一回头，却见那位余朝方眼神焦急地看着我，惶惶不安地问："那谁，李少君她，她会没事吧？"

我拍开他的手说："我希望她没事。"

说完我跟着进了急救室，动手参与急救工作，不一会儿肿瘤科的大夫也来了，大家齐心协力，总算让她暂时脱离生命危险。

错在我，我不该将病人带出去，这是违反医院规定的事。我被李少君的主治大夫狠狠骂了一顿，不敢回嘴。原本这几天转院做手术的事也搁浅了，必须得等她病情稳定了再说。而且这个期间李少君还得做多个痛苦之极的检查，无形中也是多受罪。这都是因为我一时心软犯了原则性错误所致。

我心情沉重地跟着推着担架床离开急诊室，李少君的主治大夫现在不准我靠近他的病人，我只能将她送到病房门口。等我从住院部出来，忽然有个男人冲到我跟前来，吓了我一大跳。我抬头一看，居然又是那个余朝方。

"她怎么样？那什么，李少君得了什么病啊，有危险吗？会死吗？"他惊慌失措地问。

我看着他，叹了口气说："宫颈癌，已经第三期，要动手术切割掉整个子宫，还不知道癌细胞会不会蔓延……"

"她病得快死了？"男人哭丧着脸，悲声说，"真的快死了？"

"也许，没这么严重。"我无力地安慰他。

"我就说，好端端的她怎么会来祝福我？这丫头从来嘴里跟吃枪药似的，不被她埋汰才奇了怪了。她怎么会忽然转性？这样泼辣的丫头怎么会忽然转性？"

我心情很糟糕，不想费劲去安慰一个陌生人，简单地说："您别太担心，也有治好的先例……"

"怪不得她会想去看那栋房子，"余朝方哭丧着脸问，"她是不是跟你说临死前想再看那房子一眼，不然死不瞑目？"

我沉默着点头。

"你怎么就真的带她去了？那个地方就是她心头的刺，扎得越深，念想越重，你知道个屁啊你就敢带她去！"余朝方怒吼一声，抬脚狠狠踹了一旁的垃圾桶一下。

垃圾桶发出"哐当"一声，我微微闭上眼，咽下心里的痛苦，睁开后淡淡地说："我拒绝不了她。"

余朝方扒拉了下头发，搓搓脸后对我说："对不住，我不是怪你，医生，我是在生我自己的气，抱歉啊。"

"这事我确实有错，你就算冲我发火也合理。"

余朝方苦笑了一下，摇头说："不是这么个理，该说错的人是我，我当初就不该介绍东子给她认识，我不该明知道自己哥们儿什么德行却没敢劝阻他们交往，我不该把张家围那栋房子借给他们住，我不该眼睁睁看着她陷得那么深还不敢搭把手拉她。"

"那房子……"

"是我的，但借给东子跟少君住了，"他闷声说，"你绝对想象不到，她那么泼辣厉害的女人，却在那房子里低声下气地伺候自家男人，她是真想跟人好好过日子，结果男的拐了她十万块钱后甩了她跟另一个有钱女人跑了。"

"她真傻。"

"是傻，傻得让人心疼。两人掰了后少君就走了，从不联络我，我理解她想当这事没发生过，行，只要她觉着好，不认识我也没关系，可她怎么一转眼却得了这个病？"他哽咽着说，"老天是瞎了眼吗？好好一个女孩怎么就得这么个病？"

"也许，她太累了，"我轻声说，"一个人撑了这么久，就算再泼辣厉害，她也累了。"

李少君在我们医院的住院时间延长了一周。

一周以后，她终于转去了人民医院。邓文杰亲自去打了招呼，那边的医生冲着他的面子给李少君优先安排了检查和会诊，结果仍然是建议切除子宫，由该院著名的肿瘤外科专家主刀，病房方面也将她安排进空余的两人病房，由于这个时间床位并不紧张，李少君等于一个人占了一间病房。

这对李少君来说，已经是医院能给的最好照顾了。

手术日期定下来后，我抽空过去看了她两回，每次都遇见那位余朝方。听李少君的爸爸说，多亏这个热心的年轻人帮着忙前忙后处理了大量琐事，不然他一个老人还真是应付不过来。也是这位余朝方做主给李少君请了一位女护工，于是避免了李少君处理个人卫生问题时的尴尬。

余朝方又天生自来熟，不出两天，肿瘤科住院处从护士到医生都被他混了个脸熟，见着他都跟老熟人一样随意说说笑笑。跟医护人员处理好关系的直接好处便是他为李少君争取到许多病人没有的小便利，小到排队大到医嘱，余朝方都让李少君在那里过得顺风顺水，没遇到刁难，更没花钱买不痛快。

我冷眼看着，这个男人对李少君委实太过热心，锦上添花容易，雪中送炭却难。我虽然很感激他危难之时伸出援手，但却不想因为这个人抱着浪漫主义的幻想，又如邓文杰那般将自己设想为救苦救难的男性英雄。如果那样的话，对李少君非常不公平。

我知道李少君，那个女人，她永远鲜妍明媚，她也永远只给人看鲜妍明媚的一面。哪怕出去吃个路边摊，去买卷卫生纸，她都会正儿八经挑衣服化好妆才出门。

她的生命力和欲望，在某种程度上外化为这种容貌装扮上的精细，在某种程度上，她并不只是爱好打扮，她是在靠打扮这件事确定自身，确定身为李少君的这个女人是什么样的，她该让别人看到什么。

就是在这一点上我们无比相似，心意相通，尽管我不刻意装扮，但我一直以来，也习惯了该展现给这个世界一个什么样的张旭冉，这个张旭冉朝气蓬勃，热爱医学，这个张旭冉刻苦上进，独立冷静。

但这个费心维持的张旭冉，却能够在一夕之间分崩离析。

那个性感迷人的李少君也一样。

她一定宁愿一个人去死。死亡这种事不管是借助谁的手，是疾病也罢，是意外也罢，都是孤独到底的一条道。

这个过程不需要被谁拯救，任何拯救的方式，在强大而绝对的孤独面前，都显得卑微可笑。

我本来不想对余朝方说任何阻碍他对李少君好的话，我毕竟还是愿意看到有人在她陷入困顿的时候伸出手来。但有一天，事态发展越发不可收拾，我终于憋不住了。

那一天，余朝方带着一脸青紫过来，哼哼唧唧地丢给李少君的爸爸十万块钱，说是给李少君做手术的费用。十万块对李少君的父亲来说是一大笔钱，他吓坏了，死活不肯收。余朝方被逼急了，吼了声这是李少君的钱，她借给对方没还，现在他替她把债追回来了。

这句话惹了祸端。

李少君一听这事就直接气晕过去，醒来后拒绝手术，求医生给她安乐死，余朝方慌了，认错又道歉，好话说了一箩筐，李少君还是不答应动手术。

余朝方隐约觉得是自己帮李少君追债这事闯祸了，可他不明白为什么闯祸，欠债还钱，天经地义，何况拿的是这个女人的救命钱，在他看来拿回来简直理所当然。

他碰见来看李少君的我就如见到救星，立马将我拦了下来，拉我去了一旁的楼梯间一五一十跟我说了这个事，然后委屈地问我："这事难道真多余了？我为了追这十万块，跟东子几十年的交情都顾不上，我原本也瞧不上他的为人，这么多年看着他一直不顺眼，但到底也没撕破脸皮，这回跟他干了一架，在少君这倒落不着好了。你说我也不指望她多感激我，但起码谢谢该说一句吧，张医生你说是不是？她这样，难道她还爱着东子？她她她要求一死殉情？"

"你懂什么呀你，"我怒了，"你那什么想象力，李少君是会为男人自杀殉情的吗？她是被你臊的，没脸见人了！"

"怎么会？"

"怎么不会？这十万块李少君就当喂狗了，你倒给人家追回来了，你不是上赶着抽她的脸骂她没眼光曾经把那么个垃圾当宝吗？"

余朝方摸摸后脑勺，愣了一会儿，问："敢情我还是多余了？"

我点了点头。

"咳，那怎么办？我实话告诉你，这十万块是我掏的，东子那种人，吞进去的肉哪能吐出来，我跟他说李少君得了重病要用钱，他居然说关他屁事，我实在气不过……"

"那你就以自己的名义，何必假借他人？"

"我这不是，觉得她要是看到打了水漂的钱回来了，会高兴高兴吗？一般人不都那样？"

我有点想笑，想了想说："前两个月，我跟李少君遇到过你说的那位东子。"

"怎样？"

"他当着别人的面给了少君一耳光。"

余朝方骂："这王八蛋，早知道我揍狠点。"

"我想从那天开始，李少君大概把那个男人真的放下了，谁会爱一个当众羞辱自己的男人？"我说，"她去张家围看那栋房子是缅怀过去的自己，不是缅怀那个男的。"

"真，真不是？"余朝方忽然有些高兴，咧开嘴笑。

我冷冷地看着他，问："你对李少君这么关心，家里老婆不吃醋？"

"什么老婆？"他大惑不解地看着我。

"你那房子晾着女人小孩的衣服，别告诉我你又借给其他朋友住。"

"没借给人，"他摇头，"那是我店里的员工，住那边算公司宿舍。"

我愣住了，想了想说："喂，大家实话实说吧，我不是想打听你的隐私，我就想问问，你这样帮李少君算怎么回事？无论是替她揍忘恩负义的前男友，还是替她追回那点钱，她不需要你为她做这些，你一再坚持了，只能让她怀疑你的动机。"

"什么动机？"余朝方说，"我就是想让她高兴，这都不行？"

"不是不行，而是你为什么要她高兴，"我说，"你先弄清楚这个问题吧。有一点我要警告你，李少君不能生孩子了，她就算动过手术，以后还有可能病灶转移和复发。做一天热心人容易，做一辈子的难，你最好想清楚，别把帮李少君当成显摆自己是好人的标志。"

我看着现出迷茫神色的余朝方，叹了口气轻声说："慢慢考虑，我先进去看她，放心，她还是想活着，不会拒绝手术。"

要如何在一个光芒四射的父亲身边生活?

尤其是，当这个父亲所有的精力和愿望都用在保护自己头顶上的光环，

丝毫不具备也不准备具备哪怕一丁点做父亲的自觉。

我进病房的时候，李少君只瞥了我一眼，又低头看她的手。

她的手原本很美，真正是肤若凝脂，饱满丰盈，指节不长不短，凹陷处是形状可爱的小窝，指甲也呈完美的椭圆形，泛着健康的光泽。

当然现在不能跟以前比，保守治疗所用的抗癌药物对人体损害极大，她的手苍白瘦削，已显疲态，比她的脸，以及她脸上习惯携带的没心没肺的表情明显地更暴露有关这具身体的真实状况。

"别劝我，"她直截了当地对我说，"什么也别说，我懒得挨下去了。我不是不能吃苦，不是软弱，不是没有意志或斗志，但是我找不到挨下去的理由。你说我活了三十年，我老也找不到那个所谓的理由，就像你无论怎么样也要当医生，就像咱们初中班上那个刘什么梅，你记得吗？"

"刘溪梅，"我纠正她，"记得。"

"对，就是那姑娘，她那时候学钢琴，每天老在练，四个小时，每逢学校有什么文艺会演，她肯定钢琴独奏。她就说过无论如何也想当钢琴家。"

我点头："你想表达的东西，叫志向。"

李少君说："我感觉不只是志向，当然你要概括成志向也成，但我想说的，是那种目标明明白白，让你能往前冲，为之努力，不让别的事干扰你，也不让乱七八糟的男人影响你，你能明白的，对不？因为你身上就有。"

"你想说你没有。"

李少君严肃地点头："我没有，我忽然想明白了，我就算花很多钱欠一屁股债赖着活下来，我充其量也不过重复之前几十年的日子，也许还越过越不如以前，因为身体不好了，模样也丑了，我还不能生孩子，屁本事没有，这样能钓到的男人也只能越来越差。这种日子太可怕，我光那么一想就觉得受不了，只要想到我拖着一身病痛死赖着活到脸上长满老人斑，后脑勺的头皮怎么遮也遮不住，一个人孤零零地待在简陋的小黑屋里，然后逢年过节成为别人送温暖献爱心的对象，我他妈就恨不得现在立即死掉。"

我想笑，却最终保持同样严肃的表情，点头说："没错，这个境况实在太糟糕。"

"是吧，"她大感欣慰，说，"所以你说我干吗还动这个手术？我要是想活着，就必须得用上那十万块，你听说这个事了吧？余朝方那个大嘴巴肯定告诉你了。我实话跟你说，我本身钱不够了，十万块放我眼皮底下我根本拒绝不了。可我宁死不用这个钱，我他妈真是宁死不想用这个钱……"

她说得哆哆嗦嗦，浑身颤抖，我上前抱住她的肩膀，她靠在我臂弯里发抖，我着实安抚了好半天，她才算稍微平静。

"这么着吧，"我说，"我给你十万块，反正现在我想结婚的男人也死了，你先拿去用，不够我再添。余朝方那个钱咱不拿，好不好？"

她吸吸鼻子，抬头说："救急不救穷，你是傻了吗？"

"你总不能指望我说你不动手术的决定是对的。"

"你刚刚明明很理解我，"她叫出声，"张旭冉，你怎么出尔反尔啊，你。"

"我是理解你，但我不赞同，"我看着她说，"别说我是你发小，就算我只是一个陌生人，冲着我还是个医生，我就不可能说你明明有救却拖着不动手术是对的。至于你刚刚说的理由，我也实话告诉你，我因为孟冬的事可能连累了一个病人死了，这件事虽然大家都说不是我的责任，可我过不了自己这一关，所以我到今天还不能进手术室。因为当时我负责的那个病人我觉得是我害死的。"

她愣住了。

我叹了口气说："你那是什么表情？想当医生的志向也不能让我一直不出错，它还不能帮我守住我的前未婚夫，志向这种事，说到底除了忽悠我十几年废寝忘食傻乎乎地努力外，对解决我的生活问题起不到一点作用。这个，你想不到吧？"

"至于你说的那个刘溪梅，我在美国遇到过她。很多年前了，那时候我还没毕业，她嫁给一个比她大很多的富商去那度蜜月，不知怎的就去找我了。所以我对她有印象，我遇到她的时候她早已不弹钢琴，钢琴家之类的志向估计除了她自己，也只有你还记得清清楚楚。"

李少君睁大眼，问："怎么会这样？"

"我的意思不是志向这种东西没用，"我扶着她躺下，将被子盖到她腋下，掖掖被角说，"但人活下去，可能不是只靠志向来获得意义。挨下去，你会找到理由。"

"你怎么这么有信心？"

我笑了，轻声说："其实我没有，以上都是我瞎编来忽悠你的。"

李少君哈哈大笑。

"我真正想说的是，你他妈别再给我装悲悲戚戚的病美人样了，老实点，该动手术动手术，往后该怎么活就怎么活，等问题真的发生再去想怎么解决吧。现在休息，等下你爸来你也少气他，余朝方你就不用再骂他了。挺大一小伙子，被你骂得狗血淋头也难看不是？我看他对你还算仗义，这年头要找这么仗义又热心的挺难。而且你也别想歪了，人家就是来献爱心送温暖，凭什么不行啊？许你病歪歪的，就不许别人关心你？多个人帮忙多方便，对吧？你难道忍心看着你爸拿着老花镜挤着排队去帮你缴费？"

李少君扑哧一笑说："张旭冉，你今天唠叨得像个老太太。"

我伸出手指戳了一下她的额头，笑骂说："你就折腾吧你，小心过了头真惹人腻烦了。"

她没再说话，闭着眼，长长的睫毛垂到眼睑处，过了半晌，就在我以为她已经入睡时，她悄悄地问："那十万块，其实是余朝方自己掏腰包的吧？"

我一愣，她却微微笑了，轻声说："还瞒着我，哼，我什么不知道！"

我从她那儿出来的时候已经快两点了，赶紧加快脚步出了人民医院打了车奔赴我们医院。幸亏两个地方离得不太远，开车也就十五分钟，我于是赶在两点半踏进科室。一进去李鼎良就跑来找我，说许麟庐请我过去一趟。

　　我对傅一睿这个知名的父亲向来没有好感，此前他也嘱咐过李鼎良喊我过去，都被我借故推脱了。我还以为他是个大人物，必定没有耐性，没想到又来拜托李鼎良。我皱眉说："不是三天后就手术了吗？我又不是主治又不是主刀，连手术室都不进去，他有事该找你或邓副主任才是，找我干吗？"

　　李鼎良为难地说："我也不知道，他指名道姓要你过去，不是一回两回的了，你还是去一下吧，我想应该没多大事。估计就对你印象好，想多了解你。"

　　我笑了："老头要年轻十岁，我再倒退五年，去整形外科那边做个韩国脸，这事没准还有点兴趣凑上去献殷勤……"

　　李鼎良"呵呵"笑着说："你就贫吧，我不管了啊，许先生一定要在手术前见你一面，你当帮我的忙，过去看看。反正他管不到咱们医院，你也不用怕他。"

　　我一想这话有道理，于是彻底打消心里那点顾虑，点头说："那就走一遭？"

　　"走吧你。"

　　我们说笑着一路朝许麟庐的病房走去，没想到却在门口见到许麟庐的小夫人正在那迎风拭泪，样子颇为楚楚动人。我跟李鼎良对视一眼，都在对方眼里看到别管闲事四个字，正打算悄悄往回撤，美人偏偏眼尖，立即擦干眼泪叫住我："张医生，你们来了？"

　　她哭过后略带沙哑的声音令我微微觉得头皮发胀，我点头微笑说："您好，许太太。"

　　"嗯，您好，"她淡淡一笑，说，"好几天没见到你了，还好吗？"

　　"很好，谢谢您，"我尽量保持礼貌说，"我最近忙别的病人去了，所以不在这边出现。"

　　"那你今天来……"

　　"哦，许先生说有点事找我，于是我就过来了，希望现在来得是时候，我能进去吗？"我问她。

　　她脸上掠过一丝惊诧和慌张，脱口而出说："许麟庐找你？"

我点头，看向李鼎良，李鼎良不得不上前说："是的，可能上次张医生请教了许先生一个医学问题，许先生给她指导一下吧。"

我佩服李鼎良顺嘴胡扯的本事，不由一笑说："希望没打扰许先生。"

"不打扰，"她喃喃地说，"不打扰。"

我感觉这个女人明显有些心神不宁，但这是她的事，他们家只有一个被逐出家门的傅一睿跟我有关系，换句话说，我也只需在乎傅一睿一个人的情绪即可。至于其他人的，我自问还没有那么多好奇。

我笑问："那我们可以进去了吗？"

"等一下，"她叫住我，咬着嘴唇说，"张医生，咱们能不能借一步……"

我立即打断她，上次单独谈话已经闹得很不愉快了，谁知道这个女人又打着什么主意。我说："不好意思，我想我还是早点请教完早点走，别耽误许先生休息。"

我说完，冲她点点头，正要推门进去，没想到门却从里面被推开，傅一睿沉着脸大踏步走出来，他猛然一抬头看见我，愣了一下，随即脸色变得更为铁青，眼中几乎燃烧着怒火。我以为他生气我背着他来找许麟庐，忙低声说："那什么，是许麟庐找人叫我过来的，可不是我自己要来。"

李鼎良在我背后带笑打招呼说："呦，傅主任也在这，您也认识许先生啊……"

傅一睿闷闷地"嗯"了一声，不知道他是在回答李鼎良还是在回答我。他站在门口，呼吸似乎变得急促，胸膛起伏的频率比往常快。我正要说什么，却听李鼎良说："傅主任，您让一下，我们进去给许先生做个检查……"

他一句话还没说完，傅一睿已经一把攥紧我的手，用力拉着我转身进病房，他反手关上门，硬邦邦抛下一句"不好意思"后，就当着李鼎良的面"砰"地一下重重关上门。我完全摸不着头脑，手腕又被他拽得生疼，只得被他拖着跟跟跄跄带到许麟庐病床前。

"你什么意思？"傅一睿死死攥紧我的手，冲许麟庐低声喊，"把她叫过来，你到底想干什么？"

许麟庐半靠着歪在枕头上，花白头发梳得一丝不苟，英俊的脸上是千锤百炼无可挑剔的微笑，他看着我们温文尔雅地说："一睿你怎么还这么毛躁，你没发现张小姐被你抓疼了吗？"

傅一睿猛然低头，忙松开我的手，我揉着手腕没好气地瞪了他一眼。

许麟庐笑容加深，对我说："抱歉啊张小姐，我这个儿子从小没教好，对女士总是这么粗鲁，我替他向你道歉。"

"您太客气了，"我挤出笑容说，"每个人都有着急上火的时候，我不将之理解为粗鲁。"

许麟庐真是个老而弥坚的帅哥。

即便他躺在病床上一动不动，脸色颓败，两鬓斑白，但只要他愿意，他仍然能完美展现所谓的男性魅力，这种魅力因岁月的沉淀而更加魅惑人心。

我想起他妻子说过，许麟庐对年轻女性仍具有不可抵挡的吸引力，这话不假。而且这样的男人，恐怕一生都习惯了被女性仰慕和爱恋，若有一天无法释放魅力，他也会无法释怀。

只有近距离观察这个老帅哥，看清楚他脸上的褶子和眼光中冷清的光，我才明白傅一睿所受过的苦。

要如何在一个光芒四射的父亲身边生活？尤其是，当这个父亲所有的精力和愿望都用在保护自己头顶上的光环，丝毫不具备也不准备具备哪怕一丁点做父亲的自觉。

我完全能想象得出十岁的傅一睿坐在母亲的血泊中瑟瑟发抖，求助无门，他母亲在那时大概也感到绝望。任何人，只要期待正常的情感，在这个强大如神祇的男人面前就只能感到绝望。

所以她发疯了，她在自己亲生儿子面前割腕，她那一刻想到什么？也许想用一种极端的方式引起那个男人的注意？还是受够了源自生活的冷漠？

不管怎样，她没有想到傅一睿。

我侧过脸看傅一睿，他长得不像他的父亲，比起那种雍容华贵的英俊，傅一睿五官线条显得粗粝许多。由于常年表情不外露，他鼻翼两侧已早早出现纹路，这令他的脸看起来更严肃和不近人情。

但我知道这个男人有多温暖，他在那样的环境中成长，却并未扭曲自己的灵魂，没有成长成愤世嫉俗、自暴自弃的人，他永远在心里为别人留有位置，永远不会在别人的苦难面前背过身去。

我眼眶发热，我意识到，傅一睿的成长，比我想象的还要艰难。

我伸出手，悄悄地握住他的，他略微一顿，随即反握过来，紧紧攥住我的。

就如很多年前，我们在教堂相遇的那一晚，年轻的女孩和同样年轻的男孩，他们传递一支蜡烛，并肩而立，聆听圣歌。

那时候没想过只是偶然相遇，却相伴了这么多年。

我冲他微微一笑。

傅一睿目光渐渐柔和，深深地注视我，然后转过头，换了种口气对自己的父亲说："有什么事当着我的面说，我想我跟冉冉之间没什么不能说的。"

许麟庐轻轻一笑，说："你确定？"

"我当然确定。"

"很好，"他点点头，对我说，"张小姐，既然这样，咱们的谈话就必须要有第三方在场，希望你别介意。"

"我不介意。"

"我本来是想亲自过问下你跟我儿子的关系，现在看来没这个必要，答案很明显，"他微笑着说，"我该说恭喜你们吗？"

"如果您愿意的话，我很感谢。"

许麟庐笑意加深："男女双方在一起，一开始就如化学反应，烟花璀璨，目不暇接，双方都会以为对方是上帝恩赐给自己的最好的礼物，并由此而获得崭新的不同的人生体验，就如被魔法师点开双目，你看到你从未见过的精彩世界。我也年轻过，我明白这种感觉。"

"您形容得很诗意，恐怕我没这么诗意的生活，"我笑着说，"我跟傅一睿相识多年，走在一起很自然，也很平淡。"

"相识多年却现在才走到一起，我能问一下原因吗？请原谅一个父亲的好奇心，我听说，"许麟庐微眯双眼，看着我，"张小姐曾经有个未婚夫。"

我心里一跳："是的，他死了。"

"很遗憾，听说是个相当优秀的人，享誉国际的年轻摄影师，却被一颗流弹夺取生命，您恐怕很难过吧。"

"你问这些干吗？这跟你没关系！"傅一睿冷冰冰地说，"张旭冉的生活，我的生活，跟你都没关系。"

许麟庐轻轻咳嗽了几声，说："我只是出于对你的关心。"

"你这是出于对我的鄙夷，父亲，你从来就没看上我做的任何一件事，难道不是这样？只要我选择的，我愿意的，我向往的，你从来只会嘲笑和打击，"傅一睿冷笑说，"现在你大概想把这些恶意归结为关心？抱歉，我们对关心的理解实在相差太远。"

"难道我没为你好过吗？"许麟庐涨红了脸怒斥道，"难道我为你做的决定，什么时候错过？我替你挑的老师，替你选的科目，你要是听我的现在早就是名声显赫的伟大的外科医生！哪里还要在整形外科做这种替老娘们拉皮隆胸的事？我在你这个年纪早已是教授级别，你呢？混死了也不过是个小主任，一个医院有多少主任你不知道？一个廉价的行政头衔能代表什么？胸无大志的东西，你应该有一所以你命名的医院，一个因你命名的医学项目！"

他说得太激动，一下喘不过气来，我忙过去替他调整好姿势，检查各种仪器和导管。

"谢谢。"老头教养良好，令人挑不出错来。

我微微一笑表示不用客气。

"然后呢？"傅一睿冷声问自己的父亲。

"什么然后？"

"少年得志，功成名就，然后呢？"他的声音中有压抑得太久的悲愤，"然后一个女人换过一个女人？逼着自己老婆去自杀，把儿子丢一边不闻不问，等他十八岁时再一脚把他踹出家门？"

许麟庐脸色发青，咬着牙说："你这是在怪我？"

傅一睿呼吸急促，狠狠地盯着自己的父亲，哑声说："要说怪你，轮不到我，恐怕是生我的那个女人最有资格。"

"她是个疯子！"许麟庐大怒，喊道，"疯子！她自己疑神疑鬼，难道你要我陪着她一起发疯？我不是给她请了看护吗？我请了最好的精神病医生来看她，我对她仁至义尽，没什么愧疚……"

"够了！"傅一睿双拳紧握，红着眼睛问："我就问一句，这么多年，你后悔吗？"

"我为什么要后悔？我是最伟大的外科医生，我的手拯救过无数人的生命，我为什么要后悔，我有什么可后悔……"

傅一睿怒吼一声，一下踹翻眼前的凳子，我吓了一大跳，忙扑过去抱住他，急急忙忙说："别激动，一睿，你别生气，一生气你就算有天大的委屈也变成理亏，别做令自己后悔的事，他不是你父亲，他现在只是个病人，他是个病人！"

傅一睿急促呼吸着，竭力压制心头的怒火，在我的安抚下慢慢浑身放松，他深深吸了口气，拍拍我的肩膀，示意他已没事。

我放开他，傅一睿看向他的父亲，平静地说："既然如此，我也不浪费时间跟你做无谓的争辩，如果没什么事，我把冉冉带走了，您安心等着手术，祝您顺利。"

他说完朝自己的父亲微微鞠躬，示意我走。

"等等，混账东西，我有说你们可以离开吗？"许麟庐怒了，骂道，"你给我站住，我话还没说完……"

"没什么好说的了，"傅一睿没有回头，停下来说，"早在我将姓氏改成我妈妈的姓那一天开始，我跟你就没什么好说的了。"

他大踏步走出病房，我想跟着，却被许麟庐叫住："张小姐，你等一下，傅一睿不懂事，难道你也不懂事？你不想当我许家的媳妇了？你不想在医学界获得捷径，鹏程万里了？"

他说得已经很不像话了，我转身，面无表情走向他，冷冷地说："许医生，你大概不知道，我一直等到你入院，才知道你是傅一睿的父亲。"

许麟庐愣住了。

"我认识他十几年，他从没提过一句他家里的事，他有的这一切，都是靠自己的聪明和努力拼搏到的，我很以他为荣，整形外科是个了不起的地方，它绝对不仅是隆胸和拉皮，它还给予人希望和信心。在这一点上，它的意义跟心脏外科不相上下，而傅一睿是其中优秀的医生。或许他不是伟大的，但他足够令人尊敬。"

我盯着老头脸上的褶子，淡淡地说："如果我是你，有这样的儿子我会深感骄傲。"

"是吗？"他古怪地笑了笑，"看来你很喜欢他。只不过不知道你能不能喜欢他另外的品质，张小姐，我原本不想说，但出于无私和公平，我必须告诉你，我儿子并不如你看上去的那么好。他骨子里有疯狂的因子，就如他死掉的母亲一样。那个女人，只是五分钟看不到我，就能连续不断打上百个电话，她还擅长撒谎、喜欢伴装自杀，用各种各样的自杀来引人注意。她生下来的儿子也毫不逊色，傅一睿，十八岁就懂得陷害自己的继母，伪造暧昧现场，试图引我发怒。可惜我比他聪明……"

我吃惊地瞪大眼睛，看着许麟庐，摇头说："那是你妻子故意引诱他……"

"他这么告诉你？哈哈哈，"许麟庐愉快地笑了起来，"门外那个女人，从少女时代就处心积虑想成为许太太，成为我名正言顺的妻子，她为此奋斗了十来年，各种花样无所不用其极，你说一个好不容易达到目的的女人，怎么会因为一个毛头小子，就轻易毁掉自己苦心经营的一切？"

我在惊诧中脑子空白了片刻，然后，我忽然意识到一个基本事实，这个事实令我骤然不想再看许麟庐一眼，我感到胃里升腾起一种强烈的作呕感，我冷冷地说："够了。"

"你还是不明白？不用太快下决断，你可以逐步观察，"许麟庐彬彬有礼地微笑说，"看看我说的是不是真的。"

"许先生，跟你说出的相比，我更想知道你说出这些话的动机是什么。"

许麟庐笑容有些变僵，他说："我会有什么动机？我就算有动机，也是不因为他是我儿子而偏袒他！"

"是吗？我谢谢你，"我平静地说，"你真是无私高尚。但我想不通的就在这里，许先生，你为什么不偏袒他？一般来说，对父母而言，难道不是维护自己的孩子更合理吗？"

我继续说："我很困惑，不管你刚刚跟我透露的事情是真是假，对傅一睿的名誉，对我们俩的关系进展都绝无好处，就如你特地在他面前指出我曾经死过一个未婚夫一样，你跟我说他十八岁时的劣迹想暗示什么？你到底出于什么念头要说这些话？"

他怒道："我是为你好！我认为你有知情权！难道这就是你的教养吗张小姐，处心积虑？你就是这样目无尊长，诽谤别人的好意……"

"许先生，"我打断他，"你的好意我受不起！换成任何一个健康人污蔑傅一睿，我都不会客气，手里能招呼什么我绝对不会犹豫。但就如我刚刚所说，人的欲望，有时候越是掩饰越是明显，你为什么说这些话，你心知肚明。"

我走过去查看了一下他的针剂速度和仪器数据。

许麟庐气得浑身哆嗦，颤声说："我儿子值得更好的名门闺秀，你别妄想……"

我笑了，轻声说："谢谢你终于说了句实话，作为交换，我也跟您说句同样的。"我低下头，看着他脸上的褶子说："你恨傅一睿对吧？"

他脸色一变。

"除了你恨他，我找不出原因能解释你的恶意。但不管怎么说，看到你，我很庆幸傅一睿跟你毫无相似之处，我很庆幸他从不按照你的意愿生活，他拒绝复制你的荣耀，决心成为与你不一样的人，我很庆幸他做到了。他是我的骄傲。"我微微一笑，"许先生，冲着这个，我原谅你，也祝你手术成功。"

我说完转身离开，身后传来一阵哐当声，可能许老先生在砸什么东西泄愤。我深吸了一口气，走出病房，对等在外头的李鼎良说："李哥，老头情况可能有点不稳定，你带点人进去给他检查一下，我还有事，就不跟你这儿添乱了。"

李鼎良愣了一下，冲我摇头叹气，招呼了两个护士跟着进去。我看见傅一睿在前面不远的地方等我，我朝他走去，却在此时，听见傅一睿的继母在一旁说："你等等！"

我转头看她，她怒气冲冲地说："你对老许说什么了？你不知道他不能激动吗，你还有没有医德，万一他要是有个好歹，我绝对不会放过你们医院……"

我偏头看看她，笑了笑说："许太太，我跟许先生说的话恐怕不好对您重复，尤其是事关您的名誉。"

"你，你，你们说什么？"她脸色变白。

我靠近她，低声说："勾引十八岁的继子对你而言不是什么难事吧，怎么会那么不小心让人发现？你真当老先生是白痴？"

她抖着嘴唇说不出话来，我叹了口气，离开她，朝傅一睿走去。

"冉冉……"他声音干涩嘶哑。

"我们需要好好谈谈，"我对他说，"但不是现在。现在你需要休息一下，走吧，我们今天都补休提前下班，我给你做饭。"

他愣住了，看着我的目光复杂，里面有欣喜，却也有迟疑，有经年的痛苦，也有痛苦被人发现时的尴尬。

"先说好，手艺不精你别嫌弃，"我笑着说，"我们煎牛排怎么样？好像家里还有红酒，用那个浇肉汁很过瘾的。"

"你不，"他困惑地皱眉，"你不想问我什么？"

"想啊，"我点头，"不过再大的事也没吃饭大，我现在可是饿得能塞下一头牛，很想狼吞虎咽一大堆高热量高蛋白不健康的食物。别阻止我啊，谁敢挡我，我跟他急！"

他深深地注视着我。

"哎，我说你来不来？"我斜睨他，不耐烦地问，"无组织无纪律一次就那么难啊？你不来我不管你了啊。"

傅一睿慢慢地，眼眸深处染上笑意，僵硬的肩膀也渐渐放松，他嘴角上勾，绽放出一个堪称微笑的表情，然后他低声说："你做？"

"我做啊。"

"那能吃吗？"傅一睿说，"为了不吃死人，还是我来吧。"

那天下午我们都早早歇工回家，傅一睿开着他的车带着我去超市选购了平时我舍不得买的好牛肉，再到进口食品柜买了做西餐的调味料，我一拍额头，家里连厨具都没有，于是又兴冲冲地跑去买厨具刀具，等放满了一车子，我才吐舌头说："哎呀，我的妈呀，今天铁定败家了。"

排队结账时，我悄悄拎起车里的品牌平底锅对傅一睿说："这也太贵了，我肯定是脑子不清楚才拿的，要不咱们放回去？"

"你那儿有？"他面不改色地问。

"没。"

"不用这个，你直接在火上烧牛排？"

"好像，没那个功力……"我哭丧了脸，扯着傅一睿的袖子说，"那什么，这堆东西比出去吃顿牛排贵多了，我，我们出去吃吧，最多我请你……"

傅一睿肩膀微微颤抖，反手一把将我搂进怀里，用带着威胁的语气说："张旭冉，你趁早打消把东西放回去的念头，这件事是你决定的，就算结果是狗屎你也得坚持住！"

"为什么？"我拉长语调。

他目光深邃，低头在我额头吻了一下，说："因为我对你的提议感兴趣了，我感兴趣，你就必须负责。"

"行！"我恶狠狠地说，"吃完这顿，这个月剩下的时间我吃你的喝你的你信不信？"

"荣幸之极。"

我心疼地拿出卡付了费，傅一睿见我破财仿佛很高兴，冰山一样的脸破天荒带了笑意，被我顶着一张晚娘面孔呵斥他拿这拿那也毫不介意。我们俩开车回我的公寓，把东西提上去归置好，我已经累坏了，蹬了鞋趴到沙发上呻吟说："我困了，不管了。"

傅一睿没理我，任我在沙发上全没形象地趴着。过了一会儿，他丢过来几件衣服，嫌恶地说："趁着这会去换衣服，最好洗澡，身上尽是消毒水味。"

"嘿，新鲜啊，好像你身上没有一样。"我闭着眼回了他一句，又懒洋洋地躺了会儿，这才拿起衣服，忽然脸变得通红，因为我发现他丢过来的不仅是我的家居服，还有我的内衣内裤。这些东西我放哪儿他怎么那么门清啊？我恼羞成怒，捧着衣服踩着拖鞋啪啪进了厨房，还没开口，却看见他以动大手术一般严肃的表情，围着我的粉色嘻哈猴围裙在做饭。

牛排腌着，蔬果切着，他手起刀落，正皱着眉切着什么，那样子仿佛切的不是食材，倒像是某件足以影响世界医学进程的东西。

我忽然就不想说话了，就这么靠在门框上看他，记忆中从没有从这个角度，这样去观察过我神奇的傅学长，看着看着，竟然有种奇异的感觉，仿佛那件可笑的嘻哈猴围裙，配上他高大的身材和搞科研的表情，居然跟厨房这个环境有种说不出的协调感。

令人眼眶发热、心里发软的协调感。

"怎么还不去洗澡？不是累了吗？冲澡解解乏。"他头也不抬，淡淡地说。

我忽然就想起我的外婆，在童年的记忆中，放学回家后我也是这么往厨房窥探，她也是这么头也不抬，忙着手里的活，嘴里呼唤我做这做那。

我的眼泪险些就淌下来，没有经历过亲人离去，你不会明白重新目睹家里厨房有人为你做饭是种什么感觉。

"傅一睿……"我叫他。

"嗯？"他抬头，"怎么啦？饿了？等会儿啊，马上能吃。"

"不是，"我摇头笑着说，"忽然发现你挺帅的。"

他厚颜无耻地点头："才发现？你的审美太滞后。"

"呸。"

"对了，说到审美，还有一点你要改进，"他低头继续忙活，边干活边说，"内衣款式既过时又不衬你肤色，这个周末就去全换了吧。"

"你，你，"我被他噎住，脸有些挂不住，语无伦次地说，"这，这关你什么事？"

"别心疼钱，很多女人因为用廉价内衣而导致乳腺癌，"他不理我，继续说，"这个钱我给你出。"

"谁稀罕你出……"

"哦，"他毫不在意，说，"那我直接去买给你吧，省得你浪费钱。"

傅一睿回抱了我，他一边嗅着蹭着我的脖颈，哑声说：

"冉冉，你这样，我会上瘾的，如果哪一天不能抱你了，我会受不了。"

我洗完澡出来，屋子里已经弥漫着一阵浓郁的肉香。

擦着头发，我走到饭厅，不大的餐桌上琳琅满目，摆好了各式碟子，从沙拉到浓汤到牛排应有尽有，傅一睿背对着我，正在将两只水晶高脚杯擦拭干净，然后，他变魔术一般找出烛台，微微倾斜上身，点燃了两根蜡烛。

"啪"的一声，我关上了灯，屋内烛光摇曳，他转过身看我，微笑着张开双臂。

我耸耸肩，犹豫了一下，还是走了过去，伸手抱住了他的腰，把脸埋在他怀里，故意将湿头发蹭在他衬衫上。

傅一睿忍耐了一会儿，终于忍无可忍抓住我的肩膀摇了摇，咬牙说："冉冉，你真是我见过最没情调的女人。"

我哈哈大笑，他也笑了，拿过我手里的毛巾，认命地替我擦头发。

我伸手舀起一口浓汤尝了尝，点头说："嗯，傅一睿，你的手艺可以去当大厨了。"

他用力擦擦我的脑袋，说："我觉得也是，给你做饭真是便宜你了。"

"那怎么办？"我带笑问他，"我付不起你工资哦。"

"只能我吃点亏，允许你用别的方式偿还咯。"他抱住我，捧起我的脸，深深地吻了过来。

我闭上眼感受他的吻，从缠绵到激烈，似乎有很多不能说，或者说不好的话都在这个时候用这种方式表达出来。我能感觉到他的渴望，他的迫切，从舌尖的纠缠到嘴唇的流连，我知道这个男人一直在忍耐。在这场情爱的拉锯战中，他并不擅长表白，也不擅长争取，他唯一擅长的便是耐心，这么沉重而无奈的耐心。

我叹息一声，主动勾住他的脖子，加深了这个吻。我觉得我能知道他需要我，而我在这一刻，也需要他，这种需要说不清楚，似乎很久以前就有了，在日常的点滴中，在每个细节传递过来的温暖中，也许早有看不见的纽带将我跟他联系在一起。

他后来居上，攻城略地一般狠狠地吻我，我一声惊呼，他已经托起我的腰，将我整个举高，令我不得不抱紧他的脖颈，才不至于掉下来。我很不习惯，喘着气说："放，放我下来……"

"抱紧我。"他哑声说。

"可……"

他骤然松了手，我尖叫一声，不得不手脚并用，死死缠住他。

他收紧胳膊，微笑着亲我："这就对了。"

对个屁，我腹诽这种姿势也不知是他跟多少洋妞历练出来的，居然使得如此炉火纯青。我还没腹诽完，他又缠缠绵绵地吻了过来，这一次动作放缓，温柔细腻，就如三月春雨，轻柔熨帖，无微不至。

我是个很理性的人，很少有理智缺席的时候，但在这一刻，他的吻确确实实令我头脑空白，浑身发软，仿佛有战栗的快感顺着他的唇舌一点点从脊椎深处勾引上来。我发现我在微微发颤，仅仅因为接吻就已经令我感觉灵魂出窍，这种感受太恐怖了，我喘着气抓回最后一点理智，推开他断断续续地说："那，那个晚餐……"

"待会儿再说。"他毫不犹豫地回答我，就近将我抱到沙发上，顺着我从浴袍下露出的光裸的腿，一下一下地亲吻而上。

我控制不了身体的颤抖和酥软，我听见自己的声音从喉咙底悠悠荡荡地飘上来，甜腻得仿佛掺入蜂蜜，根本不是我该有的。他似乎大受鼓舞，带着我从没见过的耀眼笑容，慢条斯理，手法老到地挑逗我。

我承认在这点上我真不是对手，尽管我掌握有关女人身体的科学理论，我熟知器官构成，但我没法解释这种销魂蚀骨的感觉从何而来，为何只是一个男人，他的体温和触摸，他的亲吻和注视，就足以令我瓦解理性，心甘情愿地展开身体，就如一朵花，在暗夜里，悄然无声地盛开。

我在他进入的时候流下眼泪，搂住他的脖子。仿佛体内淤积已久的压抑，不为人知的孤独，不肯承认的痛苦，这个时候都被他排挤出来。他进入的，不仅是器官，我们所做的这件事，也超过了一般意义上的性爱，我们就如孤独已久的两株植物，骤然缠绕，感知来自对方的体温，这一瞬间只觉得不敢相信，然后是无法抑制的贪婪索求。

我想起张旭冉这个女人迄今为止的人生，我在闭着眼感受一个男人的体温时清楚地看到她的成长，我见到她如何从怯生生的孩童成长为独立的少女。她一直独自一人，哪怕她身边看似有个男孩陪伴着，但她还是不可避免地独自一人。我看到她那么努力地活着，高高兴兴地冲每个人笑，一个人漂洋过海，一个人在停尸房里因为压力和被异国同学排斥而哭泣，我看到她多少次擦了眼泪转身又笑得若无其事，在电邮上给未婚夫写字斟句酌、报喜不报忧的信。

她从来都是一个人，直到现在，她身边终于有了另一个人陪着。

我呜咽出声，他停了下来，紧紧地抱着我。我在他怀里肆意哭了起来，无法抑制地痛哭流涕，在任何时候我都没当着人这么哭过，甚至孟冬出轨的时候，他死的时候，我都不曾当着人这么哭过。但全部压抑着的情绪在此时此刻由他开启，倾泻而出。

我一边呜咽一边说：“对，对不起，我不是，有意，我控制不住……”

“没事，哭吧，”他吻着我的泪水，柔声说，“我在这没关系，哭吧。”

我边哭边说：“但，但是我，我还想继续做……”

他微笑了，眼里闪着宠溺的光，哑声说：“好，如你所愿。”

他把我放平，俯身而下，缓缓进入，我哽咽着说：“用力点，别跟没吃饭似的……”

他脸色一凛，怒气十足地说："你会后悔说这句话的！"

后来我果然后悔不迭。这家伙平时穿着衣服不觉得，脱下衣服肌肉匀称结实，根本不是一个长年在书案和手术台旁的医生该拥有的。他肯定定时健身，而且还颇有成效，这么好的体力，难怪动手术站七八个小时都没问题。我居然不自量力去挑战他。

等我慢腾腾回到卧室时，他已换好床单，过来带着笑意抱起我放到床上。

"饿不饿？"

他不说还好，我立即想起冷掉的牛排和才吃了一口的浓汤，立即说："饿啊。"

他吻了吻我说："我去给你弄吃的。"

他在床上给我支了一张小桌子，不一会儿便将加热过的牛排和浓汤端过来。虽然现在吃起来肉已经老了，但我饿得前胸贴后背，也没工夫计较那么多。我这边狼吞虎咽，他静悄悄地端坐在床边看着我欲言又止。

"干吗？"我咽下一口东西，咬着西兰花含糊地问，"你怕我对你不负责啊？"

傅一睿一愣，随即板着脸说："胡扯什么？这句话该我说，张旭冉，你怕不怕我对你不负责？"

"怕什么？"我舔舔嘴唇，"单身男女，互相慰藉而已，我才不……"

傅一睿脸罩寒霜，低声喝道："有胆子继续说！"

我缩缩脖子，讪笑说："开玩笑而已，呵呵。"

他拿起餐巾，替我擦嘴说："往后你是我的人了，知道吗？"

"啊？"我愣住了，"傅一睿，亏你还是受过高等教育的主任级医生，你这什么封建观念呢……"

"你有意见？"

"有，"我小声地说，"你明知道这种话挺可笑的。"

他手一顿，放下餐巾说："好吧，确实挺可笑，不过我希望它能成真。"

"咱们是独立平等的个体，少来了……"

"我知道，"他叹息说，"可你不知道，我等刚刚那样等了多久。"

我静默了，忽然想到一点，抬头骂："傅一睿，你看到我就只想这件事啊？"

他想了想，严肃地说："也不是，你穿着衣服很少有性感的时候，我又没那么饥渴。不过脱了衣服还算不错，我挺满意。"

我脸上发烫，瞪了他一眼，低头狠狠咬肉喝汤。

"你呢？对我满意吗？"他用询问病情的口吻一本正经地说。

我嘴里的汤险些喷出来，咽下后又咳得昏天黑地，傅一睿忙抽过纸巾来给我，拍着我的后背。

"喂喂，你能不能别在我喝汤的时候说这些？"我好容易止住咳嗽，愤愤地说。

"不能吗？"傅一睿皱眉想了想，拍拍我的后背，嫌恶地说，"那说点别的，你吃东西能不能别掉被子上啊？我都观察你半天了，拜托，今晚上我要盖这条被子的……"

许麟庐动手术那天我去看了，毕竟是个引人注目的手术，安排的手术室也是观摩用的大手术室，来了很多专家，院领导也派了代表过来，另外还有一些慕邓文杰之名而来的实习医和住院医，甚至还有几个教授带的研究生，大伙隔着玻璃墙观看整个手术过程。

我过去的时候已经没有座位，正要退出，却听见有人喊："张医生，这边。"

我循声望去，却见邹国涛站了起来，表情有些局促，踌躇着说："张医生，您要不要坐这里……"

我微微一愣，大庭广众之下不好让他太难堪，于是点头说："好啊，谢谢你了。"

他松了口气，走了出来说："您坐吧，我站着就行。"

我挤过去，坐在他的位置上，旁边的都是年轻脸孔，我看了看，好几个就是那次吃饭时一起嘲笑过我的实习医。我冲他们微微一笑，年轻人们尴尬地还了笑脸，一个个低声说："张医生。"

"嗯，都来了啊，"我说，"今天没事吗？"

"都做完了，"其中一个回答我，"没做完的，也跟人换了班……"

他忽然想起来我就是管他们日常工作的，不觉涨红了脸，嗫嚅说："对不起啊张医生，没事先跟您说，可这次机会这么难得……"

我看见他的同学都向他投以恨恨的目光，不觉笑了，想起我实习的时候为了争一个助手位也是无所不用其极。我点头说："既然来了就好好看吧。"

那男孩立即笑了，想了想，低声说："谢谢您。"

我不以为意，此时手术开始了，穿着手术服戴着口罩和眼镜的邓文杰领着一帮人各就各位，手术灯亮起，我深吸一口气，屏息凝神看邓文杰的手法。

他真是一个冷静自持、干净利落、技术超群的医生。这一刻他如号令百万的将军，如何打仗，如何行兵布阵胸有成竹。同行们大概都不太在意躺在手术台上的是许麟庐，而是都在思考如果是自己站在邓文杰那个位置上能不能做得像他那么棒。我自忖如果是我，大概做不到，不只是我，在座很多大名鼎鼎的人物可能也同样做不到。

邓文杰是个天才，这是毫无疑义的。

他做得顺手，抬起头来朝我们这瞥了一眼，看见我，得意地眨眨眼，倒一点也不知道谦虚，我不觉笑了，如果低调那就不是邓文杰，不过他也有张扬的资本。我看见他随后转移视线，定定地看向我身后的某个地方，足足过了十秒钟，这才低下头，继续他的手术。

我转过头，赫然发现詹明丽站在后排，双手抱臂，似笑非笑地瞅着下面的手术台。看见我转头，随即朝我笑了笑，扬了扬手。

我惊喜地险些喊出她的名字，最近事情多，我已经有段时间没跟她联络。没想到她今天悄悄地来到这里，我忙站起来，示意给她让座，她笑着摇了摇头。我没好意思自己继续坐着，把座位还给了一旁的邹国涛，起身朝后排挤过去。

詹明丽笑呵呵地冲我伸出手，我握住了，抱了抱她的胳膊，带了点抱怨说："怎么来了也不跟我说一声。"

"怕你忙啊，"她笑着捏捏我的脸，"怎么看起来好像漂亮了很多，去美容院砸钱了？"

我脸一红，笑而不答。

"哦，"她恍然大悟，笑着挨近我的肩膀低声说，"我明白了，是有滋润啊，哈哈哈，傅一睿看来很努力嘛。"

"滚，"我推开她，"中文不好就别乱用词。"

她笑嘻嘻地拢了拢头发，站直身子，仪态万方地盯着下面的手术台。

我瞥了她一眼，问："你知道，下面那位是谁？"

"许麟庐嘛，读医的谁人不知？"她脸上浮现了一丝近似嘲讽的微笑，说，"不过我不是冲着他来，我是来看邓文杰医生的。"

"啊？你们什么时候这么熟了？"

"从他来找我咨询所谓的心理问题后，"她有些无奈地揉揉太阳穴，瞥了我一眼，问，"你在想什么？"

我好笑地反问："孤男寡女，我能想什么？"

詹明丽瞪了我一眼，说："我很有职业操守的好不好，邓文杰也不是那么容易产生移情作用的心理病患，你以为我是下面躺着被人开膛破腹的那个老头啊。"

我皱起眉头，说："你在暗示什么？"

"不用暗示，许大医生风流出了名的，尤其喜欢跟病人纠缠不清，我听说他的两任太太都是他的病人。"

我心里涌起一种说不出的厌恶感，说："连邓文杰都知道不要公私不分啦。"

"哼，"詹明丽耸耸肩，漫不经心地低语，"所以说医德这种东西，跟医术完全不成比例。我还听说，他第一任太太有抑郁症，伴随严重的失眠，他给开的安眠药。"

"什么？他明明不是心理医生……"我惊奇地瞪大眼，看着詹明丽，结结巴巴地说，"等等，你不是在引导我想到那个可能性吧？"

詹明丽撇撇嘴，贴近我的耳朵说："真相如何谁也不知道，但诱导一个抑郁症患者自杀，对医生来说难道很难吗？"

"我的天……"我吃惊地盯着下面躺着的被麻醉师挡住视线的病患，我在这一瞬间想到的是，如果外人都会这么揣测许麟庐，那么作为他的儿子，同样是医生的傅一睿又怎会不知道？

"我理解这种痛恨伴侣的心情，"詹明丽点头说，"有时候那种厌恶感涌上来，你想控制都控制不了，你只会不停地想，自己的人生怎么就跟这么糟糕的人绑在一起，就像名贵的手工皮鞋上沾上污泥，摆脱它的心情足以超过一切。"

"可你不会因为这个而痛恨跟这个人所生的孩子……"我喃喃地说。

"孩子？那当然不会，我只会更爱她，"詹明丽脸上不由浮上笑容，"我的小天使绝对不能在那种劣质男人的照看下长大，她会有心理阴影，一生都深受其害，那是我绝不能容忍的。"

我深吸一口气，拍拍她的肩膀，她冲我笑了笑，我摸着她的肩膀说："都过去了。"

詹明丽点点头，反手拍拍我的手背，示意自己没事。

我忽然就看不下去了，我咬着嘴唇，抱着手臂想了想对詹明丽说："你知不知道，许麟庐就是傅一睿的父亲？"

詹明丽骤然睁大美丽的眼睛，定定地看着我。

"是真的。"我确定地说。

"上帝，"她张开嘴无声惊呼，随即双手合在嘴边，难以置信地说，"我一直不知道……"

"我也是最近才知道，"我叹气说，"我们都认识了十来年了……"

"我更长，我认识他二十年了，"詹明丽同样叹气，"我也不知道。"

"他大概不觉得有这样的父亲是种荣耀吧。"我淡淡地说。

"是啊，可能还觉得是耻辱，"詹明丽淡淡一笑，说，"他以前跟我说过为什么选整形外科，你想听吗？"

"嗯，你说。"

"那时候我们都是到美国求学的莘莘学子，很年轻很冲动，也最有雄心壮志。我不大看得上周围的男生，因为就智商而言，他们未必比我有优势。只有少数的几个比较合我心意，傅一睿就是其中一个。我们俩就像战友，能互相较量，但也能互相信任，你明白那种感觉。"

"是的，我明白。"

"我们选专业的时候，我选了心理学，因为我要成为第一流的心理医生。傅一睿呢，大家都以为他会选肿瘤研究那种更符合他身上学究气的专业，也更能体现男医生的野心。"

我微微笑了，低声说："结果他出乎你们的意料？"

"简直让我们都大吃一惊好吗，他选整形外科的那天我一直追问为什么。嘿嘿，当年我那么问的时候，其实是有点幸灾乐祸，谁让他一直是我的竞争对手。你知道他怎么答吗？他说，之所以要做整形外科，是因为他想当一个跟别人不同的医生。"

"跟别人不同的医生？"我小声地重复了一遍。

"是，我可以给你解释这里面隐藏的心理暗示，但我不想这么做，"詹明丽看着我，微笑着说，"你该自己去理解他。"

我点点头，看了看表，说："我走了，如果术后你跟邓文杰见面的话……"

"我会说我一直跟你在一起，"詹明丽笑着说，"你去见傅一睿？那赶紧去吧，他父亲在这动手术，他心里不会无动于衷的。"

"谢谢。"

我转身离开这个拥挤的观摩室，大步朝整形外科走去，穿过大堂时手机响起，我接过一看，居然是一个陌生号码。

我接了，传来一个温和的男人声音："请问是张旭冉小姐吗？"

"我是，您是？"

"我是汤医生，上次在疗养院咱们见过的。"

"哦，"我马上说，"您好，我阿姨出什么事了？"

"不，她很好，康复情况也理想。但是她拜托我给您打电话，她说，如果你近期有空的话，请来这一趟，她有些话想跟你说。"

"好的，麻烦您跟孟阿姨说，我过两天就去看她。"

我知道去哪里找傅一睿，我知道这种时候他一定不在办公室而只会在某个地方，于是我径直走进电梯，走向天台，我在我们的秘密基地上，果然看到了他的背影。

他规规矩矩地坐在那儿，背脊挺直，气定神闲，冷不丁看见他的人一定以为傅主任此刻在心中酝酿什么宏图大计，但我却知道这个男人只是习惯如此。

他习惯了保持严肃的表情，习惯了认真乃至严苛地对待自己的生活。我一直不明白一个如他这样的男性，先天条件优越，后天又不失谦逊勤恳，有什么必要如此一板一眼地生活？他跟周围同龄的男性都不一样，从我认识他开始，这个男人就似乎提早进入了成年期，在他的朋友们还在犯幼稚低级的错误时，他已然知道如何理性清醒地处理自己的私生活。

但直到今天我才明白，他这种成熟，大概是一夜之间不得不为之的。

他跟我们任何人都不一样，他没有容许自己幼稚和犯低级错误的空间，他甚至连我都不如，至少我在外祖父母尚在的年月里还是他们膝下疼爱的外孙女，我在孟阿姨那儿，也还是她热衷装扮的小姑娘。

我一直都有孟冬陪着，我那个时候信仰对他的感情，无论这段感情最后的结局如何不堪，但不能否认的是，在那么漫长而孤独的成长期，是它支撑我鲜活积极，简单而有冲劲地往前走。

就冲这一点，我比傅一睿强不少。

傅一睿没有这样的对象，他如此聪明，不可能不知道父母之间的严重问题，真相只怕远远比我这个外人能想象的还要残酷和丑陋，但傅一睿必须一人承担。

然而那时候，他还不是强大睿智的傅一睿，他只是个弱小的少年。

那个少年目睹母亲的自杀，他求助无门，他的亲生父亲也许不动声色地逼迫母亲去死，而且还恨他，那个家庭里头，也许还有我不知道的暴力事件存在。

我只要想起这些就满心酸楚，恨不得能回到他小时候，将他抱入怀里。

我走过去，在他还没来得及发现我的时候，环住他的脖子，从背后抱住他。

傅一睿被我吓了一跳，但很快就察觉是我，他将手搭在我的手上，带着无奈和宠溺说："怎么越来越调皮？"

"谁让你坐这让我觉得非常想调戏，"我笑着说，"怎么，傅医生登高临远，对咱们医院几十年的发展成果有何感慨？"

他低声笑了，把我拉过来，抱我坐在他腿上，亲了亲我的脸颊说："很好，同志们继续努力。"

我不是很喜欢这样坐在别人膝盖上，坐了一会儿就万分别扭地说："我还是下来，万一有人来了看见不好。"

他收紧圈在我腰上的胳膊，轻声说："让我抱一会儿。"

我只好不动，问他："这么抱着安心？"

"嗯，"他像环抱一个婴儿一样贴近我的脸颊，"很安心，很久以前，我就一直想这样抱着你。"

我捏捏他的胳膊，觉得挺壮实的，这满足了我喜欢粗胳膊男人的嗜好，于是我满意地笑了笑问："哎，什么时候喜欢我的？"

"不知道啊，"他微微叹了口气，"怎么就喜欢你了呢？从外形上看无论如何也不是让我牵肠挂肚的类型嘛，那时候你还有未婚夫，对孟冬的态度就像古代的贞洁烈妇一样，从可能性上看，也该好好地忘掉你重新找个辣妹才划算嘛。"

我哈哈地笑，忽然想起一件事说："你那时候是有辣妹女朋友的，拉丁美女，我记得很清楚。"

傅一睿瞥了我一眼，似笑非笑地问："你在吃醋？"

"我就事论事。"

"嗯，是有过两三个女友，"他认真地说，"不过这是我的隐私，而且都过去了。"

我瞪了他一眼说："那你也别问我跟孟冬的事。"

傅一睿淡淡地笑了，轻吻我的眉毛，然后说："好吧，我们都是醋坛子，我的几任前女友也不算不好，都漂亮，身材不错，相处也算合拍，但中国人跟西方人的观念还是差距很大，我跟她们没办法真正相互了解，而且我不是。"他叹了口气，笑了笑说："我不是一直喜欢你吗，这种事就算不说，对方也会察觉吧，西方女孩没耐性跟一个心有所属的男人相处，再喜欢我也不行，这是她们的观念，我其实蛮欣赏的。"

我表示赞同："确实，这是最起码的平等。"

"你回国后我熬了两年也忍不住回来了，然后就进了你在的医院，"他低声说，"我也不是痴情的男人，只是习惯了，对我来说，习惯了的东西很难改正。"

我笑了，主动吻了吻他的嘴角，低声说："我知道，我没那么自恋，还有，谢谢你的习惯。"

他也笑了，再一次抱紧我，哑声说："直到昨晚，我终于觉得自己踏实了。"

"嗯？"

"不是一个人，像一脚踩到地上一样，"他重复着说，"那件事真好，美妙得不得了，我们以后要多试试。"

我愣了愣，突然明白他说的什么，脸上骤然一片火辣。

他继续说："今天我坐在这儿，我想起我从小到大受过的不公平待遇，我忽然就释然了，真的。我跟我父亲，我们俩互相憎恨，他把我赶出来，这事他没做错，因为我那时再跟他生活在一块，没准哪天就会忍不住干掉他。而那样我会赔上自己的一生，我指的不是法律制裁，而是负罪感，弑父这种罪，如果我真的犯下，恐怕这辈子都逃脱不了它的阴影。"

"今天我万分感激他把我赶走，这样我才有可能开展属于我的人生，一个全新的、没有他掺和进来的、完全掌握在我手里的人生。我当整形医生，我替女人们修补她们的外形，我给重度烧伤或者毁容的人重塑他们的脸，我替他们尽可能恢复肌体功能，我做的工作可能无法推进医学发展，但我接触的是作为人最直观的东西，也是一个人是否为人的最为表层的价值判断。我见证了许多人揭开脸上纱布的瞬间，我是他们走向新的生命阶段的证人。这就是我的工作的意义。"

"幸亏我离开了他，如果我一直跟在他身后，就注定要为了追赶他而莫名其妙掉入那种名利场的逻辑当中，那样的话，我除了成为第二个许麟庐，几乎没有其他可能性。我也不可能跟你在一起，我知道你讨厌他，对不对？"

我点头，微笑着说："虽然有点冒犯你的父亲，但这是事实。"

"放心，你不是一个人。"他淡淡地说。

我轻轻咳嗽了一下，说："他的手术会成功的，邓文杰确实是个天才，我刚刚从那过来，以我的专业角度判断手术应该不会有问题。"

"嗯，希望他好。"

"希望他好。"

我想了想，试探着说："也许你可以说说你的母亲，当然那些不愉快的回忆就不用再提及了。"

傅一睿微微闭上眼，然后睁开，低声说："那几乎就没什么记得住了，她确实是个病人，如果她还活着，詹明丽恐怕也未必能治好她。"

"对不起……"我赧颜说，"我不知道……"

"没关系，"他冲我笑了笑，摸摸我的头发说，"她不是个令人愉快的母亲，我的出生也是她与许麟庐之间战争的筹码。她出身很好，从小被人娇宠惯了，性格本来就有问题，为了跟许麟庐结婚费尽心机，任何一个被她那么设计的男人都不可能真正爱上她，更何况她的对手是许麟庐？"

我沉默了。

"不过她很美，"傅一睿轻声说，"我记得她的样子，真的很美，现在的许太太及不上她的十分之一。"

我张开双臂抱紧了他，一如我想做的那样。我想这个时候语言是没有意义的，肢体动作可能会更说明问题。傅一睿回抱了我，他一边嗅着蹭着我的脖颈，哑声说："冉冉，你这样，我会上瘾的，如果哪一天不能抱你了，我会受不了。"

"没有那一天。"我说。

他顿了顿，问："真的？"

"我说话算数。"

这一刻极其美好，我们在无言的拥抱中交换了这个年纪再也说不出口的承诺。就在此时，我的手机又震动了。

我道了歉，松开他，掏出手机一看，居然是孟叔叔的电话。

自从上次见面不太愉快后我就再也没去看他，我知道他后来伤愈出院，但我也没去看他。他大概因为在我面前丢了面子，也没好意思联络我，但今天却突然打电话来，一定是发生了什么事。

我皱了皱眉接了电话，传来他有些气急败坏的声音："张旭冉，你不劝你阿姨别闹事好好过日子，反倒老撺掇她离婚，有你这么做后辈的吗？啊？你要真为她好就该替她着想，离婚的话我无所谓，她怎么办？以后你养她啊？你给她养老送终？"

我一下愣住了，问："孟叔叔，你什么意思？"

"什么意思？不是你让你阿姨把律师信发到我这来的吗？我还问你什么意思呢！"

孟叔叔的电话有些莫名其妙，我放下后想了想，还是给孟阿姨打了个电话过去，但响了许久都没人接，大概是她有事没把电话放身上。我也就暂时把这件事放下了。

许麟庐手术很成功。五个小时后，当邓文杰摘下口罩手套走出手术室时，一众观摩的同行都过去跟他握手道贺。邓文杰的态度难得没嚣张得意，只说病人现在还没过危险期，能不能算成功还得看接下来有没有排异现象。他的话不幸应验，许麟庐被推进特护病房，后半夜就出现急性排斥。我与李鼎良正好轮到值班，听到警报声后立即冲进去为他做急救，忙活了大半夜，总算将情况控制下来。

此时已天色微亮，我觉得有些疲惫，出来后对着晨曦做了几个基本的伸展动作。正弯下腰时，冷不丁发现有人在我背后，我吓了一跳，转头过去，却看见一个十八九岁的年轻男孩抱着手臂一言不发地看着我。

"你是谁？"我立即警惕起来。

那男孩慢慢从暗处走出来，我发现他长相英俊秀气，穿着街面上流行的嘻哈少年装扮，耳朵上至少钉了三个耳钉，留着过长的刘海，如果在他正常的状况下，可以想象这个少年会带着一脸不羁的表情无视一切于他有益或无益的既定规则。但他现在形容憔悴，神情有些恍惚，看着我的样子欲言又止。

我忽然觉得他的轮廓跟许麟庐有些相类，都是那种男性中属于精致的脸型。我皱起眉，试探着问："你是许先生的家属？"

少年低头没说话，过了很久才哑声问："我爸爸，他情况怎样？"

他的声音颤抖，带着明显的惶恐和无措。

我忽然心里就软了下来，不管我心里如何厌恶许麟庐，我却没办法迁怒于一个可能未成年的男孩子。我走过去，淡淡地对他说："跟我来。"

他抬头看了我一眼，我面无表情地说："跟我来，我告诉许先生的基本情况。"

他耷拉着脑袋跟着我走进我们的值班室。李鼎良正在泡咖啡，屋子里充满一股速溶咖啡的香味。他听见我的脚步声，头也不抬地说："喝吗？"

"不了，"我说，"咱们这有别的吗？"

"哦，前天我拿了一罐阿华田……"他抬起头，看见跟在我身后的少年，诧异地问，"这哪里来的孩子？"

"许麟庐先生的小儿子。"我把那孩子领进来，示意他坐沙发上，然后去泡了两杯阿华田，递了一杯给他，说："喏，喝吧。"

少年显然并不中意这种饮料，说："我要咖啡。"

"没有，"我冷冷地打断他，"只有这个，喝不喝随便你。"

他有些不情愿，不得不接过杯子，捧着一小口一小口喝着，我也喝了一口，这种东西味道并不算好，我皱了皱眉说："乖乖喝了这个，待会儿我请你吃早餐。"

"不用了，"他说，"我就是想知道我爸爸……"

"他毕竟七十岁了，"我淡淡地说，"年纪大了做心脏移植手术，风险我不说你也该知道。"

少年脸色变白，手也微微颤抖，我瞥了眼李鼎良，李医生笑了笑说："你也别担心，许先生的手术很成功，排斥也得到控制，以后坚持服药，五年成活率还是算高的。"

少年松了口气，低头喝杯子里的阿华田。

我盯了他半晌，问："你一晚上都在？"

"嗯。"他点头。

"你妈呢？怎么放你一个人在这儿？"

"她不知道，"少年说，"我只想一个人陪爸爸。"

我扬起眉毛，没想到那样的父母倒养出一个情感正常的孩子。我微微叹了口气说："暖和过来了吧？我带你去吃早餐。"

"不用了。"

"走吧，"我淡淡地说，"反正我也要去吃，你顺道一块来就是了。"

他有些意外，睁大眼睛看着我，大概从没见过这么热心肠的医生。我忽然就笑了，对他说："我跟你的兄长，如果你还记得你有一个兄长的话，我跟他是多年的老同学和好朋友。"

他微微张开嘴，我拍拍他的肩膀说："走啦，这里可不许外人坐，待会儿被人看到了我要挨批评的。"

他站起来，我把他的杯子接过去，顺手冲洗了，擦干手，这才带着他往医院的食堂走去。

食堂刚刚开始卖早点，已经陆续有病人家属和值夜班的医护人员来买。

我打了两份粥和包子，加两个凉拌菜，请这孩子坐下来一道吃。他大概是真饿了，拿起包子咬了一口，立即飞快地吃起来。

我微笑着慢慢地吃包子喝粥，他干掉两个包子，把粥喝得差不多后，这才缓过气来，看着我有些局促地问："那个，我哥，他还好吗？"

"还行，"我点头，"他工作挺顺利，领导也赏识，跟同事相处得也不错。"

他低下头，轻声说："我都好多年没看到他了。"

"对他还有印象？"

"有，"少年点点头，"我记得他很高。"

"还挺帅，"我笑了，"你们一家人长得都不错。"

男孩有些赧颜，默默地低头吃包子，过了会儿才问："你们是情侣吗？"

我差点噎住，忙喝了一大口粥咽下包子，这才："怎么这么说？"

"不然你为什么请我吃早点？"少年漫不经心地说，"我哥跟家里关系并不好，你装作不认识我，他也没意见。"

他抬起头，盯着我说："不过我老实告诉你，你可别干什么妄想缓和我们家庭关系之类的蠢事，我们家的事，你管不了。"

我笑了，问："这可以理解为忠告？"

少年怒气冲冲地说："笑什么？我说的是真的！你不要不自量力做多余的事。"

我轻轻咳嗽几声，抬手说："冷静点冷静点，我没有嘲笑你的建议的意思，相反我很感谢你直言不讳，坐好，还有包子，吃吗？"

他一脸郁闷地坐好，摊开双腿，弓着背说："不吃了。"

"行啊，"我继续啃我的包子，"你要有事就先走吧，我还要慢慢吃。"

"你，"他瞪我，憋出一句说，"你长这么丑，早晚被甩。"

"嗯，"我毫不在意地点头，"要有那么一天，我就找你还这顿饭的钱，没有白请的道理是吧？对了，你还没说为什么瞒着你妈在这里待了一晚上，她不同意你来？"

少年微微撇嘴说："她根本都没跟我说我爸住院的事。"

我一愣，问他："那你怎么知道？"

"我之前闯了点祸，怕他骂我，就偷偷跑去别的地方玩，前两天跟个同学联系，他告诉了我，"少年越说越小声，"要不是那个同学是我爸的粉丝，我都不知道他出这么大的事，我也不知道他原来心脏不好了，我走之前还气他……"

他难过地垂下头，浑身微微颤抖。

我问他："现在后悔了？"

"嗯，"他抬头，带着迟疑问，"我爸会没事吧？"

我从来不觉得小孩子不该承担责任，于是我直接说："你也是读医的，我听说你还挺有天赋，那你来判断一下，他会没事吗？"

少年紧紧咬着下唇不说话。

我笑了笑，放缓了口气说："你爸爸的病因很复杂，未必都是你的错。你要真觉得抱歉，那就对他好点，起码多来看看他，至少让他知道你来过，而不是这样傻乎乎地在病房外待一晚上谁也不知道。"

我在心里补充了一句，别的父亲会被感动，可许麟庐大概会觉得理所当然，不过这种话就不宜在这个少年面前说了。

我们相安无事地吃完早餐，然后一道回了心外科病房。我去交班，他去隔着玻璃看自己的父亲。尽管隔得有点远，但我清晰地看到男孩眼睛蒙着泪雾观望自己病床上的父亲。

我摇了摇头，叹息了一声，转身离开。

回家的时候傅一睿已经上班。餐桌上留了张纸条，说他给我熬了汤，让我睡醒了记得喝。字迹一如既往刻板工整，连汤的功效都写得清清楚楚，我看了哑然失笑，将他写的纸条收进书柜抽屉里。我想将他写过的字条都留下来，多年以后翻开来看，这会是很有趣的纪念品。

我洗完澡后在床上睡了一觉，睡得很沉，也没做什么梦，大概真是累坏了。要不是一通电话将我吵醒，我大概还会继续睡下去。我迷迷糊糊地摸到手机，放在耳朵边接听了，闷声道："喂，哪位？"

　　"冉冉？"电话里传来孟阿姨的声音，"还在睡啊，那个，你之前找过我吗？"

　　"哦，"我一下清醒了，揉揉眼睛，坐起来说，"是啊，阿姨，你身体怎样？汤医生说让我过去疗养院，怎么啦？"

　　"哦，老汤传话也不清楚，没什么，"她说，"我好得差不多了，想出院，你过来接我。"

　　"好啊，"我高兴地说，"什么时候？"

　　"嗯，大概这个周末吧，"孟阿姨的声音听起来清亮爽朗，"对了，我要搬地方住，阿蔡帮我在建设路租了一套房子，离你那也近。"

　　我吃了一惊，问："阿姨，你真的要搬家啊？"

　　"怎么？"她笑着问，"怕阿姨离你近去打扰你？"

　　"不是不是，"我忙说，"我是，接到孟叔叔的电话，他，他说你要离婚，是真的吗？"

　　电话那边沉默了一会儿，然后传来她平淡的语气说："是真的。老汤和詹医生都鼓励我，支持我这么做，我想了很久，也觉得再这么做夫妻没意思。冉冉，你支持阿姨吗？"

　　我笑了，说："阿姨，你就像我妈妈一样，妈妈做出这种决定，女儿怎么可能不跟她站在一起？"

　　她一下没话说，过了一会儿，才传来哽咽的声音："你这孩子，从来也不说这种贴心话的，冷不丁来一句，可，可真叫人受不住。"

　　我忙安慰她："我说的可是实话。就是孟冬今天在，他的意见也会是这样。"

　　"嗯，我知道，你是好孩子，谢谢你，"她呜咽着说，"几十年夫妻，我也不愿走到这一步，可，实在是忍无可忍啊，谢谢你冉冉，有你这句话，阿姨安心多了。"

　　"请律师了？"

　　"嗯，老汤介绍了一个，是他的老朋友，专打民事官司的，他说这种情况，都可以告老孟重婚罪，"孟阿姨擤了擤鼻子说，"不过我不想把事情做绝。财产什么的，我这么多年也有点积蓄，他的钱该我的我不退让，不该我的，我也不贪心。"

我眼眶有些发热，轻声说："阿姨，你真了不起。"

她笑着说："你到时候陪我。"

"当然。"

这个世界或许从来不相信女人的眼泪，

但是在能哭的时候痛哭流涕，并不是坏事。

　　剔除掉前段时间神经质的惶恐和不安后，孟阿姨的声音显得平静祥和，甚至有种久违的朝气。

　　它让我想起那样的一个事实：原来的孟阿姨是一个何等热爱生活的女人。她由衷地喜欢家庭琐事，喜欢摆弄那些瓶瓶罐罐，喜欢妻子和母亲的角色，喜欢如一个少女一般憧憬着未来。那个未来就如午后的阳光那么金灿灿，带着高于人体的温度，带着童年记忆中酸甜的水果糖味，她相信一切都会变好。

　　我常常惊诧于她那样一个女人，没有合格的谋生能力，犹如一株藤蔓一样攀附在娶了她的男人身上，却为什么会如此单纯地相信一切都会变好？她根本没有靠得住的依据，可是在那过往的岁月中，她却固执地保持了这点天真烂漫的念头。

　　或许对我们所有不得不在大江大河中备受颠簸的成年人而言，她简直就像个傻瓜，但若不是她这么傻，她又怎么可能在备受伤害后，仍然相信世上存在积极乐观的东西呢？

　　詹明丽事后跟我说，正是因为孟阿姨一直保持这种傻乐的心态，所以她才有可能被治疗。孟阿姨，拨开她被摧毁殆尽的昔日信仰，在内心深处，她仍然保有几十年来养成的价值观，她仍然相信好人有好报、明天会更好这类简单的观念。

它们可能不够准确，但对孟阿姨而言，却足够有效。

"就是她仍然需要信仰另一个男人，"詹明丽说，"以后的日子，她可能会更胆小更小心翼翼，但她仍然会把爱一个男人当成信仰。"

我忍不住问："那这样的话，如果后来的男人又辜负她，那么她该怎么办？"

"我不能做这种预测，"詹明丽告诉我，"你要知道，独立人格的建树不是上帝说要有光，于是就有了光那么简单的事，孟紫筠的观念是中国老式女人的观念，相夫教子，奉献家庭，这样的事情适合她，她也只适合这种生活状态。就算行为的结果不尽人意，但行为的初衷是不能否定的。"

"一旦否定，才是真正的摧毁，"我点头，"那就让她这样吧。"

詹明丽笑了："这样她的世界秩序才不会紊乱。"

但我仍然忧心忡忡，我发现我根本没法给我的孟阿姨找一个百分百可以让她依靠、不会变心的男人。这个可能性比中头等彩票的概率还低，我有点害怕，我见识过她神志失常时的模样，谁也不能预料再来一次，她会怎么样。

当天晚上跟傅一睿在外面吃饭时我心不在焉，等到吃完饭，他跟着我一道回了我的公寓，我还是心不在焉，后来我坐下来，发现他手里拎着一个大的旅行包，一样样把包里的衣服鞋袜放到我放这些东西的地方，这才回过神来，跳起来问他："喂喂，你干什么啊？"

"很显然，"傅一睿把他的剃须膏和男用香水放到浴室，回头对我说，"我在归置东西。"

"不是，"我结结巴巴地说，"你，你为什么要归置这些东西……"

"亲爱的，我搬进来了，"他面不改色过来亲了我一下，"笑一个，说欢迎你来住。"

"呸呸，"我啐道，"问题是我什么时候说咱们同居啦？"

傅一睿带着笑意说："哦，这个问题还用得着讨论？我没嫌弃你这地方小就不错了，你放心，房租我来付，生活费我掏，好吗？"

"水电费网费呢？"我愤愤不平地问。

"我掏，"他转身将衣服挂进我的衣橱，"明天我会订些新家具，你现有的这些不仅难看，而且放不了东西。"

"喂喂，那我出什么？"我跑到他身后嚷，"我又不是没收入，我可不要占你的便宜。"

"你啊，"他转头瞥了我一眼，淡淡地说，"你就把钱省下来买内衣吧，跟你说过多少次了，女人的内衣不能挑便宜货，必须挑贵的买，懂吧？"

我愣住了，他面不改色地说："还有我喜欢你穿紫色或黑色的，别买那种白色或粉色的，一点都不符合你的年龄。"

"傅一睿你够了啊，"我扑上去打他，"老娘爱穿什么穿什么，要你啰唆，不对，差点被你打岔了，我要说的是我都没同意你搬进来……"

他转身一把抱住我，将我顺势压到床上，贴上我的唇狠狠地吻了一通，吻得我晕头转向后，轻咬着我的唇说："现在说你很高兴我搬进来。"

我微微喘气，坚决不在他的威逼利诱下投降。

"说不说？"他的手悄悄伸进我的衣服，贴着腹部慢慢往上移动。

我受不住痒，笑了出来，连忙求饶说："好了好了，想搬就搬吧，我同意了。"

"乖。"他嘴角轻轻上勾，俯下脸来又吻住我。

"唔，"我在他细密的吻中挣扎着说，"傅一睿，你，你手往哪儿放呢，混蛋，唔……"

"庆祝同居得有个仪式，"他哑着声，忙不迭地解开我的衬衫扣子，边吻边说，"不要分神，专心点。"

于是这一晚上有关同居的话题最终便以滚床单收场，等傅一睿医生心满意足地继续收拾他那些小零碎时，我已经躺在床上动弹不得了。我把胳膊别在脑后，看着这个男人吹着口哨将他的贴身衣物与我的放在一块，忽然产生一种微妙的感觉，我问他："哎，为什么男人和女人非要住一块？"

"嗯？"他此刻心情正好，于是耐心地回答我，"因为人是群居动物，这是繁衍后代、保持社会安定的元素。"

"但是你不觉得奇怪吗？"我坐起来，拿被子掩住胸口，振振有词地说，"男人跟女人的生活习惯明明相差那么远，观念什么的也不尽相同，在一块会不可避免产生摩擦，会有分歧，会争斗，然后会有各种各样的龃龉来消磨掉彼此的感情……"

傅一睿将东西放下，过来抱住我说："但也有融合、理解、相互扶持、互相信赖，一起共渡难关，一起不孤独，你不能只看到负面因素，亲爱的，"他轻轻吻着我，低声问，"刚刚不就很好吗？"

我脸上发烫，他的吻落在耳郭颈项等敏感地方，这令我的身子不由自主地发软，我靠在他怀里说："也许吧。但如果只是性，明明可以在需要的时候再在一起，不用住到一块……"

"那不一样，"他摩挲着我光裸的臂膀，将它藏到被子里说，"别冻着了，盖好被子。我知道，将一个人领进你的地盘，你在害怕，其实我也怕，但我冷静地衡量过，如果我们不真正住在一起，不真正进入彼此的生活，我们永远无法真正拥有对方。而我想拥有你，你呢？愿不愿意拥有我？"

我点点头。好吧，拥有一个像傅一睿这样的男人诱惑力还是蛮大的，我笑了起来，轻声说："那先说好了，我们如果有看不惯对方生活习惯的地方，不要吵架，要沟通，能做到吗？"

"好，"他点头，轻轻抚摩着我的脸颊问，"你今晚有点异常，遇到什么事吗？"

我微微叹了口气说："孟阿姨啊，她给我打电话说要离婚，但我觉得那是在詹明丽和我们大家的鼓励下做的决定，我担心这个决定其实未必是她心里真正想要的，或者说，她其实并没真正明白什么是离婚。她能过得了那种日子吗？独自一个女人，家里没有男人，没有她为之奉献的对象，要命，我一想起这个就头疼。"

"然后呢？"

"我甚至想转身给带她去婚介所，"我闷闷地说，"可万一又遇不到好人呢？孟叔叔再差劲，至少他也爱过孟阿姨，养了她几十年，如果遇到个骗财骗色的坏男人，那才真是……"

傅一睿微微笑了，吻着我说："好了，想太多了，等事情真发生了再忧虑也不迟。不过我觉得你有点多虑，也许你阿姨身边早已有合适的男伴。"

"你什么意思？"我问。

他漫不经心地说："我只是从男性角度出发，你阿姨长得不赖，保养也好，性格方面虽然软弱，但能令男性产生保护欲和责任感。这样的女人身边会一直有爱慕者也不奇怪。"

我忽然想到一个人，压低声音说："哎哎，我觉得那个汤医生，就是上次我们去疗养院遇到的那个，说是孟阿姨的老同学，孟阿姨给我打电话，亲热地称呼他为老汤呢。"

傅一睿轻咳一声，将我塞到被子里，垫好我的枕头说："睡吧，别那么八卦。"

"我没说完呢……"

"睡吧啊，乖，这种事不用跟我说。"

我再一次见到孟阿姨的时候是在她原来的家里，她给我打电话说想收拾些东西去新居，问我有没有空。我连忙答应了，正好那天下午补休，就打了辆车过去。

到了那里按了门铃后，她亲自来给我开门，身上穿着样式简洁大方的浅紫色针织套裙，袖口裙摆都很宽松，绣有雅致的花朵，头发梳往脑后简单扎了个马尾，脸上干干净净，一点化妆品也没有，眉毛没有画，显得有些淡，但不影响修长秀雅的形状。一看到我，她微笑着，亲热地拉过我的手问："冉冉啊，来得这么快，午饭吃了吗？"

"吃了。"我笑着打量她，虽然不施脂粉，但她看着脸色还行，白里透红，充分显现这个女人保养得宜的优势。

"阿蔡有给我留了些点心的，你要没吃饱我给你拿。"

"不用了。"

"那自己倒杯水喝，我还没收拾完，你等等。"

"好。"

我自己在一楼客厅的饮水机那倒了水喝了，然后走进了她在一楼的主卧，里面乱糟糟的，抽屉和衣柜完全打开，地上床上堆了几个纸箱，她正在往里面整整齐齐地垒进去一些东西。

"要我帮忙吗？"我问。

她没有立即回答，只是低头将手里的丝绒小盒子整齐地装进箱子。

我走过去，发现此类的小盒子还不少，大概是各种礼品盒，看着已有了不少年月，她愣愣地拿着其中一个，半响不作声。我仔细一看，却发现她睫毛已经染上湿意，估计这是一件什么纪念品，我忙过去接过她手里的东西放进箱子，对她说："阿姨，要不你歇会儿，我来好了。"

"不，"她强笑说，"这些你不懂怎么收的。"

"如果不是必需品，不如别带了，"我试探着说，"你看，这种音乐盒现在也没人会摆出来……"

"那个很有纪念意义……"

我微微叹了口气，问："是孟叔叔送你的？"

"他第一次去欧洲给我买的……"

"这些也是？"我拿起一个木制盒子，打开来，里面是保存完好的几枚胸针。

"这个是结婚纪念日的礼物，"她含着眼泪说，"那个时候小冬还在，我们一家人那天聚一块庆祝了，你在美国，还给我们打电话，记得吗……"

我在她身边坐下，点头说："记得。"

她忍不住流下眼泪，哽咽着说："你看，阿姨就是这么没用了。詹医生说，要跟过去坚决地说再见，可我怎么也坚决不了，真的，我很努力的……"

"没事，没事啊，"我拉起她的手柔声说，"你跟孟叔叔怎么说也是做了那么久的夫妻，詹医生不知道你为这个家付出了多少，可是我知道。"

孟阿姨哭出声来："是啊，我把能给的都给了，不能给的也给了，为什么还这样？难道我对这个家曾经自私过？曾经怠慢过？难道我没有一心一意地付出过？我不是那样的啊？我做错了什么要有这样的报应……"

这是她第一次当着我的面正面表达自己的怨怒，我心下惆然，伸出手臂将她抱住，无声地抱紧她。

她在我怀里失声痛哭，呜咽着问我："我错了吗？啊，冉冉你告诉我，我错在哪了……"

判断对错这种问题本来就不是我擅长的，更何况，也许问题根本就不关对错的事，但在这样的一个时刻，却仍然只能用对错来框定这件事，我觉得万分难过。

这个女人也许不够理性，不够聪明，不够体贴，不够风骚，不够精明强悍，也许她从来不懂如何真正去讨好她的丈夫，也许她还经常做出可笑的、不靠谱、不符合年龄的举止。但这些都不是她要如此被人伤害的理由，她应该得到公平的对待，可问题是，处在这样一个弱势的位置，要求公平本身就很荒诞。

"嘘，没事了，哭吧，哭出来就没事了。"我拍着她的后背安慰着。

她哭了很久，一直哭到声嘶力竭才罢休，我的衣服已经被她的眼泪打湿，但我没有阻止她哭泣。这个世界或许从来不相信女人的眼泪，但是在能哭的时候痛哭流涕，并不是坏事。

她哭得连连打嗝，我忙出去给她倒了杯水递给她，孟阿姨回过神来喝了口水，有些呆滞地说："詹医生让我跟过去说再见，可是这么多东西，每一样都有回忆，真要说再见的话，我这大半辈子又算怎么回事？"

我想了想，说："也许詹医生的意思不是让你完全地忘记过去，你又不是失忆，怎么可能真的忘记？她的意思是别让这些东西成为你的负担，如此而已。"

她迷茫地看着我，我笑了，随手拿起一个包好的四方形纸包问："阿姨，这里面是什么？"

"嗯，是，照片。"

我打开那个纸包，那是一个木质相框，里面有张很多年前的全家福，年轻貌美的孟阿姨依靠在当时英俊的丈夫身边，怀里抱着一个男孩，那个男孩皱眉噘嘴，一脸不高兴地盯着前面，那是童年的孟冬，他虽然后来成为举世闻名的摄影师，可是他从来不喜欢别人给他照相。

我看着照片里这个一脸不开心的小孩，不禁扑哧一笑，随即微微叹了口气，手指抚摸上他的眉眼，心里有一种难言的滋味，似乎有酸楚和痛苦，但那都隔了层磨砂玻璃，迷迷蒙蒙，看不真切。我把照片拿到孟阿姨面前说："哇，阿姨，你年轻时可真漂亮。"

孟阿姨接过去，吸吸鼻子说："现在老了，不行了。小冬那时候才八岁，哄了好久才肯拍这种照片，这孩子从小就怪，不喜欢对着镜头，喜欢拿镜头对着别人。"

"是啊，"我笑了，轻声说，"他八岁，那我这时候才六岁。"

"可不是，瘦的跟小猴儿似的。不过很讲礼貌，你外婆教得真好，那么小一个孩子，见到陌生人都规规矩矩的，一点也不怕生，所以我一见到你就觉得好喜欢。"

我亲热地挨近她，赞叹说："阿姨，你看你年轻时眼睛多亮，当年很多人追吧？"

她有些不好意思，说："我，我也不知道，我很早就嫁了，嫁了人就是别人家的媳妇，哪里还管这些。"

我"呵呵"笑了，说："那么早嫁人，没觉得遗憾？"

"那时候很单纯，没想那么多，只想着我喜欢他，他喜欢我，结婚了挺好。"她忽然顿住，神情慢慢转为苦涩。

"那个时候挺好，现在虽然不好，但并不意味着以前的好就没有了啊，"我笑着说，"阿姨，你一向积极乐观，不是你教我的吗？只要心中有希望，荒漠也能变海洋。"

她低头想了想，忍不住也微微笑了，说："我说这些的时候，你跟小冬两个在背后笑我，你们以为我不知道？"

我惊讶地说："糟糕，您都知道啊？"

"两个小皮猴子，有什么我不知道的！"

我哈哈大笑，挽着她的手臂说："可不带秋后算账啊。"

"那要看你乖不乖。"

"阿姨，我要怎么才算乖啊？"我问她。

"来，帮我把那边那堆衣服装箱子里，"她站起来说，"我约了搬家公司五点过来，咱们得在那之前把东西归置好。"

我笑嘻嘻地点头，跟她一起忙忙碌碌地装东西。我们大概干了两个小时的活，才基本上将孟阿姨的个人物品归置整齐，她的零碎东西很多，单单帽子鞋子就装了不少纸箱。我忙着往那些箱子上贴封口胶，这时我兜里的手机响了，我放到耳朵边一听，居然是邓文杰。

"老大，我今天是补休啊。"我嚷嚷。

"知道知道，我是有个事告诉你一声，"他说，"刚刚我在人民医院肿瘤科的朋友给我电话，说李少君化疗的效果不错，CT 检查结果是癌细胞没转移。"

我高兴地说："这样能手术了？"

"能手术了，"他也有些高兴，"就是要摘掉整个子宫。"

"能保命就好，她不会在意后代这种事。"

"我想也是，"邓文杰笑呵呵地说，"她能活着真是太好了。"

"你也不用有那种莫名其妙的负罪感了，"我笑着说，"说真的我一直没明白她得病有你什么事啊？"

"你懂个屁，我那不是想做点男人该做的事吗？"

"你反正不男人也这么多年了，继续保持吧。"

"张旭冉，你想加班加到吐是不是？"

我笑出声来："领导，你其实挺男人的，别想那些有的没的啊。"

"是吗？"一向自信的邓文杰忽然迟疑了起来，"那个，你真觉得，我还行？"

"是还行啊。"

"再问一句啊，"他吞吞吐吐地问，"我这样的，对你这类的比较理性的女人有没有吸引力？"

"还凑合吧。"我说。

"可我怎么觉得，你们这类女人表面上说得好听，没准背地里会嘲笑我。"

"邓文杰你怎么回事啊？"我问，"不对，什么是你们，除了我你想指谁？"

"想多了你，"他断然拒绝，"我就是随便举例问问，不爱说拉倒。"

他挂了电话，我莫名其妙地盯着手机看了会儿，孟阿姨问我："谁啊？"

"哦，我们科领导，就你见过的，邓医生。"

"那个长得很帅的？"

"可不就是那个像花孔雀似的男人，"我笑着说，"我们挺熟的，他刚刚问了我点事，又不肯说清楚，我觉得挺奇怪。"

"他也老大不小了吧，老这么一个人，父母也不催他？"

"邓文杰家估计很西化，不干涉孩子的私生活，"我笑着说，"而且他很享受单身。"

"不明白你们怎么想的，唉，"她叹气说，"以前小冬我就管不了，闹不明白年轻人想什么。"

我笑了，继续帮她收拾东西，她忽然问："冉冉啊，你，跟那位傅医生，确定关系了吗？"

我愣了愣，随即笑着说："嗯，我们已经住一块了。先试试吧，不合适再说。"

"你……"她吃惊地看着我。

"我知道自己在做什么，放心吧阿姨。"我冲她笑了笑。

她还想再说什么，此时突然传来大门被推开的声音，我们都吃了一惊，随即一阵脚步声传来，我们俩还没回过神，就看见孟叔叔铁青着脸，大步走过来说："你真回来了，不是要跟我离吗？有本事别回来，你——"他顿住了，看到满地打包的纸箱，愣了愣问，"你们这是在干吗？"

我并没停下手里的工作，用力拉扯手里的透明胶带发出刺耳的声音，然后干脆利落地贴到纸箱封口，孟叔叔在我左前方站了一会儿又问了句："冉冉，你们，为什么收拾东西？"

我瞥了孟阿姨一眼，她嘴唇发抖，眼中噙着泪水，却一言不发地躲到一旁，我微微叹了口气，尽量和颜悦色地说："如你所见，孟叔叔，我在帮阿姨整理东西，她想搬出去。"

"搬出去？"孟叔叔喃喃地重复了一遍，立即皱眉问，"搬哪去？你离开这还能上哪儿？"

他脸上怒色呈现，指着孟阿姨喝问："紫筠，你自己说，你要去哪儿？你能去哪儿？这不是你的家吗？你居然一声招呼都不打就想走！你眼里还有没有我？日子不想过了是不是？你说话啊你！"

孟阿姨两行泪水唰地流了下来，她颤声说："我，我就不想过了怎样？我跟你没法过了……"

孟叔叔愣住，怒极反笑说："不过了？想离婚是吧？行！我成全你，签字吧，协议在哪儿？拿出来我立即签了它！但有一条我告诉你，你别想我掏一分钱赡养费，更别想跟我分家产！这屋子里的东西也都是我置办的，你别想带走，听明白没有！"

孟阿姨白了脸，睁大眼睛难以置信地看着他，泪水涌得更凶。

"夫妻一场，不是我要说这种狠话，是你别逼我把事情做得那么绝，"孟叔叔缓和了口吻，对孟阿姨说，"紫筠，这么多年我没亏待过你，今后我也不会亏待你。我知道你心里不好受，可是你也为我想想，冬冬一去，我们老孟家眼见就要绝后，小宁肚子里那个孩子我能不要吗？人家一个大闺女不要名分跟着我，我能不管吗？你要是担心她威胁到你，那我今天可以给你一个准话，冉冉在这儿也听着，做个人证。我郑重跟你承诺，只要我在一天，你就当一天的孟太太，你就还是我明媒正娶的妻子，这个地位谁也夺不走，可以了吧？小宁是个好女人，她不会跟你争这些，我在社会上也是有头有脸的人，绝不会干这种让人笑话的事。紫筠，你去外头看看，我这个阶层的男人，很多不是在外头有人吗？我到今天为了子嗣才不得已收了一个女人，你为什么不能体谅我一点？"

我听得气血翻涌，要不是眼前这个男的是长辈，我恐怕此刻已经控制不住自己上去唾骂他一顿。但愤怒之余，我却不得不承认他说的是实话，或者说，他说的，是站在他角度上的大白话。

"退一步海阔天空，都几十岁的人了，没必要闹得让晚辈取笑，"孟叔叔继续说，"我是为你好，离婚了你靠什么养活自己？好吧，养活自己可能不难，但你过了这么多年锦衣玉食的日子，让你回去当普通老百姓你能习惯吗？你看看你自己，就这身衣裳，都抵得上冉冉半个月工资。你说你离开我，日子还能过得舒服？我是真为你打算，别被外人怂恿了一时脑袋发热，干出什么让自己后悔的事来。"

"我自己有钱。"孟阿姨低声说。

"你那点钱能过多久？让你购多少次物？别开玩笑了，"孟叔叔冷笑一声，随意说，"别再说了。把东西都放回去，别动那些傻念头。外人劝你离婚那是多简单一句话，可你要真离婚了日子过不下去，你以为谁理你啊？阿蔡呢？很久没一块吃饭了，晚饭我在这吃吧。"

我正要说话，却听见孟阿姨微弱的声音说："我不要。"

"你说什么？"

"我不要跟你吃饭，"她说，"我受不了。"

"紫筠，你什么意思？"孟叔叔怒道，"我跟你说了这么多都是白费了吗？"

"我，我懂你的意思，"孟阿姨一边流泪一边说，"可我是真的不能跟你过，对不起老孟，我，我有想清楚的，你说那些，经济财产什么的，我不太懂，詹医生说有法律的，你也不能违法。可我想说的不是这个，我想说的，是我受不了你，我只要一想到你睡过别的女人，还跟她要生孩子，还会夺走我死去那个孩子的名字，我就浑身发抖，胃里会翻腾得想呕。詹医生说不要恨你，她说怨恨使人丑陋，但是我真的，真的没办法不恨你，刚刚我还在跟冉冉说，这个家里所有的东西，我收拾一件，就像收拾出一件跟你的记忆一样。几十年一块生活，说血浓于水也不为过，可你说不要就不要，说变心就变心，我都不明白你怎么能这么狠心……"

孟叔叔脸色铁青，打断她说："我没说不要，我从没想过跟你离婚！甚至我都没想过要伤害你。"

"是吗？"孟阿姨呜咽着反问他，"你一点也不了解我吗？你不知道对我来说最重要的东西是什么吗？我一辈子都给了你，给了这个家，就算我做得不够好，我不够格当一个好妻子，我不是个好母亲，可我竭尽所能掏心掏肺，把能给的都给了，不能给的也给了，我没有对不起你，我就算有错也不该受这种惩罚……"

她掩面痛哭，孟叔叔冷着脸说："你几十岁的人说这些也不害臊，我就是要一个儿子，你到底明不明白啊？我就是他妈的要一个儿子！"

我听不下去了，过去半抱住孟阿姨，拍着她的后背说："别哭啊，阿姨，别哭。"

"冉冉，你劝劝她，你比她懂事，你告诉她，除了我还有谁这么替她打算！"孟叔叔气急败坏地跺脚，"一天到晚言必称詹医生，难道那个医生会负责你吃负责你穿？开玩笑！没了我，你连看医生的钱都没有！"

我抬头看了他一眼，淡淡地说："叔叔，您少说两句吧，阿姨也有手有脚，要养活自己不难。"

"养活自己不难？你也跟着她一块糊涂吗？她从没正式工作过，社会经验等于零，又上了年纪，过惯了好日子，你以为她还能干什么？去给人打工？她一没技能二没学历，哪个用人单位敢用她？她日子过不下去怎么办？你养啊？你养得起吗？就算你有本事，养得起也肯养她，可你不用结婚了？只怕你肯，你未来的老公也不答应这种荒唐事！"

"我养自己的妈天经地义，我要嫁的男人要连这点都不明白，那嫁来何用？"我皱着眉说，"而且您也太有意思了，您怎么就断定她离开了就活不下去？您怎么就以为离婚了想不给赡养费就不给？这世界上还有《婚姻法》的，有法庭，有媒体，有妇女援助机构，有我们这些真心愿意帮助阿姨的人的。您刚刚说对了，您确实出去是有头有脸的人，但有句话您别忘了，光脚的不怕穿鞋的，别把人逼急了，到时候就不是捅一刀能了的事！"

"张旭冉，有你这么跟长辈说话的吗！"孟叔叔勃然大怒，"你在威胁我？好，你去告我试试，我倒想看看你们能折腾出什么来！"

"叔叔，您别激动，我不是那个意思，"我缓和了语气说，"我要是你，管自己小老婆和未出生的孩子要紧，糟糠之妻不下堂都下堂了，何必还硬要维持这个面子呢？早早放手，各自投奔新生活，大家梅开二度多好，日后相见了也能打个招呼。至于我阿姨日后的生活，您已然不关心，就别老是委屈自己来关心了。干脆点，给笔钱打发走人，她身边这不还有我吗，难道还会过不下去？退一万步说，要真过不了一个人的日子，她长这么好看，性格又这么温顺，找个第二春什么的多容易的事，您还烦什么呀？"

他被我气得脸色发青，哆哆嗦嗦指着我说："你还打这个主意，你，你，幸亏我儿子死得早，不然，不然他要娶你，我第一个不答应……"

"幸亏冬冬死得早，不然，他才是最难过的，"我干笑了下说，"您大概不知道，他对您和对母亲，都有艺术家那种狂热的爱，您以为他知道这种事能扛得住？"

孟叔叔哑然无语，坐回客厅的沙发上。我懒得再理会他，上前扶起孟阿姨柔声说："到饭点了，咱们出去吃，就要你喜欢的江南菜好不好？"

孟阿姨没说话，只是一个劲擦眼泪，我搂着她，慢慢哄着出了门，我们都没有回头看孟叔叔。在我身后那间大房子里，有个女人等待她的丈夫，花费了比一生还要漫长的时光，但凡事终究有个头，感谢上帝，她再也不用等下去了。

"我说，别离开我，"他目光炯炯地看着我，

"我是说真的，只要你待在我身边，任何形式，不管是婚姻还是什么，

只要你想，我都会满足你。"

我们在孟阿姨喜欢的餐厅里吃她爱吃的江南菜，那里的仿古家私和雕花屏风，低垂的竹帘和水墙那传来的潺潺声，让我们的情绪都莫名平静了许多，甚至我们都有些精神恍惚，不约而同陷入对往事的怀想中。

但我没有怀想多久，手机就响了，是傅一睿打来的，我接听了说："喂。"

"吃饭了吗？"

"在吃，跟我阿姨一起。"

"吃什么了？别省钱，"他说，"给你阿姨点点好吃的，回来我报销。"

我说："真的？有你这话，我就点鱼翅来漱口了啊。"

他硬邦邦地说："不准吃这种不环保的东西。"

我调侃他："那来点阿拉斯加蟹？"

"别被人骗了，阿拉斯加离这远着呢，"他冷静地反驳我，"真想吃就点大闸蟹好了，至少产地在中国。"

我哈哈低笑，扶着额头说："傅一睿，你真是没幽默感啊。"

"你有幽默过吗？"他一本正经地反问。

"不管是否幽默，你都要给面子配合一下嘛，这才是有风度的绅士该做的不是？"

"有风度的绅士是什么？那玩意能吃吗？"

"去，"我果断打断他，"我挂了啊，阿姨在呢。"

他语调中染上笑意，低声说："早点回来，我想你。"

"嗯。"我笑了，掐断了电话。

孟阿姨坐我对面，安静地看着我："那个傅医生好吗？"

"嗯？"

"他对你好吗？"

我略一沉吟，说："他是个很严谨的人，可能缺乏活泼和激情，但不乏稳健宽厚，对我很好，总之到目前为止我觉得还不错。"

"只是还不错？"她笑了，低声说，"我以为是非常好，就像很多年前你告诉我的那样，你还记得吗？那时候你好年轻，小冬也好年轻，你们俩手牵着手站在我面前，小冬说妈妈你要是不同意我们的事我就带冉冉离开，你却说阿姨我们俩的关系都是我主动，不关小冬的事。"

我一下沉默了。

"对不起，我说这些不是为了惹你讨厌，更不是要干涉你的私生活，"她沙哑着声音说，"我只是，只是突然间想起我自己，我年轻的时候，也曾经有过相信人是能够在瞬间决定一辈子的……"

"那您现在后悔了吗？"

"后悔吗？我不知道。"她慢慢地抬起头，看着前方，她的眼睛因为哭过而格外清澈，坦白说，这个年龄还保持如此清澈的目光，她依然动人。

我伸出手，搭在她的手背上，她回我一笑，反过来握住我的手，轻声说："无论如何，你一定要幸福。"

"我尽量。"

我们正说着，孟阿姨的电话响了，她低头看了看，对我说："是老汤，哦，就是汤医生。"

我微微耸肩，示意她接电话，她接通了，低声说："喂，老汤啊，嗯，东西都收拾好了，没什么好帮的，谢谢你，嗯，我没事。什么时候？后天吗？好，我有时间，我到时候过去。"

　　她挂断电话对我说："老汤给我介绍了一个专打离婚官司的律师，那个人说，我胜诉的概率很大。"

　　我点头，冲她鼓励一笑。

　　"其实老孟一直不知道，我偷偷存了点钱，每个月从他给的生活费中省出来的，当初老孟的事业刚开始，各方面压力很大，冬冬又小，一个家吃饭穿衣样样都要钱。我总是很担心，怕万一出点什么事，家里连一分钱都拿不出来。所以我瞒着他，一丁点一丁点地攒，这么多年养成了习惯，居然存了不小一笔钱。"她自嘲地一笑，"只是那些苦日子他都忘记了，我嫁给他快三十年，也就是后面十来年过得好点，前面的日子还不是要自己洗衣服做饭？唉。"

　　"我记得那时候，你要是煮香菇鸡汤一定会让孟冬喊我过去吃，我们俩一人一只鸡腿就高兴得跟过节似的。"

　　她脸上浮现回忆往事的隐约微笑，点头说："不是每天都吃得起鸡的，可你跟冬冬都在长身体，都要营养，我就从那省下来的钱中拿一点给你们加餐。"

　　我眼眶热了，哑声说："怪不得你自己从来不吃。"

　　"应该的啊，妈妈哪有跟孩子们争吃东西的道理？"她笑了笑，语调凄凉地说，"一只鸡分成好几份，胸脯肉剔下来给全家人炒菜吃，骨架子并鸡腿给你们煮汤，内脏和爪子卤一下又是一碟小菜。你阿姨我不是生来就只会穿这种真丝裙子，只会指挥阿蔡做事的。"

　　"阿姨……"我哽咽着说，"您一直做得很好，我记得的，孟冬在天上也会记得。"

　　"可是老孟不记得了，"她眼眶含泪，"他失忆得很严重。"

　　"是的，"我说，"可没办法，只好随他去了。"

　　"嗯，"她问我，"冉冉，我还能过好吗？"

　　我一愣。

　　"没事，别说漂亮话诓我，"她轻声说，"过不好也没什么，大不了不过了。"

我握紧她的手说："谁也不能打包票说你一定会更好，但我想，再糟糕，也不会糟糕过现在是不是？"

孟阿姨看了我良久，点了点头。

吃完饭后，我将她送去新租的房子那里，蔡婶已经在等她了。我目送她走进那个小区，那是一片外观上看很安全的普通居民住宅楼群，门口还有轮岗的两个保安。

我没有进去，而是转身沿着马路一个人慢慢走回家，夜晚的空气似乎比白天要清新，但马路上车辆仍然川流不息。我走得不快，因为我在不停地思考，一开始是想如何才能帮助孟阿姨摆脱失败婚姻的泥沼，但慢慢地，有些东西无声无息地流入情绪中，我莫名其妙地难过起来。我想起孟冬，想起我的青葱岁月。孟阿姨说得没错，我曾经如此坚决果敢地爱过一个男人，那种感情一生之中只会有一次，一次就足以烧毁你体内所有的激情。

也许烧得太猛烈了，所以它注定无法长久，注定只能成为回忆。可能回忆它也没太大意义，但对一个成年人来说，总有那样的时刻，你对自己的过往满怀悲伤，不能自已。

我慢慢地走着，不知不觉中泪流满面，我想我不是在哀悼孟冬，我是在哀悼我的过往，哀悼自己生命中不得不承受的遗憾，就如孟阿姨那样一刻不停地流泪。我想我们尽管毫不相同，但在这一点上殊途同归，我们都必须独自一人，为自己的过往服丧。

我不知道走了多久，等我发现自己已经走到自家小区的大门口时，我用了整整一包纸巾安静地拭去脸上的泪水，整理我脸上的妆容。等我走到路灯下，我已恢复成往日的张旭冉。

我轻巧地进了大门，穿过小区花园的小径，走到楼下，刚刚想按对讲机让傅一睿开门，但又觉得没必要。我掏出钥匙开了楼道的门，走进电梯按了我所在的楼层。到了家门口时，我用我的钥匙开了门，却在开门的瞬间听见傅一睿疾言厉色用英文说："我说了你打错了就是打错了，这没有你要找的人，我再重复一遍，这没有你要找的人，女士，你再拨电话来骚扰，别怪我不讲礼貌出言不逊了，对，我们中国男人不讲究绅士风度，你管得着吗？"

他"啪"地一下挂了电话，转头发现我，脸上掠过一丝诧异，随即说："你什么时候回来了？"

"刚回来，听见某人在发飙，"我笑了，弯腰换着鞋子问，"谁啊，连我们傅主任这么好的脾气都给惹毛了。"

"国际长途，说打错了那女的还没完没了地纠缠，真是烦，"他放下电话，过来接过我的手提包，环抱住我亲吻了一下说，"今晚吃得好吗？"

"好，"我笑嘻嘻地说，"谨遵谕旨，花了好几百，喏，给钱报销吧。"

"小财迷，"他笑了我一声，搂着我边往里面走边说，"放心吧，往后我每个月给你一笔专项资金，专门给你社交用好不好？"

我愣了愣，说："嘿，铁公鸡突然自己掉毛了，稀奇哈。"

"我对你难道吝啬过？"

我白了他一眼说："这不是开玩笑吗？"

"拜托你没什么幽默感就不要强开玩笑了，不好笑的，"他帮我脱下外套，挂到房间的衣架上，回来说，"张旭冉女士，你是不是忘了什么？"

"什么？"

"热恋中的男女，分别一段时间后再见，不应该有亲热表现吗？"

"啊？"我惊奇地反问，"我们岁数都不小了，那些小年轻玩的……"

"谁说那是小年轻玩的，"他弯腰贴近我的嘴唇，吻了好一会儿才说，"我认为我们做得远远不够，以后要将这一条列入家规。"

"嗯？"我被他吻得迷迷糊糊。

"早上要亲，出门要亲，回来要亲，当然床上更加要亲。"他带着笑意，又低头吻住了我。

我抬头让他亲了会儿，微微侧过脸避开他的唇，躲闪着他的眼神说："我累了，要不我先去洗澡等下早点睡？"

傅一睿微眯着眼看了我一会儿，随即直起腰，淡淡地说："行，那你去吧。"

我点头，起身进卧室拿了换洗衣服，走进浴室拧开龙头冲洗起来。

我洗了大概二十分钟，然后慢腾腾地从浴室出来，傅一睿不在客厅，我四处找了找，发现他站在阳台上，顾长的背影在夜幕中显得格外孤独。他的手指间夹着一根烟，我微微一愣，他在我面前几乎从不抽烟。

我知道以他的敏感，一定察觉到什么了。我本能地想弥补刚刚的冷淡，但我的情绪连我自己都捉摸不透，要如何跟他诉说？我咬着下唇，有些犹豫地站在他身后开口说："一睿，我今天情绪不太高，去阿姨那边遇到孟叔叔了，他说了些很难听的话。后来阿姨哭了很久，我不知道怎么安慰她……"

他转过身，弹了弹烟灰，冷静地问："这么说，你会哭是因为她的事？"

我想了想，还是点了点头。

傅一睿一言不发，又狠狠抽了口烟，慢慢将烟雾吐出，然后突然一笑说："你会难过也正常，毕竟他们是你最熟悉的长辈，做晚辈的，没有愿意看到长辈闹离婚的。"

我走过去，伸出手臂抱着他的腰，仰头问："可是你不高兴。"

"我是有点，"他掐灭烟头，回抱我说，"心情不好要跟我说，不然我会，我会怀疑是我哪里做得不够好……"

"傅一睿，你不用这样，"我将脸贴在他胸膛上，闷声说，"你一直很好，这点你知道的。"

"可我怕你不知道，"他叹息了一声，苦涩地说，"我今天下午，回来前去看了许麟庐。"

"哦，许先生情况还算稳定。"

"是啊，他恢复得不错，邓文杰说五年的存活率在百分之七十以上，"傅一睿淡淡地说，"我看着他想，为什么他连动手术的运气都这么好？这个人，明明自私自利到极点，为什么老天却老是眷顾他？"

"有句话可能不敬，但很贴切，"我轻声说，"祸害遗千年。"

傅一睿憋不住笑了，吻吻我的额头说："我很想你，一整天都是。幸好你在我身边，不然可真难熬。"

我不说话，踮起脚尖亲他的嘴角。

他的视线变得柔和，托起我的后脑勺深深地吻了过来，很久以后，久到我被他亲得浑身发软，几乎要站不住时，他终于恋恋不舍地放开我，哑声说："别离开我。"

"啊？"

"我说，别离开我，"他目光炯炯地看着我，"我是说真的，只要你待在我身边，任何形式，不管是婚姻还是什么，只要你想，我都会满足你。"

我呆愣地看着他，半晌才回过神来，强笑着挣脱开他的怀抱说："啊，好像有点饿了，你给我煮青菜面好吗？"

"张旭冉，别转移话题。"

我只觉得喉咙发干，心里并未有该有的激动，而是一片空茫。在这片空茫的大海中捞取什么实质性的承诺给眼前这个男人近乎天方夜谭。

我看着他，艰难地说："我们，能不能不要谈这个，太快了……"

"你就不能给我一句准话吗？"他目光锐利地盯着我，咬牙切齿地问，"实说了吧，张旭冉，我爱你，我要跟你一辈子在一块，你呢？"

"我，"我慌乱地问，"我什么我？"

"你呢？你爱不爱我？"他近乎焦灼地问，语调颤抖。

他的样子是我从未见过的，狠厉中带了脆弱，或者脆弱才是实质，狠厉只是他不得不装扮出来的面具。我忽然就心软了，我想答应一声又何妨？何必去追究我心底不确定的东西？世界上对我最好的人是他，而我最不愿伤害的人也是他。

我看着他，缓缓点了点头。

他脸上现出松了口气的表情，伸出双臂紧紧抱住我，力气大到几乎想把我勒死，我一动不动任由他抱着，慢慢地笑了起来，伸手回抱了他。

无论如何，他高兴就好。

我们还持续着拥抱的姿势，这时门铃却响了，傅一睿万分遗憾地松开我，过去开了门。门口传来邓文杰的声音："靠，你怎么这时候还在这儿？"

"我住这里。你呢？这么晚还来找我女朋友，你不觉得都要构成性骚扰了吗？"

"你以为谁都跟你似的能受得了张旭冉？"邓文杰嗤之以鼻，提高声音说，"张旭冉，你出来，我有两句话跟你说。"

我忙答应了过去，邓文杰站在我家门口，脸上是少见的烦躁，他示意我将傅一睿支开，我为难地看了傅一睿一眼，傅一睿说："有什么当着我的面说。"

"喂，你知不知道什么是隐私啊？"

"你的隐私？那你别说了，我跟冉冉都没兴趣，"他冷冷地说，"回见，邓医生。"

他拉着我要回去，并做出关门的动作，邓文杰忙说："等等，等一下，张旭冉，你也不管管你家这位，有他这么没礼貌的吗？"

我笑了起来，说："行了，有什么话进来说吧。"

邓文杰跟着我们走进来，傅一睿虽然脸色不豫，但到底还是没说什么。

他甚至亲自进厨房煮咖啡，然后拿一个托盘将一应用具摆到饭厅。即便不情愿，这个男人也有根深蒂固的待客礼貌。空气中弥漫着咖啡的浓郁香气，在我小小的寓所中，这种香气带来闲适和安宁之感。于是我有些困顿，懒洋洋地靠在椅子靠背上微闭着眼，一会儿一双手掌伸到我肩膀处力道合适地拿捏着，我微笑起来，靠上那双手，舒服地眯起眼睛。

他捏了一会儿，我反手拍拍他的手背，抬头朝他微笑了下说："够了，谢谢。"

傅一睿低头吻了我的额头一下，拉过椅子坐在我身边，把手臂搭在我的椅背上，对端着咖啡杯犹自发呆的邓文杰说："哎，你不是来我们家神游的吧？赶紧把咖啡喝完了，该干吗干吗去。"

邓文杰回过神来，挑了挑眉毛说："张旭冉，你的女权意识呢？你就让你男人这么对你朋友啊？哎，你不觉得不尊重我就是不尊重你，给我脸色看就是间接给你脸色看，你不觉得……"

我听得头疼，立即举手说："行了行了，我什么时候跟你搅和到一块了？我本人怎么不知道？"

"不承认啊，你这可真是打击我，想当初我们俩在一个手术室里，你负责这块我负责那块，我们多么亲密无间啊，多少次我们挑灯夜战，多少次我们并肩奋斗，你怎么能这么撇清咱们的关系呢？你现在倒好，有了男人忘了导师，对，"他正襟危坐，装模作样地说，"我就是你的良师益友。"

我扑哧一笑，说："损友吧你其实是，你自己说，多少次拿我当挡箭牌击退你那些追求者？"

邓文杰笑嘻嘻地说："那还不是你杀气重吗？"

"滚！"我白了他一眼，"你来找我，一准就没好事。"

"这回你可猜错了，"他大咧咧地从西服内袋掏出两张票，啪一下拍到我们跟前说，"知道你爱这些个玩意，正好有朋友给我票了，喏，连你男人都有份，我够意思吧？"

我拿过来一看，居然是我喜欢的摇滚乐队来华演出的门票，我欢呼一声说："哇，邓文杰你偶尔也会干件人事嘛！"

"什么话！"他吊儿郎当地说，"我这不是知道你们留美的大部分好这一口吗？"

"我们留美的？"傅一睿从我手中拿过票，淡淡瞥了眼，然后放回桌子上说，"这话听起来怎么那么有趣。"

邓文杰瞪着他问："什么意思啊你？"

"没，"他冷冷地说，"我只是想说你有心了，这个乐队在我们医学院所在的城市影响极大，几乎我们所有人都听过他们的演出。"

"是啊是啊，"我笑着说，"你还记不记得，有一年的圣诞舞会全场都在放他们的歌？"

"记得，"傅一睿转头对我说，"吵死了，你那时候好像刚去美国对吧，我记得你连跳舞都不会。"

我不好意思地笑着说："嘻，从小我外婆就不让我搞那些，她是那种老式的大家闺秀，觉得扭屁股太不雅了。"

傅一睿的眼中染上笑意，摸着我的耳垂说："于是培养出你这么个小古板？"

"可不是，"我笑呵呵地说，"所以我头一回见到詹明丽穿着性感吊带跟男生们跳舞时眼睛都快瞪出来了。"

"詹明丽是很能来事。"傅一睿点头说，"那家伙从高中就不安分。"

"是舞会女王呢，"我不无羡慕地说，"好像她每次一出现都会成为全场焦点。"

"亲爱的，"他低头对我说，"如果你肯把花在人体上的时间匀出三分之一用在自己的穿衣打扮上，你也会成为全场焦点。"

我笑着说："少来，我就是全身从头到脚堆满金子也未必会发光，这点自知之明咱还是有的。"

他低头吻我说："没关系，你成为我的焦点就够了。"

我们亲了会儿嘴唇才分开，对面的邓文杰放下咖啡说："喂，你们好歹收敛点，这还有个大活人呢！"

我哈哈大笑，坐正了身子说："好吧，迁就一下可怜的邓医生。"

"就是，"他捏捏自己的眉间抱怨说，"我今天站手术台上四五个小时，来你这休闲下，你们就忍心喂我吃狗粮？"

"行，对不住了，换话题吧，"我笑着问他，"你爱听啥话题？"

"你刚刚说，詹明丽喜欢参加舞会？"邓文杰转了转眼睛问。

"应该吧，我不知道，但她那样出众的女性在舞会那种场合备受瞩目是应该的事。"我笑着低头喝了口咖啡。

"而且她能顺便满足自己的女性虚荣心。"傅一睿淡淡地说。

"这倒是，"邓文杰摸摸下巴，"漂亮女人就该从男人的瞩目中吸取自信的营养。"

我挑起眉毛，笑着说："你这么说，好像前提是女人的自信来自男人？"

"难道不是吗？"他大言不惭地反问，"傅一睿，你说说看，我是不是有道理？"

傅一睿微微低下头，嘴角上勾说："这个问题嘛，我只能说男人跟女人的角度不同。"

"切，"邓文杰嘘他，"在你女朋友面前也太怂了吧。"

"我很荣幸，"傅一睿不以为意，反问他说，"与这个没有答案的问题相比，我更感兴趣你为何会突然对詹明丽感兴趣？"

邓文杰显得有些不自然，几乎立即反驳说："我，我有吗？"

"有，"我肯定地说，似笑非笑地诈他，"你别乱忽悠啊，詹明丽跟我是好朋友，她可什么都告诉我了。"

邓文杰果然撇嘴，挥手说："为什么我每回对哪个女人感兴趣，这个女人都是你的好朋友？"

"我也很奇怪，"我耸耸肩说，"大概你的审美跟我的审美接近？"

傅一睿说："那可不是什么好事。"

我笑了，邓文杰恼怒地瞪了他一眼，举起咖啡杯喝了一口说："好吧，我承认，我是对她有某种，超乎友谊的，超乎肉欲的，兴趣。"

"重点在后面的形容词，"我立即笑嘻嘻地追问，"哟，超乎肉欲了？这个可新鲜啊。"

"我不是衣冠禽兽，谢谢。"邓文杰没好气地说。

"不是吗？"傅一睿惊奇地问我，"那坐我们对面的，是什么新物种？禽兽衣冠？"

我笑出了声，邓文杰这时候反倒厚脸皮了，正正自己的衬衫说："好吧，我承认，你们两个老古板是没法理解我的。"

"嗯，"我点头说，"别打岔，说说你对詹明丽的那个兴趣。"

"我觉得她很特别，"他微微往后仰，皱着眉思索着合适的语句，"当然她很漂亮啊，毋庸置疑的漂亮，但我第一次没有因为美貌而被一个女人吸引，我是被她的声音……"

"声音？"我说，"恭喜你，前进一小步，人类一大步。"

"我听不出声音跟肉欲有什么区别，"傅一睿淡淡地说，"从本质上讲，这都是诱发欲望的因素。"

"我都说你没法理解我，算了，我不说了。"邓文杰放下咖啡杯。

"邓医生，没有这样说一半不说的，"我忙安慰他，"行了我们不做评判，你继续，她的声音对你而言很有吸引力？"

邓文杰摸摸头发说："我也说不出，我头一回留意到她的声音，是在她的诊疗室里，我躺在沙发上，那个沙发还蛮舒服，可以把脚放上去。我就这么舒服地躺在沙发上跟她说我觉得自己不对劲，然后被她说了一通，严格地说，是被她抢白了一通，她强迫我承认，我所谓的不对劲，对自己缺乏男性责任心的担忧，全他妈是闲出来的，然后她建议我别再浪费她的时间，回医院去做台手术，最好一边手术一边放那个摇滚乐队的歌曲，于是我的烦恼就会统统不见。"

我忍着笑问："结果呢？"

"结果，烦恼没有不见，于是我又去找她，第二次，第三次，一开始我确实是因为内心的焦虑，"邓文杰撇撇嘴说，"你们知道，那时候李少君的事令我怀疑自己的价值观，但慢慢地，我爱上了在她诊疗室赖着的感觉，什么也不干，就躺在她的长沙发上睡觉。"

"听起来不错，"傅一睿说，"只除了那个女人就算什么也不做，诊金什么的照收不误这点比较扫兴。"

邓文杰讷讷地说："她也算贡献了她的声音。"

"哪怕那个声音不是对着你说话？"我惊奇地说，"天哪，邓文杰，你完蛋了，你现在就像情窦初开的小男生，你开始在女人身上寻找母爱的感觉了……"

"放屁，我什么时候需要母爱？我那是觉得安宁。"邓文杰涨红了脸，坚决反对。

"算了，"我挥挥手说，"反正你完蛋了，我确信这一点。"

"真的？"邓文杰坐正了身子，犹犹豫豫地问，"那个，我有个问题。"

"说。"

"我想问你，"他不满地瞪了傅一睿一眼，"哎，你能不能回避下，这个问题涉及隐私。"

"OK。"傅一睿没有异议，起身离开我们，走进厨房。

"我想问你啊，"邓文杰神神秘秘地低声说，"你觉得詹明丽会不会性冷淡？"

"啊？"

"我给了她不是那方面的暗示，但她一直无动于衷。"

"不是吧?！"我大喊出声，"你居然敢去撩詹明丽，不想活了你……"

"嘘，小声点。"

我压低了声音，骂他："你疯了你，詹明丽没揍你？她可是学过跆拳道。"

"那倒没有，"邓文杰沮丧地说，"她正儿八经地分析我，认为我这种情绪是不真实的，是病人对心理医生的移情作用。你听听这是什么话，她还不如揍我呢。"

我扑哧一笑，拍拍他的肩膀说："哎，承认吧，她不是性冷淡，她只是对你没兴趣而已。"

"难道我魅力下降了？"

"不是，"我笑着说，"你只是不是她现在想要的男人而已，即便是你这样的情场杀手，也该知道，你未必能俘获所有女人的芳心。"

"我不能？"他疑惑地皱起眉头。

"至少你就不能俘获我啊。"我笑嘻嘻地说。

"啊，张旭冉，你算女人吗？"

"滚！"

这天晚上我们的谈话就在嬉笑中结束了，邓文杰回去的时候情绪总算不像来时那么颓丧。接下来几天我在医院见到他，他的情绪都相当高，看起来即使追不到詹明丽那样高高在上的美人，也丝毫不会降低邓医生对自我的满意程度。

李少君的手术在此时也进行得很顺利，我在她术后去看望她，她躺在病床上几乎动弹不得，却依然朝我没心没肺地笑。她精神不太好，我也就没久坐，把给她买的营养品放下就走了。余朝方送我出来，在拐角处突然对我说："张医生，我打算等少君出院后就跟她结婚。"

"啊？"我吃了一惊，问，"这么快？不是，少君同意？"

"还没跟她说，"余朝方说，"她出院后不能回原来住的地方，身边又离不开人，我打算把她接到我在张家围的房子里，现在我把里头的人清出来了，到时候房子里头就我们俩，还有她爸也过去。我再请个钟点工做饭什么的，平时就雇个看护上家去。我给她把屋子都收拾好了，她不是爱看三角梅吗？我在我们家晒台那种了一圈，让她看个够。"

我深深地被震住，一时间不知道说什么好，半晌才哑声说："余朝方，我希望你不是出于怜悯……"

他大咧咧地打断我："我是粗人，说不出什么大道理，也不明白怜悯有啥不好。那么漂亮的一个大姑娘一下瘫床上动不了，搁谁见了都得心里难受不是？那要是这叫怜悯，我承认，我肯定有怜悯。可怜悯不能叫我跟她结婚对不对？我再大公无私,也犯不着为可怜个女人搭进去自己。我是……"他顿了顿,跺跺脚说,"我是真的放不下她。"

"可你怎么办?"我皱眉说,"你想过没有,伺候病人可不是一天两天的事,久病床头还无孝子呢,你别一时冲动害了俩人啊。"

"我跟你说不清楚,"他烦躁地撸撸头发,"我这么跟你说吧,打她跟我发小相好那会儿我就看上她了,这姑娘泼辣,不装,骂起人来能半个小时不带歇气不带重复,我就是特别贱,被她越骂还越舒坦。后来她被男人骗了,不辞而别,我为了她我跟几十年的哥们儿都翻脸,看她动手术,我他妈怕得一晚上睡不着觉。我知道你不相信我,她也不相信我。没关系,不信就不信吧,我做好了长期抗战的思想准备,大冷天揣块石头进怀里还能焐热了呢,更何况是人心?"

我哑然无语,想了很久,才说:"她,往后就算康复得好,可也一辈子生不了孩子,这你该知道……"

"我能不知道吗?她那手术同意书还是我揽着她爸爸签的,"余朝方叹了口气说,"有娃什么的当然好,可没有也就没有吧,反正我们家还有我哥,轮不到我传宗接代,实在不行等我赚了钱去收养一个也没啥。"

"你真想好了?"我轻声问。

"想好了。"

"那成,我祝福你。"我伸出手,他愣了一下才反应过来我要跟他握手,于是手忙脚乱地把手往身上擦擦才跟我握住,摇了摇,很不自然地放开。

我笑了,对他说:"对少君好点,不然我第一个不放过你。"

"知道知道。"

孟阿姨搬家的事比她预想的多了几分波折,因为搬了一半回去时她们发现老房子的门锁被人换了,她的东西有一大半没法拿,正应了那天孟叔叔放的狠话,要离婚,要搬出去,就一点东西都不给她留。孟阿姨气得浑身发抖,回到租的套间里一个劲淌眼泪,饭也吃不下。蔡婶着急了,偷偷给我打了个电话,我一听,顾不得跟傅一睿在外头吃饭,拖了他就往孟阿姨的新家赶。

我们开车一路飞驰过去,傅一睿安抚我说:"别担心,你阿姨不会有事的。"

"孟叔叔太过分了，"我焦躁地说，"那些东西不是值钱玩意，但都是孟阿姨多年来收着的，有她对那个家的点滴回忆，孟叔叔来这一手，是生生地要她跟他们孟家斩断关系啊！"

"那不是更好？"傅一睿扶着方向盘说，"既然打定主意要离婚，就该跟过去告别干净不是吗？"

"不是那么简单的，对孟阿姨来说，那是她过去的全部生活，谁能跟自己过去的生活完全断绝来往吗？"

傅一睿瞥了我一眼："但她必须得往前走，move on，对不对？"

"往哪走呢？"我茫然地问他，"她生活的全部意义就在那些小零碎上，那些不是包袱，它们可能也是孟阿姨最珍贵和珍惜的东西。孟叔叔真是，怎么这么混蛋啊？"

"你说粗话了。"

"我现在只恨我的词汇量少，我恨不得把中英文中所有的骂人话都轮着来一遍。"我愤愤不平地说。

"你呀，"他微微带了笑意，匀出一只手来搭在我手上，"别太烦心了，有我呢。"

我冲他点点头，握住他的手。

到了地方，我们在附近找停车位，我打开车门的时候忽然想起来问他："哎，你说要不要给詹明丽打电话让她来一趟？我怕阿姨钻牛角尖，要那样我说什么可不管用。"

傅一睿皱了皱眉说："先看看吧，不行再给她打电话。"

我点了点头，两人一块进了小区，坐电梯上了楼，孟阿姨新租的房子是备受白领青睐的那种套间，地方不大，两房两厅，但光线充足，楼下绿化得也不错。孟阿姨做了几十年主妇，收拾房间安排一个家的生活是她最娴熟的工作，因此她跟蔡婶两个人花不了几天，就把这间寓所布置得清醒怡人，色调优雅。

我上次来的时候，发现她精神状况好了许多，还高兴地对我说："冉冉，这是我这辈子第一次为自己布置一间房子呢。"

这还没几天呢，就出事了。

蔡婶帮我们开了门，出乎意料的是，屋子里还有一个男人。不算高的身材，清瘦的相貌，鼻梁上架着眼镜，正是我们在疗养院见过的那位汤医生。

我们进屋的时候，他正在耐心地对着紧闭的房门说话。见到我们俩，他略微点了下头算打招呼，然后继续他敲门动作，他一边轻敲一边说："紫筠啊，你再不出来，你喜欢的电视剧就要演完了啊，今晚好像剧情蛮曲折的，那个女主角又哭了，也不知道哭什么，你出来跟我讲好不好？"

汤医生回头看到我们，目露喜色，"张医生和傅医生来看你了，他们很担心你呢，刚刚从医院下班就跑过来，张医生看起来好像很累的样子啊，也不知道吃晚饭没，你说这些孩子多不容易，工作压力又大，还得匀出时间来担忧你，结果再把她累病了，到时候你就该心疼了不是？"

我有些好笑，汤医生冲我做了下手势，示意我过去。我走过去，敲门说："阿姨，我是冉冉啊，出来好不好，有什么事，出来跟我说好不好？"

"快出来吧。"汤医生在一旁微笑着帮腔。

门嘎吱一声打开了，孟阿姨红着眼睛，吸着鼻子哑声说："谁让你把冉冉叫来了？我又没什么事，心里难受，哭两下也不行吗？"

"行，行，是我跟阿蔡大惊小怪，你快去洗个脸吧，"汤医生说，"精神些，我们大家来喝汤，阿蔡煲了一下午了，闻着可真香。"

孟阿姨有些不好意思，又问我："饿不饿？阿姨给你们煮面。"

"饿啊，"我笑着说，"我们可是吃饭吃了一半就赶过来的。"

孟阿姨一下着急了，忙说："怎么不早说，我这能有什么事啊？你当医生本来三餐就不正常，再这样，往后胃溃疡怎么办？别说了，我马上给你煮面去。"

她快步朝厨房走去，我冲傅一睿和汤医生笑了笑，汤医生暗暗竖起大拇指，低声说："还是你厉害。"

"哪里，阿姨当我是亲闺女才疼我。"

"我们过去坐吧，有些事我想跟你们说说，"汤医生微笑着领我们走到客厅，大家都坐下了，他笑着对我说："旭冉，我可以这么称呼你吗？我跟你阿姨是老同学，所以倚老卖老，觉得好像能直呼你的名字。"

"当然可以，"我点头说，"您不介意的话，我也叫您一声汤叔叔。"

他乐呵呵地点头，取下眼镜在袖口上擦了擦，又戴回去问："我想你已经知道紫筠要离婚的事了，听说你不反对，是真的吗？"

我坐正身子，点头说："是，我支持她离婚。"

"那就好，"他笑着点了点头，"接下来你阿姨可能会打一场硬仗，我想我们每个人都该好好支持她。离婚对紫筠那样的女人来说，可不只是离开老孟，更重要的，是把自己过去的生活推翻重新开始。"

他看着我，目光温和："重新开始这种事，对年纪大的人来说，非常难。"

我点了点头，哑声说："我知道，该做的我都会做。"

"旭冉，紫筠有你这样的女儿，真是她的福气。"

我还没回答，就听见傅一睿淡淡地说："汤医生，孟阿姨有您这样情谊深厚的老同学，那才是她的福气。"

我觉得有些尴尬，忙暗地里捏他的手，示意他不要说了。

但傅一睿不为所动，他盯着汤医生说："您不觉得吗？对比起我们这代人，你们那个年代的同学友谊，才是真正经得住考验的。"

汤医生微微涨红了脸，他轻咳两下，随即说："我跟紫筠认识了几十年，不能不帮忙，不然良心上过不去。"

"谢谢，"我说，"汤叔叔，如果您的家人对此有异议，那么您只管忙您自己的事，这里交给我没关系。"

汤医生笑容一顿，忽然明白了什么，坐直了身子看着我们认真说："我太太很早就过世了，孩子现在也成年，在外地上学呢，我基本上就是一个孤老头，没这方面的顾虑。"

就在此时，孟阿姨端着一碗热腾腾的面从厨房出来，高声说："冉冉，快来吃东西。"

我忙答应了，起身过去餐桌那边。傅一睿跟汤医生在客厅继续聊天，我则陪着孟阿姨坐在饭厅呼哧呼哧地吃面。

孟阿姨的手艺很好，很简单的一碗面，从肉到菜到面的分量全都恰到好处。

我尽管不太饿，这时候闻着香味也激发食欲，不禁埋头大吃。吃着吃着，我发现孟阿姨出乎意料地沉默，于是抬头问她："阿姨，还难过哪？"

她勉强一笑，说："吃你的。"

"那些东西，要不然就不要了吧，"我迟疑着说，"往后你会有其他更好更多的小玩意。至于衣服鞋子那些，以后再买就是，咱们也不是非得穿名牌对不对？"

"我不是在乎东西……"

"我知道，你是在乎那些东西里承载的记忆，但是……"

"冉冉，"孟阿姨轻声打断我，"那些记忆，忽然间也不是那么重要了。"

"那您还这么伤心。"

"我伤心，是因为我看到那个女人了，"她咬了咬下唇，哑声说，"就在我那个家门口，我看见他带着那个女人在车里等我，然后你孟叔叔下车，递过来钥匙说只要我不离婚，房子就还是我的。最难过的是，那个女人也下车来，挺着大肚子求我，说只要我不离婚，她甘愿在外头当小妾，孩子生了也不会让他出现在我眼前影响我的心情。"

我愣住了，讷讷地说："为什么蔡婶没跟我说这个……"

"这么没脸的事，她大概是说不出口吧，"孟阿姨呆呆地端详自己的指尖，轻声说，"冉冉，我在当时，觉得自己真是个罪人。"

"你胡扯什么啊？"

"我阻碍了一对苦命的鸳鸯，还妄图用离婚来令男人负罪。我还不是罪人吗，我真是罪该万死。"

"阿姨，你别这么说。"我心里涌起一阵苦涩。

"荒唐的地方就在这里啊，分明跟他做了几十年夫妻的人，可到头了我却成了他的罪人，笑死人了对不对？"孟阿姨惨淡地一笑，然后拢了拢头发，环顾四周说，"想起来，我这辈子就是个不折不扣的笑话，我从来没为自己自由自在地生活过，我只是孟太太，我无时无刻不在琢磨怎么成为更好更优雅更迷人的孟太太，但到了今天我却不懂了，到底当孟太太的那个女人是谁？"

我沉默了。

"所以啊，冉冉，我在刚刚，才真的下了离婚的决心，"她看着我，轻声说，"我一面哭一面想，是时候该把孟太太这身戏服拿下来了，对不起，之前我其实只是顺着詹医生和老汤他们的意愿在做决定，我内心深处可能并不是真的想离婚。但现在我想了，因为孟太太这个头衔，光是听到，就已经让我觉得难受得不行。"

　　"阿姨，任何时候我都会站你这边的。"我对她说。

　　她眼中闪着泪花，说："我知道，谢谢你，我的女儿。"

"张，我还记得你头一回做我的助手，畏畏缩缩得像只鹌鹑，"

帕曼低头边干活边说，

"现在你像个女战士，这样很好。"

　　第二天上班的时候我被叫去我们科主任办公室里谈话，因为他是科里的一把手，连邓文杰都得给三分面子的老主任，所以我心里有点紧张。

　　我自忖自己最近的行为算得上爱岗敬业，虽然没有进手术室，但做一个二线医生还算称职。我整理了白大褂后敲门进他的办公室，老主任正在埋头写东西。我在他跟前站好了，轻声说："主任，您找我？"

　　"是啊，小张，我们科下个月很荣幸地请到美国心脏权威专家詹姆斯·帕曼教授来这里做为期一周的研讨交流，我听说你曾经是他的学生？"

　　我心里一惊，忙说："是。"

　　"那太好了，你负责接待他，"老主任笑着说，"想必他也会很乐意再次见到你。"

　　我咬了咬下唇，点头说："好的。"

　　"你看起来好像不太乐意，"主任问我，"怎么，帕曼先生很难相处吗？"

　　"不，"我忙摇头，"他是个很宽厚的长者，给过我很多帮助。"

　　"既然如此，你该高兴才是，重逢恩师是件大好事，呵呵，等你到我这个年龄，才会明白以学生的身份去见老师永远比以老师的身份去见学生要好。"

"为什么？"我忍不住微笑了。

"因为你不用看着他们长大然后顿悟自己老了，"他笑着补充，"对了，你准备一下，帕曼教授可能会亲自做一次心脏瓣膜手术，如果他同意，那么你需要充当他的助手。"

"但是我……"

"怎么，你有什么困难吗？"老主任问。

我沉默了，过了一会儿才低声说："没。"

"那好，就这么定了，"老主任笑呵呵地说，"去忙你的吧。"

我点点头，走出他的办公室，我知道他一直以来都是个正派严谨的外科医生，而这样的人愿意给我第二次机会，实在令我感动，同时也说不出不识好歹的拒绝话语。但我出了门却明显感到自己脚步虚浮，心里空落落地莫名其妙产生恐慌，几个月前的那种无从着力感仿佛又重新回到我的体内，也许它们从没离开过，只是我善于自我欺骗和自我掩饰，从而强迫自己忽略它们。

鬼使神差地，我走到当初在我手上丧命的那个男孩最后待过的病房，当时他推出手术室的时候情况一切良好，所有的数据都表明他的生命还牢牢地在我们的控制之下。

于是我离开了他，那一刻我的职业道德让位给了自身难以承受的情感纠纷，我因此受到了惩罚，我永远地失去了我的病人。

就算理性追究起来这不算一起医疗事故，就算我并没有影响医院其他二线三线医生对他的及时抢救，就算邓文杰后来一再对我暗示，那种突发情况，即便是他当时在场，能做的也未必比其他医生做得多，做得好，他也可能会回天乏术，但我就是无法原谅自己。

我看着那张空空的病床，挪不开眼睛。

"喂，你在看什么？"一个人忽然打断我的冥思。

我转过头，不远处站着一个男孩，五官俊美，穿着打扮就如街头的嘻哈少年。见我看他，不觉挠挠头发，走过来说："你不会忘记我是谁了吧？"

我想了想，认出了他，这是傅一睿的异母弟弟，许麟庐的小儿子。

但我此刻不想跟任何人说话，于是我冷淡地点点头，继续注视那张病床。

"喂，你真不记得我了？我是许一涛，傅一睿是我哥，你不是自称是他女朋友吗？你果然是骗我的吧？"

我仍然不理会他。

"哎，你看什么呢，那张床有什么好看的？上面什么也没有啊，你傻了？受刺激了？傅一睿甩了你了？"

"闭嘴。"我冷冷地喝止他。

他闭上嘴，不情不愿地站在我身边，一同探头看那张病床，不过安静了两分钟，他又忍不住鼓噪起来："我明白了，你是不是在凭吊什么人？那个人在这里死掉的对吧？是你的老情人？哇唔，看你脸色这么臭，真被我说中了？不是吧，我随便乱猜的……"

"许一涛，"我皱眉，转过头瞪他，"你不去陪你爸你妈在这瞎扯什么呢？"

"哦，我爸已经摘掉呼吸器了，他只要一能自由说话，我们俩就不能在一个空间里共存五分钟，我妈怕我再把他气出个好歹来，就把我赶出来了。唉，"他装模作样叹了口气说，"为什么父母和孩子不能相互理解呢？"

"因为这种事本来就不是必需品，"我不耐烦地说，"父母和孩子相互理解成为朋友之类，不是生活的必需品。"

他微微一愣，问："什么嘛，明明是他一直老觉得自己是对的，我都无法跟他沟通。"

"那你呢？你难道不是也一直没听他的，他也没法跟你沟通啊。本来就不想相互沟通的两个人，干吗老做白费力气的事？"我匆匆下了结论，"总之就是你要求太多了。"

他听得一愣一愣，末了吹了下口哨，对我说："你可真酷。"

"还行吧。"

"吃吗？"他递过来一管硬糖，是柠檬口味的。

我接过掰开一颗丢进嘴里，硬邦邦的糖块在唇齿间碰撞发出声音，一股浓烈的柠檬薄荷味瞬间弥漫开，我微微眯眼。

"好吃吧，这是我治疗忧郁症的秘方，"他笑嘻嘻地说，"我妈说我有硬糖瘾。"

我微微笑了，含着糖说："你这么小有什么忧郁症。"

"你不科学了吧，忧郁症不挑患者年龄。"他低头掰开糖纸，也含了一块在嘴里。

"无论如何，你还没资格让人死在你手里。"

他点头："那倒是，但我差点让一个人死掉，这算不算个事？"

我偏着头看他。

"因为我不耐烦跟着那群蠢里蠢气的实习医屁股后面整天干量体温、缝伤口、擦仪器或检验粪便这类事，于是我在急诊室擅自给人动了个小手术，结果出了点错，准确来说那不是我的错，是跟我合作的那个小护士的错，她太紧张，以至于将肾上腺素的剂量弄错了。"

"什么小手术？"

"没什么，割盲肠，很简单。"

"你没经过任何医生的允许擅自割开一个人的肚子，这不简单，"我正色说，"你这是对病人生存权的漠视。"

"得了，别又来一个说教的。在我看来，医生如果尊重病人的生存权，那医学就无法进步。不要告诉我你不知道每一种新的治疗法不是建立在对无数病人进行试验的基础上。"

我笑了："错误就是错误，你只是割盲肠，不是做尖端手术，别给自己的低级错误贴金好吗？"

"那你呢，你在这凭吊你的病人，他就会起死回生？你的错误就不是错误了？"他尖刻地嘲讽我。

他说得没错，这个小混蛋。我转过头，决定不再搭理他。

"好了好了，我说错了行不行，喂，那个病人真的很重要？"他凑过来，拿胳膊肘碰我，"你认识他？他是你朋友？"

"不认识，"我哑声说，"我只记得他年纪比你小一点，看起来发育不良，皮肤白里透着青。"

"你对他干什么了？"

"在他术后的关键时期，我没在这儿。后来他出状况了，抢救不过来。"

"于是你就不断假设如果你在就好了，如果当时你没离开就好了，是这样没错吧？"

"没错。"

"我也有过一次这种经历，"少年轻声说，"在我小时候，那会儿我哥还住家里，我有点怕他，不过也想引起他的注意，于是一天到晚找他的小麻烦。他从来不理会我，哪怕我把他的书丢到地上，把水洒到他被窝里，拿钢笔涂黑他的照片，他都不搭理我。我越来越愤怒，但我能做什么呢，我求助于我妈也无济于事，我想，也许我们家，哥哥只会对父亲的话有所重视。后来有一天，在他又一次无视我后，我给父亲打了电话，边哭边说哥哥欺负我，还欺负妈妈，请爸爸回来救我们。结果父亲真的回来了，他暴跳如雷，狠狠打了哥哥一顿，然后把他赶出了家门。"

我挑起眉毛，转头盯着他。

少年垂下头说："我跟你一样，不止一次地想，如果我当时不打这个电话就好了，如果我当时只是走开然后玩自己的玩具就好了。"

我深吸了一口气，然后问他："你的意思是，傅一睿被赶出家门都是你害的？"

"大概是吧。"他咔嚓咔嚓地嚼着硬糖。

"但我不明白，你为什么会打电话跟你父亲告状？还会说这么严重的话。"

"这个啊，我后来想了想，可能因为他们两个人都暗示过我可以找父亲告状。"

我思绪有些乱，却还是说："既然如此，你又为何要后悔？"

"不知道，"他迷茫地说，"我也不知道这种情绪算不算后悔，但我想，如果家里有个哥哥的话会不一样吧，即便他冷冰冰的也无所谓，也许我能成长为另一个人呢。"

我慢慢咀嚼他这句话，忽然笑了，点头说："你说得对，傅一睿那个人，有他和没有他，确实会大不相同。"

"切，"他鄙夷地看了我一眼，然后嘀咕，"虚荣的女人。"

"嗯，这个虚荣的女人也许会邀请你去跟她和她男友共进晚餐，你接受吗？"

少年意外地瞪大眼，看着我，讷讷地说不出话来。

我笑了，说："如果你学会多说两句好话，这个邀请说不准会来得更快些哦。"

"你，你说真的？"他结结巴巴地问。

"不一定哦，"我说，"如果它是真的，我建议你修修发型，换一套正常点的衣服来，傅一睿那个人不会喜欢嘻哈风格的。"

由于孟叔叔坚决不同意离婚，这件事操作起来比想象中困难了许多，于是走上法庭势在必行。

孟阿姨虽然心里不愿将这件事闹大，可走到这一步也没办法。孟叔叔本来就是精明强干的商人，他对付一个家庭主妇显然要有办法得多，不出一个星期，财产转移，他本人有外遇的证据也被销毁得七七八八，就连那个要给他生孩子的女人也不知被他藏匿到哪个地方，孟阿姨想告他重婚都不知道从何做起。

而司法程序方面也比我们想象的要麻烦许多，也费时得很，在这种时候，我们不得已求助了一家私人侦探机构，希望能够取到对我们有利的证据。

在一片烦心事中，唯一值得安慰的是孟阿姨的心态日趋平静，而且渐渐有了与以前不同的豁达。

汤医生现在经常去她那儿，帮她开方子抓药调养身体，中医的不可思议之处显出了效果，一个月后，她的睡眠好了许多，精神各方面恢复得不错。现在的孟阿姨，整个人从里到外透出一股不同以往的润泽之光，虽然穿的戴的没以前那么讲究，但看起来却比以前年轻漂亮。

在这个过程中，我也迎来自己职业生涯中的一件大事。

享有世界声誉的小儿心外科专家帕曼教授终于如期来到中国。他就是当初我在美国当实习医生时对我青睐有加的外科主任，如果没有他，我不可能那么快就摸到手术刀，不可能有机会参与许多尖端的大型手术，回国后也不可能这么快成为主刀大夫。

那时候，他还邀请我跟他一块参与一项名为"拯救儿童心脏"国际慈善医学行动。在他主持的医院里，我有幸目睹他拯救了一个又一个亚裔或者拉丁裔的小孩，其精彩程度足以令我佩服得五体投地，也是在一次次亲眼见证这个行业最优秀的外科医生如何操作，才令年轻的我一度将成为他那样的人作为毕生的目标。

可惜那时我让自己的思维限制住，总想尽快结束在美国的生活，选择回中国来跟孟冬建立一个小家庭。

我想的很简单，孟冬始终是要回来的，那么我在他回来之前，将一个家搭建好，令这个空间尽可能地温馨舒适，让他由衷地喜欢待在这里，那么他就会留下来不走了。至于我自己的职业，留在美国当然会好，但回国也未见得不能做个好医生。

帕曼教授对我的离开，话里话外还是流露出不理解。在他看来，一个外科医生要成长，没有什么比留在优秀的团队中更有利的了。至于这个外科医生的性别，她的文化习俗和国别差别，她作为一个年轻女性对爱情的盲目和信仰，这些对那样纯粹的科学家来说都不在考虑范围之内。

于是我离开了美国，他也不说什么临别赠言，只问我，你能想象自己五年后会变成什么样吗？

我那时候太年轻了，于是我说我能。

说这句话的时候我半点也没想过我会有朝一日，连进手术室的勇气都没有。

再见到帕曼教授时，他的样子苍老了些，白发比那时多，但神采不减当年。他带着两名男助手，都是新面孔，帕曼跟我简单介绍了一下后，便趁着他们取行李时对我笑着说："亲爱的张，看看你，完全成了一个充满魅力的女人了，如果你在我那工作时是这个样子，说什么我也不会放你走。"

"教授，您现在后悔也来不及了。"我笑呵呵地回他。

老头装模作样地叹气说："就是，我白白丧失了一个招揽男助手的活招牌。要是有你这样的漂亮女人装点实验室，哪怕给他们降低薪水福利，那些家伙也会来吧？"

我们一起笑了起来，帕曼教授拍拍我的肩膀说："怎样，我这次能受邀去你们家吗？这样我也能近距离看看那个走运的男人。他把你娶到手了吗？那个年轻人叫什么来着，抱歉，我记性不太好。"

我含笑对他说："如果你指的是当初我为之回国的男人，那么他不在了，不过现在我有新的伴侣，说起来您可能还记得，我当初在整形外科的朋友，傅一睿医生。"

"啊，傅一睿，我记得我记得，那个高个的中国男人，那时候他常常来实验室找你，我一度还以为他是你的情人，怎么，那年轻人到现在才追到你？效率真是太低了。"

我们一路说说笑笑，跟着两个助手坐车去他们下榻的酒店。晚上，老主任和邓文杰并科里的几个骨干医生都过来了，在那家酒店的宴会厅为帕曼教授设宴接风。傅一睿受邀也过来，跟帕曼聊得很愉快。

吃过饭后，帕曼教授对我说："张，还记得'拯救儿童心脏'组织吗？我这次来，就是受他们在中国的分部邀请，来给一个两岁半、患了先天性心脏病的女孩做肺动脉融合术，你有兴趣参加吗？"

我还没说话，老主任已经在一旁说："她当然有兴趣，毕竟不是每天都能看到帕曼教授在两毫米的血管上做切口。"

帕曼呵呵笑了，看着我说："两名助手名额，一个是贵院的邓医生，另一个我想你来，这样我也可以亲自看看，这么些年过去了，你进步了哪些地方。"

我心里一阵发紧，傅一睿悄悄站在我身边说："帕曼教授，您这样像突击考试的老师，学生们可不欢迎啊。"

周围的人都笑了，帕曼随即又跟老主任就一些问题聊到一块，邓文杰也掺和了进去。我叹了口气，悄悄走到后面，傅一睿跟我并肩走，低声说："怕了？"

"有点。"我老实说。

"怕也得上。"

"你不明白……"

"冉冉，你该对自己狠一点。我知道这个很难完成，但如果这一次机会你放弃了，那么它接下来只会越来越难，一直难到毁掉你的职业生涯为止。当然我并不介意你不当医生，可能我更愿意每天下班回家看到你无所事事地闲晃。但如果那样，你会快乐吗？"

我哑然无语。

"怎么愁眉苦脸的？"傅一睿带着笑意说，"我牺牲了独占你的机会把你推给伟大的医学事业，相比之下你要做的不过是穿上无菌服戴上手套口罩重新踏进手术室而已。我都没发愁，你有什么好愁的？"

我扑哧一声笑了，看着他哑声说："我想跟你单独待着，现在。"

傅一睿眼睛一亮，点头说："那我们还等什么？"

他不待我说话，已经上前跟帕曼教授和老主任他们道了别，我只好跟着说再见，随后与傅一睿一道走出酒店，我们走向地下停车场，打开车门坐进去后，傅一睿忽然紧紧抱住了我。

"来做吧？"他在我耳边低语。

在这种私密而又公开的场合中听到这句话分外刺激，仅仅靠着他的话，他微微变急促的呼吸，他加诸腰部的手掌的力量和温度，就已经令我发热，腰肢发软。但我还是有顾虑，我之前的性经验从来没有一次是发生在非私密空间的。我轻声说："可是，这里不是在家……"

他却没说话，只是放开我，然后从前座跨到后座，在后面对我低声说："过来。"

他的声音低沉，带着说不出的蛊惑，目光炙热地盯着我，几乎要将我融化，我咽了口唾沫，鬼使神差地迈过去后座，他一把拦腰抱住我，微微一用力，我已经被他紧紧勒在怀里。我们贴得紧密无间，呼吸交叠着呼吸，心跳交叠着心跳，彼此的体温高到可以令对方同样激动不已。他扣住我的后脑勺，深深吻了过来，仿佛寻找活命的源泉那般迫不及待。

我被他的激情牵引着，脑子一片空白，只知道随着本能跟着他，他动作急切，痛感和快感同时冲击我的脑部，我浑身颤抖着，不得不咬紧嘴唇才避免涌到喉咙口的尖叫欲望。

但这些还不够，我喘息着，迎合他，我看向他的目光没有羞涩和退缩。在这个充满未知的世界上，只有对这个男人的渴望如此明确而强烈。对我而言，首先是这种不能抵挡的欲念以燎原之势烧毁一切，然后才是身体的渴求，身体是内心想要占有这个男人的一个容纳方式，我想要他，在这一刻，让他为我所有，无论如何，只是为我所有。

我看着他无声地说，这种结合在某种程度上也是一种交付，是一种契约也是一种承诺。我的惶恐和无助，对自己能力的质疑，内心的怯弱和浅薄，都拜托给他，请他用力一点，将那些东西挤出我的身体。

他看懂了，不再像以前那样温柔，剧烈的快感铺天盖地而来，我几乎要融化在这场毁天灭地的欢爱当中。是的，就这样用最激烈的方式说他爱我，因为我需要这个，确定无疑的爱，我需要这个来确认自己不再孤独，不再是一个人。

事后我们都大汗淋漓，互相拥抱着蜷缩在狭小的空间中慢慢平复呼吸。傅一睿恢复了他惯有的温柔，他不停地亲吻我的脸，抚摸我，让我从刚刚的战栗中平静下来。我微微喘息，裙子已经皱得不像样，四肢充满一种欲望过后的疲软，我回吻他，哑声问："一睿，我能重新回到手术台的对不对？"

"当然，"他吻我，坚定有力地说，"你一定可以，你可是机器人张啊。"

我笑了，点头说："谢谢。"

"不谢，我永远喜欢用这种方式安慰你，"他微笑了，轻声说，"刚才觉得怎样？"

"疯了，"我后知后觉地脸上发烫，"以后我坐你的车会尴尬的。"

"多做几次就不会尴尬了。"

我瞪他："衣服，你赔我。"

"行，我不介意给你买一打能撕得开的。"

"重死了，"我推他，"走吧，等下来人就真的不好了。"

他正儿八经地说："好吧，不过我建议我们应多尝试新的地方，下次在厨房做怎么样？"

"傅一睿！"我窘得不行，伸脚踹他，"再胡扯我跟你没完啊。"

傅一睿恋恋不舍地从我身上爬起来，拿纸巾略微擦擦身体，穿好了衣服，我也飞快地整理好自己，用手梳着头发，紧张地问他："怎样？我看起来正常吧？"

"很漂亮，"傅一睿说，"这个时候你最好看。"

"滚！"

我们说笑着开车回家，在浴室梳洗的时候他忍不住又进来缠绵了一回。等我终于能躺在床上时已经困顿得不得了了，但无可否认，心里隐约的焦虑也随着身体的疲累而不见了。我那天晚上睡了个好觉，第二天不是我上早班，于是我心安理得地赖床，迷迷糊糊知道傅一睿起身梳洗，临出门时在我脸上吻了又吻才走。我一直睡到电话铃响才醒来，抓起手机一看，原来是孟阿姨。

我接听了电话，孟阿姨的声音轻柔愉快："冉冉啊，今天没早班又睡懒觉了吧？"

"嗯，我还没醒呢。"我说。

"别睡了，我就打个电话告诉你，我打算在我新家办一次自助餐，请些朋友来聚聚，你到时候跟傅医生一块来，要有其他你想邀请的朋友也一块请来。"

我笑了问："兴致真好啊，我肯定去蹭饭，对了，您请了詹明丽吗？"

"那肯定请了啊，她是我这次聚会的主要邀请的客人。"

"哦，"我想了想，说，"那我请我在美国的教授过去可以吗？对了，他去的话可能还要带助手，还有我们科的其他医生。"

"没问题，欢迎欢迎，"孟阿姨的声音明显兴奋了，"我这边也就是几个老朋友而已，你们年轻人多来几个更好。"

帕曼教授来中国的第二天，那位患儿便由父母陪同着转到我们医院。这个孩子两岁半，来自我所在的这个省北边较穷的农村。

因为罹患先天性心脏病，孩子的父母因为负担不了高昂的手术费用而打算放弃治疗。后来因为一次偶然的机会，这孩子的事被电视台制作成催人泪下的社会专题节目，引起不少人的关注，而恰好支持"拯救儿童心脏"活动的基金会将这项慈善事业发展到中国，所以这个孩子才能够有幸请到帕曼这样的国际小儿心脏外科专家来主刀。

我见到那个小小的孩子，是个男孩，因为生病显得格外瘦弱，皮肤蜡黄，大大的黑眼睛如宝石一样闪亮。他因缺氧而嘴唇发紫，不像同龄人那么活泼和好奇，但尽管如此，仍然无损其可爱程度。

他很害羞，躺在病床上咬着手指偷偷看我们，当帕曼跟他笑着打招呼做鬼脸时，小孩子快活得咧嘴笑了，笑容犹如清澈的泉水般透明纯净。令我莫名其妙心里发酸。

我低头看他的病历，上面写着肺动脉闭锁、室间隔缺损、房间隔缺损等字样，这孩子得的是一种复杂而罕见的先天性心脏畸形。简单地说，就是他的心室与肺动脉之间没有管道连接，也无血液流通。他在八个月左右时大动过一次分流手术，是在当地的市级医院做的，那个手术只是改善他的缺氧症状，没有办法根治他的病症。所以到了他两岁的时候，病情再度恶化，如果再不动手术，他过不了一个月。但这个手术风险极高，谁也不能保证孩子出来后不会发生肺部感染或肾功能衰竭。

帕曼留下我去给病人家属解释手术风险，我尽量用简洁扼要的语言说了一遍，眼前这对因为发愁和生活的重压已经愁眉不展的年轻夫妇对望了一会儿，女的红了眼眶，男的一声不吭，我等了一会儿他们都没有反应，于是我说："如果有顾虑我们也理解，但我希望你们知道，这样的机会千载难逢，帕曼教授的医术是世界一流的，而担任他的助手的，都是我们医院最好的心外科大夫。"

女人看着我，问："大夫，你也给咱娃动手术吗？"

我过了五秒钟，才轻轻点头说："是，我也会参加。"

她拉着男孩的手落了泪，呜咽着说："大夫，你跟娃拉拉手吧？"

我弄不清她为何这么要求，尽管我有些迟疑，但终究还是伸出手，把孩子的另一只手握在掌心。

好小的手，我心里微微发颤，骨骼小到精致的程度，手指朝内蜷缩，令人一握在手里就有种必须要小心翼翼的感觉，因为唯恐稍微一用力会将这个小孩的骨头捏坏。

"这孩子不会跑，连路也走不了，我就一直用手抱着他，上哪都得抱着，我抱着他去借钱，去求大夫给他治病，去坐车。我们坐了好久的车，颠颠簸簸，没好好吃喝，也没歇脚的地方。可他不哭也不闹，懂事得很，知道大人愁着咧，他就不添乱。多少大夫都说没治了，手术太难，风险太高，要做这个还得来大城市的大医院，还要好多钱，我跟他爸就算卖血也治不起。我们没办法了，给人家医生下跪也没用，一家子只能抱在一块哭，我边哭边跟他说，娃啊，下辈子投胎可要长眼，找家有钱的投……"

年轻的父亲在一旁咳嗽一声："你跟人家医生扯这些干啥？"

"我就是求她，跟咱们娃拉拉手，做那个手术小心点，让咱们娃平平安安出来，还能这么再拉拉手……"

我心里一震，深吸一口气，用尽量平静的口吻说："你们要理解，这个手术很复杂，小孩身体弱，他要承受的风险系数很大……"

"大夫，您是说，娃就算做了手术也活不长？"男人问我。

我抿紧嘴唇，然后说："应该说，不做手术就绝对活不长，做了这个手术，还有一线希望。"

他抬起头，眼神愁苦地看向自己泪眼婆娑的老婆，随后一拍大腿说："那成，做吧。"

我说："那待会儿有护士会来找你们签字，准备一下，孩子明后天就能做手术。"

年轻的母亲愣愣地看着我，终于像听懂了一般，含着泪，点了点头。

我刚想转身，却发现手指被孩子轻轻攥住。

他努力扬起头，大大的黑眼睛看着我，讨好一样冲我笑了笑。

我忽然就眼眶热了。

我从这个笑容中读到很多东西，比如他犹如小动物一样的本能，他知道自己的身体很麻烦，他怕别人讨厌，这种恐惧大概根深蒂固，战胜了一般孩子对医生和医院的恐惧。在他看来，也许我这身白大褂还代表某种神秘的力量，有可能治愈他的神秘力量，他不敢在我面前哭闹或者任性，他不敢惹我厌烦。

他其实怕我。

也许这种认知来自他以往的求医生涯，是牢牢铭刻在记忆中的，到底得经历多少次那样的事情，才能让一个小不点具有这样的本能？

我心里很不好受，于是蹲了下来，跟他对视着，然后，我朝他尽可能温和地笑了笑，把他的手掌在我掌心摊开，然后贴到我脸颊上。

那只手真是太小，实在太小，小的我几乎感觉不到它触碰的力度。

但孩子脸上露出正常孩子也会有的，爱娇而害羞的表情。

我再度站来，摸摸他的发顶，然后冲他的母亲点点头，转身走出病房。

我知道这个过程其实有点煽情，但我就是眼眶湿润，胸口憋闷。我低下头，匆匆擦掉眼角的泪痕，然后快步走去会议室，在那，帕曼教授召集手术组成员，要拟定一期手术方案。

在手术的前一天晚上，我抱着傅一睿的腰，坐在他膝盖上问他："哎，你会想要有自己的孩子吗？"

他眼中露出明显的喜悦："你想为我生一个孩子吗？"

我翻了个白眼说："拜托，我没那个意思。我就是单纯提个问题，你愿意有一个属于自己的后代吗？"

他淡淡一笑说："一般情况下不会想，但如果我们的孩子突然来临，我会欣然接受的。"

"也就是说，你不会主动去追求有后代这个结果。"

"我曾经觉得，我能为人类做的唯一贡献就是不将后代带到这个世上，因为人生充满无趣和痛苦，犹如负债，得不偿失是一种常态，我不想我的孩子再重复这个过程，"他耸耸肩说，"不过现在我改变了主意。"

"嗯？"

他搂紧我的腰说："我觉得生活还是公平的，幸福而美好。我的孩子值得为此受苦。"

我摇头说："别太轻易说受苦这两个字，你不知道一个孩子受苦意味着什么。不用饥寒交迫，只需要得个先心病，这孩子就堕入苦海了。"

"你想说什么？"

"我在想，如果我有那样一个孩子，我得心疼成什么样，说不定会诅咒我受孕的那一天，"我笑了笑，"连令我受孕的那个男人一块诅咒。"

傅一睿点点头，淡淡地说："说不定你会庆幸那个被你诅咒的男人一直待在你身边，你不是一个人对着那种状况束手无策。"

我叹了口气，把头靠在他肩膀上说："一想起这个，我就不敢想象我有后代。"

他一顿，拍拍我的臀部说："行了，你该好好去睡一觉，明天有场硬仗要打。我抱你去床上？"

"好啊。"我搂紧了他的脖子。

第二天，我跟着帕曼教授走进手术室，在门外的时候我稍微站了一下，等着他们把那个孩子推进来。他还没送进去麻醉的时候，我弯下腰看他，他冲我笑了笑，问："会痛痛吗？"

"不会。"我对他说。

"会有糖糖吃吗？"

"等你好了，会有，"我点头说，"张医生给你买。"

他谨慎地跟我碰碰手指尖，然后就推进去麻醉了。我换好手术服，仔细洗刷了双手，邓文杰站在我身边笑着说："今天看起来精神抖擞得很哇，像个女哥斯拉。"

我斜觑了他一眼说："等着吧，我马上就会像电影中那样把东京踏平。"

"张，准备好了吗？"帕曼微笑着问我。

"好了。"我说。

"那跟我来。"

我们鱼贯而入，孩子已经闭上眼深深入睡，我看了一会儿他低垂的长长睫毛，负责麻醉的两名麻醉师对帕曼教授点点头。

帕曼晃晃脑袋，环视一周说："女士们先生们，欢迎加入我们的美妙旅程，希望你们喜欢，开始吧。"

他冷静地吩咐护士递给他手术刀，于是我们开始这项复杂而精妙的针对人类幼童心脏的纠正和重建工程。我作为第二助手，一站到这个位置上，发现往日的信念和训练技能又重新回来了，我严格地执行帕曼的指令，与邓文杰、麻醉师和体外循环师配合默契，我们就像一部开足马达配合无间的机器，一起朝前开进。

"好，诸位，我们很幸运地给小宝贝完成了动脉导管结扎，现在开始疏通右心室到肺动脉的通道，扩大右心室心腔，护士，给我放点音乐。女士们先生们，我们距离胜利还有很长一段距离，大家别松懈斗争，护士，"帕曼提高嗓门，"音乐呢？"

护士按了音响开关，我们当年喜爱的那个摇滚乐队的歌立即传了出来。

"张，我还记得你头一回做我的助手，畏畏缩缩得像只鹌鹑，"帕曼低头边干活边说，"现在你像个女战士，这样很好。"

邓文杰在一旁笑着说："是女哥斯拉，教授。"

帕曼抬头带着笑意瞥了我一眼，又立即低头，说："哥斯拉这个名称不错，很斗志昂扬。"

"嗯，所有阻挡我的东西我都会毫不留情踏碎它。"我低头作业。

"好，下面是重建心室到肺动脉的通道，各位，这孩子会恢复健康的，"帕曼说，"今天以后，他的肺动脉会哗哗地发育起来，就像春天里疯长的野草一样坚韧有力。"

"那是，我现在已经在期待二期的根治手术了。"邓文杰说。

"我则是头疼该给他买什么糖，"我说，"软糖还是硬糖，水果糖还是棉花糖，这是一个问题。"

等我们缝合好将孩子推出手术室的时候，我才猛然发现，原来不知不觉间，我竟然站了五个小时。

"张医生，干得好。"帕曼脱下手套口罩说。

"谢谢您教授。"我真心诚意地跟他道谢。

帕曼对其他人说："先生们，谢谢你们配合我完成了一件精美的艺术品。"

大家疲惫的脸上都笑了，也不知道谁带头鼓掌，于是我们全都鼓起掌来。

我走出去，小孩的父母流着泪看着我，脸上带着说不出来的恐惧，直到我笑着点点头，那位妈妈才哇的一声号啕大哭，爸爸也用手背抹着泪，泣不成声。

我对他们说了声谢谢，这是我应该说的一句话，感谢他们让我治疗他们的孩子，感谢他们让我有救赎的机会。

小孩在重症监护室内待了六天，情况稳定后就转回普通病房。

他现在已经又能笑了，我过去给他做检查时给他带了一只质地柔软的玩具棕熊，还有一小盒色彩斑斓的水果软糖，装在同样是棕熊形状的透明塑料糖盒里。

在征得我的同意后，小孩母亲给他拿了一颗放在鼻子边闻着，他快活得眯了眼睛。

我伸出手，轻轻握住他的小手，他拽住我的手指头，示意我低下头来。

我有些诧异，但顺从地低下头，小孩小心翼翼地把手掌贴在我脸颊上，然后咧开嘴笑得异常欢乐。

我也笑了，摸摸他的头发，让他贴了我的脸一会儿，才站起来。

"张医生，娃咋样了啊？"

"情况很好，"我说，"不过还是要小心，恢复得越好，二期手术就能越早做。"

他的父母都不约而同问："那再做一次手术，娃就好了？"

"要活蹦乱跳可能还是有难度，但跟正常孩子那样上学，生活自理是没问题，"我笑着低头问小娃娃，"以后就能跟别的小朋友去玩了，高兴吗？"

"高兴。"他奶声奶气地说。

大家闻言都笑了，我跟他们嘱咐了几句注意事项，又过去请负责这个病房的护士多照看那个孩子点，然后走出病房，觉得心情很舒畅。

在拐弯的地方我遇到邓文杰，他把手插在白大褂的口袋里，笑眯眯地看着我。

"领导，你这么笑而不语我最紧张，说吧，有什么事？"

"没，就是觉得那个开胸狂人张旭冉又回来了，我心甚慰啊，"他笑着说，"跟我来，我那有几个手术就安排给你做，妈的，我忙得脚不沾地你倒有心思闲逛，小心我扣你奖金。"

我挑起眉毛看他："你不会想把事堆我这儿好抽身干吗吧？"

"猜对了，"他笑着说，"我想休假。"

"啊？"我惊诧地低喊一声，忙问他，"发生什么事了？你不是，从来不休假的吗？"

他耸耸肩说："从来不休假不意味着永远不休假，我年纪大了，不能像邹国涛那帮小年轻那样没日没夜地干活了，我得劳逸结合，有段完整的时间想想自己。"

"你也好意思说自己年纪大了，怎么突然要想想自己？"

"对，思考一下自己的生活该如何选择，要不要改变之类的问题，"他淡淡地说，"你知道，一种生活重复得太久，难免会厌倦。"

"邓文杰，你说这种话令人很想抽你知道吗？"我毫不留情地说，"看看你自己，年轻有为，事业有成，长相又不俗，身为一个异性恋者还深受女性欢迎，你不觉得比起很多人，你在这无事喟叹很无聊吗？"

"那又怎样？"他嚣张地说，"我为什么要和别的人比较？他们比不上我是理所当然的，问题在于，我这么优秀，生活完美无缺，但是我还是觉得不够。"

　　"哪里不够？"

　　"说不上，"他有些懊丧地垂下长睫毛，然后说，"我有个模糊的感觉，我的生活当中肯定缺失了至关重要的什么东西，我现在说不好那到底是什么，有了它会给我的生活带来什么翻天覆地的变化，但是我想，如果我有了这个什么东西，也许我整个人会从此完全不同吧，那样的话，詹明丽对我也会改观……"

　　我打断他说："对不起啊邓文杰，但我这么听着，好像觉得你在将詹明丽跟你的生活意义联系起来，你这种观念本身就经不起推敲，因为你不是情窦初开的少年维特了。"

　　邓文杰皱眉说："你可能误会我了，我不是说詹明丽成为我生活的意义，我只是有点不明白，我身上到底缺少了什么东西让詹明丽对我一点兴趣都没有。如你所说，我觉得自己还算一个颇具魅力的男性，为什么我以往能吸引别的女性的东西，詹明丽都不感兴趣呢？"

　　"因为她经历了生活，"我淡淡地说，"她经历了生活的洗礼，她不是一个散发荷尔蒙吸引雄性来交配的雌性动物，她是一个独立美丽的女人，她还是一个母亲，你不能拿你的男性魅力来打动一个母亲，知道了吗？"

　　邓文杰困惑地看着我，随后问："那你呢，你为什么能接受傅一睿那样的怪胎？"

　　我想象了一下傅一睿的笑容，他笑起来弧度很浅，不仔细观察不容易发现，但一旦发现了，那种笑容却是经久不衰的，我还没回答，邓文杰已经说："行了行了，别说了，看你一脸小女人的幸福样，张旭冉，这种表情真的很不适合你。"

　　我哈哈大笑，点头说："答对了，他让我觉得自己像个女人，嗯，就是这样。"

　　邓文杰扬起眉毛说："听起来好像某种隐晦的性暗示。"

　　"去你的，"我笑着说，"赶紧的，哪个病例要移给我，咱们去完成交接工作。"

　　我们为此忙了好几小时，好在邓文杰现在手上的病例并不是很复杂，以我的专业水准应付起来绰绰有余。他显然已经跟老主任打过招呼，老主任居然也没习难他，只说："劳逸结合很重要，小邓啊，你利用这个休假，顺便把个人问题解决了吧。"

邓文杰的脸瞬间拉长，老主任很热心，还对他说："你要没对象，我给你介绍一个，我爱人单位有不错的博士，配你也配得上。"

我忙打岔说："主任您别替他操心，他那种人怎么会没对象，是对象太多，挑花了眼。"

"那可不好，对待恋爱婚姻问题还是要严肃的。"

"对，您使劲教育他一下，"我唯恐天下不乱说，"让他别乱祸害我们女同胞。"

邓文杰瞪我，我没理会他，笑呵呵地转身出去，把空间留给邓医生接受婚姻问题再教育。等他被教育够了出来时，我也已经差不多做完了手头的工作，在他要兴师问罪前先抢先说："别火了，我给你赔罪，邀请你去一次私人聚会怎么样？"

"不是很想去。"他兴味索然地拒绝我。

"有超级大美女哦，"我笑呵呵地说，"是你喜好的那种类型哦，去吧？"

"说实话，我现在对美女没兴趣，"他说，"这件事没劲透了，再遇上一个美女又怎样？无非重复以前的事而已。"

"那要是那个美女是詹明丽呢？"我笑呵呵地问他，"你也没兴趣？"

邓文杰眼睛一亮，问："她也去？"

"是啊，她是我阿姨的心理医生，我阿姨办的聚会，肯定会邀请她，不过，有人刚刚说了没兴趣，那我还是邀请李鼎良医生……"

"你请老李去干吗？这种聚会适合他那种已婚男士去吗？"邓文杰立即截住我的话，恨恨地说，"赶紧的，把时间地点告诉我，少废话啊。"

我笑嘻嘻地告诉他时间地点，并约好了届时一道前往。

下班后我跟傅一睿一起回家，趁着傅一睿在做饭，我溜进厨房顺便跟他提了这个聚会，傅一睿一面切菜一面点头说："我们当然也去。"

"我还以为你不喜欢，"我高兴地笑了，从后面抱住他的腰说，"好极了，这下阿姨不寂寞了。"

"没有喜欢不喜欢一说，你很重视跟你阿姨的感情，换言之我自然也必须重视她，去个聚会不是很正常吗？"他皱眉说，"哎，你别抱太紧，我都不能好好切东西了。"

"哈哈，就是要勒死你。"

"你以为自己是蟒蛇啊？"他带笑问。

"不，我现在是猴子，"我屈起一条腿勾住他的小腿，笑嘻嘻地说，"现在玩爬树。"

傅一睿"啪"地一下放下菜刀，转身把我抵在墙壁上深深吻了下来，然后拿手背摸摸我的额头，哑声说："猴子，不如我们来试试另一种爬树方式？"

我嫣然一笑，双手勾住他的脖子说："好啊，但是容我提醒你，傅医生，你身后烧的汤开了。"

傅一睿低骂一声，放开我，转身继续去侍弄我们的晚餐。

我靠在墙上带笑看着他。这是个无风平静的普通傍晚，我们今天都不需要上手术台，一天工作下来也不觉得劳累，所以有空闲和心情自己动手做饭。他的手艺比我好，所以通常都是他掌勺，我打下手，两个拿手术刀为生的人做起厨房细务来也毫不含糊。然后时间到了，汤锅里的浓汤汩汩冒泡，厨房里充斥着一阵香气，那边肉菜已经准备下锅翻炒，而另一旁的电饭锅也显示白米饭快要煮好。

我通常在这种时候会很饿，于是傅一睿总会先舀一碗汤给我，让我喝了填下肚子，等会儿就可以吃饭了。

我不知道别人的家庭生活怎么样，或者说别的女人对家庭生活如何设想。想必每个女人都有属于自己的一套规则，我们这种相比之下可能效率低下，或者不够精美，或者谈不上有条不紊，出来的东西味道也未必有多好。但我觉得这个过程很踏实，像脚踏在坚实的土地上，心里有底，想起明天不再虚无或者慌张。

我已经有很久没参加过私人聚会，于是穿什么衣服成了一个问题。

原本它不算问题，我的衣柜里有两条多年的旗袍，在我看来，旗袍是一种最好的衣服，不仅在于它能完美凸显女性的线条，还因为它很简单又端庄，它既适合日常又适合参加晚宴舞会。

我在美国的时候，每到需要参加 Party 就穿这个，把它当成晚礼服，配上高跟鞋或者绣花鞋，连首饰都不需要搭配，最多最多，也就是往脸上薄薄施上一层胭脂。

这对我来说，就已经是正式到不得了的衣着打扮了。

回国后，聚会明显没有在美国那么多，而且就算参加，也没有规定女士必须穿礼服入场。渐渐地，这两条旗袍被束之高阁，今天打开衣柜一看，它们已经被湮没在我无数的西裤和衬衫、外套里面。

所以当傅一睿问我准备好去参加聚会的衣服没时，我随口说："还用准备什么呀，柜子里的旗袍拿出来一穿不就得了？"

傅一睿拉开我的衣柜，皱着眉从里面拎出那条粉色软缎旗袍，目光中尽是挑剔和不赞同。

"哎呀，这个已经很好了。亲爱的，你忘了，以前在美国的时候我穿这个他们都叫我中国娃娃。嗯，或者应该翻译成瓷娃娃，你看，孟阿姨最会挑了，她说这个颜色我穿得起，正合了粉面含春的意思。"

"你阿姨说的是十八岁的你，"他冷冷地说，"十年后你要再穿这个，只当得起四个字。"

"人面桃花？"

他没好气地哼了一声说："是花落水流。"

我撇嘴，拿着它在镜子前比画，无比遗憾地发现，现在虽然眉目仍然依旧，内心却不再是那个少女的心，穿这个衣服，还真是因为装嫩反而显老。

"行了，别照了，"傅一睿从我手中抽走那条旗袍，"我给你买新的，不要旗袍，咱们挑条正式的裙子去。"

因为他这句话，我接下来的两天一下班就被他拖着在各大服装店试衣服，傅一睿秉承他在手术台上的严肃认真，一丝不苟地替我挑晚装，我被一大堆各种颜色、各种面料、各式设计的裙子弄得头昏脑涨，早已分辨不出穿这件与穿那件有什么区别。

在我看来，那无非都是女人用来遮蔽身体的材料而已。实在不明白为什么我要浪费大量喝咖啡、看小说、上网看医学资料的时间来研究拿两块什么布把自己包裹起来。

难道包裹了不同的布，我就不是张旭冉了吗？

但傅一睿不肯退让，他坚持我必须试穿，必须配合衣裙一会儿撩起头发一会儿放下头发。我像个傻瓜一样呆愣愣地穿着各种华美的衣裙在他跟前晃，这个人眼中沉静无波，脸上毫无表情，两片薄唇一张开，吐出来的必定是难听话。

"后面的裙裾怎么这么长？跟拖把似的。"

"抬头挺胸，你现在穿的是价值你一年年薪的裙子，别搞得像偷来的似的。"

"胳膊和腿的比例不是很好，这件裙子遮盖不了，换了。"

"金黄色太俗，银灰色太像太空服，你是去参加晚宴，不是去上宇宙飞船。"

……

在他的"毒舌"中，我的耐性终于告罄，我随手抽了一条纯黑的裙子，冲着他说："就这条，不合适就拉倒，我没那闲工夫陪你在这浪费时间。还有啊，傅一睿，无论我穿什么裙子，我也还是我自己，如果你看不顺眼，那你最好调整你的标准来迎合我，而不是要我去迎合你。"

我确实有点冒火了，对我来说，我并不认为男友应该介入到替自己决定穿什么衣服的程度，尤其是当着售货小姐的面，这种话分外令我难堪。

我飞快地换了这条黑色裙子，出乎意料的是，它显得格外合身，而且样式简洁高雅，类似丝绸的面料紧贴着皮肤格外舒服。我穿着它，走出试衣间，傅一睿原本脸色不太好看，但在瞥了我一眼之后，终于眼中一亮，站了起来，双眼微眯了一下，屈尊地点了他尊贵的头颅说："就这条吧。"

导购小姐喜出望外，我忙回去试衣间把衣服换下来，将裙子交给那位小姐去包装，同时掏出自己的银行卡准备付账。傅一睿抢先了一步，将他的卡递过去，沉声说："用这个。"

大概他的声音充满了威慑力，那位小姐犹豫一下，立即接过那张卡，看也不看我手上的另外一张。我收起卡，瞥了他一眼，发现他脸又拉下，以我对他的了解，这个男人还在生气。

大概是因为我在大庭广众之下抢白他，冒犯他神圣不可侵犯的尊严？我皱了眉头，决定暂时不理会他，也不跟他费口舌争论谁对谁错。我们默默地付了账，走出商店，坐上车，一直到车开进楼下车库，我们还是没有说一句话。等他锁好车，我提着新买的贵裙子跟他进了电梯，他还是双唇紧闭，眼睑下垂，不知道在想什么，也不知道是不是还在跟我怄气。

我蹑手蹑脚回到卧室，脱下衣服钻进被子里，紧紧抱住傅一睿。

这个男人是暖的，实在的，属于我的，无可取代的。

他是我的现在，希望，他也是我的未来。

　　等进了家门，我忍不住一把攥住他胳膊说："你什么意思？要跟我冷战吗？"

　　傅一睿淡淡瞥了我一眼，把胳膊从我手里抽出，默默地一个人走开，在沙发上坐了下来。

　　我心里涌上一阵失落感，既而又有一股怒气冒上来，我噌噌地走到他跟前，把袋子往一旁一扔，对着他说："傅一睿，你现在能不能不要那么幼稚，有什么话摊开来说不好吗？"

　　"我以为你不喜欢听我说话。"他冷淡地说。

　　"我没有说过不喜欢，好吧，我对你大部分的话还是愿意听，但有些话，比如你刚刚在服装店里当着别人的面说我的那些，很抱歉，我确实不愿意听。"

　　傅一睿坐正身子，说："我没觉得自己说错。"

　　"是，你没错，"我提高嗓门，"你没一句说错。但说对了又怎样？有必要那么绝对正确吗？我是不完美，是有很多缺陷，而且我不打算修改这些缺陷，但这些你不都早就知道？坦白说，我觉得你那些正确无比的话语只有一种效果，那就是令我觉得很难堪。"

　　傅一睿的脸瞬间阴沉了，他盯着我问："你觉得我的意见令你难堪？"

"是这样没错。"

他点点头，站起来说："行，我也不是天生就愿意给你意见，既然你不接受，我无话可说。"他冷笑了一下说："也许不是意见本身不能接受，是因为由我说出来，所以你无法接受，对吗？"

"你在暗示什么？"我怒了，"傅一睿，有话你明说！"

他想说什么，却硬生生忍住，末了深呼吸了一下，换了种口气说："算了，今天的事不适合再讨论下去，如果你觉得我不对，我道歉，就这样吧。"

他转身走进厨房，不一会儿传来玻璃杯相碰的声音，我看见他倒了杯威士忌加冰块，扬起脖子喝了一口，他拿杯子的手似乎在微微发颤。

我不由觉得有些后悔，也许不该小题大做。傅一睿我认识了这么多年，他的脾性就是这样，善于管理自己，跟我在一起就难免想要按照自己那一套连我一起管理。但他显然缺乏沟通的经验，而我也不是那么能服从管理的女人。

我们这一晚上没再争吵，但也没再亲热说话。到了时间上了床，我们也没有如常拥抱在一起。我不知道傅一睿怎样，但我一晚上没有睡好，天蒙蒙亮的时候我想也许是该找个机会跟他好好谈谈。

我承认对一个传统的中国女人而言，傅一睿这样的对象很可靠，可靠到也许你在不知不觉间就会将决定权交付到他手里。因为他比你理性，也比你聪明，那么也许你就会习惯由他按照他喜欢的方式来规整你的生活，从而忽略了这其实是男人不容置疑的霸权的一种变相表现。

而我认为，即便再深爱一个男人，我也该保有属于我的隐私范围。我知道一个女人交付所有去爱一个男人是什么样子，我想起孟阿姨说的话，她告诉我，当她蓦然回首的时候，发现长达三十年的婚姻中，她除了做孟太太之外一无所有。

我知道我们该好好谈谈，可惜接下来连着几天我们俩都非常忙。

环市高速公路上出了一场交通意外，一辆公共汽车为避免与一辆私家车相撞，打斜掉下高架桥，车上五十六名乘客死伤不定，伤患被分派到我们医院来，一时间，整个外科人满为患，所有的外科医生都跑动起来，协同工作，为抢救更多的人忙得脚不沾地。

等这阵忙乱过去，已经到了孟阿姨在家里举办聚会的时间。我回家打扮了下，穿了那条黑裙子，戴上我很少戴的珍珠耳环和项链，化了淡妆擦了口红后给傅一睿发了短信，提醒他今晚别忘了参加，我先去孟阿姨家等。

过了很久他才给了我回复，很简单的六个字：工作忙，争取去。

我想起他们科确实有几个因公交车起火而烧伤的患者需要动手术，于是也没催促他，自己打了车去孟阿姨家。

进门的时候发现里面已经布置得漂漂亮亮，长长的餐桌上摆满自助餐点，当中放着一大捧新鲜的小朵玫瑰花。整间屋子灯火通明，孟阿姨穿着宝蓝色的裙子，姿容美丽，正拿着酒瓶替端着杯子的客人倒酒。

她一见我来立即笑开了，把酒瓶递给一旁的汤医生，朝我走了过来，抱住我说："哎哟，小冉啊，今晚上可真漂亮，你自己买的裙子吗？这裙子很适合你，不错不错。"

我支吾了一下说："那个，是傅一睿买的。"

"哦？"孟阿姨抬眼看我，好笑地调侃说，"怪不得，我还在奇怪，你这孩子怎么突然间懂穿衣打扮了？"

我笑着说："行了阿姨，我的穿衣品味您都笑了几十年还不厌啊，哎，那边那位太太好像在找您。"

孟阿姨转头，笑着朝那个人打了招呼，对我低声说："那位是我的老朋友了，我过去应酬她一下。你自己该吃吃，该喝喝，别拘束啊。对了，詹医生已经来了，在那边呢。"

我说："行，你别管我，我去找詹明丽。"

孟阿姨点头离开，我四下看了看，并没有看见詹明丽的身影，倒见到不少孟阿姨以前的女性朋友。看来她的精神状况恢复得不错，不然不会想重建自己的社交网络。

我端起一杯饮料朝阳台走去，一拉开门，就看见詹明丽斜倚着栏杆，似笑非笑地看着我。我冲她一笑，问："要喝什么？我给你拿来。"

"不用了，我这有喝的，"她指了指一旁放着的酒杯，脸上有点泛红，笑着说，"过来，陪我吹风。"

我走过去，发现她今天穿一件银灰色的窄裙，外面披着棕色披肩，散着长长的头发，整个人看起来倦怠却美丽。她斜瞥了我一眼说："哟，这裙子不错，挺适合你。"

"我却老怀疑会不会被它绊倒，"我低声抱怨说，"感觉像粉墨登场的戏子一样。因为套了这样一条裙子，连一举一动都突然被拘束了，莫名其妙就想向淑女靠拢。这算什么心理？嗯？"

"从众心理，"她咯咯地笑，"淑女是一种公众领域而不是私有领域的产物，你想像淑女，是因为你进入一个被看的位置，你在下意识想象在众人眼中你看起来如何。这对别人来说没什么，对你来说有点奇怪，怎么，你遇到什么事了？"

我淡淡一笑，低头端详自己手上的杯子，轻声说："遇到一个古老的话题，男人想装扮自己的女人，而女人拒绝被男人装扮。"

"噢，傅一睿是个大男子主义者，我以前没提醒过你吗？"

"你没有。"我说。

"那我肯定是忘了，"她笑嘻嘻地看我，"行了，别郁闷，至少你现在看起来比你平时的样子漂亮一百倍，证明男人对你的装扮还是有效的嘛。"

"嗯哼，"我不置可否地说，"所以我该藏在这条裙子后面？"

"你该喝点东西，然后回去跟傅一睿大战三百回合，在床上征服他，同时告诫他别他妈的多管闲事。"詹明丽笑呵呵地说。

我吃惊地瞪圆眼睛，说："詹医生，你刚刚说了粗俗的话。"

"哦？"她问，"我没告诉过你，我喜欢说粗话吗？"

"没有。"

"那你现在知道了，"她笑着说，忽然低呼一声，转身压低嗓门问我，"妈的，为什么邓文杰出现在这里？你不会故意把他邀请过来吧？"

我笑了，朝正在客厅东张西望的邓文杰招手，然后对詹明丽说："邓医生最近情绪沮丧，甚至说出要休假思考人生这种听起来很晦气的话。作为他的好友，我觉得需要帮他疏导一下心理，因此只好拜托你……"

詹明丽咬牙说："张旭冉，你是来给我添乱的吧？诅咒你一辈子被傅一睿管得死死的！"

我挑起眉毛说："噢，好可怕，果然疯狂的女人该离远点。他过来了，哈哈，你好好听他倾诉吧。"

我幸灾乐祸地迎向邓文杰，跟他寒暄几句后，便把空间留给他跟詹明丽。

我走了几步后转头，正看到詹明丽强撑着笑脸听着，而邓文杰则一脸诚恳认真地说着，估计他又说了什么诱发詹医生暴力倾向的话。我笑着摇摇头，自己去餐桌边吃东西，正吃着，突然门铃响了。

孟阿姨过去开门，但她半天没回来，我觉得奇怪，于是放下手里的碟子走过去，却听见她在那义正词严地说："不，小姐，我听不懂你说什么，没有这个人，再说一遍，我这没有你要找的人。"

"阿姨，她找谁啊？"我探头过去，却正看见一个金发白人女孩亭亭玉立地站在门外，她见到我眼睛一亮，快走两步上前用英语问："请问你是张吗？张旭冉？"

我眼前一黑，觉得有种深深的无力感笼罩四肢，这个女孩的脸我无比熟悉，她的左边脸比右边脸大，但这样丝毫不影响她的美貌，即便我曾经深深嫉恨过她，我也不能否认她很美。是的，这张脸比照片上看到的还要漂亮，她是孟冬在战地结识的情人。

那个让他顿悟到真爱的女孩。

我从没想过有一天会真的见到这个女孩，也从没想过如果我见到她，我可能与之交谈的话语会是哪些。

因此我在最初的时间，只是看着她沉默不语，我发现我看到她后心情很微妙，没有那种明确而强烈的憎恶，但也有本能的排斥。

我仔细端详她的脸，确定对着这样一张脸，我没有嫉恨，可是，我也不会喜欢。

但她看着我的眼神却流露出如释重负的欢喜，我不知道这种欢喜从何而来，就我跟她之间的尴尬关系而言，我实在不认为我们有什么必要见了面要如劫后重逢的朋友那般面露微笑。

孟阿姨在一旁焦急而为难地说："冉冉，你进去，别管这的事了，进去吧。这位小姐，你有什么话跟我说，我们旭冉不适合跟你谈话……"

我还没来得及回答，那个姑娘已经踏前一步，伸出双臂重重地拥抱了我。

我被她弄得一惊，伸出手本能地想推开她，但是与此同时我却听见她带着呜咽的声音："我一直期待能见到你，感谢上帝，这一天终于来到了，真是太好了……"

我试图从她的怀抱中抽离，谨慎地说："小姐，你是不是放开我好一点，你抱得太紧了。"

她放开我，不好意思地笑了笑，低头拿指尖拭去眼角的泪痕，她果然是个美人，梨花带雨，我见犹怜的模样确实不失赏心悦目。但问题在于，我没有责任也没有兴趣去欣赏这种美，于是我说："你找我，那个，有事吗？"

"我受孟的托付，把他的遗物带来给你，"她冲我笑了笑，说，"对不起，我还没介绍自己，我叫索菲亚·萨福里，如你所见，孟在最后的日子里，是我陪伴着度过……"

我心里涌上一阵熟悉的刺痛，这时，我听见孟阿姨哑着声音问："小冬，他走的时候，怎么样？"

"很平静，"索菲亚含着眼泪说，"子弹瞬间就击穿他的脑部，他脸上的表情很平静。"

孟阿姨的眼泪唰地流了下来，她呜咽着问："也就是说，他没受苦？"

索菲亚摇摇头，吸了一下鼻子强笑说："没有，他来不及痛苦就去了。"

"也，也算他的福气……"孟阿姨哽咽难言，我也闭上眼，这时汤医生出来了，他诧异地看了看我们，忙过来问："怎么啦？好好的，怎么都哭了？紫筠，发生什么事了？"

"老汤……"孟阿姨擦着眼泪说，"这位小姐，她，她在小冬去的时候就陪在小冬身边……"

汤医生脸上浮现出一丝心疼，他过去拍拍孟阿姨的肩膀，无声地安慰她一下，然后说："那个，既然是客人，就别站着吧，进去坐下，小冉，你是不是带她进去……"

我咬着嘴唇，点了点头，示意索菲亚跟着我进屋。我将她一直带到阳台，那里詹明丽和邓文杰还在说着什么，看我带着索菲亚过来，全都露出诧异的神色，我强笑着说："对不起啊，我要征用这里……"

詹明丽站了起来，打量了索菲亚一下，然后点头说："当然，邓医生，我们换个地方。"

她率先走出阳台，邓文杰紧了紧身上的外套，跟着走出去，临踏出时，他回头又看了一眼索菲亚，低声问我："是，那个人？"

我苦笑了一下，点点头，他沉默了一下，拍了拍我的肩膀说："你不用一个人面对她，我们就在那儿，需要的时候喊一声。"

我低声说："谢谢你。"

他冲我笑了笑，转身走了出去，阳台这里只剩下我跟名为索菲亚的女子两人。我轻声叹了口气说："请坐吧。"

她坐下，我又问："想喝什么？"

她想了想说："给我一杯水，谢谢。"

我出去为她倒了杯水，孟阿姨担忧地过来拉住我低声说："小冉，不管她跟你说什么，你都别往心里去，小冬的事已经过去了……"

我很感激她能说这句话，我知道若不是因为爱我，她作为一个母亲，断然不会说出儿子去世是一件已经过去的事。我伸手抱抱她，然后说："我知道，阿姨放心吧。"

"嗯，有事叫我啊。"她说。

"好。"

我走进阳台，把手里的水杯递给索菲亚，她接过后喝了一口，说："我不能喝别的，因为我怀孕了。"

我心里一惊，看向她，她摸着自己的肚子微笑说："已经怀孕八周，我刚刚知道的。"

我舔舔嘴唇说："那个孩子……"

她看向我，忽然笑了，说："不是孟的，天，时间都不对啊。"

我莫名其妙松了口气，为自己的神经质哑然失笑，然后在她身边坐下，轻声说："对不起，我不知道你怀孕，不然刚刚就该立即邀请你进来。"

"没关系，"她冲我眨眨眼，"我以为你会冲上来扇耳光呢，你没有那么做，我已经很高兴了。"

我被她说得笑了起来，她也笑，气氛忽然变得没有那么凝重。

"我早就想来看看你，"索菲亚端详着我说，"你大概不知道，有段时间，我简直非常嫉妒你。"

我瞥了她一眼，哑声说："彼此彼此。"

她笑容加深："我知道你们中国人的观念，订婚就跟结婚了一样，所以你一定认为我是坏女人，没关系，我不后悔爱过孟，他至今还是我心中美好的回忆之一，我必须跟你坦诚这一点。"

我扬起眉毛，说："女士，我没认为你是坏女人，也不打算干涉你建构自己的美好回忆，只是你不觉得，你跟我说这些不太合适吗？"

她放下杯子，用那双动人的蓝眼睛看着我说："如果道歉能令你好受，我道歉。"

"不用道歉了，"我摇头说，"孟冬最后选择了你，别说我们没结婚，就算结婚了，他也有更换伴侣的权利，当然你给我带来一定程度的伤害，但与他的离开相比，这个伤害显得没那么严重了。"

"你说得对，说到底，我们都只是失去他的女人而已。"她叹息一声，捧起水杯又喝了一口。

我心里有些茫然，抬头看向外面灯火通明的高楼大厦，晚风吹拂，往事如烟，我呼出一口气，然后用较为轻松的口吻问："你刚刚，说有孟冬的遗物要交给我？"

"哦，是的，"索菲亚低头把随身带着的手袋打开，她从里面拿出一沓信封，用绸带绑得整齐漂亮，递给我说，"这些，都是孟最后写给你的信，他一直没寄出去，大概是缺乏勇气，我想。"

我接过，信封上潦草地写着拉丁字母，是孟冬一贯的风格。

"我看过其中的一封，因为当时我在整理他的遗物时不知道那是什么，请你原谅，未经你同意我擅自看了一封，"索菲亚柔声说，"看了他的信，我才知道他为什么那么自责。一开始我并不了解他在难过什么，抱歉，我之前太年轻，我不是很懂人的感情，尤其是中国男人的感情。我以为我们俩在一起感觉很好，彼此相爱就够了，虽然他订过婚，但解除婚约选择他更爱的女人不是应该的吗？孟是一个洒脱迷人的男人，他热情勇敢，做事情具备决断力。我以为他做出离开你的决定，并没多大困难。可是，我发现他开始变得暴躁，没有耐性，他仿佛无时无刻不处在挣扎和彷徨中，一会儿抱着我说他爱我，一会儿又推开我说让我离他远点。可以说，跟你解除婚约后，他仿佛陷入了严重的精神危机。"

我觉得眼睛干涩，心脏像被看不见的钝刀慢慢割着，分明是疼痛，但又仿佛与疼痛相隔遥远，有种痛过之后的麻木。我哑声问："后来呢？"

"他这种状况持续了好几个星期，白天还好一点，到了晚上，他就把我赶开，一个人躲在房间里反复地写什么，后来我才知道，他在给你写信。我不知道他为什么不用电邮，明明能够实时让你收到，但他不用，坚持用手写，写完了却从不寄出……"

"因为他认为手写的信件才是信件，"我愣愣地说，"我们以前的通信都是手写的，一直到后来才改成电邮。"

"听起来有种古典的浪漫。"

我苦笑了一下，想起在美国时，每天去开信箱，等到他的来信时那种雀跃和欢欣，已经恍若隔世。

"我承认，看了他的信件后，有一度，出于嫉妒和悲伤，我想毁掉它们。"

"为什么不毁了呢？"我问她。

"因为我想我还是爱过他的，"她含着眼泪对我说，"就像我说过的，我见证了他如何在枪林弹雨中拍照，我知道他有多勇敢，我也知道他有多才华横溢和充满魅力，虽然他未必像我爱他那样爱我，但我还是愿意记住他，纪念他。"

她把手搭在我拿着信的手上，微笑说："我想你也一样，对吗？"

我默然地点点头，问她："你还爱他？"

索菲亚绽开一种美丽的微笑，说："我想我永远都会爱他。"

"很好，"我哑声说，抚摸着信封上熟悉的字体，重复说，"很好。"

"可是他爱你，"索菲亚对我说，"他太习惯去爱你了，这种习惯根深蒂固，他改不了。"

我轻笑出声，然后说："你让我感觉，可能你才是最了解他的人。"

"我是的，"她耸耸肩，笑着说，"所以我没法真的生他的气，我甚至觉得要替他完成遗愿，来这亲眼见你一面，把他送不出去的信交到你手里。"

"你是个傻瓜。"我讷讷地说。

"谁知道呢，也许谁都是傻瓜，"索菲亚笑呵呵地对我说，她的笑容忽然微微停顿，然后说，"张，那位男士朝我们这看了很久，他是不是找你有事？"

我忙转头，却看见傅一睿静悄悄地站在阳台外，默默地看着我。

他的视线落在我手里的那叠信上，我心里一惊，下意识就想把信藏到身后，他眼中掠过一丝悲伤，我立即领悟到自己的行为不妥，忙站起来迈出几步，他却已经失望地转身，掉头而去。

我顾不上索菲亚，追了出去，但傅一睿速度很快，我跑到门口，他已经进了电梯，我眼睁睁看着电梯门就这样悄然阖上，电梯里的男人掩着脸，垂头不语。

这一瞬间，我心疼得无以复加。

我觉得自己像被人遗弃的小孩，天地之大，忽然间找不到回家的路。

我惶惶然回到孟阿姨那，跟她说了两句后就道别了，我必须去追傅一睿，直觉上，我知道自己如果错过这个机会，以后就再难挽回了。

但我没有找到他，回到家时家里一片黑暗，他根本没回来。我打他的电话他关机，又给他们科打电话过去，赵护士长说他没回去。我这下真的着急了。在家里等到深夜，傅一睿仍然没回来，我不得不打电话给詹明丽和邓文杰等朋友，都说没见过傅一睿。我坐立不安，想出去找他，又不知道从何找起，这个时候我才意识到一个严重的问题，那就是，如果傅一睿有意不见我，我根本没办法找到他。

我一个人愣愣地坐在沙发上，开着电视，但在心烦意乱之下，我根本没心情看那里面播放什么节目。等得太久，我禁不住在沙发上蜷缩睡着，等我醒过来时，天已经亮了，我爬起来冲进卧室厨房，但都没有看到傅一睿的身影。

他一晚上没回来。

像他那么自律的人，要一个晚上不回来，那就意味着事情严重了。

不是误会那么简单，而是长久以来的，我们之间存在的问题，由于缺乏沟通的勇气，因为这件小事而全部引发出来。

我第一次扪心自问，这个男人对我意味着什么，我不认为这个世界谁离开谁不能活，但是，如果这个男人离开我的话，我会损失什么？

只要想到这个可能性我就觉得不寒而栗，像坠入冰窖一样浑身发抖。

是的，没有他我无疑是能活下去，凭着强大的自我控制力，我也不会活得有多糟糕。但问题是，我会很不快乐，很恐惧，那种一脚踏空，不知会摔到哪里的恐惧。

那叠孟冬写的信被我放在一边，在这个时候，我没有翻看它们的欲望，生平第一次，我准确地感到，在我的生命中，孟冬已经成为过去了。

我走进浴室洗了个澡，对着镜子掐了掐脸颊，因为缺乏睡眠，我的黑眼圈看起来突兀而明显，我不得不拿粉扑了扑。然后进厨房给自己弄了牛奶和三明治。我食不知味，但强迫自己必须进食，因为我要有力气去找傅一睿，我必须保持清醒的头脑，这样我才会冷静，并能跟他更好地沟通。

我去了医院，今天早上有我的一个并不复杂的手术，所以挑了两个住院医当助手。邹国涛也是其中一个，我在现场做了示范后，便示意他做给我看，邹国涛喜出望外，小心翼翼地开始操作，我一边看他做一边给予指导，并在他做完后给予应该的赞誉。

手术很顺利，三个小时后我们将病人缝合好推出去后，我脱下手术服，洗完手后准备去整形外科找傅一睿。邹国涛在我背后叫住了我，他跑上来跟我说："张医生，等一下。"

"有事吗？"

"没事，"他微微涨红了脸说，"我就是想跟你说一声谢谢。"

我耸耸肩说："如果是为了刚刚的事，你无须道谢，作为带你的前辈，这是我该给你的机会，而且你也完成得不错。"

"我，我以前还那么说你……"

"别说了，"我微微一笑说，"你真不用感谢我，当年如果帕曼教授没给我机会，不会有今天的我，每个医生都是这样成长的，加油。"

他看着我，重重地点了点头。

我不再跟他废话，转身快步离开，在拐角的地方我看见邓文杰匆匆赶来，他看见我立即迎了上来，把我拽到一边，低声说："旭冉，出事了。"

"什么事？"我的心跳骤然加快。

"傅一睿，"他一时语塞，为难地说，"傅一睿他出了点事……"

我吓得腿都发软了，立即问："你说清楚，一睿出什么事了？你倒是说啊你！"

"不是什么大事，可也不算小事，我刚刚从那边过来，据说今天早上他有台手术，就前段时间车祸的病患，一个削痂植皮的手术，但他不知怎么回事，站在手术台上大半个小时不动，然后转身就走，说做不了了。"

"怎么会这样？"我大惊失色，"他是最讲责任感的……"

"你也别太着急，他们科另外有医生接手了那个手术。"

"他人在哪儿呢现在？"我问。

"不知道，"邓文杰摇头说，"你给他打个电话吧。"

"他不接，"我强笑说，"谢谢你跟我说啊，我会找到他的，别担心。"

"你们，出了任何问题，都要记住心平气和地处理，"他看着我，叹了口气说，"还以为你们俩都是理性成熟的人，没想到也会有矛盾，看起来后果还挺严重。"

我沉默了一会儿说："我知道去哪儿找他了，放心，我会解决的。"

他点点头，拍拍我的肩膀走开。

我返回办公室，把我的背包背上，走出心外科的楼层，走向门诊大厅，从那搭电梯直上顶楼。楼上风很大，我把吹拂到脸上的头发拂开，往我那个秘密基地走近了些，果然远远地看见傅一睿抱着手臂坐在那凝望远处的身影。

我看了一会儿他的背影，觉得心里慢慢地开始填进去一些东西，那些因为他离去而被挖空的角落，在看到他的这一瞬间，慢慢地开始充实。

那个我思考了一整晚的问题，关于这个男人有多重要的问题，在这一刻我忽然明白了，这个问题根本不值得思考，对已经有既定答案的问题苦苦思考，这简直就是自己找麻烦。

我慢慢走过去，走到他身边坐下，傅一睿没有侧头看我，只是在我要坐下的时候冷声说："等等。"

我一愣，他从口袋中掏出一条男士手帕，展开了铺在身边，这才说："坐。"

我微微一笑，坐下来，轻声说："我现在觉得，你真的很龟毛。"

"嗯，我还不会积口德，"他淡淡地说，"我还有很传统的大男子主义，如果可能，我甚至会希望你辞职在家当全职太太。"

"你从来没说过这些，"我斜瞥了他一眼，感兴趣地问，"还有什么，你一起说。"

"我还喜欢我的女人照我的喜好打扮，照我的生活习惯作息，我还希望跟她组成的家庭能大事听我的，小事听她的。我从小见惯了疯狂的、有心计的女人，我特别希望我的女人能温柔体贴，给我家庭的温暖。"

我勾起嘴角，悄悄碰了下他的胳膊说："哎，我觉得你其实该娶孟阿姨。"

"胡说八道什么。"他的"面具脸"出现了裂缝，带着怒气瞥了我一眼。

我哈哈大笑，把头靠在他身上，转过鼻子嗅了嗅，皱眉问："有酒味，你昨晚去哪了？"

他低头看自己的手，哑声说："在通宵酒吧喝酒。"

"难过了？"我问。

"不是难过，"他吁出一口气，低头看自己的手，"我在想我有点坚持不下去了，都这么久了，多少年了，看起来好像跟你在一起，但实际上，我甚至从来没听你说过你爱我。"

我问他："你想听吗？"

"什么？"

"那三个字。"

"不想这样听，"他推开我，深呼吸说，"你已经严重影响到我了，影响的程度超出我的意料，甚至连我的工作都受到打扰。你已经知道早上发生的事了吧？没错，我从手术室逃出来，因为我看到我的手在发抖，如果我坚持做那个手术，我会害死人。"

"没事的，"我摸摸他的胳膊，"你们科有其他医生过去顶替你的位置。"

"这是不可原谅的，从自己的工作岗位上跑掉，感觉就像逃兵。冉冉，我想，如果你一直不爱我就算了吧，你有努力去想爱我，我知道，但这种事不是努力就能解决的，算了，我还是回美国，我觉得这里也待不下去……"

"一睿，"我打断他，抱住他的胳膊，轻声说，"我很怕。"

"什么？"

"你昨晚不在，我很怕，"我直截了当地说，"我不是胆小的女人，你知道，可是我真的怕了，一睿，你不能不管我。"

"你在说什么？"

"我在说，如果我爱你这种话能够让你安心的话，我能够说一百次一千次。但我想，在说这句话之前，我需要先弄明白什么是爱，我爱你这句话意味着什么，它要承担什么样的责任，它所许诺的东西是不是能完成？我在想一个女人，像我这样的女人，我有自己的工作，我能力不差，我脑子够用，身体也算健康，我这样的女人，需要男人的话不是为了要他养活我，不是为了要他给我依靠。对将近三十岁的我而言，对一个男人说爱不是那么简单，我现在说爱，跟我十八九岁的时候说爱是截然不同的两件事。"我吁出一口气，看着他，认真地说，"我不太信任我爱你这种话，但我想也许我能换个说法，傅一睿，我不能忍受跟你分开。只要想起这个可能，我都不能忍受。"

他看着我问："你知道自己在说什么吗？"

"我没喝酒，没喝药，头脑清醒，"我笑了笑，"我在说我的决定，它出自我本心的意愿，这种意愿可能夹杂着依赖，夹杂着习惯，夹杂着友情和亲情，但肯定也有爱情。一个人对另一个人的感情本来就不可能只有一种，而是各种情感纠缠在一起。对我来说，你是能理解我的朋友，可靠的同事，亲密的爱人，可以交付一切的亲人。傅一睿，你对我来说意味这么多，这么丰富，你明白了吗？哪怕你又没口德、又大男子主义，咳，这个真受不了，你小心点，我迟早把你改造过来。"

"那你试试，"他的眼中染上笑意，"我还又古板又固执。"

"嗯，你很有自知之明，"我笑着说，"为什么我会看上你这样的男人？真不可思议啊。"

"我也很疑惑，为什么我会看上你这样的女人，我明明想找个温柔如水的。"

我笑了："我都说了你其实想娶孟阿姨。"

　　"张旭冉，有你这么乱调侃长辈的吗？没规矩。"他笑骂了我一句，伸出胳膊搂住我。

　　我们靠在一块远眺了一会儿，然后我重重叹了口气，从包包里掏出孟冬给我的那叠信，递给他说："喏，你替我看吧。"

　　"不合适吧。"他说。

　　"我不想看，这个事无关尊重孟冬与否的问题，是我觉得，我跟他的事已经结束了，你不是说要处置我的生活吗？这件事我授权你处置。"

　　傅一睿不置可否，过了片刻，他接过那叠信，抽出一封看了一会儿，然后问："你想知道他说什么吗？"

　　"我猜得出，不用说了，"我看着远方，轻声说，"其实我没怪他，我当然伤心过，但我了解他，他就是那样的人，从根本上讲，他一直都是个孩子。你怎么能指望一个孩子像个成年人那样遵守约定，明白自己要什么呢？"

　　傅一睿将信叠好，放进信封里，拍了拍我的肩膀说："字迹和口气也像个孩子。好吧，我承认，我有点高估了他。"

　　我笑了笑，把给他的信件收回去，说："我也一样，但不犯傻一回，你又怎么知道什么是不犯傻？"

　　他微微一笑，抱住我感叹说："这么说，我们都有了最后的决定了？"

　　"嗯。"我重重点头。

　　"答案看来很一致。"

　　"相当一致，"我想起来说，"喂喂，有一件事不一致。"

　　"怎么？"

　　"你居然敢彻夜不归，"我恶狠狠地说，"下回再这样让我担心，你就去睡沙发！"

　　当天晚上，我没舍得让傅一睿睡沙发，我们早早上了床，紧紧抱在一起。

　　一开始没打算做，但这么尽可能近地挨着，一种由衷的轻松感环绕着我们，随之而来的，还有前所未有地亲密无间。我深深感到，我紧贴的这个男人跟我之间不再阻隔着看不见的什么东西，我们相拥着，互相抚摸，用体温和皮肤之间的摩擦来表达心里说不出的复杂感觉，有宁馨，有安全，有对过往的酸痛，还有对终究能在一起的欢喜无限。

这样的结果自然是做了，水到渠成，顺理成章。

我微笑着看了他很久，拿指尖模拟着描摹他的五官，越看越喜欢，忍不住就凑过去在他额头上亲了一下。傅一睿这时候还没完全睡熟，他微微笑了一下，伸出胳膊搂住我，拍了两下不动了，这才真正入梦。

我轻轻推开他的胳膊，披了衣裳出了房间。

我拧亮了一盏小灯，给自己倒了一杯红酒慢慢地喝，在灯下，安安静静地展开孟冬给我的那些信。

我读着他写的文字，我看到他的痛苦和挣扎，他不知道该如何是好，在那个时候，他觉着自己需要索菲亚，因为她能满足他关于浪漫爱情的一切想象。我知道他这么写，是在试图跟我解释，并不是想激怒我。其实不用解释，我们在一起那么多年，我知道他有多软弱。而且我看过索菲亚的照片，她确实是个美人，在那样满目疮痍的战地中，这样的女孩绝对能够激发男人的旖旎想象，她是类似缪斯那样的角色，又带着她所代表的民族的沧桑，孟冬如何能不为之所动？当她那双蓝眼睛深情凝视的时候，怎能不在心底泛起涟漪？

他们曾经共过患难，在孟冬倒下的瞬间，他不是孤零零的一个人。

孟冬的信中说，他等到真正要离开我了，才发现他不能接受这个事实。

他害怕，整个成长期我们都在一起，后来即便分开，我们也从未真正分离。关于两个人在一起生活这件事，不仅是我，包括他，我们都深信不疑，并将之作为一种信仰那样真诚地努力过。他在选择索菲亚的时候并没有意识到，与此同时他也要选择另一种生活，一种他没想过的，全然陌生的生活。

孟冬为此感到恐惧，他是一个很敏感的人，他必须要在熟悉的状况下才有安全感，他没法接受生活中没有我。

在他的信中，他用做错事的孩童口吻问我怎么办，事情被他弄得一团糟，所有人都受伤了，而那不是他的本意，他向我求助，他问我该怎么办？

我深深叹了口气。

孟冬的信语句很乱，看得出他写这些信的时候心情杂乱，到了后面几封，他的叙述忽然又变得流畅起来，他回忆了我们做过的很多事，我们的童年，我们的青少年，我们之间曾有的美好回忆。

我当然也记得这些，我眼眶湿润，我想，他到底是个孩子，一个固执的、拒绝长大，想要把一切留在童年时代的他。

可是我们终究必须要成长，不管愿意与否，不管付出什么代价，我们终究别无选择要成长。长成充满痛苦、怀疑、庸俗和没劲的成年人。

孟冬，这个男人不适合成长。他需要的，是童年那种环境，那个时候他是才华出众而孤独的孩子，他有个崇拜他的女孩，有毫无疑问以他为中心的母亲，他享受着这些爱，自由而快活。

我把这些信好好地收回信封，将之放入我书房收藏信件的木匣子里。那里还有孟冬给我写的其他的信，我将它们收纳在一起。生命总是充满遗憾，但没有必要因为有遗憾，就遗忘曾经的甜美。

然后我蹑手蹑脚回到卧室，脱下衣服钻进被子里，紧紧抱住傅一睿。

这个男人是暖的，实在的，属于我的，无可取代的。

他是我的现在，希望，他也是我的未来。

傅一睿迷迷糊糊地伸出胳膊搂住我，摸了一下，哑声说："睡吧，乖。"

我笑了笑，闭上眼贴近他的胸膛，听着他的心跳，觉得心满意足，慢慢地睡去了。

第二天在医院中午休息的时候，李鼎良医生端着茶跟我闲聊，说着说着，话题不知怎的扯到许麟庐身上。我出于礼貌，不得不问了他情况怎样之类的话，李鼎良耸耸肩说："在他那个年龄，他算康复得很好的。用不了多久他就能出院，也许未来十年内我们还能瞥见他为咱们医学界增添新的里程碑。"

我挑起眉毛，笑了笑说："但愿如此吧。"

"不过我今天去他那做例行检查，看到整形外科的傅主任了。许麟庐给了他一耳光，当着我的面说他丢人现眼，让他滚。唉，当时真是尴尬，你说我为什么老是没挑对时候进他的病房呢？"

我心里一紧，问："为什么打傅主任啊？而且他凭什么？"

"可能傅主任来求他办什么事吧？"李鼎良说，"我也不知道，只是猜他们也许以前认识，不然说不出丢人现眼这样的话。"

我点点头，跟他又寒暄了几句，转身回自己办公室给傅一睿打了电话。

他很快就接了，语气轻松愉快地问："有好好吃饭吗？想我了？"

"想你挨了一耳光，"我气哼哼地说，"那老头凭什么打你啊？我要不要去打回他小儿子给你出气？"

傅一睿难得地笑出了声："不用了，放那小子一马吧，他原本叫我过去训斥我，因为他听说我昨天从手术台上下来的事，然后我告诉他我今天去给那位病人道歉，请对方让我继续为他动二期手术，结果彻底激怒了他。"

"你说什么？"我愣住了，问，"你去病人那干吗？"

"道歉，"傅一睿淡淡地说，"我从手术台上什么也没做就下来，这种事无论如何都必须去道歉。"

我张大嘴，随即笑了，说："你做得对。那许先生为什么打你？"

"因为他这辈子就算拿病人当试验品最后失败了，也从未纡尊降贵去跟一个普通病人道过歉。他认为这样影响了医生的尊严。"

我有些吃惊，但随即又想，这些想法来自许麟庐毫不奇怪。

"许医生认为，医学进步可能真的需要把病人当成试验品而非平等且有感情的人类，这样才能够有足够的冷静来进行医术探索，并且他认为，这样才能摆脱人们加诸医生身上那些不必要的束缚，"他低声说，"但是，我一直觉得，如果放任这种观念继续下去不管，才是对人真正的束缚。对我来说，医好病人，看到他出院时的笑容，这种事带来的成就感是无可比拟的。"

"许医生的想法不会培养伟大的医生，"我笑着说，"傅一睿，你做得对，别管那个老头，一巴掌而已，反正也不能打回去，那就算了吧。"

"我早已不介意，"他语调轻松地说。

"那个病人同意了吗？"

"他怎么可能不同意？"傅一睿淡淡地说，"而且他同意与否无关紧要，我反正都会给他动手术的。"

"傅一睿，你，你刚刚才说了一通所谓的人道主义观点……"

"是啊，人道主义，不就是让最好的医生给最需要的病人服务吗？我就是最优秀的整形外科医生，怎么，你有异议？"

"傅医生，小的不敢。"我拉长声调，同时翻了个白眼。

两天后，又到下班时间，我意外地碰到许久未见的孟叔叔，他站在我们科室外面等着，看样子等了有段时间，见到我，他立即走过来，以往颇注重仪表的他看起来有些邋遢，头发长了也没去剪，鬓角、额头的白头发也没去染黑，西服下摆皱巴巴的，里面搭配的衬衫虽然还是高档货，但花纹颜色明显跟外套不搭配。我没法装没看见他走开，只得看着他走近，叹了口气叫了声："孟叔叔。"

"旭冉，我们谈谈吧。"

我看见他眼睛里有些红丝，这段时间仿佛老态横生，不觉微微叹了口气，点头说："您等一下，我打个电话。"

我给傅一睿挂了电话，跟他说了孟叔叔来找我，傅一睿沉吟了一下说："别跟他吃饭什么的，就去你办公室说完让他走，不用担心。"

我点点头，挂了电话对孟叔叔说："您跟我来，去我办公室吧，那没人。"

他颔首，跟我进了我的办公室，我给他泡了杯茶，递过去说："对不起啊叔叔，我不会喝茶，只有这种袋泡茶。"

他接过去说："没事，我也很久没闲工夫坐下来喝茶了。"

我看着他，斟词酌句问："您，您的孩子，算时间该出生了吧？"

他抬起眼盯着我，满是狐疑的神色。我有些尴尬地说："只是随便问问，放心，我这没录音设备。"

他苦笑了一下说："出世了，是个男孩，很漂亮。"

"恭喜您。"

他细细端详我的脸，我迎视他的视线毫不退缩，连脸上的微笑都不减半分，他终于点头说："谢谢。"

"这下，您也算得偿所愿，"我笑着说，"老孟家有后，您老来得子，这也算有福气。"

他笑了笑，说："旭冉，你别讽刺我了。一把年纪再陷入孩子奶瓶尿布当中，心有余而力不足。不服老不行了。"

"不是有保姆吗？"

"保姆也得有人指挥，而且她也不能全天看着孩子，"他叹了口气说，"小宁，她可能是第一次当妈妈，有点手忙脚乱，没经验。"

"慢慢会好的。"我言不由衷地说了句。

"但愿吧。"他疲惫地说了一句，端起茶杯喝了一口，就沉默了。

我也不催促他，坐下来自己翻看一本医学杂志，等了好一会儿，孟叔叔才迟疑着问了一句："你阿姨，最近好吗？"

"你指什么方面？"我抬起头问。

"各个方面。"

"就在前几天，我参加了她办的一个小聚会，"我轻声说，"来的客人都是老朋友，她应付得很好。"

孟叔叔淡淡地笑了，哑声说："紫筠社交方面确实不错。"

"那当然，漂亮女人，尤其是有魅力的漂亮女人，谁会忍心拒绝她的邀请？"我笑着说，"大家都很喜欢她。"

孟叔叔沉默了，他眼中掠过一丝难堪，问："这么说来，她过得很好？"

"是，除了你不跟她离婚，否则会更好。"

"她靠什么为生？"

"她有积蓄，暂时不需要出去工作，"我说，"而且我听说她打算自己开家品牌护肤品小店，你知道她一向爱美，这种事她很有心得的。"

孟叔叔握紧拳头，沉声问："开店那么累，风险又高，她干不了。"

我抿嘴一笑说："孟叔叔，问您一个问题好吗？您那时候为什么跟阿姨结婚？因为她漂亮？够温柔听话？"

孟叔叔脸色变了，他垂下头，沉默了很久，就在我几乎以为他不会回答时，他低声说："她对老人很孝顺。"

"嗯？"

"我母亲，不断刁难她，她却始终对老人很好，生病的时候伺候着没怨言，我母亲后来都说，她是个好媳妇……"孟叔叔的声音越来越低。

我点点头，敲了敲桌子说："看来她也不是一开始就是一个神经质、不懂事、满脑子幻想不干实事的老娘们。"

孟叔叔脸色铁青，猛地一下把茶杯放桌子上说："反正我绝对不会同意离婚！"

"孟叔叔，您用不着告诉我这些，"我说，"我也不打算劝您，您也别打算让我劝我阿姨，反正咱们别互相说服了，要不这样，你抽空去看看阿姨吧？"

"看她？"

"她最近在小区医院帮忙当志愿者，"我笑着说，"当然要这个志愿者身份我们走了点后门，但她做得很高兴。"

"我去看合适吗？"孟叔叔眼睛亮了。

"合适不合适的我说不上，但我想也许你看到现在的阿姨，会想起她有多久没这么快活过了，"我站起来说，"她替您守着孟太太这个头衔这么多年，恪尽职守把自己塑造成那个样子，但您还记得她不是孟太太那时候的样子吗？那个最初打动你的漂亮模样，您还记得吗？"

他哑然无语。

"悄悄地去看看吧，看完后也许你会同意我的观点，"我看着他，认真地说，"让她继续那么漂亮下去吧，她爱了您那么多年，替您生儿育女，照料老人，经营家庭，就冲这个，您为她做点什么又怎样呢？"

最终孟叔叔有没有把我的话听进去我不知道，但我想，他也许并不是对孟阿姨全然没有感情，要不然他不会不想离婚。也许在深层心理因素中，他与孟冬何其相似，他们父子都是习惯熟悉的环境的人，生活中的大改变他们会无所适从。

孟冬习惯了我跟他在一起，孟叔叔又何尝不是习惯了与发妻在一起？

因为太习惯了，有些感情就不会得到珍视，即便想将它从身上剥离也仿佛很简单。

但等到真正要剥离，才发现早已长得血肉相连，如何能分得清楚？

那天，我目送孟叔叔离开，看着他明显有些颓丧的背影，忽然想到一句话，"再回头已百年身"。

也许娇妻美妾、齐人之福真的是一些中国男性的欲望，也许对孟叔叔来说，他真的没想过要遗弃孟阿姨。他只是以为那个发妻会一直等在家里，她反正已经把比一生还漫长的时光用在等待上，他以为这种等待会一直持续到地老天荒。

可惜世界上根本就不存在地老天荒恒久不变的东西。

我一时有些感慨，于是给傅一睿打电话，我问他："你如何看待一夫一妻制和人性？"

"怎么突然问这些？"

"没什么，只是忽然有些感慨。"

傅一睿用他一贯的声调说："所谓人性，除了本能欲望，大抵要更偏重于自我约束和自我规范，我认为无规则无以成方圆，婚姻也是如此。因为有了取舍，所以才会慎重，因为选择一个人必然意味着放弃其他可能性，所以确定这个人选是谁，要跟什么人一起生活，这才成为一件重要的事，不能反悔的事。"

"那如果我们有一天发现彼此不合适呢？比如你有洁癖，我是个散漫狂；你是个大男子主义者，我是个略带女权主义思想的人，这样两种截然相异的价值观如果无法取得谅解而产生矛盾与斗争，如果有这么一天，你会反悔吗？"

他这次用了略长的时间思考，然后说："我不把时间花在谈论不可能实现的事情上。"

"凡事皆有可能。"我提醒他。

"这件事绝无可能，"他说，"我对此很确定。你也不要怀疑，我得出这个结论不是根据信心和希望这类虚无缥缈的东西，我根据的是我们一起相识相处过的十几年的过去。那个过去的经验告诉我，即便我与你有截然不同的部分，但我们仍然相处愉快。而且，最重要的，对于我们身上与对方的迥异之处，我们选择了理解和欣赏。"

我勾起嘴角，等待他说下去。

片刻的停顿后，傅一睿硬邦邦地说："所以，别再用这种无意义的问题来浪费我的时间，好吗？"

"那我说什么才算有意义？"

"比如那天你说的，傅一睿你不能不管我，这样的话我爱听。"

我扑哧一笑，轻声说："傅一睿，你不能不管我。"

"嗯。要履行这句话最切实有效的办法还是合法婚姻，所以张旭冉，"他平静地说，"那我们结婚吧。"

我吓了一跳，结结巴巴地说："那，那什么，怎么突然说这个……"

"戒指我明天休假去买，结婚礼服和典礼按你喜欢的方式来，你如果厌恶婚礼，取消了也无所谓，重点是近期我们去民政局打个证，然后退了你现在租的房子，搬我那儿去。当然，那套房子你要不喜欢也可以换，但那样势必会拖延时间，造成不必要的麻烦。"他停顿了一下说，"所以你先委屈一下，在那个房子里结完婚再说，回头我们成一家子了，或者以后有孩子了，再慢慢换另外的房子好了……"

我打断他，尖声说："喂喂，你给我打住，等一等，我好像没说要嫁你来着吧？"

"张旭冉，容我提醒你，"他平静地说，"矜持和害羞既令我不耐烦又不符合你的年龄，不要把时间浪费在这些无意义的女性情绪上。反正你迟早要答应，不如早点答应我们早点进入家庭模式，以后在一起的人生计划也能尽早制定。所以，说你愿意，说吧。"

"我怎么感觉你像在逼我上贼船……"

"行了，难道你还希望我穿那种傻不拉叽的燕尾服捧一束令大家尴尬的玫瑰花然后跪下来跟你求婚吗？我宁死也不可能做这种事，所以趁早打消这种愚蠢的念头。我再说一遍，你反正迟早会答应，早点答应了我们早点进入程序。"

"喂喂，傅一睿，你凭什么觉得我非嫁你不可啊？"我不服气地问。

"那好，换一种方式，命题 A，你是女人，我是男人；命题 B，我们都未婚且看对眼；命题 C，我们各自都不抗拒婚姻这种东西。结论是 D，我们结婚吧。"他略带得意地说，"你看，逻辑多么严密。"

我被他说得哭笑不得，于是说："但是一点都不浪漫，我要一种浪漫的感觉。"

"浪漫？"他不满地问，"那有什么实际意义？浪漫就是……"

"停，"我打断他，斩钉截铁地说，"我是女人，我有权要求浪漫。"

"好吧，"他无奈地叹了口气，"为了满足我的女人偶尔冒头的肤浅，我浪漫一回。你看你现在在哪？"

我说："从我们科去你们科的路上。"

"外面天气如何？"

"嗯，"我深吸了一口气，说，"还不错，傍晚，天空变成烟灰蓝色，有小鸟在唱歌，嗯，刚刚从我身边过去的护士妹妹长得也挺好看。"

"冷吗？"

"有点，"我说，"不过没关系。"

"饿吗？"

"有点。"

"那不就结了，"他迅速地说，"来我这儿，我给你吃饱穿暖还不收你钱，多浪漫对吧，你要嫁给我，每天都这么浪漫。犹豫什么啊，答应吧乖。"

我再也忍不住呵呵地笑，笑完了也差不多走到他的办公室门口。我轻轻推开门，看到他皱着眉头把听筒放在耳朵旁，看样子绝对不像在求婚，反倒像在解决某个暂时解决不了的医学难题。我放下电话，走到他跟前，歪着脑袋看他，问："真管饭管住啊？"

他放下话筒，脸色微微变化，不确定地问："你刚刚说什么？"

"我说，嫁给你是不是真管饭管住？"

"那当然，"他坐直身子，严肃地说，"管一辈子。"

"那成，我嫁了。"我轻松地说。

这下轮到他愣住了，但他很快回过神来，问："不能反悔。"

我摇头说："不给吃饱就反悔。"

他微微笑了起来，拉住我的手，将我扯到他身边一把搂住说："把我的饭卡给你，别的不敢保证，饭肯定管够。不过，张旭冉，你好像吃得很多啊。"

"那又如何？"我凶巴巴地说，"老娘还没反悔，你敢？"

他把我拉下来狠狠亲了一通才放开，笑了说："不敢。"

就在此时，门边突然传来一声惊呼，我们循声望去，居然是赵护士长，她惊诧地盯着我们俩，结结巴巴地说："你，你们，哦，对不起对不起，那什么，主任啊，我有些东西要你签名，算了算了，我一会儿再来，你们继续，继续继续。"

我哈哈大笑起来，傅一睿也难得地跟我一起笑，他对赵护士长说："要我签什么？放着吧。"

赵大姐小心翼翼地把手里的文件放到他办公桌上，随后像见了鬼一样慌慌张张要走，傅一睿叫住她说："等等。"

"啊？"赵大姐转过头来，一副窥见领导隐私大难临头的模样，苦着脸问，"有事啊？"

"赵姐，我想请教一下，结婚该给咱们医院的同事分多少喜糖？是每个科室都送，还是只送我们两个科室？"

"送，送两个科室就好了吧，如，如果你们跟哪个科熟，当然也该送……"

"麻醉科，"我提醒他，"麻醉科不能得罪。"

"还有李院长他们那儿，"他点头说，"我们回去拟定一下名单吧。"

赵大姐期期艾艾地问："你，你们要结婚了？"

傅一睿点头说："是，我要跟张旭冉医生结婚了。"

"啊？真的啊？那，那什么，"赵大姐瞪圆了眼睛，看看他又看看我，终于从震惊中挤出来一句，"恭喜你们。"

"谢谢。"我笑了。

"可你什么时候跟我们主任搞到一起的啊？"她实在忍不住问，"我怎么一点都不知道？"

我还没说话，傅一睿拉过我的手说："我追了她好多年，从美国追到中国，她好不容易今天才答应了我，赵姐，你不要问了，吓跑了她，我可管你要人。"

他最后一句说得冷飕飕，赵护士长立即说："不问了不问了，问什么，你们这么般配，当初我一看就觉得有戏，可你们偏偏都跟没事人似的，害我真以为你们只是师兄妹……"

我尴尬地轻咳一声，说："对不起啊赵姐，我不是有意想瞒着的，实在是，情况有点复杂。"

"没事没事，你道什么歉啊，"她这才由衷地笑了，说，"真是恭喜你们了，哎哟，这可是我们科的大喜事，我出去跟他们说说去。"

她笑呵呵地转身就走，临出门忽然想起什么，扭头小声问："主任，我能把这个消息告诉别人吗？"

傅一睿微微颔首，她这才放心地高高兴兴地离开。

我耸耸肩，回头看他说："这下好了，告诉赵姐，等于告诉全院职工。"

"那正是我希望的，"他拉过我，再一次环住我的腰说，"大家都知道你要嫁给我了，你这么好面子，到时候就算反悔也会咬牙认了。"

我笑骂他："傅一睿，你够坏的啊。"

他亲了我一下说："嗯，我从没说自己是好人。"

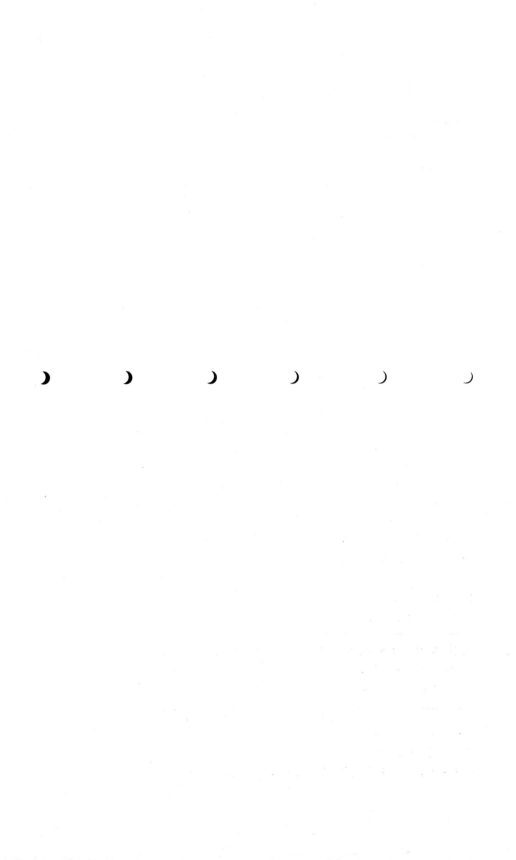

新出图证（鄂）字 03 号

图书在版编目（CIP）数据

我的孤独，只剩爱你 / 吴沉水著. —— 武汉：长江文艺出版社，2017.12
ISBN 978-7-5354-9804-5

Ⅰ.①我… Ⅱ.①吴… Ⅲ.①言情小说 – 中国 – 当代 Ⅳ.①I247.5

中国版本图书馆 CIP 数据核字（2017）第139728号

特约监制：欧阳勇富   选题策划：张璞玉
封面插图：Shelia liu   责任编辑：马利敏 姜 山
装帧设计： 9646设计   责任校对：韩 雨
QQ:1067244694
版式设计：胡玉冰   责任印制：张 涛

出版：长江出版传媒 长江文艺出版社
地址：武汉市雄楚大街268号   邮编：430070
发行：长江文艺出版社
     北京时代华语国际传媒股份有限公司   （电话：010-83670231）
http://www.cjlap.com
印刷：北京市汇林印务有限公司

开本：690毫米×980毫米 1/16   印张：23
版次：2017 年12月第1版   2017 年12月第1次印刷
字数：350千字

定价：45.00 元